Eva Rechlin

Kinder der Besiegten

ONCKEN VERLAG WUPPERTAL UND KASSEL

Umschlaggrafik: Ingrid Drobny, Bergisch Gladbach
Satz: Breklumer Druckerei Manfred Siegel KG
Druck und Bindung: Interpress, Budapest
ISBN 3-7893-7678-7

INHALT

Geheimnisse der Vergangenheit

Ein kleiner Trauerschnäpper fliegt dicht ans Fenster und blickt mit winzigen schwarzen Augen durch das Glas. Vielleicht sieht er ja bloß sein Spiegelbild. Christina bemerkt den Vogel und behält ihn im Auge. An dem großen Gartenfenster war Urgroßmutters Lieblingsplatz. Es hätte zu ihr gepaßt, daß der zierliche, schwarzbefrackte Vogel sie genauso still besuchte. Die lebhafte alte Frau hätte gefragt: »Bist du ein Bote? Hast du mir etwas mitzuteilen?« Und der Vogel wäre in sein durchdringendes Schwatzen und Schmettern ausgebrochen wie jedesmal, wenn er sich auf den nächsten Baum zurückzog, um sich dann wieder so dicht ans Fenster zu hocken.

Ja, es hätte zu ihrer »Gromi« gepaßt, daß sie auf ihre alten Tage so eine Art Zwiesprache hielt, denkt Christina. Aber warum kommt der Vogel jetzt, wo es keine Gromi mehr gibt? Vielleicht lockt ihn der Stimmenlärm her, trotz der Doppelfenster. Siebzehn Leute in Gromis kleinem Haus, die meisten im Wohnzimmer - es lärmt, wenn sie durcheinanderreden. Vögel hören womöglich Kurz-, Lang-, Mittelwellen und hundert sonstige Frequenzen direkt mit dem Gehirn? Großonkel Baldur müßte das als Flugkapitän eigentlich wissen. Allerdings wäre jetzt nicht der richtige Zeitpunkt für unwichtige Fragen. Die Beerdigung seiner Mutter liegt hinter ihm. Und »Großonkel« würde der schicke Mittfünfziger sich selbst heute nicht nennen lassen. Bloß weil er plötzlich der Älteste der Sippe ist? Also wie gewohnt: Captain Baldur. Er war Gromis Ältester, und Christina ist die Enkelin seiner Schwester Hertha.

Christinas Blicke wandern zwischen dem dunkelbefrackten Vogel am Fenster und dem schwarzgekleideten Captain Baldur am Teetisch hin und her. Auch als Fünfzehnjährige kann man für so einen Großonkel ein bißchen schwärmen. Irgend so etwas muß es jedenfalls sein. Er versteht es, aufregend düster zu schweigen, sich rätselhaft zu entfernen, als schwebte er auch ohne Jet hoch über allen. Das stimmt kribbelig neugierig. Als wäre er über Feuer und Abgründe geschritten und wüßte Bescheid. Jedesmal hat es den gleichen Effekt, daß man gebannt auf seine ersten Worte wartet. Wird er überhaupt mit uns sprechen? Läßt er sich heute überhaupt so weit herab?

Er hat diese schräggefalteten, Wind und Licht trotzenden hellen Augen, die immer wie »auf Posten« wirken, auf ständiger Wacht bis über Horizonte. Quer darüber eine lockige Woge von rotbraunem

Haar mit wenigen weißen Strähnen. Das läßt ihn kühn und viel jünger wirken. Als einziger von den fünf Geschwistern zwischen vierzig und Mitte fünfzig hat er nicht Gromis wulstige, üppig aufgeworfene Lippen. Captain Baldur scheint stets die Zähne zusammenzubeißen; da ist jeder Zug beherrscht.

Um so mehr überrumpelt es Christina, als er durch den ganzen Lärm plötzlich in ihre Richtung fragt: »Kennst du den Namen des Vogels, Tina? Ich in deinem Alter wußte so was.«

»Von wem wußtest du das eigentlich?«

Ihre Oma Hertha, auch Hetty genannt, antwortet hinter seinem Rücken: »Als Baldur elf war, lernte er so was von Ruth. Sag mal, Baldur, erinnerst du dich an Ruth?«

»Nur wenn es sein muß«, erwidert er knapp, greift sich noch ein Kuchenstück, beißt übertrieben zu, hat erst einmal den Mund voll. Gromis übrige Hinterbliebene reden wahrhaftig schon genug. Zwischen siebzehn direkten Nachkommen schwelt ständig der unterschiedlichste Zündstoff, erst recht in diesem Fall.

Ein Mensch kann vier Urgroßmütter haben und sogar noch erleben. Für Christina war diese Gromi die einzige. Eine einzige Urgroßmutter mit fünf Kindern, neun Enkeln, bis jetzt drei Urenkeln, macht zusammen siebzehn Nachkommen. Christina ist mit eben fünfzehn Jahren eine der Jüngsten. An Urenkeln gibt es sonst nur noch die sechzehnjährigen Zwillinge Teja und Totila, Captain Baldurs Enkel.

Weil Christina von nebenan aus Gromis Allerheiligstem Klaviertöne hört, steht sie auf, um nachzusehen. Im Vorbeigehen tippt sie Captain Baldur auf die Schulter und sagt: »Ich weiß sogar, daß Trauerschnäpper um diese Zeit längst weg sein müßten, ab ins tropische Winterquartier. Ob Gromi diesen da hypnotisiert hat? Würde ich ihr zutrauen.«

Er schüttelt nur den Kopf.

In Gromis allerheiligster Bibliothek trifft Christina die siebzehnjährige Edda am Klavier, eigentlich ihre Tante. Sie hockt sich leise neben sie auf das Bänkchen und fragt betont diskret: »Für wen spielst du heute? Und regt sich niemand darüber auf? Immerhin . . .«

»Und dabei spiele ich für Lenny! Bernstein. Leonard Bernstein. Setz dich nicht ausgerechnet auf seine Bügelfalten.«

»Der und Bügelfalten?« kichert Christina. »Was spielst du?«

»Gerade wechsle ich zu ›An Elise‹. Sag bloß, du erkennst das nicht? E-dis e-dis e-ha . . .«

»Wenn eine auch so spinnt . . . Woher kannst du das?«

»Kann ich dir ziemlich genau sagen: von deiner Oma Hertha. Und die hat es angeblich von einer gewissen Ruth.«

»Höre ich diese Tage nicht zum erstenmal«, sagt Christina, »wer ist das bloß?«

Leichthin über ihr Geklimper meint Edda: »Vielleicht für diese schnatternde Sippe so was wie der Abgeordnete Mierscheid für unser Bonner Parlament?«

»Hä?« fragt Christina. »Willst du mich vergackeiern?«

»Der Abgeordnete Mierscheid«, doziert Edda, »ist eine fiktive Figur, ein nicht vorhandenes Etwas, die pure Einbildung gewisser Abgeordneter. Und natürlich von Journalisten. Manche rechnen ihn mehr der SPD zu . . .«

»Es gibt ihn gar nicht?«

»So sehr oder so wenig wie Ali Baba oder Dornröschen. Und doch taucht er dann und wann mit gewissen dummschlauen Äußerungen in der Presse auf. Zum Beispiel, was er bei einem Diplomatenempfang in Monte Kasbah in ein mongolisches Mikrofon auf Kisuaheli gesprochen haben soll, dieser unverbesserliche Abgeordnete Mierscheid.«

»Spiel doch weiter«, sagt Christina, »ich kapier's ja. Ein solches Phantom soll also ihre Ruth sein? Glaube ich nicht. Dann hätten sie sich einen anderen Namen ausgedacht. Suleika vielleicht. Oder Melisandrine.«

»Siehst du: du spinnst selber. Wie lange gedenkt man eigentlich hierzubleiben?«

»Es muß eine Menge Nachlaß geordnet werden, hörte ich.«

»Unsinn. Gromis Haus soll doch als Ferienwohnung für uns alle erhalten bleiben.«

»Gerade darum wollen die Alten einige Zimmer umräumen. Weil wir ja hauptsächlich Schlafräume brauchen werden!« belehrt sie Christina.

Edda seufzt: »Zu dumm, daß gerade Herbstferien sind. Sie werden auf die Idee kommen, für das Umräumen uns Jugendliche zu mißbrauchen!«

Christina nickt: »Ich bleibe mit Hetty hier. Captain Baldur mit den Zwillingen ebenfalls.«

Sie tritt ans nächste Fenster und schaut hinaus: »Im Herbst fand ich es in Oberbayern schon immer am schönsten. Schau her, wie Buchen, Ahorn, Lärchen vor dem richtig kitschigen Blauhimmel leuchten. Dazu die pudergezuckerten Gipfel! Du, Edda? Gromi muß doch auch mal einen Mann gehabt haben. Immerhin: Fünf Kinder!

Was war nun wirklich mit dem? Deine Mutter muß seine Jüngste gewesen sein. Erzählt die dir denn nie von ihm? Und überhaupt: Da war doch was! Aber was?«

Edda hört mitten in ihrem dezenten Salonstück auf zu klimpern. Kopfschüttelnd antwortet sie: »Meine Mutter war damals am Ende des Zweiten Weltkriegs noch fast ein Baby. Was weiß denn die?«

»Aber irgendwas stimmt nicht mit ihnen, Edda! Da ist etwas wie ein Riß. Ja, ich weiß, einerseits kleben sie aneinander . . .«

»Gromi hat sie zusammengehalten.«

»Nur Gromi? Und sie halten ja gar nicht richtig zusammen. Sie haben mitgespielt. Wahrscheinlich Gromi zuliebe. Aus Mitleid. Wetten, daß sich das von jetzt an ändert? Daß sie sich von jetzt an immer weniger vormachen werden? Es fängt ja schon an. Merkst du das nicht, Edda?«

»Ach, laß mich in Ruhe mit dem ganzen Quatsch. Und meine kleine Schwester Freya gefälligst auch.«

»Meine kleine Tante Freya ist immerhin bereits vierzehn. Sag mir doch wenigstens, was du weißt, Tante Edda!«

»Hör auf mit deinem blöden Ge-tante.«

»Schlimm«, sagt Christina, »daß außer mir hier kaum einer zu seinem wahren Alter steht. Selbst Gromi hat mit fast achtzig noch die reinste Berufsjugendliche gespielt.«

»Sag so was besser nicht vor den Alten«, warnt Edda, »am wenigsten vor Captain Baldur. Ich mache keinen Spaß.«

»Ist er so eitel?«

»Ich meine mehr das mit der berufsjugendlichen Gromi, du Schaf.«

»Du machst mich neugierig«, sagt Christina. Sie blickt nachdenklich über Gromis Sachen im Zimmer. Drei Wände voller Bücherregale, vom Boden bis zur Decke, an der vierten Wand das Klavier mit Notenständern. Mitten im Raum auf ländlichem Fleckerlteppich ein Tisch, zwei Sessel, Stühle und Hocker. Christina am Fenster und Edda am Klavier merken nicht, daß ihre Tante Uta leise ins Zimmer tritt. Gedankenvoll fragt Christina: »Zum Beispiel, warum kamen sie grantig, als hätten sie sich gestritten, von der Beerdigung zurück? Und uns wahre Jugend wollten sie nicht dabeihaben? Alles so cool . . .«

»War ja auch nur eine Urnenbeisetzung ohne Trara«, kann Edda noch antworten und spielt dazu Marschmusik.

»Muß das sein?« hören die Mädchen Tante Uta fragen. Captain Baldurs Schwester sieht hübsch aus mit ihren blonden Haaren und fragt lächelnd, großzügig wie immer, höchstens besorgt wegen ihrer vier strengeren Geschwister. Wie die verstorbene Groß- und Uromi sich von allen einfach »Gromi« nennen ließ, scheut auch Uta das Wort Tante, von Großtante ganz zu schweigen. Lieber duldet sie von sämtlichen zehn Neffen, Nichten und so weiter die Anrede »Tuta«. Alle sind längst an solche Versteckspiele gewöhnt.

»Ach, nur du, Tuta«, sagt Edda erleichtert, unterbricht trotzdem ihr Spiel und fragt zurück: »Muß denn was sein? Kommst du zufällig, oder schickt dich jemand?«

Tuta schüttelt den Kopf. Sie hat befürchtet, einer ihrer eigenen beiden Teenager könnte hier respektlos musizieren: »Sagt selbst, irgendwie paßt das im Moment nicht. Trotz der coolen Beerdigung. Die war übrigens Gromis ausdrücklicher letzter Wille. Und wir alle wissen ja, warum sie es so wollte.«

»Wissen wir nicht«, behauptet Christina, »wo gerade Gromi so sehr für die innigsten Familientreffen zu haben war. Wenn ich nur an ihre gräßlichen Geburtstage denke - dieser Ahnenkult um sie und ihre Torten! Oh, entschuldige, Tuta, bitte entschuldige, ich bin einfach . . .«

Aber die hellblonde Tante lacht auch jetzt und winkt ab: »Ging mir doch genauso, Schätzchen. Später denkst du vielleicht mal gerührt daran zurück. Im Moment wollte ich auch nur rumhorchen, wer nun über das Wochenende außer mir, Baldur und Hertha erst mal hierbleibt.«

»Ich auf jeden Fall«, meldet Christina, »und Baldurs Zwillinge.«

»Doch nicht seine, Schäfchen. Die seiner Tochter. Also bis jetzt wir drei Greise und ihr drei Kinderlein? Hoffentlich bleiben wirklich nicht mehr. Man müßte ja noch einiges einkaufen. Obst, Joghurt, Brot . . .«

Edda klappt endlich den Klavierdeckel zu und bietet sich an, mit Gromis Fahrrad zum Dorfladen zu radeln, bevor sie mit ihrer Mutter und ihrer Schwester nachmittags abreisen muß.

Das Fahrrad steht verstaubt auf platten Reifen, obwohl die bis zuletzt recht muntere Verstorbene auch mit Ende siebzig noch damit ins Dorf gefahren ist. Das Fahrrad kann Edda also nicht nehmen. Jetzt ist sie froh, daß Christina sie begleiten wollte. Auch der stille Diether schließt sich an, Captain Baldurs einziger Sohn, bereits dreißig.

»Und noch immer ohne Freundin«, wie Edda vorwurfsvoll feststellt.

Er kontert warnend: »Wenn du unbedingt Gromi nacheifern willst, bleibe ich lieber im Haus!«

»Ach komm schon und mach nicht auf Mimose! Wollte Gromi dich verkuppeln?«

»Laß ihn in Ruhe!« mahnt Christina. »Vielleicht wartet mein Onkel Diether ja auf eine von uns?« »Ausgerechnet!« rufen er und Edda wie aus einem Mund und brechen in Gelächter aus.

Ihre Schwippschwappnichte fährt sie an: »Reißt euch bis zum Dorf zusammen! Schließlich ist dies eine stock-katholische Gegend. Und sie wissen ja alle, weswegen wir uns in Gromis Häuschen versammelt haben. Gromi war hier sicher beliebt. Hier war ihr Zuhause.«

»Unsinn«, sagt Diether, »sie war Norddeutsche wie ihr und ich. Und auf dem Friedhof waren nur wenige aus dem Dorf.«

Die Mädchen meinen: Weil die meisten nicht richtig Bescheid wußten, weil Gromi selber es ja so kühl und lieblos gewollt hätte, weil nicht einmal ein Pfarrer hätte dabei sein dürfen. Und übrigens seien sie keineswegs astreine Norddeutsche, Gromis fünf Kinder, immerhin in dieser Gegend, in Oberbayern, geboren und teilweise auch aufgewachsen.

»Bei Hetty und Captain Baldur hört man das sogar noch an der Sprache«, ereifert sich Christina. »Die haben als Kinder bairisch gesprochen! Erst bei Kriegsende hat es sie nach da oben verschlagen, nach Niedersachsen oder Holstein. Aber Gromi wollte wieder hierher zurück. Hier muß sie mal glücklich gewesen sein. Und sie hat ja auch am liebsten das Trachtenzeug getragen, diesen Dirndl-Look und die Lodenklamotten. Paßte gut zu ihr, stand ihr, finde ich. Und an das Häuschen hier samt Garten muß sie ja auch irgendwie rangekommen sein, obwohl sie wahrhaftig nie genug Geld hatte.«

»Für das Häuschen haben sich ihre fünf sogenannten Kinder krummgemacht«, behauptet Diether. Er kommt erst kurz vor dem dörflichen Supermarkt zum Reden. Darum teilt er auch nur noch knapp mit, daß Gromi sogar über weniger als »nicht genug Geld« verfügt habe: »Und wenn ihr mich fragt, zu Recht. Aber fragt mich besser nicht weiter. Ich habe genug Ärger mit dem eisernen Kapitän der Lüfte, Gromis ergebenem Sohn. Und wenn ihr weiter so einen Krach veranstaltet, könnt ihr die vollgepackten Rucksäcke allein zurücktragen. Ich warte hier draußen, bis ihr eingekauft habt. Beeilt euch, Mädels, denn bis siebzehn Uhr muß die Sippe auseinanderflattern.«

»Es geht doch nichts über liebe Verwandtschaft«, säuselt Edda und zieht Christina in den Laden. Glücklicherweise streifen noch Kurgäste und Touristen zwischen den Regalen herum; so fallen Gromis Nachkommen zu ihrer Erleichterung nicht weiter auf. Christina könnte nicht exakt erklären, warum es ihr auf so etwas plötzlich ankommt.

Zurück vor Gromis Anwesen etwas außerhalb vom Dorf, sehen sie die ersten bereits kleines Gepäck in die verschiedenen Fahrzeuge verstauen. Eddas Mutter Gundel ruft ungeduldig: »Wo steckt ihr denn? Freya und ich warten nur noch auf dich, Edda, mußt ausgerechnet du den Packesel spielen?«

Dabei schleppt Diether die meisten Einkäufe, und er antwortet in ähnlich schmollendem Tonfall: »Sollte ausgerechnet meine Tante Gundel nichts von Kameradschaft halten? Pfui, pfui, Kunigunde!«

Edda legt ihren halbgefüllten Rucksack vor der Haustür ab und fängt gleich mit dem Händeschütteln an: »Macht's gut! So bald sehen wir uns hier sicher nicht wieder. Bleib sauber, Diether. Tschüß, Onkel Ecky, besuch uns mal mit Olaf und Sven. Captain Baldur - Küßchen? Hm aah! Und du . . . und du . . .«

Zuletzt umarmt sie Christina und flüstert ihr ins Ohr: »Paß die nächsten Tage gut auf. Und schreib mir mal!«

Christina sagt laut: »Liebe Tante, grüß mir besonders den Abgeordneten Müdenschleich aus Bonn.«

»Mierscheid«, verbessert Edda todernst. Christina sieht Captain Baldur mißtrauisch aufhorchen und verzieht keine Miene. Sie stehen vor Gromis Haustür, noch immer ein größerer Pulk, und winken Eckys und Gundels Autos nach. Hetty sieht sich um und sagt: »Da waren's nur noch elf.« Erst jetzt fällt Christina richtig auf, daß keiner seinen Ehepartner mitgebracht hat, wie auf Verabredung. Aber das hätte ja nur alte Wunden aufgerissen, wenn man an die teils geschiedenen, teils unehelichen Verhältnisse denkt. Überall schwelt dies und das unter der flotten Oberfläche.

Als nächste fährt Christinas Mutter Elisabeth ab. Sie nimmt Tutas beiden Teenager mit. Ihre Mutter Hertha und ihre Tochter Christina läßt sie einstweilen zurück. Die beiden verstehen sich sowieso besser miteinander als mit Elisabeth. Captain Baldurs Tochter Frigga sitzt bereits wütend in ihrem Sportwagen und hupt nervös. Ihre Zwillinge Teja und Totila wollen und sollen noch bleiben. Paßt ihr das nicht? Außerdem möchte sie nicht gern ihren Halbbruder Diether mitnehmen. Er stammt aus Baldurs zweiter Ehe und war mit einer der Tanten hergekommen. Seinetwegen soll sie jetzt Umwege fahren, wo es doch ohnehin bereits so spät wurde und überhaupt und sowieso, und so geht das weitere kostbare Minuten hin und her, bis Diether seine bereits verstaute Reisetasche wieder an sich reißt und streikt: »Wenn ich dermaßen stinke, kann ich auch hierbleiben und mich noch putzen, entlausen, desinfizieren . . .«

»Reißt euch gefälligst zusammen!« fährt Baldur seine Brut an, gefährlich wie ein zustoßender Python. Seine trotzige Tochter Frigga, immerhin fast Mitte dreißig, gibt als Antwort Gas und wirbelt wenigstens noch eine Menge Staub auf. Die so Verabschiedeten prallen spuckend zurück und gegeneinander.

Hetty packt des verschmähten Diethers Hand und sagt trocken: »Hast ja wahrhaftig genug Vorräte hergeschleppt. Kommt alle rein und laßt uns den Kachelofen anheizen. Abends ist es bereits ziemlich kühl im Tal.«

Bevor Christina den anderen nachtrottet, schaut sie sich noch einmal um. Die Berge ringsumher werfen riesige blaue Schatten. Das leuchtende Tageslicht schwindet aus den rotgoldenen Ahornwipfeln. Nur weit oben auf dem ersten Schnee liegen noch letzte Sonnenstrahlen. Im Tal kräuseln sich über einigen Dächern Rauchwölkchen.

Drinnen im Haus ist es schummerig geworden. Auf ihre selbstverständlich vernünftige Art übernimmt Hertha das Kommando: »Baldur, bitte, machst du den Kachelofen an? Holz ist genug da. Ich kümmere mich ums Abendessen.«

Er bleibt kopfschüttelnd in der kleinen Diele stehen: »Ich? Den Kachelofen? Seit Ewigkeiten hab ich kein Feuer mehr gelegt! Kannst denn nicht du . . .«

»Komm-komm-komm«, fällt sie ihm ins Wort, »ich lebe genauso zentralbeheizt wie du. Trotzdem würde ich es mir zutrauen. Gerade wir beide haben es am gründlichsten gelernt. Weißt du etwa nicht mehr, von wem? Na? Von Ruth, altes Mufflon!«

Christina bleibt aufhorchend stehen. Sie hört den schicken Captain murmeln: »Ausgerechnet!«

Diether bietet sich eilfertig an: »Wenn ihr mir Streichhölzer gebt, kann ich es doch versuchen! Bei Lagerfeuern hat es bisher jedenfalls geklappt.«

Sein Vater wischt durch die Luft, knurrt lauter: »Kommt nicht in Frage. Feuer hab ich selber. Papier bräuchte ich noch. Hertha! Wo soll ich denn Papier hernehmen?«

Sie kommt noch einmal aus der Küche, in der schon die Lampe brennt und Captain Baldurs Zwillingsenkel mit Geschirr klappern. Hertha wirft ihrem großen Bruder einen eigenartig verschmitzten Blick zu. Lauernd fragt sie: »Weißt du noch, woher Ruth das Papier nehmen mußte? Weißt du noch? O ja, ich sehe es dir an: Gleich malmst du wieder mit den Zähnen. Ein Wunder, daß du noch alle hast. Aber im Ernst: In einem der unteren Bücherregale liegen genug alte Zeitschriften gestapelt. Die liest ja kein Mensch mehr . . .«

Diether eilt seinem Vater bereits voraus in Gromis Allerheiligstes und knipst das Deckenlicht an: »Ich helf dir, Captain. Ich weiß schon: keine Illustrierten, kein Hochglanzpapier. Am besten geht es mit ganz ordinären Tageszeitungen.«

Christina ist es nur recht, daß sie mit der stets heiteren Tuta noch einige Nachtquartiere herrichten soll. Mit frischer Bettwäsche und Handtüchern verziehen sie sich in die obere Mansarden-Etage. Erst oben wagt Christina zu fragen: »Was haben sie neuerdings dauernd mit ihrer Ruth? Und was soll das Gerede mit dem Papier?«

»Ach, nichts weiter. Die hat gleich nach dem Krieg mal bei uns eingehütet. Sagt man das überhaupt noch?«

»Du meinst babysitten?«

Tuta zieht sich über der Stirn eine Locke lang und nach hinten. Ungewohnt nachdenklich sagt sie: »Babysitten? Bei fünf hungernden Kindern zwischen zwei und zwölf? Und das fast zwei Jahre lang? Mit entsetzlichen Wintern? Und ohne einen Pfennig Lohn? Also, wenn ich von heute aus darüber nachdenke . . .«

»Redest du von euch fünf, Tuta? Aber ihr hattet doch auch noch Eltern!«

»Eben nicht. Oder nur vorübergehend. Die meiste Zeit hockten wir mit ihr allein da, war sie die einzige, an die wir uns klammern konnten. Schrecklich.«

»War sie eine Verwandte von euch? Eine Tante?«

»Nicht mal das. Eine uns bis dahin fremde, noch nicht achtzehnjährige Schülerin, als sie zu uns kam. Warum müssen wir plötzlich von ihr reden, nach so langer Zeit? Oder hast du schon früher mal von ihr gehört?«

Christina schüttelt unsicher den Kopf - nicht, daß sie sich erinnern könnte. »Dann laß sie gefälligst in der Versenkung. Diese Tage sind trübsinnig genug. Komm, wir müssen hier noch Staub und Spinnweben wegwischen. Baldur wird tobsüchtig, wenn wir ihn in einer Kammer mit Spinnen schlafen lassen.«

Christina meint, manche Menschen seien wohl allergisch gegen Spinnen, in ihrer Klasse gebe es auch so einen Fall. Sie mag nicht auf Tante Utas Ablenkungsversuch eingehen. Die gute Tuta ist offenbar auf der Hut und holt noch weiter aus über ihren großen Bruder Baldur: »Das hat bei ihm nichts mit Allergie oder Phobie zu tun. Nicht die Spur. Er würde sich dagegen verwahren! Er, der Elitemann - und Furcht oder nur Ekel vor Tieren?«

Stimmt, findet Christina, seine Tierliebe ist bekannt und geht weit über Gefühle hinaus. Er weiß auch Bescheid über Tiere, vorhin bei dem Trauerschnäpper hat sie das wieder gemerkt. Daß ihn besonders Vögel interessieren, ist vielleicht nicht so erstaunlich für einen Flugkapitän. Das weiß auch Tante Uta, doch sie weiß es genauer: »Captain Baldur selektiert sogar auch Tiere nach Ober- und Untertieren, nach ehrenhaften und nach Untieren. Herrentiere unter den fliegenden sind bei ihm besonders die größten fliegenden. Und von denen wiederum Greifvögel. Untertiere hingegen alles, was kreucht und krabbelt und was glitschig ist, was also gefressen wird. Oder nicht mal das, wie eben Spinnen. Und darum müssen wir sie wegputzen.«

Erschrocken fragt Christina: »Wie du das sagst, Tuta! Und warum hast du gesagt ›sogar auch‹? Sogar auch Tiere nach Ober- und Untertieren. Warum?«

»Habe ich das so gesagt?« fragt die Tante zurück, zweifellos jetzt selbst erschrocken. Schon lächelt sie wieder und stellt fest: »Du bist ja richtig wach, Kleines!«

»War doch nicht schwierig, das zu merken.«

»Also gut«, lenkt Tuta ein, »sogar auch Tiere - wie Menschen, meinte ich. Ober- und Untermenschen. Herren- und Sklavenmenschen. Für Baldur gibt es hier edles, artbewußtes Rassegut und dort unedle Unterrassen. Ach, du mußt doch bereits an der Wortwahl merken, woher hier der Wind weht!«

Stirnrunzelnd schüttelt Christina den Kopf: »Übertreibst du nicht? Das kann doch kein Mensch ernsthaft meinen!«

Sekundenlang mustert Tuta die Großnichte nachdenklich, fällt dann zurück in ihren leichten Tonfall, den Christina zum erstenmal als aufgesetzt und falsch empfindet: »Wie wahr, wie wahr, du kluges Kind. Aber Baldur ist es nicht nur ernst, sondern geradezu heilig. Ein heiliges Vermächtnis der artbewußten Ahnen, sozusagen. Zerbrich dir nicht seinen Kopf. Zieh lieber das Laken glatt. Herrschaftszeiten, daß Gromi nicht mal Spannbettücher hatte!«

Es ärgert Christina, daß die Tante abermals abzulenken versucht. Erst plappern sie drauflos, verplappern sich, und will man einhaken, ziehen sie die Zugbrücke ein. Sie haben also irgendein dunkles Kapitel in ihrer Lebensgeschichte, reimt sich Christina zurecht. Davon taucht unvermutet dieser und jener Schatten zwischen ihnen auf. Das passiert vermehrt, wenn sie beieinander und möglichst gereizt sind, aus welchem Anlaß auch immer. Sie spielen diese Schatten dann und wann hoch und gegeneinander aus, als sollte da einiges bereinigt werden. Wieso war es ihr früher kaum aufgefallen?

Kein Wunder: Noch nie waren die fünf »Alten« samt Nachwuchs derart geballt unter einem Dach zusammengetroffen wie aus dem derzeitigen, traurigen Anlaß. An Gromis legendären Geburtstagen hatten sich die Treffen mehr schubweise abgespielt. Es hätten sich ja gar nicht alle hier einquartieren und gegenseitig auf die Nerven gehen können. Vormittags rollten die ersten an, mittags die nächsten, zum Kaffee spätestens die letzte Ablösung. Und wer blieb, nahm sich ein Hotel- oder Pensionszimmer. Daß man gerade die drei Ältesten einmal zusammen angetroffen hätte - Christina kann sich nicht erinnern. Sie schienen sich eher aus dem Weg zu gehen. Es schien sie mehr zu trennen, als zu verbinden. Was war das? Und warum? Eddas Abschiedsflüstern fällt Christina ein: Paß die nächsten Tage gut auf! Sie wird aufpassen. Und wie sie aufpassen wird!

Im Kachelofen unten hören sie wenig später das Holz behaglich knacken. Er beheizt von der Diele aus das Wohnzimmer und die Bibliothek, und wenn man einige Türen offenläßt, das ganze Erdgeschoß. Vor dem Ofentürchen hockt Diether mit restlichen Seiten der Zeitung, die sie fürs Anheizen fanden. Er liest kopfschüttelnd und ruft: »Hört euch das an - auf einer einzigen Seite: ›EG bringt Millionen Fremde ... tausende Verbrecher dabei ... Verschleuderung deutscher Steuergelder an kriminelle Ausländer ... Asylmißbrauch - Überfremdung - Scheinasylanten - Rauschgifthändler - deutsche Kleinrentner bluten finanziell - teures Gebiß für Asylschwindler aus Afrika - Einreise für Gauner, Schurken und Banditen - Mafia und andere Schwerverbrecher ...‹ Und das alles auf Gromis Bücherberg!«

Im Vorbeigehen zieht ihm sein Vater das Zeitungsblatt elegant aus der Hand und fragt: »Ist dir nichts heilig?«

Mit spitzen Fingern trägt er das Blatt zu seiner Schwester Hertha in die Küche an den Herd: »Falls es bei dir noch nicht richtig brennt ...?«

»Es brennt. Die Suppe ist bereits heiß. Ihr könntet gleich hierbleiben.«

Der Rest der Sippe versammelt sich um den großen Eßtisch. Diether setzt sich zwischen seine Zwillingsneffen Teja und Totila und fragt nach links und rechts: »Habt ihr gut aufgepaßt, meine Schöler?« Er äfft einen Lehrer aus dem alten Film »Die Feuerzangenbowle« nach.

Die Zwillinge spielen sofort mit und wiederholen blödelnd: »Ausfremdung durch Überländer! Kriminelle Rauschrentner mißbrauchen afrikanisches Blutgebiß! Millionenfache Asylvernichtung in Scheinverbrecherländern! Schurkische Rausländer überschwindeln Asylgeschenke! Giftgebiß . . .«

»Gut, ihr königlichen Goten«, spornt Diether die übermütigen Sechzehnjährigen an, die an diesem Tag lange genug stillhalten mußten. »Genauso gestaltet man echte Schlagzeilen!«

»Das ist kein Thema für alberne Scherze«, sagt Captain Baldur laut. Sein einziger Sohn fragt: »Wieso hält sich Gromi die gleichen Zeitschriften wie du? Dieses supernationale Zeug?«

Es fällt Christina auf, daß ihr ansonsten so flotter Großonkel sich wieder einmal geschwind den Mund füllt und penibel kaut.

Seine Schwester Uta sagt zu Diether: »Umgekehrt wird ein Schuh daraus! Sollten wir mit dem Löffeln nicht warten, bis auch Hertha am Tisch sitzt?«

»Und womöglich noch auf ein Tischgebet?« fragt Baldur zurück.

Umgekehrt ein Schuh . . ., denkt Christina schwerfällig, als ginge alles zu schnell: Umgekehrt? Also nicht Gromi die gleichen Zeitschriften wie er - und sie hört sich laut weiterdenken: »Sondern du die gleichen Zeitschriften wie Gromi? Ja, und? Oder meint ihr, dann hätte sie sich die Unkosten ja sparen können?«

Diether lacht unbefangen los, die drei »Alten« lächeln unterschiedlich, der Zwilling Totila belehrt sie: »Es geht nicht um Unkosten, Tina. Mehr um Weltanschauung. Genauso wie beim Tischgebet. Gibt es nun eins oder nicht?«

Hertha weist darauf hin, daß sein Großvater darüber ja bereits entschieden habe, und alle sind wohl froh, daß das Geplänkel nicht zum Gezänk anschwillt. Ein Weilchen klappern nur die Löffel. Endlich fragt Teja: »Können wir uns aus Gromis Bibliothek nachher was zum Lesen mit raufnehmen? Oder gibt es was im Fernsehen? Ach so, Gromi hat ja keinen Fernseher. Ob der Empfang hier so schlecht ist? Immerhin, die Berge . . .«

»Sie wollte keinen Fernseher«, erklärt Tuta arglos, »aus Prinzip nicht. Eigentlich komisch, Hertha, daß ihr ausgerechnet darin einer Meinung wart. Und wohl nur darin?«

»Aus völlig verschiedenen Gründen«, erwidert Hertha kurz.

Christina fühlt, daß es augenblicklich wieder zwischen den drei »alten« Geschwistern, Captain Baldur, Hetty und Tuta, schwelt. Sie sieht Captain Baldur auf eine Art schmunzeln, die sie bei ihm noch nicht kannte, und hört Tuta kleinlaut murmeln: »Meine Güte, ich meine doch nichts Ehrenrühriges damit. Es fällt mir nur gerade auf . . .«

Sie sieht Diether mit über den Teller gesenktem Gesicht lauernd herumblicken. Christina sagt: »Ich hatte mir eigentlich auch immer gedacht, daß hier mitten im Gebirge vielleicht der Empfang zu schlecht wäre. Aber wenn Gromi aus Prinzip nicht fernsehen wollte und du, Hetty, auch nicht aus Prinzip - wieso kann es dafür völlig verschiedene Gründe geben? Prinzip ist Prinzip.«

»Und Hund ist Hund«, erwidert Diether, »bloß daß der eine ein Dackel sein kann und der andere ein Bernhardiner.«

Hertha wirft ihm einen dankbaren Blick zu und stellt fest: »Auf diesem Niveau würden wir uns sowieso nie richtig verstehen. Also bitte der Reihe nach: Ja, ihr Goten, von mir aus könnt ihr euch gerne Bücher mit raufnehmen. Gerade in der Bibliothek sollten wir die nächsten Monate am gründlichsten ausmisten.«

Captain Baldur richtet sich sitzend unübersehbar auf, atmet tief ein und legt los: »Erstens - nennt meine Jungs nicht ewig nur die Goten . . .«

»Deine Jungen? Nicht Friggas? Außerdem waren Teja und Totila nun einmal die letzten Gotenkönige. Unglückliche! Mit einem frühen und tragischen Ende . . .«

Hertha läßt sich vom großen Bruder nicht leicht aus der Ruhe bringen, obwohl seine Stimme sich bedrohlich hebt: »Ich bin noch nicht am Ende, Hertha!«

»Ich auch nicht, Baldur. Gerade du müßtest doch gut wissen, was für eine lebenslange Belastung gewisse Namen sein können. Hast du etwa nie unter deinem gelitten? Baldur! Germanische Gottheit des Lichtes und so weiter. Übrigens auch jung und tragisch ums Leben gekommen. Dafür haben Germanens ja wohl eine Schwäche. Was unsere Eltern sich dabei nur dachten?«

Die Stimme des Captains klingt jetzt drohend: »Wirst du heute noch fertig? Ich hatte ›erstens‹ gesagt. Und zweitens: Über die Bibliothek da drinnen bestimmst nicht du, Hertha. Ich bin der Älteste!«

»Jetzt geht's los«, murmelt Diether Christina zu. Sie wundert sich über ihre Oma, die nüchtern bemerkt: »Dies ist kein Erbbauernhof, Baldur. Ich will eure Bibliothek auch keineswegs ausrotten. Lediglich reduzieren, damit wir den Raum besser nutzen können. Da weitermachen, wo Ruth damals aufhören mußte. Beispielsweise! Diese angerissenen Bücher hätten ja nicht mal mehr einen Sammlerwert.«

Captain Baldur blickt seine Schwester an, als sähe er eine Spinne, ein Ungeziefer, das einem stolzen Vogel nicht mal zum Fraß taugt. Er beißt die Zähne zusammen, was ihn kantiger wirken läßt, bringt sie nur noch ganz wenig auseinander, um hervorzustoßen: »Wir werden ja sehen, wer diesmal siegt.«

Seine Schwester wendet sich kopfschüttelnd von ihm ab und den Zwillingen zu: »Hauptsache, ihr nehmt nicht alles ernst, was ihr in dieser sogenannten Bibliothek findet. Das meiste ist rechter Schmarren. Buchstäblich! Wenn ihr wüßtet, woher Gromi das Zeug hatte! Wer hilft mir beim Geschirrspülen? Und wie weit seid ihr oben mit den Betten, Uta?«

Auch sie versucht abzulenken, sobald ein Schatten zu wachsen droht. Auch ihr liegt viel auf der Zunge, dermaßen viel, daß sie selbst erschrickt, wenn ihr davon etwas über die Lippen kommt.

Da sind wir nun lauter Verwandte, denkt Christina, allesamt Nachkommen dieser einen Gromi, deren schwarzumrändertes großes Foto zwischen zwei hohen weißen Gedenkkerzen steht, als letzte Erinnerung an eine vitale, bis zuletzt rosig üppige alte Frau, die das Leben sportlich zu nehmen schien, als ein tapferes Match. So steht sie in Christinas Erinnerung. Was weiß diese Urenkelin eigentlich von ihr? Was wissen sie überhaupt allesamt voneinander?

An diesem Abend noch beginnt Christina den ersten Brief an Edda: ». . . nichts wissen wir voneinander, als drehte sich jeder nur um die eigene Nase. Vielleicht sind die Tage in Gromis Gebirgshäuschen unsere Chance, einander kennenzulernen. Und vielleicht stoßen wir dabei noch auf andere Spuren, solche von früher oder ganz fremde. Es kommt mir vor, als würde ich im Dustern tappen und nach Lichtschaltern suchen, und gleichzeitig habe ich Angst vor dem Licht, in dem ich meine Welt dann womöglich sehen müßte. Denn das liegt ja nicht allein an mir . . .«

Schlag auf Schlag

Christina hört von unten die Stimmen und wie sie lebhaft lauter werden. Neugierig geht sie hinunter ins Erdgeschoß. Sämtliche Zimmertüren stehen weit offen. Kachelofen und Küchenherd sollen das von feuchter Herbstkühle klamm gewordene Häuschen durchwärmen.

Sie trifft die vier Erwachsenen in der Bibliothek am Tisch, auf dem zwei Weinflaschen und einige Gläser stehen. Eine bereits geleerte Flasche lockerte wohl die Zungen. Teja und Totila hocken in Bücher vertieft vor dem breitesten Wandregal auf dem Fußboden. »Gut, daß du kommst, Kind«, wird Christina von ihrer Oma begrüßt, »kannst ruhig aus meinem Glas ein Schlückchen nehmen. Wir überlegen gerade, ob es Sinn hat, auch weiterhin all diese Rücksichten Gromis wegen zu nehmen. Übrigens hat ja gerade ihr das stets am wenigsten gepaßt.«

»Weil die Rücksichten gar nicht ihr, sondern den Kindern galten!« belehrt Captain Baldur seine Schwester.

Christina versteht erst mal kein Wort und will für sich ein Glas aus der Küche holen. Diether ruft ihr nach: »Bring bitte noch eine neue Flasche aus der Speisekammer mit! Jetzt, wo wir zu siebt sind. Und es geht ja wohl erst los, oder? Falls es euch nicht über die Lippen will - mir macht es nichts aus, unseren lieben Kleinen Gromis innige Beziehung zu der Adolf-Hitler-Schule beizubringen, die es in dieser Gegend mal gegeben haben soll.«

Er schaut sich um, als müßte er nun mit Donnergetöse Minen und Bomben hochgehen sehen. Von den Zwillingen am Fußboden sagt einer lediglich: »Ach, war das hier?«

»Sind ja noch Stempel in einigen Büchern«, bemerkt sein Bruder, »hier, in ›Der rote Kampfflieger‹, siehst du?«

Und Teja fragt: »Roter Kampfflieger? Ein Kommunist?«

»Quatsch. Manfred von Richthofens Doppeldecker war knallrot angestrichen, damals im Ersten Weltkrieg. Weißt schon, diese ›tollkühnen Männer in ihren fliegenden Kisten‹. Haben wir doch im Kino gesehen.«

»Das war mal eins meiner Lieblingsbücher«, wirft ihr Großvater lächelnd ein und lockert seine schwarze Krawatte.

»Darum hast du es gegen Ruths Bücherschändungen ja auch mit Zähnen und Klauen verteidigt, wie manche anderen Schwarten.«

»So können die Kinder wenigstens noch in einem den Stempel der Adolf-Hitler-Schule sehen.«

»Der ist noch in viel zu vielen«, mäkelt Hertha, »und als wäre der überhaupt sehenswert!«

Christina hat sich mit ihrem halb gefüllten Weinglas auf das Klavierbänkchen gesetzt und wünscht sich: »Redet doch bitte nicht dauernd alle durcheinander. So kapiert man ja nichts. Was war das mit dieser Hitler-Schule? Und mit Gromi?«

Die drei alten Geschwister werfen sich fragende Blicke zu: Du? Nein, du? Nein, du! Diether schüttelt mitleidig den Kopf: »Jetzt will es wieder keiner gewesen sein. Also paß auf, Tina: Gromis Gemahl, ja? Euer eigentlicher Urgroßvater, ja? Vater der bewußten fünf Kinder, von denen die drei älteren im Moment um uns sitzen - Baldur, Hertha, Uta, ja? Der war der letzte Leiter jener Adolf-Hitler-Schule, die es bis Kriegsende im Nachbarort gab. Adolf-Hitler-Schule! Hast du das jetzt gecheckt, Mädel?«

Christina nickt und blickt suchend auf die drei einstigen Kinder jenes Adolf-Hitler-Schulleiters. Als müßte man ihnen noch etwas ansehen. Alle drei sitzen mit gesenkten Köpfen in ihren Sesseln, plötzlich wie sprachlos. Die sechzehnjährigen Zwillinge hingegen wissen entweder längst Bescheid oder bleiben so uninteressiert, daß sie nicht einmal die Blicke aus ihren gerade aufgeschlagenen Büchern heben. Nachdenklich sagt Christina: »Adolf-Hitler-Schule. Aha. Sagt mir nichts. Drum steckt er auf den Fotos in dieser Uniform. Oder waren damals nicht die meisten uniformiert?«

»Nicht weniger als ihr heute in euren Jeans«, hört sie Captain Baldur sagen, »sogar an Trauertagen.«

Hatte sie eben noch etwas wie Mitleid mit den drei gesenkten Köpfen empfunden, weil sie dachte: Was können denn die für ihren Vater! Und sie waren damals ja wirklich noch Kinder! - so prallt das augenblicklich an Captain Baldurs Selbstgerechtigkeit ab: »Durften wir wegen der Jeans nicht mit auf den Friedhof, Großonkel Baldur?«

Schon legen wieder alle gleichzeitig los: Doch nicht wegen blöder Jeans! Baldur trägt in seiner Freizeit ja selber solche Klamotten! Gromi persönlich habe sich an ihrem Grabe sämtliche üblichen »Mätzchen« verbeten, wie Händefalten und die »üblichen Heucheleien«. Tuta betont: »Ich zitiere ihre eigenen Worte. Nach unserer Meinung hat sie ja nicht gefragt.«

Gromi wollte es so, letzte Wünsche müsse man nun einmal befolgen. Sie war nirgends kirchliches Mitglied gewesen, sondern bis zuletzt außerkirchlich gottgläubig, jawohl, so hatte sie es genannt, und dergleichen müsse man nun einmal berücksichtigen. Auch wenn man selbst ganz anderer Meinung, weil eben wirklich gläubig sei.

Das letzte hat Hertha gesagt und fügt wie für sich bitter an: »Schon merkwürdig, daß man gerade deswegen die entgegengesetzte Weltanschauung immer doppelt und dreifach respektieren soll. Und man tut es! Doppelt und dreifach.«

Diether versucht seine Tante zu trösten: »Was tobte hier sonst aber auch für ein Krieg, Hettychen?«

Er duckt sich gespielt auf seinem Hocker, als sein Vater im nächsten Moment gegen die Schwester auffährt: »Könnt ihr Christen nicht mal angesichts des Todes runter von euren Sockeln? Hättest du unserer Mutter diese völlig sinnlosen Debatten bis buchstäblich zuletzt nicht ersparen können, Hertha?«

»Nein, Baldur. Gerade angesichts ihres Todes nicht. Meine Güte, du begreifst ja wirklich überhaupt nichts. Und laßt jetzt bitte das Mädchen auch mal zu Wort kommen!«

Christina will wissen, was denn der Unterschied zwischen »gottgläubig« und »wirklich gläubig« sei?

Baldur schenkt sich Wein nach und sagt drohend in Richtung seiner Schwester: »Wenn du jetzt zu predigen anfängst - ich warne dich, Hertha. Ich warne dich ganz entschieden!«

Nein, Hertha will keineswegs predigen. Das könne man auch gar nicht mit wenigen Sätzen klarstellen, meint sie und bleibt ruhig. Es werde ohnehin noch genug klar- und darzustellen geben. Die Kinder sollten doch einfach fragen, damit man wisse, was überhaupt sie interessiere, auch Teja und Totila, bitte. Und sie sollten versuchen, sich selbst eine Meinung aus dem zu bilden, was sie hören würden. Denn das sei leider höchst unterschiedlich und wenig erfreulich. Aber einmal müsse reiner Tisch gemacht, einmal müßten auch die Beziehungen zwischen den Geschwistern geklärt werden, müßten die Verschleierungen fallen, mit denen man sich ja einzig Gromi zuliebe bis zuletzt getarnt habe.

»War es denn etwas sehr Schlimmes, eine Adolf-Hitler-Schule zu leiten? Oder war diese Schule etwas so Fürchterliches?« will Christina wissen.

Captain Baldur springt auf, beginnt mit seinem Weinglas zwischen Wohn- und Bücherzimmer auf- und abzugehen und doziert: »Auf eine unsachliche Frage eine möglichst sachliche Antwort. Adolf-Hitler-Schulen, abgekürzt A-H-S, das waren Eliteschulen für den Führernachwuchs der Hitlerjugend, von dem es bis 1945 nie genug gab, dermaßen wenig, daß notgedrungen auch so was wie Pastorenkinder Führer und Führerinnen werden mußten. Siehe Ruth und Konsorten. Man hatte ja einfach noch nicht genug Zeit gehabt.

Adolf-Hitler-Schulen wählten ihre Schüler aus, ab zwölf hatte man auf dieser Eliteschule seine Chance. Ich hätte es also beinahe noch schaffen können. Man absolvierte sie wie übliche Oberschulen bis zum Abitur, und doch lernte man hier anders und mehr. Immerhin mußte man sich schon vorher bewährt haben, vor allem in der Hitlerjugend. Sonst wurde man gleich abgewiesen. Das heißt also: fit auf allen Gebieten, geistig wie sportlich, musisch wie rassisch. Und: gesund! Auch die Lehrer wurden überwiegend nach solchen Ausleseverfahren gewählt. Vater war nicht nur Oberstudiendirektor, sondern eben auch Bannführer in der Hitlerjugend gewesen, als diese Organisation sich noch aufbaute. Höchstens zehn Adolf-Hitler-Schulen gab es im ganzen Reich mit nur wenigen hundert Schülern. So streng war das Ausleseverfahren. Aber es war ja auch erst im Anfangsstadium, wir hätten ja nach dem Krieg ...« Captain Baldur kommt ins Stocken.

»Was?« drängt sein Sohn Diether. »Was hättet ihr? Wolltest du sagen: Falls wir den Krieg gewonnen hätten?«

»Wen meinst du überhaupt mit ›wir‹?« fragt Christina. Sie beobachtet die fast belustigten Mienen der beiden Frauen, die ihrem Bruder geduldig zuhörten. Aber zumindest Utas Geduld scheint jetzt erschöpft: »Das soll eine sachliche Antwort sein? Daß ich nicht lache! Baldur, du sprichst mit ebensolchen Worten wie Augen: leuchtend! Als bräche endlich ein Staudamm, der dich schon lange störte. Um Himmels willen, Baldur, haben wir unsere Kinder dafür so lange eisern mit dem ganzen Plunder verschont?«

Captain Baldur bleibt vor Utas Sessel stehen, sagt von oben herab: »Wenn ich das schon höre - ver-scho-nen! Als handelte es sich um Zumutungen oder gar Greuel, als würden sie es nicht aushalten können, etwas so Simples wie diese Art von Wahrheit! Ein Teil unseres Lebens. Für unsere Mutter noch viel mehr, nicht nur ein Teil. Für Gromi war das ihr ganzes Leben. Bis zur letzten Stunde. Die hast du nicht auf die Knie gekriegt vor eurem Kreuz, Hertha. Mutter nicht!«

»Wie denn auch, Baldur? Wenn sie sich so tief in dem Kreuz mit den Haken verfangen hatte? Wie ein Fisch an einer besonders tückischen Angel. Und nicht nur sie.«

Christina möchte am liebsten zehn, zwanzig Fragen auf einmal stellen. Zuviel wirbelt in ihrem Kopf durcheinander: »Meinst du das Hakenkreuz, Hetty? Aber Gromi kann doch nicht ... also der ganze Zinnober liegt doch fast ein halbes Jahrhundert zurück! Und warum redet jeder von euch anders, wenn es doch um dieselbe Sache geht?«

Sie hört Captain Baldur hart auflachen: »Hat deine Kleine ›Zinnober‹ gesagt, Hertha? Wie kommt sie dazu - wenn ihr Verstand doch so überaus verschont blieb?«

»Trink nicht so hastig«, sagt seine Schwester kühl, »du bist es nicht gewohnt. Und vielleicht läßt du auch andere mal reden? Das mit dem Verschonen sollten wir als erstes klären. Auch für euch, Jungs, falls ihr euch mal von roten Kampffliegern und braunem Schwulst trennen könnt. Hallo, Teja! Totila! Euch meine ich!«

Sie sind ja nicht taub, sie haben nur keine Lust, in einer Familienklamotte mitzuspielen, wie Teja es zu Totilas mehrfachem Kopfnicken darlegt. Wie stolz wäre Captain Baldur unter vorteilhafteren Umständen über schlagfertige Enkel gewesen, man sieht ihm den Zwiespalt an. Immerhin ermutigt er sie, so geistesgegenwärtig zu bleiben. Er kann sich denken, was nun kommen soll: »Eure Großtante wird euch Jugendlichen einreden wollen, wie grauenhaft wir einst als Jugendliche uns unserer Herkunft schämen mußten und was wir alles unter den Teppich zu lügen versuchten, um ja nicht als Kinder von Nazis dazustehen.«

»Von hauptberuflichen Nazis«, wirft Uta ein, »wenn schon, denn schon! Mutter, also Gromi, war nämlich auch hauptamtlich höhere BDM-Führerin gewesen. BDM bedeutete Bund Deutscher Mädel. Das war die weibliche Hitlerjugend ab vierzehn. Für die jüngeren Kinder gab es das Jungvolk, ›Jungmädel‹ und ›Pimpfe‹ hießen die. Hertha und ich waren nie dabei. Zu jung. Und doch hatten wir irgendwie von unserm ersten Schrei an damit zu tun. Einfach durch unsere Eltern. Beide meistens in Uniform.« Christina kennt das von Fotos und möchte wissen, mit was also sie und die Zwillinge und einige andere »verschont« wurden? Was hätte die Vergangenheit von Ur- und Großeltern, Onkeln und Tanten in ihrem Leben - kurz vor dem nächsten Jahrtausend - denn schon anrichten können? Da ist sie mit Diether gleicher Meinung: »Wer redet denn überhaupt noch davon? Das sind doch uralte, verstaubte Hüte!«

Die drei Älteren sehen das anders. Sie ragen sozusagen aus der schmerzensreichen ersten Jahrhunderthälfte in die ein wenig schmerzstillere zweite und letzte. Sie zählen sich gewissermaßen zur Basis, zu Grundsteinchen der Nachkriegsgeschichte, die ja noch eben Europa mitten entzweigerissen und sichtbare Narben hinterlassen habe. Euch tut davon vielleicht nichts mehr weh, sagen sie. Rein äußerlich also konnte unsere Vergangenheit bei euch hier im Westen wenig bis nichts anrichten.

»Bei mir ist auch innerlich alles intakt«, behauptet Christina, »und bei euch doch auch, wie ich das sehe. Oder?«

Hertha und Uta schauen sich unbehaglich an, wenden sich ihrem Bruder Baldur zu. Er ist stehengeblieben, starrt in sein Weinglas, sagt endlich: »Es geht auf keine Kuhhaut, was die alles nicht wissen! In meinen Augen war euer Verschonenwollen immer nur ein mieses Versteckenwollen. Ich fand es feige. Was haben denn wir fünf uns vorzuwerfen? Und Gromi? Die hätte gerne mitgeteilt, wovon ihr Herz voll war: von ihrem Leben. Was für eine Anmaßung, euch eurer Mutter zu schämen!«

»Ihr habt euch wirklich Gromis geschämt?« Christina flüstert fast. Jetzt sitzt auch Diether mit gesenktem Kopf auf seinem Hocker, als könnte er sich bereits genug zusammenreimen.

»Und wie war es mit eurem Vater? Er hat diese Adolf-Hitler-Schule also geleitet. Er! Nicht sie.«

»Er ist bei Kriegsende gefallen«, antwortet Captain Baldur knapp. Seine Schwestern nicken, es sieht aus wie: Gott sei Dank! »Aber was die A-Ha-Schulleitung betrifft«, fährt der Captain fort, »dafür mußten schon beide qualifiziert sein. Mit einer Chinesin, Negerin, Betschwester oder Kommunistin an seiner Seite hätte er so eine Karriere nie geschafft.«

»Vater!« fährt Diether auf. »Soll das so weitergehen? Für den Fall möchte ich lieber auch künftig verschont bleiben!«

»Ja, du!« erwidert sein Vater bitter. »Du bliebest am liebsten vom ganzen Leben verschont. Da siehst du, Hertha, was dabei herauskommt, wenn man ihnen überhaupt nichts zumutet. Lebensangst, Drückebergerei . . .«

»Diether hat eben genau das Gegenteil bewiesen«, fällt sie ihrem Bruder ins Wort, »und ich gebe ihm recht. Die Kinder wollen keine Tiraden aus Goebbels Propagandaministerium hören. Wenn sie überhaupt etwas hören wollen.«

»Ganz einfach, wie es war«, schlägt Diether vor.

»Gut. Bloß - wo anfangen?«

»Zum Beispiel mit dem Ende des Krieges, als das mit Hitler vorbei war?«

»O je. Das ist nicht an einem Abend zu schaffen.«

»Wir haben ja zwei, drei Tage und Nächte vor uns. Und es kann sich schließlich nur um eine begrenzte Zeit gehandelt haben. Die ersten drei, vier Jahre nach dem Krieg, schätze ich?«

»Habt ihr eine Ahnung«, fängt Hertha an . . .

Noch in der Nacht schreibt Christina ihren an Edda begonnenen Brief weiter:

»... hast Du gewußt, daß Gromi also wegen dieser Adolf-Hitler-Schule ihr Leben unbedingt im Schlagschatten der Alpen glücklich beschließen wollte, um es mal malerisch zu sagen? Das ehemalige Schulgebäude ist die alte Burg im Nachbarort, Du weißt schon. Als der Zweite Weltkrieg verlorenging - wie Tuta sagt: ›Als alles in Scherben lag‹ -, da mußten sie ihre schöne Dienstwohnung innerhalb einer Stunde verlassen. Und Gromi war zu dem Zeitpunkt allein mit ihren fünf Kindern. Wer wollte denn auch bei so einer bleiben? Deine Mutter Gundel alias Kunigunde lag da noch als Baby in den Windeln.

Zuerst fielen in der Gegend französische Truppen ein. Captain Baldur behauptet: Die übrigen Alliierten ließen die Franzosen zuletzt noch etwas mitspielen am Krieg und Sieg. Sie sollten sich nicht nur als Verlierer fühlen, was sie gegen Deutsche vorher etwas reichlich gewesen seien. Er erklärt sich manche noch heute aufflackernden ›Zimperlichkeiten‹ von französischer Seite gegen uns damit. Unser fliegender Baldur sieht überhaupt vieles in einem ganz anderen Licht als Hetty, die ihm aber kühn über den Schnabel fährt. Hätte ich ihr so nicht zugetraut. Ich muß dahinterkommen, was hinter ihren Differenzen steckt. Wahrscheinlich fing das bereits in ihrer Kindheit an.

Es sollen französische Kolonialtruppen gewesen sein, Nordafrikaner vor allem. Sie sollen mit Frauen fast so wüst umgesprungen sein, wie man es von der sowjetischen Roten Armee gehört hätte. Als Diether rundheraus fragte, ob auch unsere Gromi vergewaltigt worden sei, guckten sich die drei Alten achselzuckend an. Einzig Hetty gab zu: ›Ich hatte wahnsinnige Angst um meine damals blühende, hübsche, erst fünfunddreißigjährige Mutter. Und auch um Baldur, daß er sich fanatisch dazwischenwerfen könnte, denn solche Männer wurden dann ja einfach über den Haufen geschossen.‹ Sie sagte ›Männer‹, wo doch Baldur gerade zehn Jährchen alt war und ein strammer kleiner Pimpf in der Hitlerjugend. Das war gesetzliche Pflicht für sämtliche deutschen Kinder ab zehn Jahren. Man muß sich vorstellen, daß dieser kleine Baldur das kaum erwarten konnte, schon lange vorher seine Jungvolk-Uniform anprobierte und wer weiß wie oft stolz hinter seinem Vater hermarschierte - nennen wir den mal Gropi -, wenn die Adolf-Hitler-Schüler von zwölf bis achtzehn vor dem antraten und strammstanden.

Du merkst vielleicht, daß ich hier einige Ausdrücke hinschreibe, die uns fremd erscheinen. Aber Du müßtest den Alten selber zuhören! Es wimmelt in ihren Erinnerungen von irren Vokabeln.«

Abwechselnd haben Hertha, Baldur und Uta erzählt. Christina schwirrt noch der Kopf von den vielen Neuigkeiten.

Gromi mußte mit den Kindern innerhalb von sechzig Minuten aus ihrer schönen Dienstwohnung, und zwar möglichst weit weg, so daß es sie nordwärts bis in die niedersächsische Heidelandschaft verschlug. Dort gab sie vor, mit den fünf Kindern als arme Flüchtlingsfrau aus dem Osten gekommen zu sein. Da sie ja tatsächlich aus Vorpommern stammte, fiel es ihr nicht schwer, ihre jüngste Biografie etwas zu verändern. Man behandelte sie in dem niedersächsischen Dorf wie Flüchtlinge und wies Mutter und Kinder in eine Bauernstube samt schmaler Kammer ein. In die Kammer paßten gerade die zwei dreistöckigen Bettstellen, die man aus einem nahegelegenen verlassenen Wehrmachts- oder Gefangenenlager organisiert hatte. In der Stube ein sogenanntes Bolleröfchen, zugleich einzige Kochstelle. Uta war damals sechs, ihr Bruder Ecky ein ewig plärrender Dreijähriger. Mitgeschleppt hatten sie bei ihrem überstürzt verordneten Aufbruch lediglich doppelt bis vierfach übereinandergezogene Kleidung und Bettzeug, so viel sie in Rucksäcken und unter den Armen tragen konnten, also von nichts genug. Was konnten die kleinen Kinder schon schleppen?

In jenen Wochen warf die teils flüchtende, teils kapitulierende deutsche Armee ihre Schätze einfach an Straßenränder, in Wald, Feld und Wiese. Außer bergeweise Waffen und Munition lagen dort auch Lebensmittelvorräte, Decken, Mäntel, ganze Schreibstuben mit jeglichem Schreibmaterial, haufenweise privates Gepäck voller Überraschungen, Flugzeuge, Autos, Medizin- und Sanitätsvorräte und Beutegüter aller Art. Ebenso warfen viele Flüchtlinge manchen Ballast einfach in die Gegend. Captain Baldur schwärmt geradezu von all den Funden, die er mit zwei seiner Schwestern monatelang in die bewußte Kammer heimschleppte. Noch heute jammert er um manches flotte Jagdflugzeug, das er leider im Wald oder auf Wiesen stehenlassen mußte.

Wie kleine Steinzeitjäger stromerten die Kinder durch die Landschaft, mit scharfen Blicken für alles, was brauchbar schien und meistens auch war. Vor allem die vielen Wehrmachtsdecken in grau, braun, oliv, blau, die sie fanden und die nicht nur ihr klägliches Bettzeug auffüllten! Gromi schneiderte ihnen daraus auch Mäntel, Hosen und Jacken. Sie legten sich regelrechte Vorräte an, was sich viel später als geradezu rettend erweisen sollte.

Die noch sechsjährig dumme Uta stopfte sich manchmal allerlei Munition in den Rucksack, auch Handgranaten. Einmal legte sie um ein Haar eine Tellermine auf dem glühenden Bolleröfchen ab. Das ganze Haus samt Besitzern und mehreren Flüchtlingsparteien wäre beinahe in die Luft geflogen! Die Kinder mußten auch ständig für das nötige Brennmaterial zum Heizen wie Kochen sorgen. Sie sammelten Holz, Kienäpfel und alles, was brennbar war. Wie sollten kleine Kinder da immer Gefährliches herauserkennen?

Christina kommt das alles ziemlich abenteuerlich vor. Auch Captain Baldur, Hetty und Tuta müssen heute über diese und jene Erinnerung lachen. Aber in manchen anderen Familien um sie herum passierte sehr viel Tragisches, besonders mit Munition.

Damals jedenfalls hatten sie nichts zu lachen, erzählt Hetty weiter. Vor allem hatten sie nichts zu essen, so gut wie nichts, ständig einfach zu wenig. Außerdem fing gleich nach ihrer Vertreibung von der Adolf-Hitler-Schule Gromis entsetzliche Unruhe an, die wie ein Verhängnis oder eine Krankheit über sie kam. Sie wollte dauernd zurück in ihre von französischem, dann amerikanischem Militär besetzte oberbayerische Elite-Schule. Sie wußte ja, daß dort nicht geplündert, sondern alles beschlagnahmt und eher bewacht worden war. Und sie war verrückt danach, für sich und ihre Kinder herauszuretten, was zu retten war. Das kam wie eine fixe Idee über sie. Außerdem wollte sie ihren als vermißt geltenden Mann Hartmut suchen. Er hatte sich noch in letzter Minute mit einigen älteren, bewaffneten Adolf-Hitler-Schülern nach Berlin aufgemacht, wo sie ihren Führer verteidigen wollten.

Für Christina ist nicht zu überhören, wie begeistert der zehnjährige Baldur seinem angebeteten Vater in diese Verrücktheit gefolgt wäre! Ebensowenig zu überhören ist, welche Ängste die übrigen vier Kinder davor ausgestanden haben müssen, daß ihnen auch noch die Mutter verlorengehen könnte. Die hielt zunächst wahrscheinlich nur der böse Keuchhusten zurück, der im Spätsommer 1946 gleich alle fünf Kinder befiel und abzuwürgen drohte.

In dieser Situation stieß Ruth zu ihnen, noch siebzehn und selber auf der Flucht. Sie hätte ebensogut in feindliche Gefangenschaft tappen können! Fünf seit Wochen schwer keuchhustende Kinder hatten schließlich selbst ein so dralles Arbeitspferd wie Gromi aufgerieben. Ihr wäre zu jenem Zeitpunkt jede Hilfe recht gewesen, selbst der Teufel. Aber den fürchtete sie sowieso nie.

Am Morgen erscheinen alle verspätet zum Frühstück. Tante Uta war als erste unten und hat bereits den Küchenherd angeheizt. Gähnend gesteht sie: »Mir geht das schrecklich nach, es wühlt zu vieles neu auf.«

Zu spät. Sie kann die Zwillinge nicht mehr bremsen. Teja und Totila beginnen sofort mit Fragen, als ließe auch sie das Gehörte nicht in Ruhe: »Wieso gab man den fünf Kindern keine Antibiotika gegen den Keuchhusten? Wieso waren sie dagegen nicht geimpft?«

Hertha erinnert sich: »Ganz einfach. Von Antibiotika wußten normale Sterbliche noch gar nichts. Medikamente gab es so wenige wie Nahrungsmittel, nein, sogar weniger.«

»Und die Schutzimpfungen«, ergänzt Tuta, »wurden in den letzten Kriegsjahren nicht überall sorgfältig eingehalten. Es gab Wichtigeres zu kontrollieren. Gromi hatte sich außerdem wohl auf die gesunde Alpenluft verlassen. Unter Flüchtlingen grassierten damals verschiedene Krankheiten. Nach über einem Hungerjahr und pausenlosen Strapazen hatte kaum jemand genug Widerstandskraft. Ruth zum Beispiel hatte gerade in der Ostzone eine Typhusepidemie mit Ach und Krach überlebt. Gegen Keuchhusten war sie zum Glück früher mal geimpft worden.«

Wo sie denn nun schlafen mußte, wollen die Zwillinge wissen. Und wovon eigentlich sie lebten - und und und! Die Antworten der drei Geschwister folgen Schlag auf Schlag:

Zuerst legte man die beiden Jüngsten, Ecky und Gundel, in einem der dreistöckigen Feldbetten zusammen. Doch Ecky entwikkelte sich mehr und mehr zum Bettnässer. Das sollte sich zu einer ekelhaften und mühsamen Plage auswachsen. Heute weiß man über solche Probleme besser Bescheid, ist sich über die nervlichen oder seelischen Störungen klar, die dahinterstecken. Aber für den armen kleinen Eckehart brachte damals keiner Verständnis auf. Seine Bettnässerei kostete alle zuviel Geduld und Kraft.

Es gab ja keine Waschmaschinen. Es gab zunächst überhaupt nur eine Blechschüssel für sämtliche Reinigungsvorgänge, für Menschen wie für Eßgeschirr, für Kartoffeln wie für Wäsche. Erst später »organisierte« Gromi ein etwas größeres Zinkwännchen. Dazu besaßen sie anfangs nur einen einzigen Eimer, in dem man das Wasser von der nächsten Pumpe herschleppen mußte. Baldur und Ruth schleppten sich allein am täglichen Wasserbedarf halbtot.

Eckys nasses Bettzeug hing dann um das einzige Bolleröfchen.

Das mußte auch im Sommer in Betrieb gehalten werden, es war ja die einzige Stelle zum Kochen und zum Wasser-Erwärmen. Der mittlerweile vierjährige Eckehart erschrak selbst am meisten, wenn er morgens im naßgepinkelten Bett aufwachte. Jedesmal brüllte er in seiner Angst los wie eine Sirene. Längst hatten sie ihm eins der beiden untersten Betten zugewiesen, den einzigen Nachttopf gleich davor. Den mußten im Finstern auch die übrigen Kinder benutzen.

In der engen Bauernkate hausten insgesamt etwa zwanzig Personen, und es gab für sie nur ein einziges Klo draußen beim Stall. Gromi und Ruth mußten auch bei Gewitter, Regen, Sturm und Frost dort hinaus über den Hof. Meist nahmen sie das gefüllte Kindertöpfchen gleich mit. Dort oben zwischen Bremen und Lüneburg wehte ja fast dauernd Wind und rauschte durch die weite Heide. Für die fünf Geschwister war dieses Element eine neue, unheimliche Erfahrung; in den Gebirgstälern hatten sie die Luft meistens still erlebt.

Ruth mußte zum Schlafen mit dem viel zu kleinen, durchgesessenen alten Sofa in der Stube zurechtkommen. Da sie reichlich lang gewachsen war, stand sie jeden Morgen wie gerädert auf. Natürlich räderten sie auch die nächtlichen Störungen. Es gab nicht eine störungsfreie Nacht, erst recht nicht, als Gromi die Kinder mit Ruth immer öfter, immer länger allein ließ. Sie suchte ihren vermißten Mann.

»Nein«, gestehen heute die viel älteren Geschwister, »unser Vater hätte uns nicht helfen können, erträglicher zu leben. Im Gegenteil, seine Anwesenheit hätte vieles nur verschlimmert.« Wie oft horchten sie furchtsam auf, wenn sich nachts Schritte dem alten Haus näherten, wenn man nur von weitem eine abgerissene Figur kommen sah, humpelnd im schlotternden, vergilbten Mantel, einen der vielen aus Krieg, Gefangenschaft, Lagerhaft oder von langer Irrsuche Heimkehrenden. Beklommen sahen sie jedesmal auf diese Elendsgestalten und atmeten auf, wenn sie vorbeitrotteten. Eins begriffen selbst die Kinder: Ein Vater, der Nazi gewesen war, sogar Uniformträger, konnte ihr Unglück nur vergrößern, würde das ganze mühsam erschwindelte Lügengebäude zum Einsturz bringen.

Es fing damals an, daß ähnliche Elendsfiguren bei ihnen auftauchten, einstige Freunde, Kameraden, ehemalige Schüler. Immer kamen sie im Finstern, immer nur kurz und hastig. Sie wollten Gromi helfen, ihr Geld zustecken, obwohl sie selbst kaum genug haben konnten. Es war auch nichts wert. Was konnte man schon dafür kaufen? Nicht mal die kläglichen Rationen, die es auf Lebensmittelkarten und Bezugscheine gab. Dort in der britischen Besatzungszone waren das pro Tag und Nase etwa tausendundfünfzig Kalorien, wenn man Glück hatte. Es hieß, mehr hätten KZ-Insassen auch nicht bekommen.

Bis zum Spätsommer 1946 wußte auch ein kleines deutsches Kind, was der Begriff KZ bedeutete: Konzentrationslager. Man sah und hörte davon überall, flüsternd hinter vorgehaltener Hand oder laut um die Ohren geschlagen, daß man sich unwillkürlich duckte.

»Nein, wir haben es vorher nicht gewußt, auch Ruth nicht. Seit Kriegsende, seit Mai 1945 jedoch hing es über uns wie schwarzes Bleigewölk, und wir sollten lernen, uns zu schämen. Recht geschah uns, daß wir hungerten, darbten und krank wurden! Ich weiß nicht«, sinnt Hertha laut weiter, »ob so etwas beispielsweise die körperlichen Kräfte mobilisiert, indem du alle Übel als gerechtes Schicksal akzeptierst. Ob das nicht eine Art Trotz ist, der sich wie ein Panzer um manche Schrecken legt. Ein Panzer kann erdrücken, sicher, er kann aber auch schützen. Ich kann mir nicht anders erklären, wie wir sonst bei der katastrophalen Lage halbwegs heil davongekommen sein sollen. Denn der ganze Horror sollte sich ja noch steigern.«

Captain Baldur weist heute derartige Vermutungen energisch von sich. Er will seinen Panzer damals aus der Elite-Schmiede mitgebracht haben. Als hätte er dort - wie einst der Nibelungenheld Jung-Siegfried - in Drachenblut gebadet, von jung auf und für immer gegen alle Angriffe geschützt. Für ihn galt einzig, diesen Panzer zu bewahren. Er hätte seinen Vater raffiniert versteckt und versorgt!

Hunderte Male spielte er, oben auf seinem Bett hockend, laut solche Pläne durch: Wo er ihm Höhlen graben oder halbzugeschüttete Bunker heimlich wieder zugänglich machen wollte, sie mit Stroh und Heidekraut auspolstern, reichlich mit Wehrmachtsdekken versorgen und sich mit Nahrung und Botschaften hinschleichen wollte. Er weigerte sich darum auch so lange, die Nachricht zu glauben, daß sein Vater im sinnlosen Kampf um Berlin gefallen sei. Gromi gab die Suche ja auch trotzdem nicht auf!

Gromi spielte andere Pläne durch: In welches Ausland der angeblich Gefallene sich abgesetzt haben könnte; er wisse doch gut, daß er lebend für die deutsche Zukunft wichtiger sei, ein ohnehin zu später Heldentod nutzlos - Gromi redete sich wie Baldur ein, daß der Vater davongekommen sein mußte. Mußte! Und sie haben das lange, zu lange gehofft. Einstweilen aber war der Ernährer nicht verfügbar.

Baldur behauptet noch heute, daß Gromi immer wieder in die alte Schul-Burg zurück wollte, weil sie dort noch raffiniert versteckte Schätze wußte, Geld, Devisen, Schmuck, Teppiche, Kunstwerke, Silber. Überall schwirrte es damals von solchen Schatzmärchen. Jeder wollte einmal Ali Baba sein.

Baldurs Schwestern nicken und denken zurück: Zunächst mußten sie jede Chance suchen und wahrnehmen, aus der unerträglich engen, dumpfen Bauernstube heraus und zu mehr Platz zu kommen. Die Kinder husteten sich darin sonst zu Tode. Jede Nacht fuhr mal dieses, mal jenes hoch, geschüttelt von würgenden Erstickungsanfällen. Jede Nacht stand immer wieder Ruth an einem der Betten, hielt das Kind senkrecht, hielt ihm das Töpfchen vor, klopfte ihm den Schleim aus den verkrampften Atemwegen, wischte Tränen, Schnupfen, Erbrochenes ab. Und das jeweilige Kleine fiel bläulich bleich, erschöpft bis zur Bewußtlosigkeit zurück auf seinen Strohsack. War Gromi ausnahmsweise da, sagte sie grimmig: »Wir müssen hier raus. Und ich hole euch raus!« Aber wohin?

Tatsächlich wurde sie noch im Frühherbst 1946 fündig. Nicht weit ab vom Dorf begann ein ehemaliger riesiger Truppenübungsplatz. An seinen Rändern hatte es allerlei Barackenlager gegeben, teils für reguläres Militär, teils für Fremdarbeiter oder Kriegsgefangene und deren Bewacher. In den ersten Nachkriegsmonaten hatte sich dort viel unheimlich wirkendes Volk herumgetrieben, wahrscheinlich ehemalige Gefangene, Verschleppte und sonstige »Befreite«. Mit der Zeit leerten sich die Baracken. Sie verkamen, wurden teils angezündet, blieben verwüstet zurück. Einige waren regelrecht verheizt worden, und die Gegend blieb auch weiterhin unheimlich und verrufen. Aber es war die einzige Chance für die im Dorf zusammengepferchten Flüchtlinge und Vertriebenen. Zum Glück für sie traute sich nicht gleich jeder dort hinaus.

Es blieb von Anfang an ein Wagnis mit vielen Unsicherheiten, eine illegale, verzweifelte Aktion, ohne jegliche rechtliche oder öffentliche Hilfe. In solche Abenteuer mußte sich jeder auf eigene Faust stürzen. Die das wagten, formierten sich aus größeren Familienverbänden, in denen sie sich sicherer fühlten. Und es sollte eine sehr gemischte Gesellschaft werden, die sich dort noch vor dem entsetzlichen Winter 1946/47 anzusiedeln versuchte. Gromi und Ruth mit den fünf Kindern waren dabei.

Baldur

Jetzt aber haben sie lange genug beim Frühstück gesessen und geschwatzt. Es ist bereits Vormittag, und es gibt einiges zu tun. Captain Baldur hat sich Gromis Schreibtisch, Papiere, Akten, Korrespondenzen vorgenommen. Da muß allerlei gesichtet, geordnet, geschrieben werden. Er seufzt: »Papierkram lag ihr nicht. Sie hat ein ziemliches Chaos hinterlassen. Es müßte vorsichtshalber auch noch Holz für Ofen und Herd gehackt werden. Immerhin sind die ersten Nachtfröste angesagt ...«

Man einigt sich rasch. Diether will seinem Vater beim Ordnen der Papiere zur Hand gehen.

»Nur die Beileidspost interessiert eigentlich auch mich!« ruft Hertha Vater und Sohn nach. Jaja, keine Sorge ...

Tuta übernimmt die Hausarbeiten, Totila das Holzhacken.

Sein Bruder Teja begleitet Hetty und Christina zum Einkaufen ins Dorf, mit einem Umweg über den Friedhof zu Gromis Grab. Der Tag draußen ist föhnig milde, fast wolkenlos, von wenigen Kondensstreifen durchzogen. Christina schaut blinzelnd auf die seltsam nah wirkenden, von Licht übergossenen Berge und stellt fest: »Ich verstehe ja, daß sie auf ihre alten Tage lieber hier in der Stille leben wollte, abgeschieden und für sich.«

»Gromi konnte doch nie genug Trubel um sich haben!« widerspricht Teja. »Außerdem war sie auch hier noch unentwegt auf Achse und selten allein im Haus. Als wäre die Familie noch nicht umfangreich genug! Nein, sie brauchte auch ihre alten und neuen Kameraden, wie sie diese Typen nannte. Außerdem ihre Partei und überhaupt andauernd Aktivitäten!«

Christina lacht: »Im Ernst? Ich war ja nicht oft hier. Was denn für eine Partei? Ach, ich weiß schon, so etwas wie Eddas Abgeordneter Mondschein, wie?«

»Edda hat einen Abgeordneten?« fragt Teja gespielt ernst. »Als Freund?«

»Also, das wird mir jetzt zu dämlich, Teja. Mich interessiert auch mehr, wieso Ruth damals auftauchte? Woher? Warum?«

»Lauft nicht so schnell, wenn ich dabei noch reden soll«, japst ihre Oma und kramt bereits in ihrem Gedächtnis: Auch Gromi stammte ja aus einer großen Familie, hatte in Vorpommern Eltern, Brüder, Schwestern gehabt. Irgendwie war Ruth über Gromis jüngste Schwester Ilse zu ihnen gestoßen, die wiederum eine Schulfreundin von Ruths älterer Schwester gewesen war - ja, so ähnlich mußte es gelaufen sein. Ruth war im Sommer 1946 aus der damaligen SBZ, der sowjetisch besetzten Zone, herüber in die britische Besatzungszone geflüchtet.

»Wieso geflüchtet?« fragt Teja.

Hertha fährt fort: Ja, damals wurde unentwegt geflüchtet, am meisten von Ost nach West. Mit sechzehn und siebzehn Jahren hatte Ruth Zwangsarbeit und Typhus hinter sich, und ihr drohte Verschleppung wie Tausenden, sie wußten selbst nicht warum. Vielleicht genügte es, daß sie jung, groß und kräftig war. Sie kannte keinen Menschen in den westlichen Besatzungszonen, suchte nach ihrer bereits vorher geflüchteten Schwester, kam bei dieser Suche auch zu Gromi, und es wurde Herbst, und sie hatte kein Dach über dem Kopf. Ihre Schwester fand sie wenig später gar nicht weit ab als Magd auf einem großen Bauerngehöft. Doch da saß Ruth bereits bei Gromi in der Falle.

Von Gromis Verwandtschaft übrigens ließ sich lange keiner blikken. Dabei waren fast alle, Eltern wie Geschwister, mehr als ein Jahr zuvor von Vorpommern nach Westen geflüchtet, vor der sich westwärts durchkämpfenden Roten Armee her. Ruths Familie war dieser Kriegswalze nicht entkommen. Ruth hatte Eltern und jüngere Geschwister in Mecklenburg zurückgelassen.

»Ja, ihr fragt zu Recht, warum niemand von Gromis Verwandten uns half, obwohl alle erstaunlich rasch voneinander hörten, auch die neuen Adressen erfuhren. Es würde zu weit führen, euch diese verwickelten Familienverhältnisse zu schildern. Gromi galt wohl in ihrem Clan als schwarzes - in diesem Fall richtiger: als zu braunes - Schaf. Es war ein angesehenes Geschlecht von Gutsherren und Schiffsreedern zwischen Stettin, Stralsund und Rostock. Allein durch die geographische Lage kannten sich Gromis und Ruths Eltern seit den zwanziger Jahren, wie ›man‹ sich halt in gewissen gesellschaftlichen Kreisen kannte. Ruths Vater hatte einige von Gromis Geschwistern getauft, konfirmiert, getraut, ja, er war Pastor.

Also eine oberflächliche Familienbekanntschaft. Daß sich beide sofort duzten, hatte damit nichts zu tun. Beide waren in der Hitlerjugend gewesen, Ruth Führerin bei den zehn- bis vierzehnjährigen Jungmädeln, Gromi ein wesentlich ›höheres Tier‹ in der Gebietsführung oder wie das hieß. Möglicherweise sahen sie sich 1946 zum erstenmal bewußt. Aber diese Art von gemeinsamer Herkunft und Erfahrung zählte mehr als alles andere. Vom ersten Moment an konnte Gromi an Ruths eingedrillten ›Kameradschaftsgeist‹ appellieren.

Den mußte sie später mehr und mehr regelrecht beschwören. Und das klappte. Das funktionierte selbst bei den fünf Kindern, die wiederum von Ruth gebeten, ermahnt, oft angefahren wurden: ›Kameradschaftlich sollt ihr denken und nicht egoistisch!‹

Eine Zauberformel, wie etwas einzig Verwertbares, das sie aus nichts als Schutt gerettet hatten. Übrigens hatte Ruth tatsächlich noch weniger gerettet als wir: einen alten Luftwaffenrucksack, schlaff und faltig, darin neben einem Minimum an Unterwäsche, mehrfach geflickt und gestopft, nur ein einziges Buch. Ein Buch nur - und doch: Was war Gromis gesamte Bibliothek dagegen, die sie allen Ernstes aus der Adolf-Hitler-Schule ›retten‹ und auf wahnwitzig krummen Touren nordwärts schaffen mußte?«

Ungläubig fragt Teja: »Du sprichst doch nicht zufällig von den -zig Büchern in Gromis Häuschen?« »Genau die meine ich.«

»Wo sollen die denn noch Platz gehabt haben in eurer engen Bauernkate? Und wie konnte Gromi sie überhaupt aus der besetzten Adolf-Hitler-Schule holen und so weit transportieren?«

Hetty bleibt seufzend vor dem Supermarkt stehen: »Das kam ja erst später. Ebenso das mit dem Klavier, den Vorhängen und anderen Schätzen aus dem bayerischen Kastell. Was man damals für Schätze hielt: alles, was nur irgendwie brauchbar war.

Wenn ich daran zurückdenke und zugleich diese bunten Schaufenster sehe, und erst recht drinnen die vollgestopften Warenregale: unvorstellbar! Nicht mal im Traum hätten wir uns das auch nur annähernd vorstellen können. Für verrückt hätten wir jeden gehalten, der uns das damals vorausgesagt hätte. Der Hunger, die Not, das Elend: unüberwindbar kam uns das vor, nie mehr zu bewältigen oder nur zu bessern, zu lindern!

Zugleich wuchs in jedem so viel Gier wie Trostlosigkeit. Es nistete sich das elende Gefühl ein: da kommen wir nie mehr raus, weil wir ja auch gar nicht mehr herauskommen sollen. Ganz Europa muß gegen uns sein und wird zu verhindern wissen, daß Deutsche jemals wieder satt und womöglich stark werden und abermals über andere herfallen! Hunger und Trostlosigkeit machten die Deutschen apathisch, gleichgültig, viele rücksichtslos. Einzig Gromi schien besessen von Mut, Hoffnung, Durchhaltewillen. Sie spielte weiter eine ganz bestimmte Rolle in einem Stück, das längst ausgepfiffen und vom Spielplan abgesetzt worden war. Sie konnte nicht mehr aufhören damit.

Kommt, laßt uns die Besorgungen erledigen und dann zum Friedhof gehen!«

Christina sagt wenig später verlegen: »Wir hätten Blumen mitnehmen sollen. Aus ihrem Garten. Die schönen letzten rosa und lila Astern.«

Ihre Oma schüttelt den Kopf. Das winzige Urnengrab sei von Blumen überhäuft. Aus allen Richtungen der Republik bekäme die Dorfgärtnerei Fleurop-Aufträge, es sei nicht zu fassen, woher es so viele wüßten. Verwundert fragt Christina: »Von ihren früheren Verwandten?«

»Von denen lebt kaum noch jemand. Die blieben ihr gegenüber zeitlebens reserviert. Ruth wußte von denen mehr als wir fünf Geschwister. Dabei ließ Gromi seinerzeit im Heidedorf regulär ein Zimmer für eventuellen Verwandtenbesuch reservieren. In einem neueren Häuschen am anderen Dorfende ein richtiges Gästezimmer mit Bett, Tisch, Schrank, Waschtisch. Sie muß fest geglaubt haben, daß ihre Eltern und Geschwister sie besuchen würden. Wie sie diese Zimmer-Anmietung - richtiger: Beschlagnahme - trotz der verheerenden Wohnungsnot bei der zuständigen Gemeindeverwaltung durchsetzte, blieb schleierhaft, war aber typisch für ihre Kraft.

Von der Verwandtschaft ließ sich jedoch kaum jemand blicken. Zwar schrieb man sich, und erstaunlicherweise funktionierte das Postwesen zwischen den vier Besatzungszonen bereits ein Jahr nach Kriegsende halbwegs zuverlässig. Wo doch sonst alles total chaotisch war! Etwa Reisemöglichkeiten - lebensgefährlich. Überhaupt das Transportwesen, die Versorgungslage - da wurde mehr demontiert als wieder aufgebaut, und die Sieger schleppten die Beute ab. Aber die Post lief ähnlich geölt weiter wie das Schulwesen . . .«

»Also stand das fabelhafte Zimmer leer?« Als Teja das fragt, sind sie bereits mit vollen Einkaufsbeuteln auf dem Weg zum Friedhof.

Hertha erklärt hastig: »Aus purer Berechnung, damit es überhaupt genutzt wurde, stellte Gromi es Ruth zur Verfügung, wenn sie, Gromi, ausnahmsweise bei uns weilte. Sobald sie uns allein ließ, mußte Ruth auch bei uns übernachten. Ich glaube, dieses Zimmer am anderen Dorfende hat Ruth viel bedeutet. Daß sie sich wenigstens dann und wann alleine in vier Wände zurückziehen durfte, obwohl auch jenes Haus mit Flüchtlingen belegt war. Und obwohl die Hausbesitzerin, eine Kriegerwitwe, ihren ungebetenen Mitbewohnern das Leben schwermachte, um sie loszuwerden.

Ich habe Ruth dort manchmal hinbegleitet oder abgeholt. Frau Niebuhr, so hieß die Witwe, konnte sich mit der jüngsten eingeschmuggelten Hausgenossin am wenigsten abfinden. Unbeschreiblich, wie Deutsche mit Deutschen umgingen - wir empfanden das damals so. Als hätten die Geflüchteten und Vertriebenen den verlorenen Krieg auf ihrem Schuldkonto zu verbuchen und die seßhaft Gebliebenen sich nichts vorzuwerfen. Als hätten wir nicht alle miteinander genug auf den Deckel gekriegt! Und da hatte eine Frau einzig ihre blanken Fußböden und Fensterscheiben im Kopf. Frau Niebuhrs ganze Sorge galt Staub auf den Möbeln, Flecken auf dem Fußboden und Fliegenschiß am Fenster.

Und jetzt wollen wir mal still sein unter den so schön rotgold gilbenden Friedhofslärchen.«

Was kann man schon tun an einem Grab, ob monumental oder kaum erkennbar? Verlegen ordnen sie die etwas wahllos aufeinandergetürmten Blumengebinde, zupfen an wuschelköpfigen Chrysanthemen, legen still die Hände übereinander. Die beiden Urenkel der Verstorbenen folgen beklommen deren ältester Tochter, die nicht weitab am Zaun eine Bank erspäht. Hetty setzt sich zwischen Teja und Christina, die Beutel mit den Einkäufen stellen sie ins trockne Gras. Zwar ist um diese Zeit sonst kein Mensch auf dem Friedhof zu sehen, trotzdem sprechen sie unwillkürlich leise.

Teja will wissen, wer denn von auswärts Blumen schickte, wenn schon keine Verwandten? Hetty weiß im Moment nur, daß Karten und Briefe dabei waren; die müssen in Gromis Haus bei der noch weitgehend ungesichteten Kondolenzpost liegen.

Teja will mehr wissen: »Warum sagst du immer ›Gromis Haus‹ oder ›ihr Haus‹! Warum nicht Zuhause? War bei ihr nicht euer Zuhause?«

Die sechsundfünfzigjährige Hertha schüttelt ganz langsam den Kopf, als entschiede sie nachträglich erst jetzt: »Nein. Nicht für mich. Von uns fünf Geschwistern habe ich mich wohl am weitesten von ihr entfernt. Das fing damals bereits an, sehr früh also. Ich war ja erst zehn Jahre alt. Und Gromi hat es von Anfang an nicht wahrhaben, nicht akzeptieren und schon gar nicht erlauben wollen. In ihren Augen war es schlimmer als Ungehorsam. In ihren Augen war es Verrat.«

»Verstehe«, sagt Teja, »du wolltest wegen ihrer Nazi-Geschichten weg von ihr?«

Christina starrt auf ihre weit von sich gestreckten Füße in den Turnschuhen und denkt scharf nach. Hat sie nicht mehrmals lautstarke Debatten zwischen ihrer Oma und deren Mutter mitgekriegt? Buchstäblich nur mitgekriegt, wie der unbeteiligte, auch uninteressierte Zuhörer eben davon gestreift wird; es geht ihn weiter nichts an? Außerdem gab es ähnliche Auftritte wiederum zwischen ihrer Mutter Elisabeth und deren Mutter, also Hetty. Um was ging es da noch mal?

Hertha schüttelt inzwischen abermals auf ihre ruhige Art den Kopf und bemüht sich, Tejas Vermutung richtigzustellen: Gewiß mußten gerade die drei ältesten Geschwister Baldur, Hertha und Uta sich freimachen von allerlei Prägungen durch ein derartiges Elternhaus. Eine NS-Eliteschule! Das klang nach 1945 so unentschuldbar wie bis 1945 imponierend. Eben noch Führungsschicht, im nächsten Moment schuldbefrachtete Verjagte.

Heranwachsende mußten und müssen sich zu allen Zeiten von der Elterngeneration ablösen, das geht für beide Seiten wohl nie schmerzlos. Für ihre Generation, sagt Hertha und zieht mit dem Arm einen Schwenk durch die Luft wie von 1920 bis eben 1945, für die alle ging es nicht ohne tiefe Verletzungen mit bleibenden Narben. Nicht bei allen, wohlgemerkt. Da sind ja auch immer die mit den Elefantenhäuten. Nein, das waren nicht nur die üblichen Wachstumsschwierigkeiten. Es tat weh, am schlimmsten das Loskommen von Gromi, die obendrein ein Typ von Frau war, wie ihn andere als Vorbild suchen oder beneiden. Ohne Ruth hätten Hertha und Uta das wohl kaum zur richtigen Zeit geschafft, es vielleicht gar nicht nötig gefunden. Sie brauchten einen Gegenpol zu Gromi.

Dabei hatte Ruth seinerzeit vermutlich für ihre eigene Person mit ähnlichen Problemen zu kämpfen. Sie sprach gelegentlich darüber mit den ihr anvertrauten fünf Kindern. Die zwei, drei älteren konnten es bereits verstehen. Sie sagte sinngemäß zum zwölfjährigen Baldur, zur fast elfjährigen Hertha: Du mußt anfangen, ganz anderen Instanzen anders zu gehorchen, als du es von klein auf so selbstverständlich gelernt hast. Alle Menschen können irren, auch Erwachsene ...

Es war nicht bloß das alterstypische Aufbegehren gegen die Elterngeneration. Dafür waren sie zu jung, zu klein, zu abhängig und hilfsbedürftig. Es war deshalb schlimmer, weil da ja auch staatliche Ordnungen zusammengebrochen waren. Ähnliches erleben heute vermutlich viele junge Menschen in Osteuropa, seit Mauern und Stacheldraht fielen.

Es war deshalb schlimmer, weil zu viele Erwachsene zu versagen schienen. Und die meisten hatten ja tatsächlich versagt, hatten sie in die Irre geführt. Oder sie versagten jetzt, auf diese und jene Weise. Die einen scheiterten überhaupt am verlorenen Krieg, die andern am allgemeinen Chaos oder an einer sehr persönlichen Not. Viele sahen einfach keine Perspektive mehr. Es gab Mütter, die sich und ihre Kinder umbrachten, weil sie dachten, dies oder das nicht ertragen zu können, oder einfach aus Angst vor soviel ungewisser Zukunft.

»Und wir?« fragt sich Hertha heute. »Wir mußten unsern Vater, den wir liebten, wegdrängen, fortleugnen, ausreißen: Hoffentlich kreuzt er bloß nicht auf! Wir logen und mogelten seinetwegen am dicksten, gaben ihn als Studienrat aus, der im Krieg gefallen sei, als einfacher Soldat wie Millionen. Einzig Baldur schien das alles nicht zu verwirren. Nur er blieb gewissermaßen bei seinem Vater stehen oder schlug sich nach rückwärts durch, suchte seine Rechtfertigung, seine Position in Begriffen wie Treue, Ehre, Tapferkeit, Zusammenhalt, Durchstehen, redete von ›den Vätern‹, zu denen man halten müsse. In unserm speziellen Fall und konsequenterweise auch zu ›den Müttern‹, wie man so sagt.«

Die beiden Jugendlichen haben schweigend zugehört. Ratlos starren sie hinüber auf das Blumenhäufchen, unter dem sie die Urne mit Gromis sterblichen Überresten wissen. Hetty, die ein Weilchen verstummt war, sagt doch noch etwas, fragt rätselhaft: »Ob er jetzt wohl bergauf fließt?«

»Was sagst du? Ob was?«

Die beiden Jüngeren blicken verbiestert auf die ältere Dame zwischen ihnen. Sie lehnt sich lächelnd zurück, läßt ihre Blicke von dem buntgeschmückten Grab höher wandern, erinnert sich an Traumbilder, die Ruth ihnen manchmal erzählt hatte, fürchterliche oder herrliche, so daß sie bildhafte Vorstellungen in ihren kleinen Zuhörern beschwor: »Die meisten müssen sie gequält haben. Es war ja auch eine alptraumhafte Welt und Zeit. Aber diesen einen konnte ich nie vergessen. Um solche Träume beneidete ich sie.

Ich erinnere mich, wie sie an meinem Bett saß, nach einem Husten-Rückfall wahrscheinlich. Es war Nacht. Ich hatte sie aus dem Schlaf geweckt. Sie konnte über solche Störungen ärgerlich, grantig, muffig sein. Ausnahmsweise kam sie mir diesmal eher heiter vor, ungewohnt geduldig. Und als ich sie fragte, erzählte sie mir ihren Traum:

›Ich saß an einem Bachbett, hoch darüber am Ufer wie auf einem grünen Deich, der Bachlauf unten hinter meinem Rücken. Eigentlich war es Nacht, trotzdem irgendwie voller Licht um die Horizonte, heller und bunter als Nordlicht. Der dunkle Himmel über mir wie viele Himmel hoch, Kosmos oder Galaxie, eine Höhe, für die ich keinen Vergleich weiß. Eine unbegreiflich riesige Kuppel voller Löchlein, durch die sich Licht zwängen wollte. Unter diesem Himmel saß ich weich, angenehm frisch, barfuß, wie im tauigen Gras. Und ich wartete. Frag mich nicht, auf was. Es kann nur unbeschreiblich Schönes gewesen sein, so wohl, so heil, so hoffnungsselig fühlte ich mich. Plötzlich stieß von hinten leise etwas gegen meine Schulter. Ein sanftes Pochen: Du, dreh dich um! Und wie ich mich umdrehe, ist da ein Magnolienstrauch unmittelbar hinter mir aus dem Deichgras gewachsen, streckt sich über das Bachbett. Größer als seine hellen Blätter stehen seine händegroßen Blüten - ja, leg deine beiden Hände kelchförmig an den Handwurzeln zueinander. So groß und weiter wachsend jede Magnolienblüte im zartesten Rosa und reinsten Weiß. Und das Schönste: Sie strahlen von innen, wachsen mit ihrem sanften Strahlen zu hohen Flügelkelchen. Es sind Engel, das weiß ich im Traum. Der ganze Magnolienstrauch ein Engelbusch, der meinen Blick auf das Bachbett da unten lenken will.

Erst jetzt sehe ich, daß es Wasser führt. Und seltsam, in ein und demselben Bachbett zwei Wasserströme nebeneinander. Einer kommt von rechts oben herunter, ist bis zu mir etwa noch klar wie frisches Quellwasser, wird langsam schmutziger und schwärzer. Der Strom gleich daneben, Wasser an Wasser, fließt von links her bergauf, kommt schmutzig herauf, klärt sich bereits, fließt wie zurück zur Quelle. Beide im selben Bachbett, ohne sich miteinander zu vermischen. Ich erkenne es überhaupt nur, weil der Magnolienengel sein zartes Licht darüberwirft. Es spiegelt sich im Wasser, im quellklaren von rechts ...‹

Ja, so erzählte mir Ruth ihren Traum und fragte sich wie mich: ›Was er bedeuten soll?‹

Ihr Traum beschäftigte meine kindliche Phantasie sofort. Da waren solche Bilder von wirklichem Frieden! Ich mühte mich, ihn nachzudenken, rief ihn in mein Gedächtnis, wenn ich mutlos war und stark sein wollte. Ich witterte sein Geheimnis. Ruth hat darüber bestimmt gleichfalls oft nachgedacht. Bilder reden mit uns manchmal behutsamer als Worte. Darum mochten wir an seinem Geheimnis gar nicht herumdeuten. Und das will ich auch heute nicht.«

»Aber du hast gesagt«, mahnt Christina ihre Oma, »das heißt, du fragtest: Ob er jetzt wohl bergauf fließt?«

»Ja. Habe ich. Warum?«

»Weil es etwas mit Leben und Tod zu tun haben muß. Und daß es nicht grauenhaft ist, nicht unerträglich. Es fließt zurück, woher es kam.«

»Jedes Wässerchen?« fragt Teja. »Und wer macht es zuletzt wieder rein? Wer oder was?«

»Jaja«, sagt die Älteste auf der Friedhofsbank, »mit Fragen fing es auch bei mir an. Und sehr viel früher! Ich ahnte irgendwann, daß Antworten längst warteten. Man mußte sich nur bemühen, sie abzurufen. In meinem Fall kostete es Schmerzen, Ängste, Gewissensbisse, weiterzufragen und zu suchen. Auch Kämpfe, mit Gromi mindestens so grimmige wie mit Baldur.«

»Dein Bruder? Der war doch nur anderthalb Jahre älter und ebenso in der Pubertät«, gibt Christina zu bedenken und nach einem Seitenblick auf Teja: »Wenn Jungen mit ihrer Entwicklung auch erheblich hinterherhinken.«

»Dafür halten wir uns später besser flott, Kuh-sinchen. Schau dir Captain Baldur an und seine Schwestern! Er, der Älteste - und? Geh mal hinter ihm her durch einen seiner Airports. Der ist noch immer ein solcher Eisbrecher, daß unsereins plattschrumpft zum Eierkuchen. Dagegen die Schwestern? Nichts gegen dich persönlich, Tante Hertha!«

»Kannst mich ruhig vorschriftsmäßig Großtante nennen, Teja. Und daß Uta und ich nicht gerade Aufsehen erregen mit unserm Aussehen, ist mir klar. Unsre zwei Jüngsten, Ecky und Gundel, sind aber noch unter fünfzig. Die läßt du noch gelten?«

»Man ist ja tolerant. Darum geht es jetzt aber gar nicht, Tante Hertha. Mir wird nur langsam klar, daß man es mit meinem Smarty von Großvater vor fast einem halben Jahrhundert schon schwer haben konnte. Ich bin ja heilfroh, es auch mal von andern zu hören! Und daß er uns hier nicht zuhören kann. Wirklich, es interessiert uns schon länger, was mit dem wohl los ist. Keine Sorge, ich rede höchstens mit Totila darüber.«

»Ach Teja, über den erwachsenen Baldur will ich dir eigentlich nicht mehr sagen, als ihr selber wahrnehmen könnt. Bringt doch auch mal eure eigene Menschenkenntnis auf Trab!«

Teja rückt ein winziges Stück ab von seiner Großtante, biegt sich zurück, kneift ein Auge zu und schnarrt: »Noch immer die verflucht gute alte Kameradschaft, was?«

»Sitzen Sie bequem, Sie Scharfschütze!« kontert sie, erschrickt selbst über den an diesem Ort unpassenden Ton und sagt leiser: »Dein sportlicher Großvater macht mit euch Jungen doch gern lange Ausflüge, richtige Wandertouren. Oder nicht mehr?«

»Und wie!« antwortet Teja. »Wir kommen kaum hinter ihm her! Verschnaufen darf man bloß, wenn er einem etwas über die Natur erklärt. Da ist er unschlagbar, der alte Hecht. Ehrlich. Du grinst so komisch, Tantchen. Um was geht es dir eigentlich?«

»Genau darum: Wie mein Bruder Baldur euch die Natur erklärt. Na? Ist dir nie etwas aufgefallen?«

Teja fährt sich mit fünf Fingern durch den hellbraunen Haarschopf; jetzt ist er dran, sich auch einmal zu erinnern: »Also, wenn du mich so direkt fragst, Hetty - da fällt mir allerdings einiges auf! Zum Beispiel, daß er so oft von Tierstaaten redet, von Gemeinwesen und Zuchtwahl und Gruppenseele. Und daß der Trieb immer nur der Arterhaltung diene. Ja, warte mal, letzten August erst, nachdem wir den Hochzeitsflug von Ameisen in der herrlichen Mondnacht beobachtet hatten! Da gehen doch die Männchen nach der Paarung zugrunde, nicht? Und Captain Baldur erklärte uns, daß die Artgenossenschaft das Individuum schon mal töten müsse, um als Ganzes weiterbestehen zu können. Weil nämlich ein einziger Wille die Art beherrsche. Oder die Gruppe. Und immer muß bei Captain Baldur das Einzelwesen in der Gruppe aufgehen, bis zum Untergehen! So ungefähr. Ich verstehe manchmal echt nicht, ob das denn auch jedesmal mit der Evolutionslehre zusammenpaßt. Auf die Evolution schwört der Captain nämlich eisern! Ich frage mich auch, ob es überhaupt stimmt, daß Störche vor ihrem Aufbruch nach Süden oder Norden die schwachen und kranken Individuen töten, damit sie den flotten Vogelzug nicht aufhalten. Ich meine, es sind ja bloß Tiere! Aber bei ihm klingt das immer so, als sollten wir für uns was daraus lernen. Also, ich weiß nicht . . .«

Christina erinnert sich an das gestrige kurze Gespräch mit Tuta beim Bettenbeziehen: »Für Captain Baldur gibt es überall höhere und niedere Lebewesen. Und nicht bloß bei Tieren! Oder?«

Ihre Oma lehnt sich seufzend zurück, während Teja sich kopfnikkend vorbeugt und lebhaft antwortet: »Genau. Genauso hört sich das jedesmal an! Als meinte er nicht allein die Tiere. Wenn er von Ameisenhaufen, Bienenstöcken, Rinderherden oder Vogelkolonien sagt, daß in ihnen ein übergeordnetes Element wirke, daß das Ganze unentwegt von einem einzigen Gedanken beseelt sei. Weshalb ja Kraniche und Wildgänse zum Beispiel auf ihren Zügen in bestimmten Formationen fliegen müßten, im Dreieck. Weil Gemeinschaft eben von jedem Einzelwesen verlange, daß es sich selbst verleugnen müßte . . .«

»Gna-den-los«, wirft Hertha ein, »o Himmel, wie kann ein fliegender Mensch so weit zurückbleiben?«

Teja blickt sie unsicher an: »Du kennst das alles, Hetty? Es hört sich eben oft absolut logisch an, verstehst du?«

»Logisch? Wenn man nicht weiter darüber nachdenkt. Es mag ja stimmen, daß Störche oder andere Vögel verwundete, kranke Artgenossen töten. Und daß Krähen einen Papagei zerhacken, falls er sich in ihre Nähe verirrt ...«

»Genau!« unterbricht Teja. »Weil das Fremde immer der Feind ist, sagt Captain Baldur. Da gebe es regelrechte Vogelgerichte, da wird ausgestoßen und hingerichtet. Aber doch nur wegen der Arterhaltung! Das ist eben die höhere Idee, die dahintersteht ...«

»Sagt Captain Baldur.«

»Meine Güte, guckt mich doch nicht so an, als wäre ich die Krähe und ihr die Papageien! Ich habe ihm eben immer nur zugehört. Totila ja genauso.«

»Verstehe, Junge. Eine Kollektivhaltung. Ist diese Vokabel nicht auch vorgekommen?«

Christina mischt sich ein: »Teja, ich wäre vermutlich genauso darauf abgefahren wie du. Ich wollte, ich könnte so was mal miterleben, so eine Tour mit dem Captain.«

»O nein, Kind!« sagt ihre Oma ungewohnt scharf. »Ich wollte, dir bliebe so ein Zwiespalt erspart. Ja, ich weiß, wie fabelhaft überzeugend so was klingen kann. Es erweckt genau das dumpfe Kollektivbewußtsein, von dem da so tierisch die Rede ist. Es hat auch mich einmal beeindruckt. Um so schwieriger ist es, sich aus solcher angeblichen Artverwandtschaft zu befreien. Kein Wunder, daß Gromi - sie glaubte ja auch an so einen Gemeinschaftsinstinkt -, kein Wunder, daß sie meine Ausbruchsversuche nicht dulden wollte.«

»Ach ja«, sagt Christina und versucht, einen Faden aufzuheben, »davon hast du ja vorhin irgendwann gesprochen. Daß Gromi dir ›es‹ nicht erlauben wollte, daß ›es‹ in ihren Augen Verrat war. Was für ein ›es‹? Erinnerst du dich?«

»Ganz genau.« Trotzdem müssen die beiden Jugendlichen eine Minute warten, weil Hetty die richtigen Worte sucht: »Es ist schwer, einfach so davon zu sprechen. Das geht nicht so wie mit Baldurs simplem Weltbild. So ohne Übergang. Also, selbst wenn wir jetzt in der Kapelle da drüben sitzen würden, beispielsweise. Unter dem Kreuz dort ...«

»Da würdest du dich erst recht nicht trauen«, hilft die Enkelin ihr weiter, »jetzt kann ich mir immerhin schon was denken. Ich! Aber Teja nicht. Und seinen betörenden Großvater wirst du vor den Jungs nicht in Verlegenheit bringen. Ich kenne dich. Hat es etwas mit dem einen Buch in Ruths Rucksack zu tun? Sag uns, wo wir selbst darin weiterfinden könnten, bitte!«

»Ihr werdet in Gromis Haus kaum ein solches Buch finden.«

Christina muß lachen, schüttelt den Kopf über ihre Oma und ist sich ganz sicher: »Aber garantiert in deiner Reisetasche. Wo sollen wir zuerst nachsehen?«

Teja hört zu, als lauschte er rätselhaften Lauten von Marsweibchen. Und ausgerechnet ihm wendet seine Großtante sich zu mit dem Beschluß:

»Also gut. Aber ich mache es euch nicht leicht! Wenn ihr meine Spur von damals aufnehmen wollt? Sagen wir - Lukas vierzehn, Vers sechs- und siebenundzwanzig: ›So jemand zu mir kommt und haßt nicht seinen Vater, Mutter, Weib, Kinder, Brüder, Schwestern, auch dazu sein eigen Leben, der kann nicht mein Jünger sein. Und wer nicht sein Kreuz trägt und mir nachfolgt, der kann nicht mein Jünger sein . . .‹ Nie gehört, Teja?«

Tejas Miene wird augenblicklich ernst: »Meine Güte! Und du weißt das alles auch noch auswendig?«

»Nicht mal einen Bruchteil. Aber gewisse Stellen, ja. Diese ebenso wie Matthäus zehn, Verse sieben- und achtunddreißig: ›Wer Vater oder Mutter mehr liebt als mich, der ist mein nicht wert.‹ Die könnten es genauso sein. Ich brauchte sie damals zu sehr, so was prägt sich ein. Halte dich an Tina, Teja. Und jetzt kommt. Erstens wird es von unten kühl auf der Bank, zweitens wartet Tuta auf unsere Einkäufe.«

»Drittens kommen Leute«, sagt Teja und wiederholt: »Meine Güte! Und dann auch noch auswendig.«

Beim Verlassen des Friedhofs kommt ihnen ein älteres Paar entgegen, das sie neugierig, ja beinahe erwartungsvoll ansieht. Es tuschelt kurz diskret und tritt ihnen entschlossen in den Weg. Der fast weißhaarige Mann hält im Arm ein Gebinde aus Latschenkieferzweigen mit rotvioletten Erikabüscheln.

Mit Augenaufschlag zu Gromis Grabhäufchen hinüber fragt die Frau: »Nicht wahr? Sie müssen die Kinder unserer lieben Verstorbenen sein? Entschuldigen Sie halt, aber wir sind die Mosers! Die Kathi und der Ernstl! Wie schön, daß wir Ihnen noch mal selbst persönlich die Hand drücken dürfen . . .«

Sie greifen zuerst bei Oma Hertha zu, dann: »Gewiß die Enkerl, gell? Mei, von denen haben wir so viel gehört!«

»Urenkel«, stellt Teja klar.

Herzliche Blicke über beide: »Was für ein hübsches Geschwisterpaar, so blond und hell. Ja, die Gesa war mit Recht stolz auf ihre Kinderschar.«

»Die wer?«

»Gromi«, drückt Oma Hertha durch die Zähne und fragt: »Sie waren mit meiner Mutter bekannt?«

»Mit so einer Frau«, sagt die Frau, »ist man nicht bloß bekannt. Man macht einen Bogen um sie - solche Besserwisser gab es auch - oder man steht zu ihr mit ganzem Herzen. Und zu denen zählten nicht nur der Ernstl und ich.«

»Und nicht nur alte Lackln wie wir«, sagt der Ernstl, »da gab es ebenso Junge. Die Gesa nahm sich um jeden an!«

»Wie lieb, daß Sie meine Mutter in guter Erinnerung haben«, bringt Oma Hertha heraus und versucht, sich an dem Paar vorbeizumogeln. »Sie wollen zu ihrem Grab? Da wollen wir Sie nicht aufhalten. Außerdem ist es uns . . .«

Das Paar stellt sich etwas quer, der Mann fängt wieder an: »Wer die Gesa war, das sollten die Enkerl aber schon genau erfahren. Nämlich die mit dem erbgesunden Menschenverstand wachsen ja leider kaum nach in unserm Volk!«

»Und eine solche Frau«, sagt die Frau, »ist für manch einen ein lebendiges Beispiel gewesen. Wenn die für eine Sache eingetreten ist . . . Hut ab! Und das bis zuletzt. Gell?«

Christina sieht ihrer Oma an, daß sie sich zu solchen Worten ihr Teil denken kann, sieht, wie sie ihre Lippen zusammenpreßt, und hat das sichere Gefühl, ihr schleunigst zu Hilfe eilen zu müssen. »Frau Moser«, sagt sie entschlossen, »wir müssen dringend heim. Meiner Oma geht es nämlich gar nicht gut. Das sehen Sie ja . . .«

»Ah ja? Wir dachten ja nur . . .«

Jetzt schaltet auch Teja: »Sie ist leidend, verstehen Sie? Also vielleicht bis nächstes Mal? Und alles Gute auch noch! Komm jetzt, Tante Hertha, wir nehmen dich in die Mitte.«

Teja und Christina haken ihre verdutzte »Leidende« unter und schleppen sie regelrecht ab, bis Mosers ihnen nicht länger erschüttert nachblicken können. Hetty schlüpft aus der Umklammerung und muckt auf: »Ihr seid ja . . .! Also wirklich! Wenn die das durchschauen?«

»Die sind viel zu entsetzt, daß du nicht auch erbgesund bist. Komische Typen, die Gromi sich da angelacht hat.«

»Ich fürchte«, erwidert Hetty finster, »daß es alles andere als komisch ist. Ich war ja nicht oft hier bei Gromi zu Besuch. Und wenn, dann nur kurz. Diese Mosers haben ihre Meinung über Gromi garantiert nicht aus der Luft gegriffen. Allein wie die sich ausdrückten!«

»Besonders der Ernstl«, äfft Teja nach. »Demnach nahm sich die Gromi nicht nur um alte Lackln an! Ja, wie ham wir's denn?«

»Kinder, scherzt nicht darüber. Schon gar nicht so zweideutig. Das nämlich war eure Gromi überhaupt nicht. Immer eindeutig! Besonders mit diesem ach so gesunden Menschenverstand. Wenn ich bloß den Ausdruck höre, weiß ich Bescheid: Gesunder Menschenverstand! Die fühlen sich immer im Recht.«

»Ich weiß nicht Bescheid«, behauptet Christina, »aber du wirst uns darüber sicher nicht im unklaren lassen?«

»Wir müssen jetzt wirklich erst einmal zurück in Gromis Haus.«

Die Baracke

Ungeduldig wartet Tuta bereits in der Küche und informiert sie raunend: »Stunk zwischen Vater und Sohn! Diether hat unter den Papieren Gromis Hochzeitsfoto gefunden und konnte den Mund nicht halten.«

Ihre Schwester stößt lediglich ein luftig langes »Püüüh« aus.

»Hochzeitsfoto?« fragt Teja gierig. »Waren die damals vielleicht unanständig?«

»In diesem Fall würde ich es eher anstößig nennen ... Bleib hier, du Affe! Willst du dich vielleicht auch mit deinem Großvater anlegen?«

»Nicht ohne Totila.«

»Und nicht ohne mich!« zischt Christina und bleibt Teja auf den Fersen. Tuta kann sie gerade noch warnen: »Haltet wenigstens ihr vor Baldur den Mund, wenn ihr es seht!«

Zwischen dem Captain und seinem Sohn herrscht eisiges Schweigen. Die drei Jugendlichen sind auf der Hut, als er ihnen, da Christina darum bittet, das alte, vergilbte Foto reicht: »Bitte nur über die Kanten anfassen!«

Christina starrt mit den Zwillingen auf das postkartengroße Bild. Zwei wildfremde Menschen sieht sie darauf, die damals wohl tatsächlich jung gewesen sein müssen. Auf dem gelbstichigen Schwarzweißfoto sitzen, hocken - oder knien? - sie eng nebeneinander, strahlen herausfordernd fröhlich, besonders das etwas üppige, blonde Mädchen mit dem sexy Schmollmund und den mächtigen langen Zöpfen vor den Schultern. Es trägt wahrhaftig noch Zöpfe, und sie hängen nach vorn über die typische Uniformjacke mit der Hakenkreuzraute am linken Ärmel, man sieht sie nur halb. Um Hals und weißen Blusenkragen das schwarze Tuch mit dem geflochtenen Lederknoten, an dem dicke helle Schnüre befestigt sind.

»Führerinnenschnur«, flüstert Diether neben den Zwillingen.

Ebenso in Hitlerjugend-Uniform der Mann neben dem dicklippigen Mädchen, merkwürdig alt darin wirkend. Er war ja auch fast zehn Jahre älter als Gromi und sie bei der Hochzeit Mitte zwanzig und nicht das große Kind, das sie darzustellen versuchte.

»Großer Himmel!« entfährt es Christina. »Sie knien tatsächlich in einer Kirche? In so einem Aufzug?«

»Viel mehr habe ich auch nicht gesagt«, petzt Diether, »außer daß ich so ein Hochzeitsfoto aber längst hätte verschwinden lassen.« Sobald er mit seinem Vater nicht allein ist, befällt ihn Löwenmut. Auf der Rückseite des Fotos stehen Worte in Sütterlinschrift, die ihnen die wieder einmal nachschleichende Tuta entziffert: »Sankt Marienkirche, April 1935«.

Christina überlegt laut: »In der Kirche. Sankt Marien. Sie ließen sich kirchlich trauen. Das war wohl auch damals nicht Vorschrift. Dann sind ihre Kinder also getauft?«

»Nur wir drei ältesten«, sagt Tuta. Ihr Bruder stellt unverzüglich klar: »So was läßt sich rückgängig machen oder löschen.«

»Hat jemand danach gefragt, Baldur?« Das war seine Schwester Hertha. Die drei Jüngeren werfen sich aufmerksame Blicke zu: Eine tolle Stimmung, die sich hier zusammenbraut!

Die drei Älteren warnen sich mit Blicken: Fang du nicht an! Und du erst recht nicht!

Einzig Tuta wagt es: »Was für ein Theater, als Hertha und ich uns konfirmieren lassen wollten! Da waren wir schon sechzehn und siebzehn. Und Baldur auf seinem Internat vorm Abitur. Aber das war ja bereits in den fünfziger Jahren. Und bald darauf flogen wir alle der Reihe nach aus dem Nest. Es war noch immer die elende Kriegsbaracke in der Heide.«

Totila will wissen: »Mußtet ihr so lange hungern? Bis dahin?«

O nein, wissen die Schwestern, die Hungerei endete mit der Währungsreform im Sommer 1948, wenn auch in vielen Fällen sehr zögernd und allmählich. Beispielsweise, weil nicht genug Geld verfügbar war. Für Gromi gab es da allerlei Probleme; das hing mit ihrer politischen Vergangenheit zusammen. Andrerseits fanden sich gegen die ärgste Not seit Kriegsende bis zuletzt geheimnisvolle Helfer.

Damals, als sie vor dem grauenhaften Winter 1946/47 in das Barackenlager einzogen, waren Geldsorgen die geringsten. Die noch geltende Reichsmark war so wenig wert wie einige gewisse Besatzungsnoten, an die man sich heute kaum erinnert. Gromi brachte von ihren Reiseabenteuern jedesmal Geld mit. Es kam von Freunden, aus Verstecken, vom Schwarzmarkt, meistens blieb die Herkunft dunkel. Man bekam ja nicht einmal die Waren dafür, die einem wenigstens nach den Lebensmittelmarken und Bezugscheinen zugestanden hätten. Wo nichts ist, kann man nichts holen, war die Devise.

»Eure Ruth«, fragt Christina, »wenn sie mit euch Kindern allein war - wie beschaffte sie sich und euch denn dann Essen?«

Dafür gäbe es stundenlang Beispiele, entsinnen sich die Älteren. »Nehmen wir mal zuerst das mit den Pilzen, wenn man bedenkt, daß gerade Herbst war«, beginnt Hertha nachdenklich.

Die drei größeren Kinder mußten vormittags in die Dorfschule. Da gab es freilich vielfache Ausfälle und Lücken. Lehrer fehlten, wurden krank, manche verschwanden. Es konnte nicht geheizt werden, durch stundenlange Stromsperre war es zu dunkel in den wenigen, durch Flüchtlingskinder überfüllten Klassenräumen. Brach Schnupfen, Husten, Grippe oder Schlimmeres aus, fehlten die ständig hungernden Kinder massenweise. Und den Rest gefährdete die fehlende Widerstandskraft gleich extrem, so daß der Schulunterricht vorsichtshalber vorübergehend ganz ausfiel.

Gromi wie Ruth waren immer froh, wenn die größeren Kinder früher nach Hause kamen. Sie brauchten sie unentwegt für die eigene Versorgung. Vor allem brauchten sie alle Hände, damit die Baracke bezugsfertig wurde. Da mußten Wände zusammengeklopft und aufgerichtet, Türen und Fenster organisiert und eingesetzt werden. Da mußte ein Plumpsklo mit tiefer Grube angebaut und das alles auch noch gegen ständig nachströmende Flüchtlinge und Vertriebene verteidigt werden. Kaum war die abgenutzte und zusammengestoppelte Teerpappe als Dach über der neuen Behausung, schliefen Gromi oder Ruth bereits in den teils noch tür- und fensterlosen zweieinhalb großen Räumen, wie in der anderen Barackenhälfte ihre älteren ostpreußischen Nachbarn Pallapies. Wenigstens nachts klammerte man sich aus gemeinsamer Angst aneinander.

Außerdem fehlte fast nie Baldur in dem von Anfang an liederlichen Neubau. Baldur mit dem Hackebeil, das er zu Bauarbeiten wie zur Brennstoffbeschaffung und Verteidigung bei sich trug. Er nahm das Beil sogar zur Schule mit. Auf dem Heimweg schlug er hier einen Kiefernast, dort eine Birke oder junge Esche ab und brachte die nötige Feuerung für die nächsten Mahlzeiten gleich mit. Wälder, Bäume, Sträucher waren ihnen kein bißchen heilig. Sie sahen jedes Ding unter dem einzigen Gesichtspunkt: Nützlich oder nicht? Brauchbar oder nicht?

Wer hätte an etwas dermaßen Nebliges, ja Dunkles denken können wie Zukunft? Auf eine tausendjährige Zukunft hin hatten sie zwölf Jahre lang leben und hoffen müssen: »Unsre Fahne flattert uns voran, in die Zukunft ziehn wir Mann für Mann . . .« Sie konnten das überstrapazierte Wort nicht mehr hören. Vor allem konnten sie sich darunter abolut nichts mehr vorstellen. Die äußerste Ausdehnung des Wortes Zukunft reichte gerade bis morgen. Und bis morgen sollte die Baracke fertig und winterfest sein.

Einen Backsteinherd mauerten Gromi und Ruth selbst in dem kleinsten Raum, an dem auch der Eingang lag. Gromi organisierte die unentbehrliche eiserne Herdplatte mit dem einzigen Feuerloch. Sie organisierte den Rost, die Ofenrohre, den Aschenfänger, das Heiztürchen ebenso wie ein funktionierendes Schloß für die Haustür. Organisieren - dieses lebenswichtige Talent war am meisten gefragt, und Gromi schien damit zuweilen geradezu begnadet. Ihre oft unverständlichen Reisen gewannen allein dadurch manchen Sinn. Wahre Kostbarkeiten brachte sie von ihren abenteuerlichen Ausflügen gen Oberbayern mit, wo die Welt einigermaßen heil geblieben war. Das eiserne Öfchen schleppte sie an, das - außer dem Küchenherd - die großen Barackenräume warmhalten mußte.

Die Sache mit dem Keller fiel ihnen erst ein, als sie gerade die düstere, enge Bauernkate verlassen und mit den Doppelstockbetten samt Sack und Pack in die Baracke eingezogen waren. Wo sollten sie eventuelle Vorräte verstecken? Sie würden ihre Barackenhälfte ja nicht pausenlos bewachen können! Und ein Vorratslager mußte unauffällig angelegt werden, etwa für Kartoffeln und Steckrüben, falls es einmal mehr geben sollte, als man gleich verschlingen konnte. Einen Dachboden gab es nicht unter dem flachen Dach, das zugleich Zimmerdecke war. Sie kamen auf die Idee, unter dem hölzernen Küchenboden einen Keller auszuschachten. Das mußte man möglichst in der letzten und ersten Tagesdämmerung tun, wenn sich kaum jemand mehr nach draußen traute.

Sie hoben die groben Fußbodenbohlen ab und fingen an zu graben. Mannshoch sollte ihr Keller sein und groß wie etwa ein Drittel des Küchenbodens. Tagsüber, und falls abends Licht brannte, deckten sie das gefährlich wachsende Loch mit den Dielenbrettern zu. Sie stießen ja nur auf Sand, Sand, Sand, der ständig nachgab und weiterrieselte. Sein einziger Vorteil war, daß man ihn in der Heide, an deren Rand sie nun hausten, in Eimern, Rucksäcken, Körben unauffällig beiseiteschaffen konnte. Baldur will als erster auf gemauerte Kellerwände gekommen sein. Das blöde Sandloch unter der Küche drohte ja, die gesamte Baracke zum Einsturz zu bringen. Das mußte an allen Seiten und auch am Grund befestigt werden, und dafür mußten Ziegelsteine her! Woher nehmen? Natürlich stehlen, was gleichfalls unter »organisieren« fiel.

Es gab einen alten Schafstall in der Heide mit niedrigem, bröckligem Gemäuer. Der trug sein tief herabgezogenes Reetdach bald nur noch auf den Fachwerkbalken, und der kalte Wind blies hindurch. Die bröckligen Ziegel klopften die Kinder zurecht. Hier spielten selbst der vierjährige Eckehart und die zweieinhalbjährige Kunigunde mit und hielten es wirklich für Spiel.

Ruth und Baldur krochen unter die Küche in das Sandloch und scheuten nicht davor zurück, als Ahnungslose vier mannshohe Mauern setzen und einen festen Grund legen zu wollen. Die Mauern wuchsen gegen alle Gesetze der Statik mal nach seitwärts, mal nach unten, brutal gegen zuviel Sand gestemmt. Ein Wunder, daß der Sand Baldur und Ruth in dem finsteren Loch nicht verschüttete. Überlebenswunder kamen damals täglich haufenweise vor.

Sie gruben und mauerten vorwiegend bei Kerzenschein, ebenfalls Kostbarkeiten. Ecky und Gundel, die beim Mörtelanrühren helfen durften und mit Wonne matschten, bissen von den Kerzen gerne das untere Ende ab, kauten darauf und würgten es hungrig hinunter. Nichts konnte die beiden Kleinsten bewegen, das stinkige Kerzenwachs gefälligst wieder auszuspucken. Und vermutlich war es für ihre Verdauungswege weitaus weniger gefährlich als die Pilzmahlzeiten jenes Herbstes 1946.

Pilze, hieß es, enthalten Eiweiß. Von Eiweißmangel verursachte Krankheiten breiteten sich unter den Flüchtlingen jeden Alters aus. Gromi wie auch Ruth vermochten einzig die drei begehrtesten Pilzarten eindeutig zu erkennen, mit denen die Heidelandschaft nicht gerade üppig gesegnet war: Steinpilze, Pfifferlinge, Champignons. Wer sich darauf beschränken wollte, brauchte gar nicht erst zu suchen. Die überwältigende Mehrzahl aller Deutschen kannte ebenfalls nur diese drei Sorten. Zu diesem Zeitpunkt rückte Gromi von ihren oft wochenlangen Reisen bereits mit Teilen der Bibliothek aus der einstigen Adolf-Hitler-Schule an. Die Kinder suchten und fanden in Biologiebüchern und Nachschlagewerken seitenweise Bilder von eßbaren, gekocht eßbaren, ungenießbaren, giftigen bis hochgiftigen Pilzen, zur Erhöhung ihrer Überlebenschancen sogar mit farbigen Abbildungen. Ruth riß solche lebenswichtigen Informationen respektlos aus den verschiedenen Lehrwerken und nähte die Seiten zwischen alten Wachstuchteilen zu einem weiteren Buch zusammen. Die Jahreszeit war feucht. Während zu dunkler Stunde also im sogenannten Keller eine schiefe, wellenförmige Wand nach der anderen wuchs, zog bei Tageslicht die eben Achtzehnjährige mit ihren fünf Schützlingen in die Heidelandschaft zum »Organisieren«. Diesmal ging es vorrangig um Pilze allgemein, um Preiselbeeren außerdem, um Kienäpfel und Brennholz für die Öfen sowieso und insgeheim um den unentwegt erträumten großen Schatzfund.

Als begehrteste Schätze galten alte Wehrmachtskisten mit Fliegerschokolade - das waren im Krieg Notrationen für Flugzeugbesatzungen gewesen, mit belebender Wirkung. Ebenso scharf war man auf Konservendosen mit Leber- und anderer Streichwurst. Sie hätten sich auch noch über eine Kiste voll gepreßten Trockengemüses, meistens Weißkohl, riesig gefreut, wie sie im Frühjahr 1945 an Feld- und Waldrändern lagen, an denen flüchtende deutsche Truppen westwärts getürmt waren.

Solche fetten Zeiten waren bis zum Herbst 1946 endgültig vorbei. Zwar stieß man noch lange auf schwere Kisten, oft in angelegten Gräben, Unterständen und mit Nadelzweigen abgedeckten Erdverstecken, doch der Inhalt dieser Kisten war lebensgefährliche Munition, Handgranaten, Minen. Das rührte man besser nicht an. Nur die Kisten selbst waren unter Kennern noch begehrt, auch deren Nägel, Schrauben, Beschläge. Für irgend etwas ließen sich ihre stabilen und imprägnierten Bretter immer gebrauchen oder eintauschen, und Baldurs Hackebeil kam zum Einsatz. Der zu dieser Zeit Elfjährige bewährte sich ungezählte Male als umsichtiger Explosivstoffentferner und zuweilen auch Sprengmeister. Dann lagen sie alle sechs flach im Heidekraut, Sand und Wurzelwerk flogen ihnen krachend um die Ohren, und hinterher mußten sie sich minutenlang brüllend miteinander verständigen, bis der Druck auf das Trommelfell nachließ.

Viel gefährlicher als die Explosionskörper fanden sie die Pilze, die sie seinerzeit noch verräterisch bayerisch »Schwammerln« nannten. - Das war auch so eine ewig drohende Falle für ihren Flüchtlingsstatus. Zumindest die Lehrer, die Behörden und wer weiß noch müßten eigentlich über ihre wahre Herkunft halbwegs Bescheid gewußt haben. Aber alle ab 1919 Geborenen fielen ja unter die Jugendamnestie und kamen für Entnazifizierungsverfahren nicht mehr in Frage.

»Nun bleibt doch mal bei euren Pilzen«, bittet Christina, »andauernd schweift ihr ab. Entnazifizierung - wie das klingt! Nach Quarantäne und Desinfektion . . .«

Das gab es übrigens auch andauernd, für die Kinder meistens in der Schule, wenn wieder einmal eine Seuche grassierte, wie die damals sich überall ausbreitenden Tuberkulosen, Lungenentzündungen, Diphterie und immer gleich mörderischen Grippen. Da mußte jeder durch eine Art Sperre zwischen zwei Bänken, Tischen oder Stühlen. Auf den Möbelstücken stand links und rechts weißbekitteltes Sanitätspersonal mit großen Blechspritzen, wie Luftpumpen. Die Spritzdüsen steckten sie jedem, der durchgeschleust wurde, vorne und hinten in den Kragen, und - pf pff pfff - kriegtest du deine Ladung Desinfektionspuder gegen Laus und Wanze und allerlei Bakterien in die Wäsche gespritzt und auf die Haut. Das Zeug juckte tagelang. Den Lysolgestank wurde keiner so schnell wieder los. Die Radikalkur, häufig wiederholt, verhinderte tatsächlich so manche Krankheit und besonders deren Ausbreitung. Trotzdem gab es schleichende Plagen, deren Vordringen keiner erkannte. Auch die Barackensiedler sollte das noch treffen.

Nein, die Pilze oder Schwammerln zählten weniger zu derlei lauernden Todesdrohungen, die sich hinterhältiger tarnten. Von Pilzen gab es ja buntprangende Warnbilder in Ruths Wachstuchbuch. Das trug sie bis zum Winter auf jedem Beutezug mit.

Diese Erinnerung stimmt Hertha noch heute nervös lebhaft: »Ihr müßt euch vorstellen, wie wir zu sechst in einer Kette durch Heide und Wald schwärmten, die Augen scharf auf den Boden gerichtet. Das lernten selbst Ecky und Gundel im Handumdrehen. Wir nahmen sie meist zwischen uns an den Händen. Wie die winzige, zweieinhalbjährige Kunigunde auf ihren Pummelbeinchen durch das harte Heidekraut stolperte . . . Auch Ecky war mit seinen vier Jährchen noch so klein. Und meistens mußten wir barfuß losziehen. Die wenigen Schuhe und Strümpfe wurden für den Winter geschont. Ruth besaß einzig ein Paar viel zu kleine, abgetragene Russenstiefel. Die hatte ihr mitleidig eine Ärztin der Roten Armee geschenkt, ein Jahr zuvor schon, und da hatten sie bereits nicht mehr gepaßt. Inzwischen wuchs Ruth weiter, sie wuchs enorm und schien uns jede Woche dicker. In die ausgelatschten Stiefelchen kriegte sie abends ihre dick geschwollenen Füße oft überhaupt nicht wieder rein. Wer von uns war damals eigentlich nicht chronisch blasen- und nierenkrank?«

»Aber die Pilze habt ihr offenbar überlebt?« mahnt nun auch Totila.

Hertha, Baldur und Uta können heute über vieles lachen, was sich damals dramatisch ausnahm: Wenn einer also endlich einen Pilz entdeckte, kreisten alle sechs den kostbaren Fund ein. Ruth zog das Wachstuchheft aus der Tasche. Sie fing an zu blättern, hockte sich nieder vor den Pilz, damit die Kinder sich am Vergleichen beteiligen konnten. Ist es ein gekocht eßbarer Perlpilz oder ein verblaßter giftiger Fliegenpilz? Und der da! Eßbare Marone oder hochgiftiger Satanspilz? Und guckt mal dort - genießbarer Reizker oder Giftreizker? Jung eßbarer Eierbovist oder giftiger Kartoffelbovist? Parasolschwamm oder Knollenblätterschwamm? Kapuzinerpilz oder Hexenpilz, Blautäubling oder Speitäubling? So ging das seitenlang weiter. Staunend lernten die Kinder, wie viele Pilze es überhaupt gab, daß man sie möglichst nur gekocht oder gebraten und noch am selben Tag essen mußte.

Waren ihre Taschen, Rucksäcke, Körbe, Eimer mit Pilzen, Beeren und Brennmaterial gefüllt, eilten sie heim in die Baracke, um die Beute unverzüglich zu putzen und zuzubereiten. Während Ruth am Herd waltete und herrliche Düfte durch die Baracke zogen, schleppte Baldur so viel Wasser herbei, wie das einzige Zinkwännchen und sonstige Gefäße faßten. Im Barackenlager gab es nur eine Wasserstelle für sämtliche Bewohner. Inzwischen standen dort fast ein Dutzend Baracken mit meist je zwei Wohnparteien. Baldurs Weg zwischen Behausung und Pumpe betrug je dreihundert Meter, hin und zurück also mehr als einen halben Kilometer. Er trabte hin und her. Das war nach den langen Beutezügen durch Wald und Heide, nach Schulwegen und den vielen Anforderungen im und am »Haus« für den Elfjährigen keine Kleinigkeit. Hatte er je geklagt, gemeutert, gestreikt? Keiner kann sich erinnern. »Kameradschaft« war die Zauberformel, die er wie auch Ruth am gründlichsten gelernt hatten und mit der Gromi ihr Rudel zusammenhielt. Ruth muckte schon mal auf, aber damit ließ Gromi sie nie weit kommen, schlug förmlich zu mit ihrem Appell: Kameradschaft! Um alles in der Welt, und noch wenn dich die Kugel trifft: Wie kannst du je vergessen, kameradschaftlich zu handeln?

»Ihr«, bemüht sich Tuta um Verständnis, »würdet es heute vermutlich Solidarität nennen. Oder Harmonie? Brüderlichkeit? Dieser und jener vielleicht sogar Nächstenliebe? Es war alles in einem. Es war ebenso Waffenstillstand wie Vernunft, Kompromiß, Disziplin, Frieden. Hatten wir eine andere Wahl?«

»Schade«, sagt Teja, »gerade wollte ich euch wenigstens um den einen Faktor beneiden. Aber wenn es nur eine Art kollektiver Zwang war? Trotzdem sehnt man sich oft nach solchen Erfahrungen von Gemeinschaft. Da nähme man auch Entbehrungen in Kauf. Wir kennen so was höchstens von Demos, Totila und ich.«

An eine wirkliche Pilzvergiftung jedoch kann sich Hertha nicht erinnern. So oft standen derartig nahrhafte Köstlichkeiten ja auch nicht auf der primitiven Speisekarte. Eiweißschübe jedweder Art zählten zu den absoluten Ausnahmen. Immerhin durchstreiften ständig tausende Schicksalsgenossen genauso beutegierig die Landschaften.

Vor den seltenen Pilzmahlzeiten protestierte selbst Baldur nicht, wenn Ruth auf einem gemeinsamen Tischgebet bestand; natürlich nur in Gromis Abwesenheit. Ruth hatte sonst keinerlei Chancen, fromme Bräuche einzuführen. Pilzmahlzeiten blieben auch in dieser Hinsicht die Ausnahme. Gegen die anschwellende Gier, gemischt mit Angst vor den duftend gefüllten Tellern, brauchte jeder soviel Ermutigung wie Trost auf Vorschuß. Ruth gestand den Kindern am jeweils nächsten Tag, wenn wider Erwarten alle tatsächlich gesund aus ihrem Schlaf erwachten, daß sie jedesmal Todesängste ausstünde, »wenn wir das undefinierbare Zeug in uns hineingeschlungen hatten«, und daß sie auch die für sie überwiegend schlaflose Nacht weiter durchbetet habe. Man sah es ihr an, und keiner hätte gewagt, darüber zu witzeln.

»Wer würde denn auch über so was Witze reißen? Über Gebete?« fragt Christina und läßt die drei Erzähler nicht aus den Augen. Ihre Oma blickt schräg zu Captain Baldur, abwägend. Auch Tuta schaut ihn an. Er bemerkt beides und antwortet mit überlegenem Lächeln, sonst nichts. Alle drei verkneifen sich etwas. Das entgeht auch den Zwillingen nicht, und Teja sagt: »Dazu könnte ich mir allerhand denken. Wenn ich es nicht zu langweilig fände. Mehr interessiert mich eure schiefe Kellerwand. Wenn man sich das überlegt: ein nachträglich eingebauter Keller! Und alles von Hand! Wurde er jemals fertig?«

Logisch! Sogar noch vor dem mörderischen Winter. Die vier Wände krakelig, mal wie eingedellt, mal vorgewölbt; am glattesten gelang der Boden. Aber der Pfusch hat gehalten, jahrelang. Vielleicht steht das Ding noch heute dort, wo inzwischen längst wieder Truppenübungsplatz ist?

Schwieriger als Boden und Wände gestaltete sich die Kellertreppe. Während des Baus behalfen sich Baldur und Ruth mit einem Holzschemel, auf dem sie hinunter- und hinaufkletterten. Keine brauchbare Dauerlösung. Man dachte zunächst an eine Art Hühnerleiter: Ein Brett mit aufgenagelten Querleisten. Abgesehen davon, daß es an passenden Nägeln mangelte, ließ sich das auch nicht mit der benötigten, ziemlich extremen Schräge vereinbaren - für eine flache Hühnerleiter genügten die Kellerausmaße nicht. Nein, sie brauchten eine gemauerte Treppe, mit hohen, steilen Stufen. Die Ziegelsteine reichten für dieses Kunstwerk nicht. An Beton war nicht zu denken, damit hätten sie sich auch nicht ausgekannt. Also mußten Katzenkopfsteine her, einfache Feldsteine, die die Kinder im November möglichst unauffällig sammelten, wo immer sie welche fanden. Von dem Keller sollten ja nicht einmal die nächsten Nachbarn etwas wissen. Kleinere Steine waren gefragter als zu große.

Die sehr unterschiedlich hohen Stufen blieben ein Abenteuer für sich. Ihr einziger Vorzug war, daß man auf den Buckeltritten nicht so leicht ausrutschte. Reinigungsfragen waren zu der Zeit noch kein Problem, am wenigsten im allgegenwärtigen hellen Sand. Im Laufe der Zeit entwickelten die Benutzer dieser Treppe ein Gespür für die Arhythmik ihrer Stufen. Baldur behauptet, daß man am besten ein bestimmtes Musikstück von Edvard Grieg dazu summen und pfeifen konnte, »Tanz der Trolle« oder ähnlich, jedenfalls Unterwelt-Rhythmik.

Sehr viel gradliniger als die Wände nahmen sich die Regale aus, die nach und nach im Keller entstanden. Den Zugang zu ihrem geheimen Verlies zimmerten Baldur und Ruth aus den ohnehin vorhandenen dicken Dielenbrettern, fast schon Bohlen. Es wurde eine Art Falltür, ohne Scharniere oder überhaupt verräterische Metallteile. Woher hätte man sie auch organisieren sollen? Ein Sicherheitssafe oder gar Bunker war dieses Sandloch also nicht. Und sie hatten über zwei Jahre auch wenig darin zu verstecken, nur ganz selten einen Sack Kartoffeln oder Rüben für morgen bis höchstens übermorgen.

Zu seinem »Hackebeil«, wie sie es seinerzeit nannten, brachte Gromi ihrem Erstgeborenen von einer ihrer geheimnisvollen Reisen eine Beißzange mit. Baldur konnte vor Freude über die Kostbarkeit mindestens einen Tag lang noch weniger reden als sonst.

Er galt als großer Schweiger. Seine Schwestern hielten das für eine Masche und verdächtigten ihn, irgendeinem literarischen oder historischen Vorbild nachzuschweigen, das er ihnen bezeichnenderweise nicht verriet. Oft fanden sie ihn auch einfach nur »miefmuffig«. Ruth bezichtigte ihn wütend mehrmals der Hinterhältigkeit, überhaupt der Unaufrichtigkeit und Verdruckstheit, und plagte sich ab, den vermeintlich wahren Baldur herauszureizen. Ihn störte das nur - was wollte die denn von ihm: einen Gletscher zu Pudding rühren?

Die beiden fingen an, sich gegenseitig zu mißtrauen und zu belauern. Das sollte mit der Zeit eher anschwellen und zu unerfreulichen Auftritten führen. Da merkte man dann nichts mehr von der vielbeschworenen Kameradschaft, ihrem kostbarsten, weil meist einzigen Gut. Zwischen Ruth und Baldur begann etwas grundsätzlich Trennendes zu wachsen, das düster und drohend schien, sich nicht in Worte oder Vergleiche fassen ließ. Man konnte es auch nicht mit Antipathie oder gar Feindschaft abtun, weil es das nicht war. Es schien viel fremdartiger, kälter und für jeden verletzender. Dabei waren die beiden doch am meisten aufeinander angewiesen. Erst recht, als Baldur nun auch noch über eine Beißzange verfügte!

»Nein, Kinder, das ist kein Witz!« beteuert Hertha. »Bleiben wir mal nur bei den ständig benötigten und überall begehrten Nägeln, die es so wenig gab wie Wurst und Brötchen.«

Baldur verschwand öfters mit Beil und Zange eigenmächtig auf dem riesigen einstigen Truppenübungsplatz. Zuweilen sah und hörte man dann in dessen sandigen Tiefen Munition explodieren und ahnte: Baldur! Und natürlich bangten die zurückgelassenen vier bis fünf Weiberleut, wie er sie nach bayerischer Art zu nennen beliebte, um ihren elfjährigen Baldur. Dessen um sieben Jahre jüngerer Bruder Ecky zählte ja noch nicht als Mannsbild. Baldur kam jedesmal beladen zurück mit Kisten, Brettern, Kienäpfeln, Kiefernästen und ähnlichen Schätzen - und in seiner Beißzangenära obendrein mit Nägeln. Nicht nagelneue Nägel, versteht sich. Er zog sie, wie ein Zahnarzt Zähne ziehen mochte, nur zahlreicher, wo immer er Nägel zu ziehen fand. Die kleineren Geschwister durften etwaigen Rost entfernen. Vorwiegend mit feinem Sand, das einzige, wovon es in Deutschland offenbar genug gab. Nägel waren wertvolle Tauschobjekte.

Bei solchen Erinnerungen müssen die drei Geschwister selber am meisten lachen. Sie haben die dazu passenden Bilder abrufbereit im Kopf.

Diesmal nutzt Christina die Lachpause, um zu fragen: »Was wuchs denn so düster zwischen Baldur und Ruth und warum? Wenn es gar nicht Antipathie war? Bloß weil er sich gern in Schweigen hüllte, wie ja heute auch noch? Jedenfalls meistens.«

Das Lachen verebbt rasch. Die eben noch heiteren Mienen werden betroffen, ratlose Blicke wechseln. Captain Baldur atmet tief durch, rafft sich auf, ausnahmsweise nicht zu schweigen: »Wer hier unaufrichtig bis hinterhältig war, darüber lohnt sich auch heute noch nachzudenken. Ich nehme Ruth das noch heute übel, finde sie in dem Punkt noch heute so wenig erträglich wie damals, als sie unserer Mutter - eurer Gromi - derartig in den Rücken fiel. Gromi wollte und mußte ihr doch blind vertrauen! Sie vertraute uns fünf Kinder wieder und wieder dieser Ruth an. Und Ruth wußte schließlich, mit wem sie es zu tun hatte, wer unsere Eltern waren.«

»Unsern Vater hat sie nicht gekannt«, mahnt Tuta, »sie konnte einzig Gromi einschätzen.«

»Darauf kam es nicht an. Sie wußte, wie Gromi über Gott und die Welt dachte, und ebenso gewisse Freunde, die uns oft besuchten. Weil es wirkliche Freunde waren, die uns zu helfen versuchten! Ich meine nicht die ehemaligen Adolf-Hitler-Schüler, von denen manche Geld brachten. Ihnen war es lieber, Gromi nicht anzutreffen. Die waren froh, wenn Gromi unterwegs war, und paßten das für ihre Blitzbesuche wohl auch ab. Ich habe sehr wohl gehört, was sie mit Ruth redeten. Sie hingen zwar an unserm Vater, sie nannten ihn Papa Hartmut! Und doch ließen sie sich so schnell von den siegreichen Besatzern umdrehen. Die fielen ihrem angeblichen Papa Hartmut genauso in den Rücken, wie Ruth Gromi in den Rücken fiel, als sie mit euch diese Beterei anfing. Ich habe das mit meinen paar Jährchen ja gar nicht gleich richtig verstanden. Ich dachte: Mädchen eben, Weiberleut! Gromi hatte recht, daß sie Ruth dafür zur Rechenschaft zog und es Verrat nannte . . .«

»Also du warst es, der Ruth verpetzte?«

»Ich bin der Älteste. Und mein Verstand funktionierte trotz Hunger und Kälte. Ich fühlte mich mindestens so verantwortlich für meine Geschwister wie . . . wie schon! Wie ich es unsern Eltern gegenüber auch war. Ich sehe dir an, Hertha, was du denkst: ob das die höchste Instanz für mein Verantwortungsgefühl war, unsere Eltern! Ja, Hertha, ja! Denn die gab es. Die gab es wirklich! Und zu dem Zeitpunkt durfte ich annehmen, daß Vater noch lebte. Obwohl auch sein Tod nichts an dieser Verantwortlichkeit änderte.«

Seine Schwester hat beide Hände flach erhoben, wirft sie nach vorn: »Meinst du nicht, daß du dir selbst reichlich viel aufladen wolltest? Was für ein Ehrgeiz ist das? Aber gut, einem Elfjährigen in vergleichbarer Lage gestehe ich sogar zu, daß er sich vor lauter Eifer übernimmt und selbst überschätzt. Obwohl es von da nicht mehr weit ist zu Hochmut, Überheblichkeit, Anmaßung. Trotzdem - war deine Petzerei etwa kameradschaftlich? Du hast ja damit nicht allein Ruth, sondern auch deine Schwestern verpfiffen! Fang jetzt bloß nicht an, daß es deine Pflicht gewesen wäre oder so. Christina wollte wissen, was sich zwischen dir und Ruth verdüsterte und warum. Meinst du wirklich, man könne mit wenigen Sätzen abtun, was sich binnen zwölf bis achtzehn Monaten unerbittlich entwickelte?«

Captain Baldur schüttelt den Kopf, geht zwei-, dreimal vor Gromis Bücherwänden hin und her und beschließt: »Wenn unsere harmlosen Nachkriegserinnerungen in diese Soße getunkt werden sollen: Ohne mich, Schwesterherz! So nicht! Beim besten Willen. Und wie überhaupt steht es eigentlich mit dem Mittagessen? Hat hier denn keiner was zu tun? Uta, du wolltest ja die Küche übernehmen . . .« Er bemüht sich um einen munteren Tonfall. Er klatscht sogar in die Hände, reibt sie scheinbar tatendurstig.

»So! Genauso!« sagt Hertha. »Genauso hast du auch damals über uns verfügen wollen. Einzig deine Meinung zählte. Deine Verantwortung! Dein Gewissen! Dein Verständnis! Der stolze, unfehlbare Adler Baldur! Immer hoch erhaben über allem! Hast du noch nie bemerkt, aus welcher Froschperspektive du uns beobachtetest? Nein, Baldur, du hüpfst uns nicht einfach davon. Du startest nicht einfach durch. Du hattest nicht nur damals jüngere Geschwister, du hast heute ebenso Kinder und Enkel. Und sie sind hier - Diether, die Zwillinge! Oder hast du irgend etwas zu befürchten?«

Captain Baldur bleibt vor seiner Schwester stehen. Die Hände in den Hosentaschen, wippt er auf den geschlossenen Füßen. Er lächelt impertinent großmütig zu ihr hinunter und erwidert gelassen: »Du fühlst dich sehr stark, Herthachen. Weißt du was? Ich auch! Ja, mögen die Kinder selber urteilen. Aber können wir bitte wirklich nicht erst einmal Mittag essen? Und außerdem sollten sie auch schon selber ein Interesse haben.«

»Haben sie«, behauptet sein Sohn Diether. Die drei von der nächsten Generation bekräftigen es nickend.

Der Captain schnaubt in gespieltem Grausen zu seinem ironischen Lächeln: »Na, es wird wohl auszuhalten sein.«

»Für uns bestimmt«, antwortet seine Schwester Hertha, »und nachdem wir deine Genehmigung haben - ob wir sie brauchten, ist eine andere Frage -, warne ich dich vorsichtshalber: Fall uns nicht in den Rücken, wenn du dies oder das dann doch nicht aushalten magst!«

»Um was genau geht es jetzt eigentlich?« möchte Teja wissen. Da verteilt sich Gromis Nachkommenschaft, soweit anwesend, endlich um den großen Familieneßtisch in ihrer Küche. Tuta tischt dreierlei Sorten Fleischbrocken in viel gemischtem Gemüse zu Kartoffeln auf. Im Jahre neunzig ein bescheidenes Mahl. Was hätten sie vor vierundvierzig Jahren dafür gegeben! Sogar Baldurs Hackebeil samt Beißzange, solche Schätze!

Der Hunger

Um was es eigentlich ging? Ja, das läßt sich nicht in Bausch und Bogen darlegen. Das entwickelte sich aus zahllosen alltäglichen Details.

»Aber damit ihr vier überhaupt hineinfindet«, fängt Hertha an und sucht in ihrem Gedächtnis nach einem typischen Beispiel ...

Ja, da kamen also kistenweise diese Unmengen von Büchern aus der einstigen Adolf-Hitler-Schule. Sie trafen teils mit Gromi ein, wenn sie mal heimkehrte, teils vor oder nach solcher Heimkehr. Das war leider kein Schatz, um Nötiges dagegen einzutauschen. Das war zu jener Zeit noch nicht mal ein Sammlerobjekt von antiquarischem Wert, wie einige wenige der Bücher vielleicht heute. Das war einfach nichts wert, nicht einmal den schwierigen und oft riskanten Transport.

Das zählte einzig in Gromis Einbildung, die diese »Bibliothek« in Sicherheit bringen zu müssen meinte. Es war ein schierer Überfluß, und nicht einmal an Geist. Wenn man nur die Autoren und Titel bedenkt, von den deutschen Klassikern wie Goethe, Schiller, Hölderlin, Kleist und so weiter abgesehen: Hans Grimms »Volk ohne Raum«, Bluncks Nordmark- und Urväter-Epen, Beumelburgs Kriegsromane, Kolbenheyers lutherdeutsche Pseudowissenschaftlichkeit, die großdeutschen Lyrikergüsse von Anacker, Will Vesper, Heinrich Lersch, die NS-Partei-Scharteken von Schenzingers »Hitlerjunge Quex« über Hanns Johst und Konsorten bis zur biologistischen Unterhaltung für bereits jugendliche Leser. Gewiß auch mancher Name darunter, der später noch mal davonkam. Gewiß auch Könner dabei wie Hamsun und andere Skandinavier, wie »die Kinaus«, »die Jüngers« und viele andere. Ebenso haufenweise ideologische Schmöker billigster Machart. Für die meisten Leute einfach eine Menge Lesefutter, an dem sich jeder anspruchslose Geschmack bedienen konnte. In der Barackensiedlung half es jahrelang vielen arbeitslosen, alten, jungen, kranken, sich langweilenden Nachbarn, die Zeit totzuschlagen, vorübergehend den ewig nagenden Hunger zu vergessen. Und da sieht die zehnjährige Hertha in der Baracke nun im Dunkeln von ihrem Etagenbett nebenan durch einige Ritzen, daß in der Küche noch Licht brennt. Mit der Körperpflege hinter dem Vorhang aus alten Decken, am einzigen Zinkwännchen, muß Ruth längst fertig sein. Die Kinder schlafen in dem großen, mittleren Raum. Hier stapeln sich an einer Innenwand die mehr als hundert bereits »geretteten« Bücher, an der Außenwand das jeweilige Heizmaterial, meist Torf und Holz.

Ruth nutzt diese stille Stunde fast an jedem Tagesende, obwohl doch auch sie meistens schlapp und müde ist und ihren Schlaf braucht. Was treibt sie dort allein in der Küche?

Beim erstenmal tat Hertha, als müßte sie noch mal hinaus auf das angebaute Plumpsklo, so sehr ihr im Finstern davor graute; obendrein bei Lausekälte, denn der grauenhafte Winter näherte sich unaufhaltsam. Sie fand Ruth am Küchentisch lesend vor. Mit einem Blick erfaßte sie, daß es sich bei dem aufgeschlagenen Buch um jenes einzige handelte, mit dem Ruth vor zehn, zwölf oder vierzehn Wochen bei ihnen eingetroffen war.

Ruth mit ihrer eingedrillten Kameradschaftlichkeit sprang natürlich sofort auf, warf dem bibbernden kleinen Mädchen eine der alten Wehrmachts- oder Parteidecken über - auf letzteren kann man heute noch das mäanderartig eingewebte Hakenkreuzmotiv sehen - und begleitete sie hinaus.

An der Haustür behalfen sie sich zu dem Zeitpunkt noch mit einem Vorhängeschloß. Hertha spielte ihr jetzt nicht Theater vor. Sie drängte rasch zurück in die Küche und stand schon am Küchentisch, als Ruth sich noch mit dem rostenden Schloß abmühte.

»Was liest du da immer abends? Und immer nur allein? Ist das nicht eine Bibel?«

»Das weißt du?« fragte Ruth zurück. Ja, das war »bei uns fünf kleinen Atheisten«, wie Hertha noch heute findet, wirklich erstaunlich. Aber ihr war das Buch damals längst aus der Schule bekannt. Hertha beugte sich über die gerade aufgeschlagene Seite und las - ja, sie weiß es bis heute und kann es inzwischen auswendig -, sie las wispernd: »Es werden nicht alle, die zu mir sagen: Herr, Herr!, in das Himmelreich kommen, sondern die den Willen tun meines Vaters im Himmel . . .«

Es erschreckte sie, was sie las. In der Küche war es ja warm, im Herd noch Glut. Jetzt bibberte sie nicht vor Kälte. Sie hob - nebenan sollte keiner das Scharren hören - einen zweiten Stuhl neben Ruths und setzte sich, noch immer unter der alten Decke, sehr dicht neben sie. Sie wollte verstehen, was in dem Buch da stand. Sie wollte es wissen, ganz und alles, was dazugehörte und warum es dieses Buch gab und für wen. Und sie wußte von dieser ersten Begegnung an instinktiv, daß Gromi solchen Wissensdurst nicht billigen, geschweige denn fördern würde. Immerhin hatte sie die Bibel noch nie unter Gromis Habseligkeiten entdeckt und wußte einfach, daß sie sie bei ihrer Mutter auch vergeblich suchen würde. Ruths Exemplar war eine ältere Luther-Übersetzung, wie Hertha heute weiß. Sie war alles, was Ruths Eltern ihrer siebzehnjährigen Tochter hatten mitgeben können, »fürs Leben«, wie Hertha nun erfuhr.

Die Zehnjährige und die inzwischen Achtzehnjährige flüsterten wegen der Hellhörigkeit der hölzernen Barackenwände. Und natürlich konnte Ruth der Jüngeren nicht gleich »alles« erklären. Sie verstehe ja selber nur weniges und das mit Mühe, gestand sie, gerade darum begreife sie auch Herthas Wißbegierde. Aber man müsse einfach mit großer Geduld wieder und wieder in dem Buch lesen, um etwas so Schwieriges und Unerklärbares wie »Glauben« zu lernen, indem man es wolle. Das war Herthas erste Lektion, die sie auch am schnellsten begriff: Glauben muß man wollen.

»Auch sich selber und andern einreden wollen?« unterbricht Captain Baldur seine Schwester. »Und überhaupt: Was denn glauben? Außerdem wußte ich über euer abendliches Treiben in der Küche von Anfang an Bescheid. Stell es also bitte nicht dar, als hättet ihr euch wie verfolgte Urchristen in Katakomben verstecken müssen. Weißt du, Hertha, mir hat unser Vater genauso gefehlt wie dir. Nein, mehr. Er war mein bester Kamerad gewesen. Da war ein entsetzlich klaffendes schwarzes Loch an seinem Platz entstanden. Wolltest du das mit dem lieben Gott auffüllen? Oder mit eurem Herrn Jesus? Und warum mußtest du Uta mit hineinziehen? Sie war erst acht!«

Uta kann sich selbst verteidigen: »Mich mußte niemand in etwas hineinziehen, Baldur. Mein Interesse kam von allein und auch etwas später. Ich wollte davon zunächst ja nur eins: beten lernen. Vater zurückbeten, Mutter heimbeten. Warum mußte sie uns so schrecklich oft und lange allein lassen? Waren die blöden Büchermassen, das Klavier, die Teppiche und all der sonstige Krempel so viel Angst wert? Wir drei Kleineren hatten zuviel Angst, einfach dauernd zuviel, Ecky, Gundel und ich. Erinnert euch an Eckys Bettnässerei. Wie haben wir das arme Kerlchen gehänselt und beschimpft. Und am schlimmsten hänselte und schimpfte unsere Mutter, wenn sie ausnahmsweise bei uns war und bereits die nächsten Reisepläne schmiedete. Und die Männer, die sie zwei-, dreimal mitbrachte, junge Waffen-SS-Offiziere, die sie angeblich vor dem Nürnberger Prozeß und anderen Verfolgungen rettete. Haben sie dir, Baldur, jemals unsern Vater ersetzt? Du mußt dich doch an sie erinnern! Sie waren ja nicht einmal unsympathisch, am wenigsten der Blonde mit dem zerschossenen Bein, der nur mit der Krücke gehen konnte. Wie hieß er noch mal? Kaspar? Ja, so riefen wir ihn: Krücken-Kaspar!«

»Sie tarnten sich doch mit falschen Namen und Papieren, Uta. Das mit Kaspar war auch erst im nächsten Sommer. Interessiert euch das alles überhaupt, Kinder?«

»Mehr und mehr«, erwidert Diether gedehnt, als sei er sich seiner Sache noch nicht ganz sicher, »und keine Sorge, wir werden Onkel Ecky heute nicht mehr wegen der Bettnässerei hänseln. Gab es in eurer Bibliothek denn kein bißchen psychologische Aufklärung? Heutzutage weiß man bereits als Schüler, daß seelische Störungen so etwas auslösen können. Und dafür lagen in diesem Fall ja nun wahrhaftig genug Gründe vor! Wurde Ecky etwa bestraft dafür?«

»War ja gar nicht mehr nötig«, erinnern sich die drei ältesten Geschwister. Der kleine Eckehart erschrak brüllend selber jedesmal am meisten. Und auch wenn es keine Strafe sein sollte, mußte er an den Folgen regelmäßig mittragen, buchstäblich: tragen! Waren am Morgen nämlich die drei Ältesten fort zur Schule, was ja häufig vorkam, dann mußte der kleine Bettnässer persönlich Ruth helfen, das schwere Bettzeug dreihundert Meter weit im einzigen Zinkwännchen zur Pumpe zu transportieren. Ohne seine Mithilfe ging da nichts. Die zweijährige Kunigunde konnten sie dabei nicht allein zurücklassen. Es zog sie wie alle Kinder sehr zum Feuer, unausdenkbar, was sie, allein gelassen, hätte anrichten können!

Für den Armesünder Ecky war das Tag um Tag das reinste Spießrutenlaufen durch die Barackensiedlung. Zunächst mußten sie sich die Pumpe freikämpfen gegen die Horden aus der Asozi-Baracke. Dann mußte Ecky die Pumpe in Betrieb halten, hing am eisernen Pumpenschwengel, und bei Minusgraden drohten ihm die Händchen am eisigen Eisen festzufrieren. Seine Finger waren stets als erste verschwollen und wund von Frostbeulen. Für Ruth war das Waschen, Spülen, Hantieren mit der Wäsche im eisigen Wasser auch kein Zuckerschlecken. Und die dreihundert Meter zurück mit dem jetzt schweren Bettzeug samt heulenden, hungernden, frierenden Kleinkindern: Das könnte wohl noch heute in ihren Alpträumen vorkommen, falls sie erstaunlicherweise noch leben sollte!

So also verliefen monatelang fast sämtliche ersten Vormittagsstunden mit den beiden Jüngsten. Zurück in der Baracke, hängten sie das nasse, riechende Bettzeug um Küchenherd und Kanonenöfchen.

Ihre nächste Etappe verbrachten sie mit dem Marsch ins gut zwei Kilometer entfernte Dorf, wo sie in einem der zwei Bäckerläden ihre fällige Ration Brot, in einem der Gemischtwarenläden je nach Lebensmittelzuteilung seltene Kostbarkeiten wie Zucker, Mehl und vor allem die tägliche Milchration zu ergattern hofften. Milch erhielten hauptsächlich Kinder, stillende Mütter und wirklich Kranke. Hier war ihr Kinderreichtum ihr wertvollstes Kapital: jeden Tag ungefähr eine Zweiliterkanne voll, die Basis ihrer gesamten Ernährung.

»Wißt ihr noch«, fragt Uta, »da war Gromi gerade mal bei uns, und Ruth erledigte die Einkäufe allein. Es schneite Tag und Nacht. Mit den zwei Kleinen wäre sie ja gar nicht mehr durchgekommen. Vorher hatte es ebenso geregnet; unter dem frischen Pulverschnee überall spiegelglattes Eis, und wie Ruth ausglitt und stürzte ... wißt ihr noch?«

Alle drei Geschwister erinnern sich lebhaft an das Drama, als wäre es erst gestern geschehen. Jawohl, im Winter 1946 war das ein Drama: Ruth ist also mit den Lebensmittelmarken ins Dorf geeilt, um zu holen, was es heute eventuell dafür gab. Das war ja weitgehende Glückssache. Bezugscheine, Zuteilungsmarken zählten mehr als Geld, für beides gab es gleich wenig. Tausend bis elfhundert Kalorien pro Tag und Nase, wenn es klappte. Nährmittelzuteilungen, Brotrationen - allein die Begriffe! Das mit der Milch klappte dort auf dem Dorf wenigstens meistens. Sie wurde im Gemischtwarenladen aus großen Molkereikannen mit einem Achtel- oder Viertellitermaß in mitgebrachte Gefäße zugeteilt. Es war eine bläulichblasse, sichtlich magere Milch, und sie einfach zu trinken - solchen Luxus konnte man sich nicht leisten. Ruth pflegte die tägliche Hauptmahlzeit daraus zu bereiten, die es erst abends gab, damit einen der ständig knurrende bis krampfende Magen wenigstens schlafen ließ. Sie rieb rohe Kartoffeln in die aufkochende Milch, die davon zu einer pampigen Suppe eindickte, je nach Stärkegehalt der Kartoffeln. Gewürzt wurde die breiige Masse mit etwas Salz und der winzigen Dosis Zucker, den es ja auch nur streng rationiert gab. Bei gut stärkehaltigen Kartoffeln streckte Ruth die Pampe mit Wasser. Da erhielt jeder gleich fast einen Schlag mehr auf seinen Teller. Es füllte im Grunde nur den Bauch. Trotzdem reichte es nie, war es tagaus, tagein viel zu wenig, gemessen am Dauerhunger. Einen Topf voll Milch-Kartoffel-Mus unter sechs bis sieben hungrigen Mäulern zu verteilen, war einfach zu knapp. Überhaupt dieses ewige exakte Aufteilen, ob von zusammengekochtem Rübenmansch oder Brot oder »Vierfruchtmarmelade«, gleichfalls aus Rüben ...

»Halt!« unterbricht Christina. »Erst das Drama in dem eisigen Schneetreiben!«

Ja, das war furchtbar. In dem Jahr fiel sogar die Schule aus, weil der extrem kalte, lange und schneereiche Winter 1946/47 alles lahmlegte. Manche Erwachsenen kippten unvermutet ohnmächtig um vor Entkräftung. Ruth war mit Rucksack und Milchkanne also allein ins Dorf losgezogen. Aus alten Wehrmachtsdecken hatte sie sich einen kniekurzen Mantel gebastelt mit großen Blasebalgtaschen. Sie wurde merkwürdig dick in letzter Zeit, wuchs noch immer und stakste in ihren viel zu engen, kleinen Russenstiefeln durch den Schnee auf das Kiefernwäldchen zu, das sich zwischen Barakkensiedlung und Dorf streckte. Die Kinder schauten ihr aus den zugigen Fenstern nach, wie sie im vom Sturm wirbelnden Schnee entschwand, und sie warteten ebenso auf Ruths Rückkehr. Würde sie alles Erhoffte mitbringen? Einen ganzen Laib Brot womöglich, einige der typischen 62,5-Gramm-Portiönchen Butter oder Margarine, womöglich gar ein paar Scheiben Käse oder Wurst? Und natürlich das Wichtigste, die unentbehrliche Milch!

Besorgt beobachteten sie die Schneeverwehungen auf dem einzigen Verbindungsweg. Da türmten sich stellenweise wahre Wogen aus Schnee mit welligen Kämmen. Gromi und Baldur fütterten unentwegt den Herd und das Bolleröfchen. Es war abzuschätzen, daß das Holz nicht reichen und Baldur mit Ruth und Hertha in die Heide ausrücken müssen würde, noch ein paar krüppelige Kiefern umzuschlagen und heimzuschleppen. Von Mal zu Mal mußten sie weiter auf dem Truppenübungsplatz vorstoßen, es zogen ja auch die Nachbarn und Dörfler zu solchen Beutezügen aus. Und man hörte neuerdings, daß Leute morgens erfroren in ihren Betten gefunden wurden, auch Kinder. Aus zweierlei Gründen also warteten sie sehnsüchtig auf Ruths Rückkehr.

Endlich sahen sie sie aus dem Kiefernwäldchen auftauchen. Sie stemmte sich schräg gegen den eisigen Oststurm, der ihr jetzt entgegentobte. Ihr Kopftuch flatterte. Hier und da sackte sie in ein Schneeloch, ging in die Knie - und seltsam, auch die Milchkanne baumelte leicht, hing zuweilen schräg, wie zu locker, an Ruths Hand. Irgendwie schien überhaupt die ganze Ruth zu flattern, wie ein zusammengedroschenes Häufchen. Da beschlich die Wartenden schon eine böse Ahnung. Sie drängten zur einzigen Haustür, um die die beiden Frauen in den letzten Tagen noch einen Windfang gezimmert hatten, ein wackliges Gebilde aus Brettern, Latten und Leisten. Ruth kam hereingestolpert, verschwollen, verheult. Und beim Anblick ihrer wartenden, hungrigen Meute brach sie in Tränen aus, die den ganzen restlichen Tag kaum zu stillen waren. Aufschluchzend ließ sie sich auf den erstbesten Hocker fallen. Ihr Knie mit ihrem einzigen kostbaren Paar Strümpfe war aufgeschlagen, aber das hatte sie selber offenbar bislang nicht bemerkt. Sie knallte die unheimlich hohl klingende Milchkanne auf den Tisch und heulte auf: »Vergossen! Auf Glatteis. Es riß mir die Beine weg wie nichts ... die ganze Milch lief in den Schnee ... ich hab' ja noch etwas zusammengekratzt, aber ... Was sollen wir denn heute abend essen?«

Und wieder ein Sturzbach von Tränen. Gewiß, in Deutschland, zwei Jahre nach Kriegsende, war das eine Katastrophe: fast zwei Liter Milch einfach futsch! Aber selbst die halben Babys Gundel und Ecky begriffen, daß es vor allem Ruths Katastrophe war.

Gromi nahm das völlig entnervte große Mädchen tröstend in den Arm. Sie strich ihr über das verrutschte Kopftuch, über die vorn regelrecht eingeeisten Haare, und sagte wohl ein dutzendmal: »Ist ja nicht so schlimm. Geht ja vorüber. Ist ja nur ein einziger Tag ohne Milch. Haben wir übermorgen schon vergessen. Ist ja nicht so schlimm.«

Jeder versuchte, die Unglückliche zu tätscheln, zu streicheln, zu beruhigen, selbst Baldur.

»Und sag mal ehrlich, Baldur: Hast du jemals gedacht, sie könnte uns die Milch schlicht und einfach weggetrunken haben?«

Captain Baldur schüttelt ernst den Kopf: »Nicht eine Sekunde. Wie kannst du überhaupt auf eine so perverse Idee kommen, Hertha?«

Damals, meint seine Schwester, hätte man sogar das verstehen können. Und heute noch besser: Daß sie sich einmal wenigstens schadlos gehalten hätte! Für was nicht alles ... »Ihr habt es ja nicht mitgekriegt«, sagt Hertha zu Baldur und Uta, »wie der Arzt sie mitten auf der Dorfstraße ansprach. Und dann die Folgen davon.«

»Bildest du dir ein, wir hätten es überhaupt kapiert?« fragt Uta leicht gereizt. »Ihr war doch nichts anzusehen, jedenfalls als Laie sah man nichts. Und was war es damals denn auch Besonderes? War sie nicht nur eine von Hunderttausenden?«

Natürlich sah man ihr nichts an, natürlich war Ruth nur eine von Hunderttausenden, die sich mit dem gleichen Verhängnis herumschlagen mußten, und Tausende überlebten es nicht. Ruth hat es selber nicht gewußt, allenfalls geahnt haben mag sie einiges, nach allem, was hinter ihr lag, meint Hertha und erklärt den vier jüngeren Zuhörern: »Sie war ja aus der SBZ rübergekommen . . .«

»Was war noch mal SBZ?« fragt Christina.

»Sowjetische Besatzungszone. Ruth, die sportliche Große mit dem Gardemaß, hatte 1945 über vier Monate zwangsarbeiten müssen für die Rote Armee, Tag und Nacht, täglich sechzehn Stunden und mehr. Für ein junges Mädchen muß das eine Hölle gewesen sein, wie dort Menschen mit Menschen umgingen. Außerdem gab es bei der Schwerstarbeit kaum etwas zu essen, einmal täglich nur eine alte Konservendose mit salziger Kohlbrühe, drei, vier Kohlblättern und etwa einem Fingerhut Graupen. Die westlichen Besatzungsmächte brachten sich ihre eigene Verpflegung mit. Die Sowjets dagegen waren 1945 noch ausgehungerter als die Deutschen. Zur Versorgung ihrer eigenen Armee beschlagnahmten sie die großen Landgüter östlich der Elbe als Militärkolchosen. Sie rekrutierten zwangsweise alle Arbeitsfähigen, und das waren bei Kriegsende fast ausschließlich Frauen und Mädchen. Die Männer waren ja im Krieg geblieben oder, sofern sie noch lebten, in Kriegsgefangenschaft. Die Frauen und Mädchen mußten unter bewaffneter Aufsicht roboten, wie Ruth das nannte.

Es muß sehr schlimm zugegangen sein. Nicht wegen der Arbeit, wie Ruth erzählte, falls sie überhaupt mal davon erzählte! Landarbeit kannte sie. Aber hier gab es keine Pausen, keine Rast, und nach dem Geracker auf den Feldern - bei jedem Wetter - ging es nachts mit der eingebrachten Ernte an den Maschinen weiter, Dreschmaschinen und so weiter. Das Böse waren vor allem manche Greuel, deren Opfer besonders junge Mädchen und Frauen wurden. Es gab auch Auspeitschungen und so weiter. Ruth mochte nie Genaueres darüber erzählen. Immerhin ist mir in Erinnerung, daß sie sehr selten von den vielen Selbstmorden sprach. Woche um Woche nahmen sich einige das Leben - und daß im Sommer fünfundvierzig im wasserreichen Mecklenburg in vielen Seen nicht gebadet werden durfte. Es drohten Seuchen von zu vielen Wasserleichen. Meistens Mädchen und Frauen, manche samt ihren kleinen Kindern. Ruth sagte auch, daß man alles hinzunehmen versuchte, weil wir nun doch einmal diesen Krieg angezettelt hätten, irgendwer müsse eben büßen.

Sportlich und kräftig, wie sie mit ihren sechzehn Jahren gewesen war, hat sie das alles noch überstanden, war noch bis nach der Kartoffel- und der Rübenernte im Herbst dabei. Aber dann schlug in und um Schwerin eine Typhusepidemie zu. Sie als einzige von ihrer Familie kriegte Typhus, wahrscheinlich hatte sie am wenigsten Widerstandskraft. Sie lag viele Wochen lang, immer wieder wie bewußtlos. Sie konnte sich zum Beispiel nicht an Weihnachten fünfundvierzig erinnern, hat da wohl auch nichts versäumt. Oder ob in dem Winter Schnee lag? Sie hat es überlebt, aber danach war sie kaputt und fertig. Sie wollte wieder zur Schule, die sie ja noch nicht abgeschlossen hatte. Doch sie kam nicht mehr richtig auf die Füße in dem Chaos da drüben, sollte abermals zwangsrekrutiert werden, diesmal mit Abtransport gen Osten. Und da ist sie geflohen, westwärts, wie zuvor ihre ältere Schwester Friederike.

Sie kannte keinen Menschen im Westen näher, außer mehr vom Hörensagen Gromis Eltern und Gromis jüngste Schwester Ilse. Daneben hatte sie väterliche Verwandte in Schweden: Dort lebte die einzige noch existierende Schwester ihres Vaters. Nach ihrer Ankunft im Westen versuchte sie ihr Glück beim schwedischen Konsulat in Lübeck. Eine Einreiseerlaubnis nach Schweden war nicht das Schwierigste, vor allem, wenn dort jemand für einen bürgte. Aber ein Ausreisevisum für Deutsche? Aus der britischen Zone? Unmöglich. Total aussichtslos, da kannten die Engländer keine Gnade. Das etwa war Ruths Status, als der Winter sechsundvierzig ausbrach. Und - Baldur, Uta - wißt ihr noch, wie wir erschraken, als sie unserer Mutter mitteilte: Rechne für Weihnachten nicht mit mir, ich muß mich auch mal um meine Eltern und jüngeren Geschwister kümmern! Das konnte ja nur heißen, daß sie schwarz, illegal über die grüne Grenze wechseln wollte. Und wenn diese Grenze zwischen Ost und West damals auch noch nicht befestigt war, so doch bewacht und jeder Grenzgang ein nicht ungefährliches Abenteuer. Da passierten unheimliche Dinge. Sie hat uns später mehrmals davon berichtet . . .«

»Wie war das mit dem Arzt auf der Dorfstraße?« will Diether wissen.

Ja, das hatte sich einige Wochen früher ereignet, berichtet Hertha, als Gromi mal wieder im Lande war, weil sie da in die Baracke umzogen, die endlich halbwegs fertig wurde, weil Torf für die Winterheizung beschafft werden mußte und vieles mehr. Gromi wollte Ruth etwas Gutes tun und schickte sie zum einzigen Dorffriseur. Ruths Kopf zierte zwar eine ausreichende Haarfülle, doch leider nicht so schön gewellt und naturlockig wie die ihrer Gastfamilie. »Laß dir eine Dauerwelle legen«, hatte Gromi gutmeinend geraten und Ruth das nötige Geld in die Hand gedrückt.

Neugierig heftete sich die zehnjährige Hertha an Ruths Fersen. Sie als einzige in der Familie war nämlich bedauerlicherweise nicht so üppig mit Wellen und Locken ausgestattet. Und eitel war man auch mit knurrendem Magen. Diese Dauerwelle wollte Hertha miterleben, zumal es Ruths allererste werden sollte. Doch beim Friseur stießen sie gleich wieder auf nichts als Versorgungsprobleme. Das Geld interessierte den am wenigsten. Was kostete damals denn auch schon eine Dauerwelle? Was er von seinen Kundinnen begehrte, war vielmehr ein tüchtiges Bündel Heizmaterial, Holz oder Briketts, am liebsten unerschwingliche Steinkohle, nur zur äußersten Not auch Torf, der den geringsten Heizwert hatte. Und die nötigen Handtücher müsse man gefälligst selber mitbringen, möglichst auch Schampon oder wenigstens Schmierseife! Kurzum - die begehrte Heißdauerwelle, andere gab es noch nicht, war nicht kampflos zu erringen. Also mußten sich das große und das kleine Mädchen aus der Barackensiedlung zunächst wieder auf den Heimweg begeben.

Leicht geknickt verließen Hertha und Ruth den Friseurladen, der geschäftsgünstig mitten an der dörflichen Hauptstraße lag. Draußen kam ihnen ein großer schlanker Mann entgegen, sichtlich in Eile. Er trug eine unförmige Ledertasche und wollte eben an ihnen vorbeitraben. Von heute aus gesehen, glich er ein wenig dem US-Filmstar Yul Brynner, nur größer und ernsthafter, aber mit einem ganz ähnlichen Ausdruck von herrlich brutaler Zielstrebigkeit, wie Hertha sich schwärmerisch erinnert. Er hatte, was sie später erfuhr, bei Fallschirmjägern dienen müssen, deren Helme manchen Mann die Haare kosteten, in diesem Fall eher zum Vorteil des Betroffenen. Dieser umwerfende Typ stutzte kurz bei Ruths Anblick, trat geradewegs auf sie zu, für ihr Empfinden trat er ihr sogar zu nahe. Als er sie nämlich ohne Einleitung ansprach: »Darauf habe ich längst gewartet, Sie einmal halbwegs allein zu treffen. Es wimmelt ja ständig diese riesige Meute um Sie . . .«

Da entgegnete sie, so zickig sie nur konnte: »Wie kommen Sie dazu, mich einfach so . . . also wirklich!«

Und er: »Ich hab's eilig, Mädchen, also bitte keine Mätzchen. Sie kommen sobald wie möglich zu mir, am besten gleich morgen, damit wir nicht noch länger unnütz Zeit verlieren.«

Und Ruth oberzickig: »Was fällt Ihnen denn ein? Sind wir hier unter Verrückten? Komm, Hertha!«

»Halt!« sagte der Mann energisch. Er packte sie tatsächlich mit gekonntem Griff an der freien Hand, hob diese an und drückte auf den Handrücken, daß eine tiefe Delle entstand. Zufrieden nickte er: »Dachte ich es mir doch - richtige Patschpfoten. Und an der Stirn? Auch nicht besser. Kindchen, ich weiß genau, wie kaputt Sie sich dauernd fühlen, wie Sie schnaufen müssen, wie mies und hundeelend Ihnen ist. Ewig schlapp, ewig müde. Aber alle anderen halten Sie für einen unverwüstlichen Kraftprotz, dem man gar nicht genug zumuten kann. Sie haben Hungerödeme, ziemlich fortgeschritten.«

Ruth starrte ihn an. Wollte sie lachen oder heulen?

Er nickte lächelnd und sagte: »Ich bin hier der Arzt. Und es ist höchste Zeit, daß Sie in ärztliche Behandlung kommen. Sie fallen mir schon seit längerem auf. Ich weiß, wo und wie Sie hier rackern müssen. Also morgen nachmittag? In meiner Praxis dort vorn in dem Backsteinkasten an der Ecke. Ich bin Doktor Kohrs.« Winkte noch mal und stürmte davon.

Ruth guckte ihm nach, als müßte sie auf der Stelle hinterher und ihn küssen. »Er weiß genau«, murmelte sie fassungslos, »wie beschissen ich mich fühle. Haargenau! Wieso weiß er das?«

Doch schon auf dem Rückweg zur Baracke schärfte sie Hertha ein, vor Gromi und den Geschwistern den Mund über das Vorgefallene zu halten. Wahrscheinlich sei gar nichts dahinter, wahrscheinlich kriege sie sonst bloß Schwierigkeiten mit Gromi, zum Beispiel wegen der geplanten Weihnachtstour nach Mecklenburg.

»Wenigstens mir hättest du was sagen müssen«, knurrt Captain Baldur, »wenigstens ich hätte Bescheid wissen müssen! Statt dessen höre selbst ich heute zum erstenmal von diesem Vorfall.«

»Ach Baldur, was hättest du denn tun können? Höchstens damit zu Mutter, weil du es ja auch noch nicht hättest verstehen können.«

»Und?« will Diether wissen. »Ist sie zum Arzt gegangen? Was wurde aus der Sache? Das war doch wohl kein blöder Trick von dem?«

Ganz und gar nicht. Sehr gegen ihren Willen - seiner war stärker - wurde Ruth seine Dauerpatientin. Sie konnte ihn doch nicht einmal bezahlen. Er jedoch bestand auf seiner ärztlichen Betreuung, so wenig er praktisch auch helfen konnte. Trotzdem hat das vielleicht mitgeholfen, ihre Schwedenreise irgendwann doch noch in Gang zu bringen. Sie womöglich zu retten. Er jedenfalls diagnostizierte bei ihr weit fortgeschrittene Hunger- und Eiweißmangelödeme, soviel Hertha im Laufe der Zeit mitbekam. Ruth wog ja von lauter Wasser, was sie unförmig aufschwemmte, weit über hundert Kilo. Es waren etwa fünfzig Kilo zuviel. Außerdem Magen-, Darm- und Nierenerkrankungen, Tuberkulose - eben das in schweren Hungerzeiten Übliche.

Erst viel später kapierte man allgemein, daß kleine Kinder viel weniger Schäden durch die Entbehrungen erlitten als ausgerechnet die Heranwachsenden. Und die zählten zu jener »lost generation«, der am meisten abverlangt wurde. Man wußte es einfach nicht besser. Man konnte es angesichts des blühenden Aussehens der Betroffenen auch nicht begreifen. Man verlangte auch weiterhin von ihnen Opfer zugunsten der Kleineren und vermeintlich Schwächeren. Sie selber schätzten die Lage genauso ein. Wer weiß, ob ein anderer Arzt es überhaupt erkannt hätte, ob dieser herrliche Kerl nicht eine glückliche und seltsame Ausnahme war?

»Also durfte sie raus aus Deutschland? Durfte sie nun endlich nach Schweden?«

»Ach was denn! Habt ihr eine Ahnung!« O nein, dank der britischen Besatzungspolitik sollte Ruth ihrer Meute von der Baracke noch länger erhalten bleiben. Ehe die Engländer einen ausreisen ließen, mußte der schon halbtot sein. Und Ruth wirkte im Winter 1946 ja noch mindestens halb lebendig. Ja, den Raben auf dem Feld ging es besser als den Kindern auf den Straßen, und eben nicht nur auf deutschen Straßen. Man war sich im Grunde bewußt, wenn viele es auch nicht eingestehen mochten: Wir sind ja selber schuld. Bevor das Unglück auch über uns kam, haben wir es hundertmal schlimmer über andere gebracht, ob wir nun davon wußten oder nicht. Man gehört nun einmal zu einem Volk, wie man ebenso zu einer Familie oder Sippe gehört.

»Deshalb ist man noch lange nicht verpflichtet, das eigene Nest zu beschmutzen«, fährt Captain Baldur seine Schwestern an und hebt die Mittagsrunde auf, indem er jähzornig aufsteht, den Stuhl krachend zur Seite stößt und sich entfernt. Hetty blickt ihm achselzuckend nach, Tuta mit unglücklicher Miene.

Bücher

Christina kommt etwas später für ein stilles Stündchen dazu, ihren Brief an Edda fortzusetzen: ». . . Mit den gotischen Zwillingen floh ich vorhin vor Captain Baldur in Gromis Bibliothek, über die wir nun endlich die volle Wahrheit wissen. Gehören die alten Schinken darin nicht eigentlich sozusagen der Nation? Aber die würde sich wohl dafür bedanken. Teja und Totila hatten dort bereits gestern äußerst Fragwürdiges entdeckt. Da gibt es nämlich haufenweise Bücher, in denen mindestens die ersten und die letzten Blätter fehlen, aus einigen mehr. Manche sind wie systematisch durchstöbert und um einige Kapitel erleichtert worden. Neben mir liegen ein paar typische Beispiele dafür.

Oft erkennt man nur noch am Einband, um welches Buch es sich handelt. Zum Beispiel ein pompöser Titel wie ›Der Mythus des 20. Jahrhunderts‹ von einem Alfred Rosenberg, der ein NS-Bonze gewesen sein soll. Mindestens so protzig liest sich ›Die Grundlagen des 19. Jahrhunderts‹, das komischerweise von einem Engländer stammt, Houston Stewart Chamberlain. Da sind mehr als 220 Seiten einfach ausgerissen. Wenn ich in dem Rest blättere, stoße ich wiederholt auf Jesus Christus, der hier als ›indoeuropäische‹ Heldenpersönlichkeit dargestellt wird, denn schon der Name Galiläa bedeute ›Heidengau‹, den die Assyrer ›systematisch kolonisierten . . ., daß auch rein arisches Blut dorthin verpflanzt wurde‹, so daß Jesu Eltern niemals Juden gewesen sein könnten. Und so geht es seitenweise weiter mit wirklich idiotischen ›Beweisführungen‹, daß und warum Christus kein Jude gewesen sein könne, wozu immer wieder der gute alte Darwin samt Abstammungslehre bemüht wird, als müßte man Darwin mehr glauben als Gott. Jesus war demnach ein arischer Übermensch - mich wundert nur noch: Warum dann nicht gleich Gote oder Wikinger?

Aber im Ernst, es heißt da: ›Religion hat zunächst weder mit Aberglauben noch mit Moral zu tun; sie ist ein Zustand des Gemütes.‹ Also genügt vielleicht eine kleine Prise Hasch oder Koks, um sich in eine religiöse Gemütslage zu versetzen?

Tuta fragte ihren großen Herrn Bruder geradeheraus, ob er sich denn ihren Glauben, ihre Religion als etwas so Oberflächliches, Künstliches vorstelle, als Wahngebilde oder was? Er antwortete ziemlich ätzend, das sei doch alles nur eine romantische Schwärmerei von Leuten, die keinen echten Halt in sich selber fänden, weibische Unterwürfigkeit, und geschmacklos außerdem. Dieses Kriechertum, sagte er, mit dem ihr auf den Knien rutschen wollt, um euch selber als Versager, als schuldbeladene Sünder anzuklagen, das sei doch nicht normal, krank sei das! Und dabei tippte er sich gegen die Stirn, Du weißt schon, wie. Er nannte es hirnlos, unappetitlich und sogar unhygienisch.

Hetty wollte das genauer wissen, und da verriet er sich, denn er redete von ›Rassenhygiene‹ und daß sie mit ihrer sogenannten Religion ja nur die geistig krankhaften Ausgeburten eines größenwahnsinnigen Vagabundenvolkes übernommen hätten. Also das kapierten selbst die Zwillinge und ich, daß er damit die Juden meinte.

Hetty fragte ihn, ob er seinen neurotischen Haß etwa hygienisch finde? Aber sie wolle nicht ebenso gehässig sein, das wäre ja wirklich zu primitiv, und sie sagte etwas von Erbarmen und daß auch Baldurs Name in Gottes Hände geschrieben sei: »Du kannst es sehen, Baldur, da, wo Gottes Hände durchbohrt sind . . .«

Weißt Du, liebe Edda, wenn Du gehört hättest, wie unser Captain Baldur seine Schwestern wegen ihres Glaubens behandelt, dann würdest Du auch ahnen, daß er solche Bücher wie die in Gromis Bibliothek auf ziemlich gierige Art zu sich genommen haben muß, also verschlungen. Womit ich nicht meine, daß er die fehlenden ersten 200 Seiten buchstäblich gefressen hätte! Nein, es war ihre Sklavin Ruth, die Gromis Bibliothek dermaßen ›schändete‹. Teja und Totila hatten sich schon gestern dafür interessiert, als sie die Bescherung entdeckten. Ruth mußte doch jeden Morgen den Herd und das Bolleröfchen, später sogar zwei, neu anheizen. Es war schon allerhand, Streichhölzer zu ergattern. Gut vorgetrocknete Holzspäne wären in jenen wüsten Zeiten, aus denen unsere Überfluß-Republik entsprang, der reinste Luxus gewesen. Die wenigen Zeitungen, die die Besatzungsmächte genehmigten, reichten ja nicht einmal für das Klo, schon gar nicht bei größeren Familienverbänden. Ruth fing also klammheimlich an, Gromis mühsam gerettete Adolf-Hitler-Schulbibliothek zu verheizen, womit diese wenigstens ein dringendes Bedürfnis stillte.

Nicht ohne Stolz darf ich feststellen, daß meine Oma Hertha die allererste Verbündete von Ruth gewesen sein muß. Sie gingen keineswegs blindwütig vor. Ist das nicht allerhand? Sie machten sich die Mühe, die Bücher vorher zu sichten und Spreu von Weizen zu scheiden. Allzubald muß Baldur, das Adlerauge, ihnen auf die Schliche gekommen sein. Er muß damals wirklich blindwütig an seinen Vater, an Mütterchen und deren Führer geglaubt haben. Irgendwie hatte er wohl als Ältester zuviel von den giftigen Portionen abbekommen. Wie bescheuert fing er an, sich für die Bücher jetzt so richtig zu interessieren, sie noch vor den Mädchen zu sieben und um gewisse Schinken regelrecht zu kämpfen. Noch heute schleudert er seinen Schwestern knallhart entgegen, Bücherverbrennung sei Bücherverbrennung. Und die, welche das sogenannte Dritte Reich entflammte, sei kein bißchen schlimmer einzuschätzen als die, mit der die Mädchen ihm sozusagen heimleuchteten.

Oh, Edda, es ist gleich immer etwas Böses zwischen ihnen, wie ich es nicht für möglich gehalten hätte, obendrein zwischen Geschwistern. Und daß es derartig lange anhält!«

Christina sieht eine Szene von vorhin noch vor sich.

Es war laut geworden. Tuta griff zornig in eins der Bücherregale - ausgerechnet die immer heiter lachende Tuta sah fuchsteufelswild aus! Sie riß ein ziemlich neu und modern aussehendes Buch heraus, blätterte rasend schnell und las vor, als wollte sie damit jemand ohrfeigen: »Der Mensch ist das Maß aller Dinge ... das Christentum grundsätzlich ein Nein zum Leben ... gegenüber dem Schicksal ist der Mensch das Gesetz der Welt ... Gott ist ebenso unvollkommen wie die Welt ... Götter sind das verklärte Ebenbild des Menschen ... Jahwe ein Gott der Kastration ... der jüdisch-christliche Monotheismus ... bestimmt den Schmerz zu einem der sichersten Mittel, die die Moral zu deren Fortbestand braucht ... Die Bibel verflucht die Stolzen ... ruft zur völligen Zerstörung der Schönheit, der Macht, des Hochmuts ... stellt dem schöpferischen Willen die Wüste des Absoluten entgegen. Sie legitimiert die Schwäche ... nimmt alle Formen des Sozialismus vorweg ...«

Hetty fragte entgeistert: »Haben wir das Machwerk damals übersehen?« Tuta hielt ihr die Titelseite hin.

Hertha las etwas von »Heide sein«, und darunter, handschriftlich: »Meiner Mutter zum 75. Geburtstag in Bewunderung für ihren kämpferischen Mut, in Treue von ihrem Sohn Baldur«. Es war ein Buch von heute! Wie sich herausstellte, hatte Baldur Gromi noch mehrere von der Sorte geschenkt; er kannte sie selbst und nannte so etwas Treue.

Christina wunderte sich: Wie konnte ein so moderner Mensch mit so einem modernen Beruf derartig alte Hüte tragen?

Baldur riß Tuta das Buch aus der Hand, stellte es zurück neben andere neuere, die den andern vorher gar nicht aufgefallen waren, biß die Zähne zusammen und schwieg verächtlich, wieder ganz der edle Elch vom Rande des Eismeeres. Er rechtfertigte nichts, erklärte nichts, stellte nichts richtig, als wären die anderen ihm ein viel zu verächtliches Publikum und überhaupt nur gackernde Hühner, die nicht mal richtig Eier legen könnten. Auch Diether und die Zwillinge schwiegen. Wahrscheinlich fühlten sie sich in diesem uralten Gegeneinander genauso ratlos wie Christina. Was für einen Reim sollte man sich darauf machen? Vermutlich wußten sie einfach zu wenig und sollten schleunigst dafür sorgen, daß die Älteren noch viel mehr auspackten. Irgendwie schien der ganze braune Staub noch nicht raus aus Europa.

Christina hört das Klavierspiel aus der unteren Etage schon eine ganze Weile, bis sie es bewußt wahrnimmt. Nanu, fragt sie sich, zur geheiligten Mittagsrast im Trauerhaus? Obendrein eindeutig jazzige Rhythmen und Akkorde, freilich von der schwermütigeren Art. Sie räumt den Fortsetzungsbrief an Edda in ihren Koffer, nimmt die Bücher und steigt damit zurück ins Parterre. Im Hinuntergehen erkennt sie die Melodie, die so verändert durch das stille Häuschen klingt. Es ist das schöne alte englische »Nehmt Abschied, Brüder . . .«, Auld lang syne.

Sie vermutet Diether an dem Instrument, sieht durch die halb offenstehende Tür die Zwillinge wieder auf dem Teppich vor den Regalen und im nächsten Moment deren flotten Großvater am Klavier. Verwundert legt Christina die Bücher oben auf dem Instrument ab und setzt sich leise auf die Kante des Klavierbänkchens.

Großonkel Baldur schaut sie die ganze Zeit mit einem Anflug von Lächeln an, klimpert weiter, wechselt lässig über zu Softbeat: »Yesterday, all my troubles seemed so far away . . .« Mit einigen mutwilligen Clustern bricht er unvermutet ab und sagt ihr auf den Kopf zu: »Und du hättest wetten mögen, der kann nur Märsche. Gell?«

»Ich wußte nicht mal, daß du überhaupt spielst. Und den Typ, der es so oberflächlich macht wie du eben, kannte ich bisher auch nur von der Schule. Sie haben links nur die immer gleichen vier, fünf Akkorde.«

Er nickt sachkundig. Ernsthaft legt er ihr dar, daß er lieber schwierigere Stücke nach Noten spielt, ältere Sonaten und Fugen beispielsweise, einfach als Gehirntraining: »Sozusagen kybernetisches Training. Wenn du bedenkst, wieviele Sinne und Gehirnzellen da exakt zusammenspielen müssen! Über die Augen ins Hirn, von da in die Hände und so weiter, alles in Bruchteilen von Sekunden. Ob Computer so was schafften? Es müssen pro Notenseite nach meiner Einschätzung über sechstausend Schaltvorgänge sein, grob gerechnet. Je nach Partitur bis zum Fünffachen davon. Und wenn dann einer noch Ausdruck reinlegt ...«

Jetzt streift sein lebhaft gewordener Blick die oben von Christina abgelegten Bücher, und er unterbricht zum zweitenmal unvermutet: »Hattest du das mit oben als Verdauungslektüre?«

»Ich wollte bloß mal sehen ... Von diesem Engländer fehlen ja so viele Seiten. Wieso war ein Engländer Nazi?«

»Dieses Buch von ihm erschien bereits vor der letzten Jahrhundertwende, so um 1890. Du siehst, das Ganze war keine Erfindung der zwanziger und dreißiger Jahre.«

»Aber das andere, neuere Buch geht irgendwie genauso, Captain. Und ist von einem Franzosen. Und der ist erst 1943 geboren, steht hintendrauf.«

»Ja, und?« fragt Captain Baldur. »Was irritiert dich daran? Europäer eben! Mit europäischen Visionen. Ist das nicht hochgradig aktuell? Europa!«

Sie weiß nicht, ob er das ironisch meint, und wird unsicher: »Ich möchte ja bloß wissen, warum Gromi daran hing. So lange! Wenn dieser Houston Stewart Chamberlain das vor über hundert Jahren schrieb - und dieser Monsieur de Benoist schreibt das heute: Wie paßt Gromi dazwischen? Und du hast es ihr geschenkt!«

»Du darfst Gromi nicht ›dazwischen‹ sehen, Tina. Gromi war sich selbst treu und lebte etwas, das ihr vollkommen natürlich war. Auf Agitation und dergleichen war sie im Grunde nie angewiesen. Und ich war von ihren fünf Kindern eben derjenige, der das am besten verstehen und nachvollziehen konnte. Keine Sorge: Erblich ist es sicher nicht! Aber Spaß beiseite: Es hing mit ihrer Kindheit und Jugend zusammen, daß sie diese Spur überhaupt fand und ihr folgte. Natürlich auch mit ihrer Persönlichkeit. Vor allem nämlich blieb sie alle Zeit sich selbst treu.«

»Ich weiß so gut wie nichts von ihrer Kindheit, Captain. Nur, daß sie aus großer, sogenannter guter Familie stammte. Aber vielleicht kannst du mir ja bis zum Kaffeeklatsch das Nötigste beibringen?« Captain Baldur blickt Christina kurz grübelnd an, und sie scheint die Prüfung zu bestehen. Er nickt, konzentriert sich, tippt mit dem Zeigefinger noch mal stilvoll g-f-f, »Yesterday«, und scheint sichtlich bemüht, es kurz zu machen: »Sie hatten ein Rittergut, herrlich auf sanfter Anhöhe über einem kilometerlangen, stillen See. Als Kind war ich mal da, ziemlich auf der Grenze zwischen Vorpommern und Ost-Mecklenburg. Das war schon im Krieg. Und das einstige Gutshaus war längst ein berühmtes Ausflugslokal für die Spießer der umliegenden Kleinstädte. Gromi war die Zweit- oder Drittälteste von sechs Geschwistern. Vor ihr zwei Brüder, nach ihr der dritte, so ungefähr. Sie sind zu Pferde aufgewachsen, als junge Herren weiter Ländereien samt Jagd- und Fischereirechten. Eigener Bootshafen. Stallungen. Äcker. Wälder und so weiter und so weiter. Gromi liebte das Gut, seine Felder und Bäume mehr, als ihre Brüder es liebten. Die interessierten sich wohl mehr für eine Schiffsreederei samt Überseehandel, die gleichfalls der Familie gehörten, in diesen östlichen, kleineren Hansestädten. Du mußt dir das vorstellen, Tina: so eine Kindheit! Herrentochter, Jungherrin. Eigene Böden, eigene Viehherden - ein Roman von Kindheit! Verstehst du? Ihr kennt so was wirklich nur noch aus Romanen. Und dann die Katastrophe: Inflation. Ihr müßt doch davon wenigstens gehört haben, im Geschichtsunterricht: Zwanziger Jahre, Schandvertrag von Versailles, Deutschland am Boden, Weimarer Republik . . . Not, Arbeitslosigkeit, Geldentwertung, In-fla-tion! Da verloren die Leute über Nacht alles, einfach alles. Da war die Verzweiflung so groß, daß sie sich Kugeln in den Kopf schossen!

Gromi war etwa fünfzehn, als das passierte. So alt wie du heute. Über Nacht ging alles verloren: die Felder, die Wälder, die Viehkoppeln, die Stallungen samt Vieh und Pferden, das prachtvolle alte Gutshaus - verloren! Die eben noch alles besaßen, fanden sich buchstäblich über Nacht auf der Straße wieder. Üble Spekulanten aus den Großstädten, aus Berlin vor allem, rissen sich die großartigen Besitzungen unter die schmutzigen Nägel und ließen sie zu Ausflugslokalen verkommen. Gromis Vater soll seitdem einen Hieb weggehabt haben, oder wie man das nennt. Ein zerbrochener Mann, der nicht mehr richtig funktionierte. Sie konnten im nächsten Städtchen gerade noch eine Etage in einer alten Villa mieten, und von da an mußten sie jeden Pfennig dreimal umdrehen, bevor sie sich von ihm trennten.

Schon damals lernte Gromi das Rationieren, Improvisieren, das Einteilen und Organisieren. Sich nach solchem Überfluß plötzlich wirklich einschränken und bescheiden zu können, dazu gehören starke Charaktere. Die dürfen dann auch von anderen Entsprechendes verlangen. Und von der ganzen Sippe blieb überhaupt Gromi diejenige, die den Kopf nicht in den Sand steckte. Sie nahm den Kampf auf. Und sie sah sich nach Verbündeten um. Einen solchen Menschen mit solchen Erfahrungen kann so leicht nichts umbringen, auch nicht, als ihre Welt zum zweitenmal in Scherben lag. Ihre Devise war . . .«

»Was mich nicht umbringt, macht mich stärker. Nietzsche. Götterdämmerung«, sagt eine hellere Stimme hinter ihnen. Tuta. Natürlich wieder Tuta, die sich unbemerkt an das Klavierbänkchen heranmachte und ihrem Bruder jetzt gleich beschwichtigend eine Hand auf die Schulter legt, als müßte sie ihn niederhalten.

Zu Christina fügt sie noch an: »Über den Einfluß von Nietzsche auf die geistesgenossenschaftlichen Verfasser der beiden Bücher, da weißt du inzwischen Bescheid? Na, soviel konntest du in der Mittagspause ja gar nicht lesen. Baldur, bitte, wenn du jetzt unbedingt auf jemand einschlagen möchtest, dann doch besser wieder auf das Klavier. Trinken wir endlich Kaffee? Oder will jemand lieber Tee?«

Mühsam beherrscht bringt Captain Baldur zwischen den Zähnen hervor: »Vielleicht möchten manche nur Ruhe vor dermaßen unsachlichen Einmischungen! Ihr seid doch selber Frauen - wieso habt ihr, Hertha und du, so wenig begriffen, was gerade Frauen damals leisteten? Was sie aushielten, durchhielten, unentwegt im Einsatz für andere, die ihnen anvertraut waren? In der Kirche hatten sie das jedenfalls nicht gelernt! Ja, der Kampf brachte sie nicht um, sondern machte sie stärker. Müßt ihr heute darüber spotten?«

Tutas Hand, noch immer auf seiner Schulter, bewegt sich, als wollte sie ihn schütteln und zugleich streicheln: »Daß es soviel Kampf sein soll bei euresgleichen, Baldur, doch vor allem und nur Kampf den höchsten Stellenwert haben soll! Kampf, Tapferkeit, Aushalten, Durchhalten . . .«

»Auch euer Herr Jesus hielt aus, hielt durch, oder?«

»Baldur, das kannst du doch nicht so simpel gegeneinanderstellen! Wie zwei Programme! Jesus litt. Er nahm es an, er nahm es hin. Seine Botschaft heißt gerade nicht Kampf. Sie heißt: Liebe! Erbarmen! Es ist eine total andere Qualität, ein . . .«

Beschwichtigend hebt der Captain beide offenen Hände und fällt seiner Schwester ins Wort: »Nicht schon wieder die alten Litaneien von Demut und Gehorsam und so weiter und so fort! Als gäbe es Unterordnung, Gehorsam, Einstecken-Können nicht überall im stinknormalen Leben. Ohne Weihrauch und Kerzenqualm und Aufdringlichkeiten . . .«

Christina verdrückt sich zu Teja und Totila auf den Teppich, und alle drei stecken die Nasen hastig in irgendwelche Bücher.

Aber es ist ein Kampf, denkt Christina. Es ist etwas, das sich ewig zwischen Menschen zu wiederholen scheint, und es bricht herein wie Föhn oder eine Kaltfront. Und im Moment ist es wieder mehr Captain Baldur, dem sie gern helfen würde. Wenn sie bloß wüßte, warum und wie.

Die Frauen decken den gemischten Kaffee-Teetisch, Diether braut seinen angeblich berühmten Spezialtee - Darjeeling muß, Kandis muß, vier Minuten müssen, ein Schüßchen Rum darf -, und wider Erwarten setzt sich der Captain zu ihnen, zunächst finster schweigend, die Handflächen vor dem Mund schmal aneinandergelegt. Seine Beherrschung wirkt mühsamer als sonst, aufgewühlt von Erinnerungen. Das kann er auch nicht mit den Zähnen zermalmen.

Hetty knüpft wie selbstverständlich an, wo sie in ihrem Gedächtnis vor zwei, drei Stunden angelangt war:

Weihnachten 1946 mußten sie also ohne Ruth hinter sich bringen. Die hatte sich etwa acht Tage vor dem Fest in Richtung Heimat ostwärts auf nebulöse Wege gemacht und wollte gleich nach Neujahr zurückkehren. Auf genaue Termine konnte man sich bei illegalen Grenzgängen verständlicherweise nicht einlassen. Ruth ging nicht zum erstenmal »schwarz über die grüne Grenze«, sie verfügte bereits über Erfahrungen, war ja auf diese Weise überhaupt hergekommen. Diesmal zog sie gemeinsam mit ihrer Schwester Friederike los. Sie brachen zunächst nach Uelzen auf und fuhren von dort ins Wendland nach Lüchow-Dannenberg.

Zuvor hatte Ruth noch mit Baldur ein stattliches Weihnachtsbäumchen durch die Schneeverwehungen aus der Heide in die Baracke geschleppt. Man hielt es frisch und verborgen in dem dubiosen, ohnehin leeren Keller.

»Weihnachten ist ein christliches Fest«, meint Diether, »sind wir uns da einig? Wieso habt ihr . . . also jetzt mal von Hertha und Tuta abgesehen . . .«

Sie wissen schon, worauf er hinauswill. Tuta schüttelt energisch den Kopf: »Das darf man nicht so eng sehen, Diether. Wir feierten immer Weihnachten. Jedes Jahr. Zum gleichen Zeitpunkt, wie alle Welt. Mit Lichterbaum, Geschenken, Liedern . . .«

Hier stockt sie, blickt unsicher auf ihre Schwester: »Oder war das kein christliches Weihnachtslied: ›Hohe Nacht der klaren Sterne‹? Und wie hieß noch mal das andere?«

»Aber Heitschi-Bumbeitschi schlaf süße - die Engelein lasse dich grüße . . .« Hertha singt es gleich, obendrein mit überzogen schrillen Schleifen.

Captain Baldur kann nicht länger schweigen, ohne sich zum Verräter an seiner vermeintlich gerechten Sache zu machen. Mit warnendem Unterton stellt er klar: »Wir haben auch ›O Tannenbaum‹

gesungen, ›Leise rieselt der Schnee‹, ›Am Weihnachtsbaume die Lichter glänzen‹, ›Morgen, Kinder, wird's was geben‹ und so weiter. Obwohl es für Gromi in erster Linie das alte deutsche Julfest war, Wintersonnenwende. Wir hatten es als Kleinkinder doch noch erlebt, wie Vater und seine Jungs die brennenden Strohräder durch den Schnee von den Bergen rollen ließen, hier in den Alpen . . .«

Er bricht unwillig ab, er hat wohl gar nichts mehr sagen wollen, und nun ist es doch mit ihm durchgegangen. Mürrisch beendet er seinen Ausbruch: »Es ist schließlich kein Zufall, daß das christliche Weihnachtsfest auf dieses Datum plaziert wurde. Das kann man ja an fast allen kirchlichen Feierterminen erkennen: genau auf alte germanisch-heidnische Festbräuche gepfropft. Ich sehe keinen Grund, solche Fakten ständig unter den Tisch zu jubeln. Was wissen die Kinder heute eigentlich noch?«

Diether fragt bemüht sachlich: »Und wie sah es mit Geschenken aus? Besonders in dem furchtbaren Hungerwinter?«

Ach ja, man probierte es mit den üblichen Bastelarbeiten, doch es fehlte an den lächerlichsten Kleinigkeiten: kein Klebstoff, keine Farben, keine Bindfäden, kein buntes Papier und-und-und! Für die Kleinsten, für Ecky und Gundel wenigstens, bastelten die größeren Geschwister aus rechtzeitig gesammelten Eicheln und Kastanien mit winzigen Stöckchen allerlei Tiere; Schafe, Kühe, Schlange, Tausendfüßler ebenso wie Fabel- und Phantasiewesen.

»Ja, wißt ihr noch?« erinnert sich Uta. »Am besten gelang uns das ›Ungeheuer von Loch Ness‹. Ecky freute sich riesig darüber und mißbrauchte das Kastanienungeheuer die folgenden Wochen, um mit seiner furchterregenden Hilfe Gundels Kleinvieh in seinen Besitz zu bringen. Und die wiederum ließ sich dafür am Ende mit dem Ungeheuer beschwichtigen, ohne es nun ihrerseits für Eroberungen zu mißbrauchen.«

Doch, es ging durchaus fröhlich zu. Erfindergeist war gefragt, Improvisation. Kerzen für den »Lichterbaum« waren ja das ganze Jahr über gesammelt worden, vielmehr Kerzenstummel. Man versuchte auch, selbst welche zu produzieren. Gromi hatte derartige Kunstfertigkeiten bereits in den zwanziger Jahren lernen müssen. Sie entwikkelte das Gelernte später weiter in den Werk- und Spielscharen der Hitlerjugend, die während des Krieges solcherart Spielzeug haufenweise produzierten. Tatsächlich, Gromis Kinder konnten sich aus primitivstem Rohmaterial - Stroh, Hölzchen, getrockneten Früchten, Kienäpfeln, Tannenzapfen, Steinen, Muscheln und dergleichen, auch aus Lumpen noch - selber Spielzeug unter Mutters Anleitung basteln. Außerdem gab es allerlei nützliche Werkbücher in der Bibliothek. Nein, aus denen riß Ruth keine Seiten aus. Auch sie war ja vertraut mit solchen Handfertigkeiten.

»Aber für mich«, gesteht Hertha, »war das nicht mehr unser altes, optimistisches Weihnachtsfest, bei dem wir uns bislang ja alles Heil von der Sonnenwende versprochen hatten. Daß nun die Tage wieder länger werden, daß das Frühjahr mit seinem Sieg über alles Tote näherrücken würde. Das hatte für mich plötzlich nur noch mit dem Kalender zu tun, mit Wetterregeln und Bauernweisheiten, doch nichts mehr mit dem Weihnachtsfest. Außerdem hatte ich inzwischen die wirklichen Weihnachtslieder gelernt und begriff, daß wir mit unserm oberflächlichen Winter-Allerlei daran einfach vorbeisangen.«

»Wir!« fällt Tuta ihr ins Wort. »Wir beide hatten die richtigen Weihnachtslieder gelernt!«

Captain Baldur fragt stirnrunzelnd: »Wie denn? Von ihr? Von Ruth? Das hätte ich ja hören müssen!«

»In der Schule«, sagt Tuta, »Hertha ging da bereits einige Wochen in die Religionsstunden und nahm mich nach Möglichkeit mit. Uns damit an dir vorbeizumogeln - das war das Schwierigste, Baldur! Sag mal, Hertha, wußte Ruth eigentlich davon?«

Hertha nickt: »Klar. Sie half uns ja oft bei den Ausreden. Und sie war froh, weil jemand das mit uns richtig anging. Bei ihr hatten wir ja nur unser sehr unregelmäßiges Bibelstündlein, wenn uns so leicht keiner erwischen konnte. Sie mühte sich oft, schwierige Texte sozusagen für unsere Kinderköpfe zu übersetzen und zu erklären. Höchstens Ecky und Gundel hörten manchmal zu. Aber die verstanden wohl nicht viel. Obwohl es ja heißt, daß Kinder in ihren ersten drei Lebensjahren entscheidend geprägt werden.«

»Wollte ich gerade drauf hinweisen«, sagt Diether warnend, »wenn ich bedenke, was ich noch im Gitterbettchen alles zwischen meinen Eltern so mitkriegte? Oha!«

Sein Vater stellt sofort klar: »Du hattest von Anfang an dein eigenes Zimmer. Außerdem lebten und leben wir stinknormal. Es gab keine Heimlichkeiten, wie so einen Verrat der Töchter an der eigenen Mutter.«

»Ich will keinen Streit, Captain«, klärt Diether vorsichtshalber, »aber was für ein Verrat - pompöses Wort: Verrat! - soll das denn sein, wenn zwei kleine Mädchen so gerne an das Christkind, an seine Geburt glauben möchten? Ich finde das eher beneidenswert, denn ich hatte damit immer meine Schwierigkeiten. Das ist wohl kein Wunder, wenn man euch so in Vergangenem wühlen hört.«

Hertha will sich jetzt lieber nicht auf Klarstellungen ihres Bruders verlassen: »Furchtbar genug, wenn jemand nicht glauben kann, und schlimmer, wenn er es auch gar nicht will. Für unsere Nächsten dürfen wir uns mit aller Kraft wünschen, daß es ihnen gegeben wird. Welcher Zwiespalt sonst aufreißt, mußte ich von Anfang an begreifen lernen. Eine harte Lektion, glaubt mir. Zuerst war das ja nur für Ruth ein Problem - wem mußte sie mehr gehorchen: Gott oder Gromi, einem Menschen? Da es ihr ernst war, ist die Entscheidung klar. Darüber hat sie mit mir am meisten - ja, regelrecht diskutiert. Sie wollte uns ja nicht auseinanderbringen, wollte mich nicht durcheinanderbringen! Aber von einem gewissen Punkt an stand dann auch ich vor dieser Entscheidung, sah auch bald Tuta hineingeraten. Logisch, daß wir festen Halt brauchten, daß wir also alle Anweisung für das richtige Tun in der Schrift suchten, in der Bibel. Wir mußten viel und oft und manchmal verzweifelt suchen, das ist ja keine leichte Lektüre, schon gar nicht für Kinder. Trotzdem fanden wir immer etwas, und wenn es zunächst nur Ermutigungen waren.

Das alles war nicht leicht zu verkraften. Auch ich hing an Baldur. Ich bewunderte meinen großen Bruder, sehnte mich ganz natürlicherweise nach seiner Anerkennung, denn ein strenger Bruder war er schon immer. Er hat es uns nicht leicht gemacht. Vielleicht, Baldur, hast du nur diesen Schnitt zwischen uns gefürchtet und gehaßt? Da geriet dir etwas aus der Kontrolle, dagegen half weder der Wille noch Intelligenz. War es das, was uns mehr und mehr trennte? Andererseits imponiertest du uns mit deinem Messer und dem Hackebeil. Es stimmt, die wichtigsten Weichen werden in der Kindheit gestellt. Wie schön, wenn ich weiß, daß dabei vor allem Einer die Hand im Spiel hat ...«

»Hör schon auf zu predigen«, fährt der Captain auf, »du wolltest dich daran halten! Meine Jungs müssen nicht missioniert werden. Sie sind keine Wilden. Und tut doch nicht so, als gäbe es nicht auch für mich, für Gromi, für unseresgleichen einen Gott oder eine Allmacht oder wie immer man eine Schöpferkraft nennt!«

»Nannte Adolf Hitler es nicht ›Vorsehung‹?« fragt Christina. Sie hat es irgendwo gelesen und will wissen, was der Unterschied zwischen Ruths Gott, Hitlers Vorsehung, Captain Baldurs Allmacht ist.

Tuta greift zu den noch immer auf dem Klavier deponierten Büchern, wählt das neueste, blättert, liest laut: »Jean Markale schreibt: ›Das Heidentum bedeutet nicht die Abwesenheit Gottes ... nicht Abwesenheit des Rituellen ... verkörpert vielmehr die feierliche Behauptung einer Transzendenz. Europa ist heidnischer denn je, wenn es nach seinen Wurzeln sucht, die nicht jüdisch-christlich sind ...‹ So geht das rund 270 Seiten weiter bis zum Schlußbekenntnis: ›Zuallererst sich dafür einsetzen, daß die Sprache von zwanzig Jahrhunderten jüdisch-christlicher Gleichheitslehre zertrümmert wird ... Den Gesetzen wollen wir den Glauben entgegensetzen, dem Logos den Mythos ... der Erhöhung von Hörigkeit und Demut die Berechtigung des machtstrebenden Willens.‹ Was mir erst auf meine alten Tage auffällt: Man meinte immer, der schlimmste und einzige Feind der sogenannten konservativen Rechten sei der Kommunismus. Daß auch Sozialismus und dergleichen nur eine Ideologie ist und vergänglich wie all die wechselnden Ideologien, kapieren heutzutage selbst politisch total Uninteressierte. Fast könnte man gespannt sein, wie diese allzu Rechten ihrem wahren, einzigen Feind gegenüber taktieren werden.«

»Und der wäre?« fragt Totila.

»Das, was sie Juden-Christentum nennen, ein orientalisches Schauermärchen, von dem sich das indogermanische Abendland nun lange genug knechten ließ. Zweitausend Jahre lang Knechtschaft! Obendrein von einem windigen Nomadenvolk ...«

Der Captain sagt es ganz ruhig: »Da ihr nur predigen könnt und überdies schamlos agitiert, schlage ich vor, mit den alten Geschichten schleunigst aufzuhören. So nicht, Schwestern, so nicht!«

»Und wir werden überhaupt nicht gefragt?« fragt sein Sohn mit ausladender Gebärde über Christina und die Zwillinge.

Sein Vater schüttelt mitleidig den Kopf, wie: Seid ihr noch zu retten? Er leert seine Teetasse, erhebt sich und teilt mit: »Es gibt ja auch noch eine Menge zu tun. Ihr fühlt euch von mir sicher nicht im Stich gelassen. Und kümmer dich bitte auch mal wieder um den Ofen, Diether.«

Christina würde jetzt gerne in der nahen Dämmerstunde spazierengehen, über manches nachdenken und vor allem Abstand suchen. In Gromis kleinem Haus rückt ihr plötzlich alles zu nahe, befrachtet von zu vielen alten Geschichten. Sie sortiert gern in Gedanken aus, was von welchen Ereignissen ihr nähergehen, sie einspeichern sollte, als Bild, als Gefühl, als Erfahrung.

Aber ihre Neugier überwiegt, als sie Hertha beim Geschirrabräumen zu Uta sagen hört: »Weißt du noch, wie wir richtig Angst um Ruth kriegten? Was Gromi wohl mit ihr anstellen würde, falls sie tatsächlich zu uns zurückkehren sollte? Bloß weil wir gesungen hatten: ›Es ist ein Ros entsprungen‹ und ich den beiden Kleinen die wahre Weihnachtsgeschichte erzählen wollte. Du, da muß Baldur uns verpfiffen haben . . .«

Schon sind die gotischen Zwillinge und Christina den Frauen wieder auf den Fersen: »Los, erzählt mal! Wie war das? Und was sie mit Ruth gemacht hat!«

Gefährliche Grenzgänge

Ruth ließ damals mit der Rückkehr von ihren riskanten Grenzgängen auf sich warten und warten, daß es von Tag zu Tag unheimlicher wurde. In jenem katastrophalen Winter schneite es auch in Norddeutschland, wie man es lange nicht mehr erlebt hatte. Die alten Leute kramten in ihren Erinnerungen - wann hatte man solche Schneemassen, solche bitterböse Kälte schon einmal erlebt? Im Winter 1928/29? Ein Unheil von Winter. In Herthas anhänglichem Kinderherzen wuchs echte Angst, wenn sie an Ruth dachte und was die ihr von bisherigen illegalen Grenzgängen erzählt hatte. Man bevorzugte die gnädig finsteren Nächte für dergleichen Abenteuer, mußte oft stundenlang in grenznahen Bahnhöfen, Scheunen, Ruinen bis zum entscheidenden Wagnis warten. Mit meist leeren Mägen, übermüdet und voller Angst. Und das nun bei mörderischer Kälte, bei eisigen Stürmen und unberechenbaren Schneeverwehungen?

Diether kommt mit einer Korbschwinge voll frischgehacktem Holz in die Küche und lädt es neben dem Feuerherd ab. Während er die Scheite säuberlich schichtet, beginnt er umständlich: »Was immer ihr gerade beplaudert ... entschuldigt bitte, wenn ich mal stören muß ... aber mit euch müßte ich eigentlich eher darüber reden können als mit meinem Vater. Nämlich ... ja, ausnahmsweise verstehe ich ihn manchmal, wenn ich euch diese Tage so mit- und gegeneinander reden höre und wie ihr da Fronten bildet. Ich kapiere plötzlich, wieso ihr es so fürchterlich schwer miteinander habt. Bitte versteht mich richtig! Ich will hier nicht Partei nehmen! Trotzdem muß das mal gesagt werden. Immer nämlich, wenn ihr mit Glaubensfragen loslegt . . . also, ja, wie sag ich das mal?«

Christina eilt ihm zu Hilfe: »Genau, Diether! Genau das wollte ich mir auch gründlicher überlegen. Ihr Christen nämlich, du, Hetty, und Tuta . . .«

»Aber Kind!« hört sie ihre Oma erschrocken sagen. »Du bist doch auch eine! Jedenfalls waren wir uns bisher darin einig. Aber ja, fragt nur! Entschuldige, Diether . . .«

Er setzt sich neben Christina auf die Bank an der einen Herdseite und sucht weiter nach möglichst schonenden Worten: »Ihr seid manchmal wie Inseln. Ja, wie uneinnehmbare, befestigte Inseln. Das könnte man ja noch hinnehmen, von Inseln hat man ja meistens romantische Vorstellungen, selbst wenn sture Kastelle darauf trutzen. Aber bei euch, da schaut man dauernd aus nach einer Fähre oder

Brücke. Und die Brücke müßte in dem Fall von euch ausgehen, von euch, den Inseln! Statt dessen hört es sich bei euch so an: Entweder ist man gläubig und damit auf sicherem Boden, selbst mitten im tosenden Meer - oder man ist dagegen, und damit: igitt! Finger weg! Mensch, Tina, nick nicht bloß wie ein Orthodoxer an der Klagemauer, sag doch auch mal was!«

Christina begreift, was ihr Onkel Diether sagen will, und sie weiß, wie schwer das in Worte zu fassen ist: »Ja, daß es einen wie Captain Baldur also über vierzig Jahre lang immer nur wütend macht, immer nur wütend! Daß er andauernd nur mit seinen auserlesenen Rasse- und Klasse-Ideen dagegen anstinken muß - wer sind nun die edleren Ritter, ihr oder wir? So kommt mir das vor.«

»Jede Seite«, spinnt Diether den Faden weiter, »tut elitär, fühlt sich überlegen. Da stimmt doch irgendwas nicht! Ist es für euch Christen nicht furchtbar schwer, nicht zu einem Insider-Verein von lauter Auserwählten zu mißraten? Ihr seid ständig so ekelhaft sicher, daß ihr das bessere und richtige Rezept habt. Ja, klar, ich weiß, wie ernst es euch mit Begriffen wie Demut und Dienst und so weiter ist. Wie heißen diese Gesetzes-Vergötzer in der Bibel noch mal?«

»Pharisäer«, sagen Teja und Totila wie aus einem Mund.

Diether nickt: »Das meinte ich. Daß es ein ganz schön schmaler Grat sein muß, auf dem ihr euch da dauernd bewegt. Dieses Selbstwertgefühl, das man euch ekelhafterweise einfach anmerkt . . .«

Hetty hockt sich vor Diether auf die umgestülpte Holzschwinge, legt das Gesicht in die aufgestützten Hände und seufzt leise: »Schlimm . . . schlimm . . . schlimm wäre das. Du mußt gar nicht so taktieren, Diether, nicht wie auf Eiern gehen!«

»Also gut«, sagt er gleich forscher, »ich weiß ja, daß ihr es mit den Alltäglichkeiten auch nicht leichter habt als unsereiner. Und da habt ihr einem, wie meinem Vater, sicher viel voraus. Sagen wir mal die Art, Leiden zu akzeptieren, nur mal als Beispiel. Aber das wäre ja schon eine Menge! Ihr habt auch Ängste wie jeder, aber ihr könnt oft besser damit umgehen . . .«

Christina wirft ein: »Wirklich nur oft, auch nicht immer.«

»Oft oder meistens wäre bereits sehr viel. Ich will hier nicht alles aufzählen, was ihr besser einstecken könnt als andere, oder richtiger: annehmen. Aber die Art, wie ihr das oft herauslaßt, wie ihr es abstrahlt - leider nicht wie die liebe Sonne oder ein guter Stern, sondern wie . . . ja, eher wie defekte Atommeiler. Nein, das ist natürlich haarsträubend übertrieben und klingt bösartig. Großes Pardon, bitte! Ein Atommeiler wirkt ja auch nicht arrogant. Ich möchte ja bloß sagen, wie es oft auf mich wirkt und wie es ständig und schon viel zu lange auf meinen Vater wirkt. Das merke ich ihm doch an! Entschuldige, Tante Hertha, vergiß das mit dem blöden Atommeiler. Was strahlt denn noch ab?«

»Kühlschränke«, schlägt Teja vor, »Gletscher und Eisberge.«

»Auch noch schlimm genug«, findet Tuta, die bekümmert auf ihre zusammengesunkene ältere Schwester hinunterblickt.

Die wiederholt nachdenklich Punkt für Punkt: »Inseln. Befestigt. Kastelle. Kein Fährverkehr. Keine Brücken. Ritterspielchen. Insider-Verein. Auserwählte. Selbstwertgefühl. Eisberge. Eisinseln ... das ist katastrophal, Diether, wenn du es wirklich so sähest und empfändest! Ich weiß, daß du absichtlich übertreibst. Du sagst es drastisch. Es sollen Volltreffer sein. Und die Worte Demut und Dienst nehmen sich dazwischen wie verirrt aus, wie Schmetterlinge zwischen heulenden Granaten. Aber du, Christina? Warum hast du von allein nie mit mir darüber gesprochen?« »Ja, warum? Ich hätte mich allein nicht getraut. Nicht so! Man merkt es auch erst jetzt richtig, wo ein Gegenspieler da ist. Daß es zwischen uns öfter Diskussionen gab, weißt du ja, Omilein. Omilein! Da haben wir's! Jetzt tust du mir auch noch leid, wie vorhin der Captain. Übrigens, das hast du in deiner Bilanz vergessen, Onkelchen, daß sie auch ebensooft ein gewisses Mitleid erregen, nicht nur Zähneknirschen. Gib es zu!«

»Ohne weiteres gebe ich das zu«, gesteht Diether, »weil da ja oft diese Realitätsferne um sie ist, eine Art törichter Erhabenheit. Der Captain nennt das ›lebensfremd‹. Das ist vielleicht ungeschickt von ihm, schon gar, wenn man es an euren speziellen Lebenserfahrungen mißt. Und die mußtet ihr ja besonders früh machen, im zarten Alter, wie man so sagt. Ich wollte ja nur mal kurz anmerken, warum ich manche Reaktionen meines Vaters ganz gut nachvollziehen kann, obwohl ich mich doch ansonsten mit ihm so gut wie gar nicht verstehe.«

»Ist völlig in Ordnung, Diether«, sagt Hertha, »auch von dir, Tina. Und ich triefe jetzt kein bißchen von edlem Rittergeist. Man vergißt wahrscheinlich zu oft, wie sehr man einzig und allein ein Gefäß für Gnade ist, und was für ein elend zerbrechliches Gefäß. Was unsere Gefäße füllt, ist Geschenk. Gnädiges Geschenk. Das verdanken wir doch nicht uns selber! Jeder Mensch ist ein Gefäß. Auch Baldur. Wir stammen von denselben Eltern, lebten die ersten entscheidenden Jahre unter denselben Dächern mit denselben Menschen, den gleichen Einflüssen ... Da gibt es so viele Warums!«

»Vermutlich für ihn genauso wie für euch?«

»Ja, sicher . . .«

»Und jede Seite meint: Die andern sind die armen Irren«, sagt Diether noch, wischt großzügig mit der Hand durch die Luft und schlägt vor: »Vergiß es . . . Nee, eben nicht. Nicht im Prinzip. Aber im Moment. Ich habe euch vorhin doch bei irgendeiner Räuberpistole unterbrochen, als ich hier mit meinen Skrupeln in lauter Fettnäpfchen hereinstolperte? Die Rede war von finsteren Nächten, Scheunen, Ruinen, mörderischen Schneeverwehungen, eiskalten schwarzen oder grünen Grenzen . . .«

Die in der Küche Versammelten gehen erleichtert darauf ein, wie Diether sie nun sicher in die richtige Kurve einweist.

Ja, stimmt - Ruth wollte über die Grenze, hin und zurück. Kehrte sie zurück?

Die fünf Kinder in der schäbigen Notbaracke mußten bis fast Mitte Januar 1947 warten. Tagsüber schneite und schneite es. Der Schnee schlug sich trostlos aufs Gemüt. Dazu tobten Stürme, und die Nächte klirrten von Frost. Die Unruhe erfaßte die ganze Sippschaft, selbst die zwei Kleinsten, selbst Baldur und am meisten Gromi, die ja schon längst wieder hatte fort und unterwegs sein wollen, um irgendwen, irgendwas zu retten. Sie redete von geheimnisvollen Verabredungen, die für noch geheimnisvollere Verbündete Schicksalhaftes bedeuten konnten. Und es tauchten vermehrt dunkle Gestalten in den dunklen Tagesstunden auf, mit denen Gromi sich duzte, denen sie die Barackentür erst nach geheimen Losungsworten öffnete.

»Teja«, rief Gromi gedämpft. Von draußen antwortete einer dumpf: »Totila!« Und: »Arriba!« Und er wurde eingelassen. Es wirkte, als könnten sie nicht aufhören, Räuber und Gendarm zu spielen.

Da kam groß, düster und hager der einst jüngste Generalmajor der Deutschen Wehrmacht. Als Kommandant des Wachbataillons Berlin hatte er 1944 nach dem mißlungenen Attentat auf Hitler die putschenden Offiziere des 20. Juli verhaften lassen, auf Befehl aus dem Führerhauptquartier. Damit hatte er zum Scheitern des Putsches beigetragen. Er konnte nicht mehr aufhören, sich als historische Figur zu fühlen, innerlich noch immer auf Wacht vor der Reichskanzlei. Gromi kannte ihn aus frühesten Hitlerjugendzeiten. Sie waren fast gleichaltrig. Beide hatten sich im gleichen mecklenburgischen Städtchen in beachtliche Führungsämter hochgedient. Sie fanden und fanden kein Finale für ihr Theater, Deutschland retten zu wollen.

Da tauchte ebenso verschwörerisch und mit anderem Namen

ein letzter Gebietsführer aus der einstigen »Ostmark« auf, die nun wieder Österreich hieß. Es kam manches einstige »hohe Tier« vom NS-Lehrerbund, von Gauleitungen und Reichsjugendführung. Murmelnd führten sie lange Gespräche. Erst nachts, wenn Gromi eine ihrer gut versteckten Flaschen entkorkt hatte, sangen sie manchmal dumpf und schaurig: »Ein junges Volk steht auf, zum Sturm bereit. Reißt die Fahnen höher, Kameraden! Wir fühlen nahen unsere Zeit . . .«

Und sie tauschten Schändliches aus über die britische Besatzungsmacht und nannten sie zu unheildröhnendem Gelächter »das perfide Albion«: »Die wollen uns umerziehen? Die? Dreimal kurz gelacht, ha, ha, ha! Wie Kolonialherren führen diese Briten sich auf, behandeln uns wie niedere Eingeborene ohne eigene Kultur, lassen unsereinen mit Daumenabdrücken unterzeichnen! Warum nicht gleich mit drei Kreuzchen! Und unser Volk? Duckt sich, strömt in die Kirchen, wehleidig und ohne Stolz. Und die Herren Besatzer beschlagnahmen, enteignen, demontieren, schleppen ab, was sie nicht vorher zu Brei gebombt haben! Wenn die ein Haus für ihre Clubs haben wollen, werfen sie die darin zusammengepferchten Frauen, Kinder, Flüchtlinge einfach hinaus auf die Straße, und sei es mitten in der Nacht - soll das deutsche Pack doch sehen, wo es bleibt! Und wer muß die Trümmer wegräumen? Frauen, Kinder, Greise! Unseren Kindern sollen wir ihre Haßtiraden vorlesen, Kindern, die sie anspucken möchten, wenn die vor Hunger und Kälte um ein Stück Brot bei ihnen betteln. ›No fraternisation!‹ Und was tun sie gegen die mörderischen Verbrecherbanden von ehemaligen Zwangsarbeitern aus den östlichen Ländern? Die machen ganze Landstriche unsicher und rächen sich mit Raub, Vergewaltigung und Mord, sogar noch am hellen Tag! Und die Herren Besatzer gucken weg. Bloß nicht die eigenen Hände schmutzig machen! Perfides Albion . . .«

So hörten die Kinder aus ihren Etagenbetten seltsame Töne von nebenan, aus Gromis großem Wohn- und Gästezimmer.

Kam der Tag mit seinem Licht, waren die düsteren Besucher verschwunden wie böse Träume. Doch das Gerede von Raub, Mord, Vergewaltigung und Verbrechen blieb in Herthas Ohren.

Ruth kehrte an einem eisigen Vormittag im Januar zurück, stand plötzlich in der Tür vor versammelter Mannschaft. Der Schulunterricht fiel gerade wieder einmal wegen Kälte, Hunger und anderer Mängel seit Wochen aus. Ruth schien zu glühen, sah rot aus wie ein Bratapfel mit schwer zugeschwollenen Augen.

Zum ersten und anscheinend einzigen Mal nahm Gromi wahr,

daß sie krank war. Natürlich hielt sie es für einen vorübergehenden Defekt: »Was mußt du dich in solchen Zeiten auch in der Weltgeschichte herumtreiben?« So etwa begrüßte sie Ruth, meinte das nicht böse, knuffte sie ja kameradschaftlich und kommandierte frisch-fröhlich: »Erst mal raus aus den Klamotten und an Wasser und Seife! Marsch, hinter den Vorhang! Ich mach dir inzwischen einen heißen Tee.«

Ruth konnte sich kaum auf den Beinen halten. Sie plumpste auf den nächsten Küchenhocker, befreite sich umständlich von dem schlaffen, graublauen Luftwaffen-Rucksack, in dem sie ihr weniges Hab und Gut bei sich trug. Es war durch die Reise kein bißchen mehr geworden.

Hertha und Uta halfen ihr aus dem filzig dicken Mantel, den sie sich selbst aus alten Wehrmachtsdecken »geprünt« hatte, wie sie es nannte.

»Tut mir leid«, sagte sie, »ich hab wahnsinnige Kopfschmerzen und vermutlich Fieber. Angeblich eine Nierenentzündung.«

»Woher willst du das denn wissen?« fragte Gromi.

»Da war auch eine Ärztin im Knast. Habt ihr frisches Wasser da? Dieser blöde Durst. Vielleicht ist es ja auch nur eine Nierenbeckenentzündung. Keine Sorge, morgen kannst du mich wieder verplanen. Wenn ich vorher nur endlich mal in Ruhe ausschlafen dürfte, einfach nur schlafen!«

Gromi musterte sie jetzt so besorgt wie mißtrauisch: »Hast du Knast gesagt? Mensch, schlepp uns hier bloß nichts ein! Aber wenigstens desinfiziert haben sie euch doch?«

Ruth lächelte matt, imitierte die allen vertraute Blechspritze - pff vorne unters Hemd! Pff hinten in den Kragen! - und dann sackte sie einfach vom Hocker.

Sie kam schon wieder zu sich, während sie sie noch nach nebenan auf ein Bett schleppen wollten. Himmel, war die schwer und unförmig, das hätten wir ja doch nie geschafft!

Jetzt war Gromi beunruhigt und wollte Baldur zum Arzt schikken. Hertha erinnert sich noch genau daran: Dann fiel beiden ein, daß der Doktor zur Zeit ja einige ältere Patienten unter den Barakkenbewohnern hatte und wohl auch an dem Tag zur Visite kommen würde. Da er der einzige Dorfbewohner mit zivilem Fahrzeug war und ihre Baracke die erste in der Siedlung, befahl Gromi die Kinder an die Fenster, damit sie den Arzt abfingen. Ruth schlief sofort ein, kaum daß sie auf einem der untersten Betten lag, ungewaschen und vollständig bekleidet. Vielleicht war sie auch ohnmächtig. Gromi deckte sie zu und ließ sie schlafen, es schien wahrhaftig die beste Hilfe zu sein.

Der Arzt kam Stunden später, als es bereits dunkel wurde. Wie der überhaupt mit dem Autolein durch so viel Schnee vorangekommen war! Es war, als erwachte Ruth gar nicht richtig, während er sie untersuchte und Fieber maß. Er stellte ihr einige Fragen, erhielt stockend ein paar Auskünfte, die die Kinder von nebenan nicht richtig mithören konnten.

Als er wieder zu ihnen in die Küche trat, sagte er zu Gromi: »Lassen Sie sie um Himmels willen im Bett. An eine Diät ist wohl nicht zu denken? Ich versuche mein Bestes. Morgen guck ich wieder rein, vielleicht kann ich was mitbringen.«

Das war nicht viel. Er hatte einfach keine Möglichkeiten, beispielsweise so etwas wie Laboruntersuchungen zu veranstalten. Und vor allem hatte er keine Medikamente, konnte auch keine verschreiben. Woher hätte man die denn besorgen sollen?

Am nächsten Tag traf er Ruth senkrecht an. Sie hatte sich hochgerappelt und wollte sich auch nicht wieder ins Bett schicken lassen.

»Das habe ich nicht zum erstenmal«, behauptete sie, »und bisher habe ich es ja auch überlebt.«

Er begriff ohne Zweifel ihre Situation. Ihr und Gromi legte er eindringlich ans Herz, daß Ruth sich zur Sprechstunde in seiner Dorfpraxis blicken lassen solle, und zwar mindestens einmal wöchentlich, lieber wäre ihm zwei- bis dreimal.

Gromi war anzusehen, was sie dachte: Ich habe bereits fünf Kinder auf dem Hals, ein bis zwei Bettnässer darunter. Ich kann hier nicht auch noch Krankenschwester spielen!

Der Arzt sah ihr das an, Ruth sah ihr das an, und damit war der Fall erledigt. Die angebliche Patientin würde die Praxis aufsuchen, wenn sie sowieso im Dorf zu tun hätte und es sie nicht unnötig von ihren Pflichten abhielt. Basta.

Wußte er etwa einen Ausweg aus der allseitigen Misere? Nein. Und doch ließ er sich nicht beirren. Vorsichtshalber untersuchte er auch noch die fünf Kinder, wurde bei Eckehart fündig - sie erfuhren nie genau, was er fand - und beorderte das Kind zur gründlichen Untersuchung in die Praxis, wofür er als Begleiterin Ruth vorschlug: «So hätten wir zwei Fliegen mit einer Klappe!«

Mißtrauisch ließ Gromi sich darauf ein. Ecky sollte von da an noch lange in die Praxis bestellt werden, und der besonders tapsige Vier-, später Fünfjährige konnte das wirklich noch nicht allein. Da er sich in seiner Tolpatschigkeit häufiger als andere Kinder die Knie, den Kopf, das Schienbein und sonstwas blutig schlug - damals normalerweise unbeachtete Bagatellen -, kam er in den Genuß sorgfältiger Verarztung selbst des kleinsten Kratzers. Wenigstens Verbandszeug hatte der Doktor einigermaßen genug.

Diese Extrabehandlung stimmte Ecky vorübergehend reichlich hypochondrisch. Von Kratzer zu Kratzer gebärdete er sich dramatischer, so daß der Arzt ihn einige Male nur mit Gewalt - in diesem Fall bedeutete das blitzkurze Äthernarkose - die Wunden reinigen und versorgen konnte.

Ja, was hatte Ruth erlebt, daß sie wie ein kaputter Krieger zurückkehrte? In allen Details mußte sie es den Kindern wochenlang wieder und wieder erzählen. Da waren sie wie gewohnt längst unter sich, da koppelte Gromi längst wieder einen Waggon voller Beute, samt sich verfolgt fühlender alter Kameraden, an Gütertransporte der US-Besatzungsmacht zwischen Bayern und Bremen und genoß ihre Husarenstücke nach Art romantischer Räuberbräute. Ob sie außerdem noch immer nach dem als vermißt geltenden Gatten suchte, fragte keiner mehr, außer Baldur. Inzwischen war bereits das dritte Nachkriegsjahr angebrochen, der immer noch wütende Winter 1947.

Ruth war vor den Weihnachtstagen mit ihrer Schwester Friederike über Uelzen nach Lüchow in unmittelbare Zonengrenznähe gefahren. Die viel zu wenigen, teils zerschossenen oder sonstwie ramponierten Züge faßten die viel zu vielen »Reisenden« noch immer nicht. Man fuhr mit auf Puffern, Waggondächern, in Bremserhäuschen oder einfach draußen auf Trittbrettern, an Fenster und Türen geklammert. Bei der eisigen Kälte konnte man da unterwegs leicht verlorengehen. Ruth scheute vor allem Waggondächer, sie fürchtete Brücken und Tunnels, obwohl auf fast jedem Zug Hunderte heil auf den Dächern durchkamen.

In Lüchow war Endstation gewesen, damals ein winziger Bahnhof, tatsächlich wie am Ende der Welt. Anscheinend kam dort nur noch einmal gegen Abend ein Zug voller Grenzgänger an, und der Zug in Gegenrichtung schaffte am nächsten Morgen die von Ost nach West erfolgreich Herübergeschlichenen fort.

Nach der Ankunft sammelten sich in dem dörflich kleinen Bahnhofsgebäude die abenteuerlichen Gestalten, die in Richtung Osten «rübermachen« wollten, wie die Sachsen unter ihnen sagten. In jenem Winter galt das Wendland unter Grenzgängern als heißer Tip. Ruth hatte binnen der vergangenen acht Monate bereits drei Grenzgänge erfolgreich unternommen und fühlte sich als Profi. Die erste

Probe galt der Geduld, belehrte sie ihre Schwester. Der wurde die stickige Enge, der Mief im Bahnhofsraum rasch unerträglich. Weil wegen der Kälte keiner draußen warten wollte, gab es drinnen nur Stehplätze. Sie standen dicht an dicht. Manchem sackte der Kopf auf den Rucksack seines Vordermannes. Wer umfallen wollte, fiel nach allen Seiten gegen Menschen, nur nicht auf den Boden. Oben herum staute sich von den vielen Menschen einige Wärme, die nicht gerade duftete. Viele waren bereits länger unterwegs, seit Tagen nicht gewaschen. Und regelmäßigen Wäsche- oder Kleiderwechsel konnte sich sowieso keiner leisten. In dem ungeheizten Sackbahnhof war es vom steinigen Boden her empfindlich kalt. Ruth war sicher nicht die einzige, die sich hier bereits erkältete.

Warum sie da so lange warteten? Logisch, daß die östlichen Grenzposten, meist sowjetische Rotarmisten, aber auch schon erste, vorsichtige Kontingente sogenannter ostdeutscher Volkspolizei, nach Ankunft eines Zuges besonders scharf wachten. Da konnte man ja gleich ins offene Messer rennen! Von den »alten Hasen« hatte jeder seine Spezialtheorie: Abwarten, bis du selber nicht mehr flatterst, ein paar vertrauenswürdige Weggefährten ausgemacht hast und vor allem einen, der die Gegend etwas kennt!

Nach dieser Methode brachen die ersten Trupps in etwa Halbstundenabständen ab einundzwanzig Uhr bis Mitternacht auf. Viele konnten beim besten Willen ihre nervöse Ungeduld nicht zähmen. Mancher hielt das reglose Stehen nicht aus. Vor allem froren sie zu sehr. Die Zurückgebliebenen konnten endlich richtig atmen. Einige setzten sich erschöpft, und sei es auf den nackten Steinboden. Immer wieder verstummten die Gespräche, horchten alle gebannt hinaus: Schreie? Schüsse? Den Trupp haben sie erwischt . . . kam das nicht von Lemgow rüber, von wo aus die den Bogen nach Süden machen wollten? Da also besser nicht entlang, hat sich drüben bei den Posten also auch schon herumgesprochen . . .

Ruths Strategie lautete, aus bitteren Erfahrungen, wie die der meisten Profis: Erst dann aufbrechen, wenn drüben die Posten müde werden. Sind auch nur Menschen. Vor Mitternacht geben die nie auf, auch nicht gleich danach. Man muß bis spät in die Nacht warten, bis gegen drei Uhr etwa. Und sie warteten bereits seit achtzehn Uhr.

Friederike verlor die Geduld. Beide befanden sich zum erstenmal in dieser Gegend und kannten sich nicht aus. Ruth hatte sich vor der Reise nur dürftig informieren können, hatte sich vor allem von einer alten Wehrmachtskarte eine Geländeskizze angefertigt. Wenigstens das hatten sie in der Hitlerjugend gelernt. Auf ihre Skizze vertraute sie mehr als auf einen wegkundigen Begleiter oder gar Grenzführer, die sich außerdem zu teuer bezahlen ließen. Auch kamen in letzter Zeit häufiger Verbrechen unter Grenzgängern selbst vor, von Vergewaltigungen über Ausplünderungen bis Raubmord. Ruth, normalerweise eher zu vertrauensselig, blieb seitdem auf der Hut und verließ sich lieber auf die eigenen Fähigkeiten.

Zuletzt befanden sich im Lüchower Bahnhofsgebäude nur noch sie, Friederike, sowie ein ulkiges, äußerst ängstliches Männlein mit zwei zierlichen, ganz unpassend geschminkten Damen. Man kam ins Gespräch, tastete sich aneinander heran. Der komische kleine Mann, obwohl wesentlich älter, blickte umwerfend vertrauensvoll zu Ruth auf. In ihrer Aufgequollenheit muß sie ihm wie ein mächtiges Gebirge vorgekommen sein, standhaft und nicht umzuwerfen. Und was sie über den toten Punkt der Grenzposten darlegte, leuchtete ihm ein. Die drei stellten sich als Zirkusleute vor, er ein Clown, die zwei Damen eine artistische Hochseilnummer. Das beruhigte wiederum Ruth. Die müssen Mut haben, dachte sie, gute Nerven. Und irgendwie klang das so glücklich in ihren Ohren: Zirkus! So fand sich diese Seilschaft als ziemlich letzte zusammen.

Nur mit einem Faktor hatte Ruth nicht gerechnet, nämlich daß gegen drei Uhr morgens auch die Kälte am bösesten war. Alle fünf hatten seit Uelzen nichts mehr gegessen. Ihren Durst mußten sie mit Schnee stillen. Alle fünf drohten viel zu rasch schlappzumachen. Ruth mußte ihren einstigen Plan auf der Stelle verwerfen, er hätte zuviel Zeit und Kraft gekostet.

Ihr kam eine wahnwitzige Idee: Warum marschieren wir nicht einfach auf dem nächsten Weg, nämlich mitten auf den Geleisen der einstigen Bahnverbindung, direkt in den Bahnhof von Salzwedel ein? Salzwedel war von Lüchow aus das Ziel auf östlicher Seite. Nur umgingen sonst alle selbstverständlich am sorgsamsten die als besonders scharf bewacht geltenden Bahnanlagen! Und das wissen diese Wachtposten an der Strecke genau, sinnierte Ruth laut. Wahrscheinlich haben sie warme Waggons in der Nähe und vermuten doch nie im Leben, daß da welche direkt auf den Schienen angetanzt kommen! Außerdem, meinte der Clown, seien in der allgemeinen Schneewüste und im Walddickicht die eisernen Schienenstränge auf ihrem erhöhten Schotterbett die sicherste Wegführung. Da könne man sich ja gar nicht verirren!

Und begeistert balancierten seine zwei Artistinnen kilometerlang auf den eisigen Gleissträngen, und die übrigen drei tapsten im knirschenden Schnee dazwischen von Schwelle zu Schwelle . . .

So marschierten sie bis zum Morgengrauen mitten in den Bahnhof von Salzwedel, vorbei an gekennzeichneten Waggons voller Rotarmisten, die sich da drinnen hörbar mit Wodka aufwärmten und wehmütige Weisen sangen. Ein Hauch von Wolgaschiffern.

Das einzige Problem war dann nur noch, sozusagen von rückwärts durch die Bahnhofssperre zu gelangen, um sie gleich darauf, wie all die angeblich normal Reisenden, noch einmal für den Zug in Richtung Wittenberge - Ludwigslust - Schwerin mit ordnungsgemäß gelöster Fahrkarte zu passieren.

Hier trennten sich die kurzen, geglückten Wege von Zirkusartisten und Pastorentöchtern.

Daheim im ländlichen, in den letzten Kriegstagen total ausgeplünderten Pfarrhof traf Ruth nichts erfreulicher an als bei ihren letzten Besuchen: Hunger auch hier, Hunger, Hunger. Dazu noch immer nachts, wenn auch seltener, Überfälle bewaffneter, betrunkener Rotarmisten, die nicht weitab kaserniert waren und auf eigene Faust ihre ebenso trostlose Lage aufzubessern versuchten. Natürlich wurden dabei auch immer wieder Frauen und Mädchen in abgelegenen Höfen vergewaltigt und manche ermordet, doch nahmen diese Plagen deutlich ab.

Der Hunger war hier irgendwie noch größer, weil man ihn mit so einer Besatzungsmacht teilen mußte. Die Menschen schworen schon damals Stein und Bein, daß es denen in den Westzonen besser gehen müsse. Natürlich meinten sie das vor allem, weil die westlichen Besatzungstruppen sich von den Besiegten nicht in solchem Umfang miternähren ließen, wie es die Rote Armee tat, die wohl gar keine andere Wahl hatte. Vor deren Enteignungen, Konfiszierungen, Beschlagnahmungen war hier nicht einmal der kleinste Bauer sicher, ja nicht einmal mancher Gartenbesitzer. Die im Westen, meinte man, haben doch ihre unbehelligt gebliebenen Bauern. Sie wußten nicht, wie die Bauern in Westdeutschland in diesen schrecklichen Jahren ihren jahrhundertealten guten Ruf verspielten. Im NS-Staat war der Bauernstand als »Reichsnährstand« unvernünftig bis geschmacklos hochgejubelt worden und hatte es genossen. Um so schäbiger wirkten der Eigennutz, Geiz, die Habgier und Hartherzigkeit, die der Bauernstand allgemein in den Nachkriegsjahren an den Tag legte. Die teilten nichts mit Hungernden, die gaben nichts ab.

Eine ziemliche Weile schon hebt Totila halb den linken Arm und schnippt, weil er endlich ein paar Fragen loswerden will: »Stopp doch mal, Tuta. Ihr habt ein Tempo drauf! Also, ich bin noch auf dem Bahnhof in Salzwedel. Der war für die Schwarzgänger über die grüne Grenze ein Anlaufsziel im Osten? Klaro. Warum dann die ganzen Grenzposten, Schreie, Schüsse und Schleichwege? Da hätte man die Leute doch einfach auf den jeweiligen Grenzbahnhöfen abfangen können?«

»Im Prinzip richtig«, meint Hertha und erklärt: In diesen ersten drei Nachkriegsjahren schwappte das geschlagene deutsche Volk gewissermaßen hin und her, ostwärts wie westwärts. Millionen Flüchtlinge, Millionen Vertriebene aus dem Osten, Millionen Ausgebombte und Evakuierte aus dem Westen, dazu die überall im einstigen Reich verteilten KLV-Kinder, gleich Kinderlandverschickung. Es gab suchende Kinder wie Eltern, Frauen wie Männer, versprengte Familien - das flutete lange hin und her, landauf und landab. Die Grenze zur Sowjetischen Besatzungszone wurde nur auf östlicher Seite bemerkenswert bewacht. Das Hin- und Herschleichen galt zwar als illegal, wurde aber mit einem Auge geduldet. Man durfte sich nur nicht auf frischer Tat im östlichen Grenzgelände erwischen lassen. Auch Grenzposten mögen ihren sportlichen Ehrgeiz haben. Wie unangenehm das ausgehen konnte, sollte Ruth nur zu bald erfahren.

Auf den Bahnhöfen dann, an den Sperren, gab es stichprobenartige Kontrollen, oft auch regelrechte Razzien, wenn man Pech hatte. Wer halbwegs glaubwürdige Papiere vorweisen konnte - und »Dokumenta« zählte bei den Russen enorm -, der kam meist einigermaßen ungeschoren davon. Dies wissen Hertha und Uta bis heute nur aus Ruths Schilderungen. Die erinnerte sich, daß es immer besonders gefährdete Grenzgänger gab, die viel riskierten. Zu ihnen zählten etwa jüngst aus westalliierter Kriegsgefangenschaft Entlassene. Denen konnte es durchaus zustoßen, daß sie durch eine solche Panne nun in die mit Recht gefürchtete sowjetische Gefangenschaft gerieten. Unbeschreiblich, von welchen Zufällen das oft abhing! Außerdem wurde grob gesiebt, weil ja Ost wie West noch ständig nach gewissen einstigen NS-Parteigrößen und Kriegsverbrechern suchten, besonders nach SS-Angehörigen und was sonst noch zu diesem harten Kern zählte. Doch auch Jugendliche mußten stets befürchten, wegen irgendeiner blindwütigen Maßnahme der herrschenden Stalin-Diktatur bis nach Sibirien abtransportiert zu werden. Da gab es wahre Tragödien, und bis zum Ende dieses Jahrhunderts sucht das Rote Kreuz noch immer nach Verschleppten und Vermißten aus jenen Jahren.

Hertha erinnert sich heute am genauesten, daß es gewisse Beobachtungen gab, die Ruths Ängste bei den Grenzgängen schürten. Ruth nämlich berichtete von grauenhaften Bahntransporten, die ihr unterwegs auffielen. Gerade in dem furchtbaren Winter waren jene Transporte kaum mit anzusehen: Da gab es tatsächlich Güterzüge, teilweise mit offenen Waggons, wie man sie für Schüttgut zu benützen pflegte, für Kohle, Kies, Sand und dergleichen, auch für militärische Fahrzeugtransporte. Auf solchen völlig ungeschützten offenen Waggons sah Ruth Menschen stehen, dicht aneinandergedrängt. Die erbärmlichen Hungergestalten in abgerissenen Uniformklamotten klammerten sich in der schneidenden Kälte aneinander, um überhaupt Halt zu finden. Wärme konnte einer dem anderen wahrhaftig nicht geben!

Die solche Transporte auf offenen Strecken oder durch Bahnhöfe rollen sahen, starrten ihnen schreckerstarrt nach, bis das Flüstern der Gerüchte anhob: Die Elendstransporte sollten nicht so weit gehen, nur bis ins nächste KZ nach Oranienburg oder Fünfeichen bei Neubrandenburg, nach Sachsenhausen, Ravensbrück oder Bautzen - dorthin, wo man vierundvierzig Jahre später überall Massengräber finden sollte, die ebenso lange totgeschwiegen wurden. Aber 1946 hatten Hunderte, Tausende die Transporte gesehen, wie sie ostwärts rollten. Und auch, daß unterwegs immer einige der Transportierten, viele noch halbe Kinder, verlorengingen, vor Schwäche herunterfielen oder erfroren. Manche sah man absichtlich in die MG-Salven der sowjetischen, teils auch polnischen Wachmannschaften springen, weil sie ein Ende mit Schrecken vorzogen. Die Wächter lagen auf den geschlossenen Waggondächern über die gesamte Zuglänge verteilt. Sie trugen dick wattierte Kleidung, waren inzwischen auch besser ernährt, wechselten sich häufiger ab. Ruth hörte von verschiedenen Mitreisenden im Zug und auf den Bahnhöfen, daß in solchen Transporten auch so mancher an der grünen Grenze Geschnappte dabei war, bloß weil seine Papiere den Kontrolleuren nicht genügten oder nicht gefielen. Und Tuta erinnert sich an Gromis Kommentare zu solchen Berichten: »Da habt ihr's - diese Untermenschen aus dem Osten sind ja noch viel schlimmer . . .«

Ruth war nach ihrer Flucht, ihrem allerersten Grenzübertritt zwischen Magdeburg und Braunschweig, ohne Papiere ins Lager Friedland gelangt, von dort über einige Umwege nach Lübeck zum schwedischen Konsulat, das natürlich irgendeinen Ausweis sehen wollte. Den bekam Ruth beim Einwohnermeldeamt oder weiß-der-Kuckuck wo, einzig auf einen Zettel hin, auf dem ihr Vater handschriftlich bestätigt hatte, daß er sie, seine zweitgeborene Tochter soundso, dann und dann getauft und konfirmiert hatte. Darunter prangte der Stempel seines Pfarramtes. Dieser schlichte Stempel hatte als Vertrauensbeweis genügen müssen.

Ruths orangegelber Ausweis mit den Ausmaßen einer einmal gefalteten Postkarte galt als ihr wertvollster Besitz. Sagenhaft, durch wieviele Kontrollen er ihr verhalf! Er war ein seltenes Einzelstück. Vielleicht hatte man von dieser Sorte nur im Bereich Lübeck oder Holstein über ein begrenztes Kontingent verfügt? Andere Grenzgänger mußten sich mit hundertmal ge- und entfalteten Meldescheinen ihres Einwohnermeldeamtes, gewissen Entlassungsscheinen und derartig dubiosen Fetzen durchschlagen, was erheblich schwieriger war. Die meisten Leute besaßen bis Kriegsende zu typische Nazi-Papiere, jeder Stempel mit dem Hakenkreuz, und Jugendliche einzig Ausweise und Leistungsbüchlein von der Hitlerjugend, die samt und sonders panikartig vernichtet worden waren, als der Feind anrückte. Das hatte auch Ruth nicht anders gemacht. Seitdem hielt sie ihren Tauf-Ersatzschein hoch in Ehren, wie einen Glücksbringer. Sogar ihr Taufspruch war darauf vermerkt. Es war der 103. Psalm: »Lobe den Herrn, meine Seele, und was in mir ist, Seinen heiligen Namen ... so hoch der Himmel über der Erde ist, läßt Er Seine Gnade walten über die, so Ihn fürchten . . .«

»Okay«, Totila ist soweit zufrieden, bemängelt lediglich: »Warum rannten sie denn auch alle auf einen Zielbahnhof los, wenn sie gerade dort erwischt werden konnten?«

Genau das taten eben nicht alle. Jedesmal gab es Einzelgänger, die kilometerlange Umwege in Kauf nahmen, um erst in einem abgelegenen Dörfchen auf den Zug zu springen, oft in letzter Sekunde. Da wußte jeder genug Schliche, um lästigen Kontrollen zu entkommen, wenn er sie ernstlich zu fürchten und nicht nur mit blöden Zufällen zu rechnen hatte.

»Alles klar. Wie kamen die Mädchen dann wieder zurück? Etwa auf dem gleichen Weg?«

Nein, heiße Tips galten meist nur für eine Richtung. Bereits auf dem Hinweg horchten Grenzgänger sich um nach Fingerzeigen für den Rückweg. Es kam immer ganz auf die Jahreszeit an, das war ein wesentlicher Faktor.

Die Schwestern Friederike und Ruth wollten Eltern und jüngere Geschwister ursprünglich unmittelbar nach dem Weihnachtsfest wieder verlassen. Sie spürten deren Enttäuschung, weil sie ihnen nichts hatten mitbringen können. Noch rascher kamen sie zu der bitteren Erkenntnis, daß sie ihren Lieben nur zur Last fielen, solange die ihre Hungerrationen mit zwei weiteren Mäulern teilen mußten. Auch war der Pfarrhof noch immer gestopft voll mit Flüchtlingen und Vertriebenen aus den verlorenen Ostgebieten. Das Haus war völlig ausgeplündert worden, auch der Pastor und seine Familie schliefen auf dem Fußboden auf Stroh.

Natürlich strafte Ruths dralles, fieberrotes Aussehen all ihre Beteuerungen Lügen, daß es ihr in der britischen Besatzungszone keineswegs besser gehe. Wie sollte man das angesichts eines blühenden Kolosses auch begreifen? Den Eltern lag selbst daran, wenigstens ihre beiden »Großen« wieder im vermeintlich satteren Westen zu wissen. Friederike wenigstens ging es dort ja auch nicht übel, seit sie auf ihrem Bauerngut bei Schneverdingen von der Magd zum regulären Landwirtschaftslehrling aufgestiegen war, ähnlich wie Gromis jüngste Schwester Ilse. Friederike war einfach immer rechtzeitig fortgekommen und rechtzeitig angekommen, ein wahres Glückskind. Ihre jüngere Schwester Ruth muß sich neben ihr oft wie die reinste Pechmarie gefühlt haben.

Trotzdem überließ die Ältere ihr auch für den Rückweg die Führung. Dafür richteten sich Ruths einsame Ratschlüsse, nach allerlei Hin- und Herhorchen, auf den Bereich Palinger Heide, eine seinerzeit einsame Gegend östlich von Lübeck, wo Mecklenburg und Holstein aneinandergrenzen.

Wieder war Ruth noch nie dort gewesen, wieder fuhren sie mit einem Bummelzug voller Schicksalsgefährten. Es ging zunächst von Schwerin über Gadebusch nach Schönberg, eine dörfliche Station davor oder dahinter. Unterwegs bereits knüpfte man Gespräche an, suchte nach vertrauenswürdigen Gesichtern, horchte, mit wem man Plattdeutsch reden konnte. Bereits im Zug fand sich eine beachtliche Truppe zusammen, zwanzig bis dreißig Leute etwa, die in der winterlichen Einöde beisammenbleiben wollten, weil auch nicht ein einziger in der Palinger Heide Bescheid wußte.

Diesmal war alles anders als auf dem Hinweg: Die Ankunft an der Endstation bereits sehr spät, kein Bahnhofsgebäude, das zum Abwarten taugte, vor allem die bevorstehende Marschroute wesentlich länger als vergleichweise zwischen Lüchow und Salzwedel. Ruth hatte im heimatlichen Dorf alte Erdkundekarten studiert und die Richtung nun ungefähr im Kopf. Deshalb sagte sie, während man noch am Bahndamm zähneklappernd beisammenstand: »Wir müssen uns genau nach Nordnordwest halten. Da brauchen wir nicht über die Trave, obwohl sie bei der Kälte zugefroren sein dürfte. Aber sicher ist sicher. Da kommen wir über Schlutup rein ...«

Ihr Erfolg auf dem Bahndamm nach Salzwedel mußte sie größenwahnsinnig gestimmt haben. Offenbar strahlte sie derartige Zuversicht aus, daß selbst einige ältere Männer, erfahrene Krieger, sie zur Führung aufforderten. Sie sagten schicksalsschwere Sprüche wie: »Ich bin zwar durch halb Rußland gerannt und auch wieder rausgekommen ...« Oder: »Ich bin ganz Frankreich abmarschiert und Griechenland dazu ...« Andere hatten Ketten von Partisanen in Nordafrika wie auf dem Balkan oder am Nordkap durchdrungen und abgeschüttelt, doch angesichts dieser »griesen Gegend« aus nichts als Sand, Heide und Kiefernwäldchen vertrauten sie all ihr Heldentum einer übergeschnappten Achtzehnjährigen an. Wenn Ruth später davon erzählte, wies sie penibel darauf hin, daß die Nacht zwar fast minus dreißig Grad kalt, jedoch wunderbar sternklar gewesen sei. Und an Sternbildern hätte sie sich nachts schon immer am leichtesten orientieren können, seit frühester Kindheit, da war sie ganz sicher. Was hätte das Schicksal wohl bei einem bedeckten Himmel für sie parat gehalten? Nicht auszudenken.

Ruth peilte also den Polarstern an und ließ sich, nicht ohne innere Bereitschaft, an die Spitze der Kolonne schubsen. Nicht einmal Friederike erhob Einspruch.

Sie marschierten los, mitten ins völlig fremde und total verschneite Gelände hinein. Teilweise konnten sie auf dem von der Kälte verharschten Schnee gehen. Dabei knirschte er wenigstens nicht. Kreuzte eine Andeutung von Weg oder Schneise ihre einsame Luftlinie, blieb Ruth erst witternd stehen. Hinter ihr erstarrte jedesmal die lange Kolonne, auch Mütter mit größeren Kindern dabei. Sie gingen im Gänsemarsch. Vorsichtig probierten dann zunächst nur die ersten drei oder vier eine Überquerung, weil an solchen Stellen am ehesten Wachtposten zu erwarten waren. Notfalls wären denen nur einige wenige in die Hände gefallen. Der Rest wartete ab hinter Bäumen, Büschen, Wacholder. War die Luft rein, folgten sie schnell und leise.

Ruth hat jene Nacht jedesmal als außergewöhnlich schön geschildert und muß diese Pracht nebenbei sogar noch genossen haben: über ihnen ein Meer von Sternen, deren Glanz sich im unberührten Schnee spiegelte. Bei aller Finsternis leuchtete es ringsum. Es wurde auch die weite, gut erhaltene und beeindruckende Landschaft erkennbar ...

Sternschnuppen fielen, meist nordöstlich wie in die nahe Ostsee. Bei jedem Sternsturz wünschte die gesamte Kolonne sich einmütig nur eins: Hoffentlich haben wir es bald geschafft!

Einigen dauerte der Marsch schon zu lange. Sie wurden unruhig. Mehrmals klumpten sich alle um die ersten ganz vorne. Geflüsterte Zweifel kamen auf. Jeder Laut schien über dem Schnee gleich kilometerweit zu rollen. Ruth versuchte raunend, sie zu beruhigen: »Bald müssen wir die Lichter von Lübeck sehen. Falls nicht Stromsperre herrscht. Nur jetzt nicht leichtsinnig werden. Und leise bleiben! Denn wo genau die Grenze verläuft, das sieht man ja nicht. Kann sein, wir sind längst drüben ...«

Wenig später, sie marschierten tapp-tapp-tapp eine Bodenwelle hinauf, standen sie plötzlich wie auf einem Wogenkamm und sahen weit vor sich das riesig anmutende Lichtermeer. Nicht zu vergleichen mit heutigen Stadtbeleuchtungen. Doch für viereinhalb Jahre völlig verdunkelte und seitdem stundenlang stromlose Städte: ein Lichtermeer. Lübeck! Geschafft!

Die Kolonne rückte auf, starrte geradeaus nach Nordwesten, und jeder atmete erstmal durch. Geschafft! Zwar lag noch eine gehörige Marschstrecke vor ihnen, und jetzt drängten sie Ruth geradezu, doch bitte weiterzuführen. Sie machte den ersten Schritt.

Da zerriß ein Schuß die nächtliche Stille. Unmittelbar vor Ruth spritzte der Schnee auf. Zugleich bellten rauhe Stimmen: »Stoj! Stoj!« Stop! Anhalten! Und vorsichtshalber noch ein zweiter Schuß vor Ruths Füße. Die Kolonne erstarrte.

Aus einem gut getarnten Postenbunker liefen von links Uniformierte auf sie zu, teils Sowjets (die mit den Waffen), teils Deutsche. Einer von denen trat direkt auf Ruth zu, klopfte ihr auf die Schulter: »Hast du geführt? Bravo, Mädchen!«

Er streckte die andere Hand aus, deutete nach vorn. Erst jetzt erkannte sie, was sie vor lauter Lübeck-Lichtern übersehen hatte - einen Schlagbaum. Sie hatte die Kolonne exakt auf einen regulären Grenzübergang zugeführt, ein präziser Zielmarsch. Wahnsinn! Und sie war, wie alle hinter ihr, gelähmt von Entsetzen und Enttäuschung.

Ihre Kolonne fiel zum Glück nicht auch noch über sie her. Sie beklopften sie mit freundlichem Trost: »Kannst ja nichts dafür.« Und: »Wäre ja auch unheimlich gewesen, kilometerlang nur Glück!« Und: »Watt'n Schiet, nich?« Nicht einer, der sie verhöhnte oder beschimpfte.

Ein LKW mit Planen über der Ladefläche stand nicht weit ab

bereit. Er brachte die Erwischten nach Herrnburg in die sowjetische Kommandantur, ein großes, von Rotarmisten besetztes Haus. Schon auf dem LKW überfiel alle lähmende Müdigkeit, die Spannung fiel von ihnen ab, und sie spürten wieder ihren Hunger.

Nach Geschlechtern getrennt, wies man die Gefangenen in zwei größere Räume ein. Dort gab es nur von Wand zu Wand je zwei eingezogene Bretterböden, also drei Ebenen oder Etagen, auf denen sich jeder nach gut Glück seinen Platz suchen mußte. Der Raum war kaum geheizt. Erfahrene stürmten gleich die oberste Liege-Etage, wo sich das bißchen Menschenwärme mit seinem Mief staute. Man mußte freilich noch gelenkig genug sein, so daß fast alle Alten, Schwächlichen und sonstwie Behinderten ganz unten auf dem Dielenboden liegen mußten. Immerhin konnte sich hier jeder ausstrekken, das war ja schon viel. Die Neuankömmlinge wurden von bereits früher Geschnappten mitleidig begrüßt.

Das also war der »Knast«, den Ruth erwähnt hatte, und er sollte für sie, mehr noch für ihre ältere Schwester, zur harten Geduldsprobe werden.

Als erstes fragten die Neuen verständlicherweise nach den bisherigen Erfahrungen der hier Eingebuchteten: »Wie lange geht das? Und was stellen sie mit einem an?«

»Unterschiedlich«, lauteten die Antworten, »manche sitzen schon zehn Tage hier fest. Bei andern geht es schneller. Sie liefern die meisten trüppchenweise drüben beim Tommy ab, bis zuletzt bewacht. Wenn sie einen rüberlassen!« »Tommy« wurde das englische Militär genannt.

»Und gibt es Essen?«

»Einmal täglich eine alte Konservendose mit russischer Suppe.«

Ruth mußte sich das nicht erklären lassen, sie kannte das noch von den viereinhalb Monaten auf der Militärkolchose: In einer Dose mit undefinierbarer salziger Wasserbrühe durchschnittlich anderthalb Kohlblätter und zwanzig bis dreißig Graupenkörner.

Zu trinken gab es gleich etwas, nämlich einen Eimer voll abgestandenem kalten »Tee«, an dem sich jeder mittels einer Schöpfkelle laben durfte. Er schmeckte nach Heu.

Schon am Ende dieser ersten Nacht begann Ruth heftig zu fiebern. Sie phantasierte laut im Schlaf. Friederike legte sich dicht neben sie, um sie zu wärmen. Auch andere Frauen kümmerten sich um sie, darunter eine Ärztin, eine grämliche Krankenschwester und zwei etwas auffallende Damen, bei deren Anblick sich jeder gleich allerhand dachte. Ruth und Friederike, meint heute Hertha, waren noch viel zu ländlich doof, um diese Damen gleich richtig einzuordnen. Und wenn auch! Sie begegneten ihnen so oder so freundlich und höflich wie jeder anderen.

Es folgten die quälenden Tage und Nächte des Wartens. Das Zeitgefühl der sowjetischen Besatzer kam ihnen wieder einmal sehr fremdartig vor.

Dann und wann holten Rotarmisten einzelne heraus, kontrollierten scheinbar unmotiviert mehrmals Papiere und Gepäck. Manche kehrten nicht mehr zurück, wurden westwärts abgeschoben oder ostwärts abtransportiert. Die Ungewißheit zermürbte.

Vom ersten Tag und Verhör an warf der sowjetische Kommandant sein dunkles Schlitzauge wohlwollend auf die hübsche Friederike. Als Offizier in stationärer Dienststelle konnte er nicht mehr gut einfach über ein deutsches Mädchen herfallen. Für das Delikt gab es innerhalb der Roten Armee inzwischen drakonische Strafen. Sofern die Betroffene den Vorfall beweisen konnte oder genug vertrauenswürdige Zeugen hatte, versteht sich. Der Kommandant in Herrnburg versuchte mit allerlei Methoden, sich das ausersehene Opfer gefügig zu machen. Er beorderte Friederike als Dienstmagd in das von ihm bewohnte Zimmer, damit sie ihm den Ofen heize, das Bett herrichte und sich mit allerlei Tätigkeiten nützlich mache - Stiefel putzen, Knöpfe annähen und so weiter. Ein seltsames Liebeswerben. Auch den Fußboden durfte sie säubern, die Fenster putzen . . .

Bei dieser Tätigkeit traf Ruth die Schwester an, als sie im stacheldrahtumzäunten Hof nach frischer Luft schnappte und ihr Fieber kühlte. Sie machte sich fürchterliche Sorgen um Friederike: »Kriegst du wenigstens was zu essen?«

»Die Brosamen von seinem Tisch. Sie haben wirklich selber nicht viel. Ruth, rede ein Wort mit dem Posten im Flur. Er kann ganz gut deutsch. Er soll mich hier rausholen, wenn der Kommandant mit dem Wodkasaufen anfängt. Du weißt ja, zu was sie dann imstande sind.«

»Und dann? Wie stellst du dir das vor?«

»Ist doch mir egal. Hauptsache, ich bin hier raus!«

Die Fenster waren übrigens ähnlich vergittert wie der schmale kleine Hof. Das Haus wurde überdies gut bewacht. »Abhauen« konnte da keiner.

Ruth machte sich also an den Posten im Flur heran. Er war so jung, wie offenbar die ganze Rote Armee, von denen sich erstaunlich viele in deutscher Sprache verständlich machen konnten. Sie schätzte ihn etwa gleichaltrig, knapp achtzehn.

Er begriff Friederikes Problem sofort, wenn er die Sache auch mehr aus einer entgegengesetzten Perspektive sah: »Du dumm! Laß Schwästär Kommandant kleines Freude machen - und du können gehn, wohin wollen!«

»Sie will ihm aber die Freude nicht machen! Außerdem behält er sie dann doch erst recht hier. Und ohne sie gehe ich auch nicht.«

Er wiegte den Kopf, fluchte unflätig - so viel Russisch verstand sie inzwischen - und zuckte die Achseln. Komisch, dachte Ruth, mit einem britischen Soldaten könnte ich meine Sorgen nicht so fast brüderlich teilen, selbst wenn ich seine Sprache kann!

Sie versuchte es mit einer anderen Methode: »Paß auf, Iwan. Sag deinem Kommandanten, daß dieses Mädchen Syphilis hat. Du verstehst? Ponjemai? Sy-phi-lis!«

Mitleidig schüttelte er den Kopf, grinste breit und antwortete: »Da. Dada. Und ich bin Stalin. Ponjemai?«

Auf dem Weg zwischen Plumpsklo und Arrestraum war eine jener auffallenden Damen bei ihnen stehengeblieben und lauschte interessiert. Jetzt mischte sie sich energisch ein: »Aber Kindchen, der Trick ist doch noch von anno siebzig/einundsiebzig. Paß auf, Iwan, ich weiß was Besseres: Wenn dein Kommandant Wodka trinkt - ponjemai? Dann holst du schleunigst mich! Ponjemai?«

Der junge Wachtposten kratzte sich den geschorenen Schädel, wiegte ihn hin und her, zog die Nase kraus: »Nicht schlächt! Wir können versuchen. Choroscho*!«

Und sie versuchten es, und nicht nur einmal, und da der junge Wachtposten nun wirklich auf Posten war, funktionierte es. Die beiden Damen wechselten sich sogar ab, und es schien sie nicht weiter unglücklich zu machen, obwohl sie solche Abenteuer hier gewiß nicht suchten und ein paar Tassen Wodka kein nennenswerter Lohn waren. Spätestens jetzt begriffen auch die ländlich-doofen Schwestern, welches Gewerbe die Damen ausübten. Skrupel begannen sie zu plagen, denn diese Opfer fanden sie selbst von »solchen« zu groß.

Die Damen, die es merkten, beschwichtigten sie lächelnd: »Kinderchen, seid nicht albern. Für euch würde der Himmel einstürzen. Bei uns stürzt nichts mehr ein. Das Blöde ist nur, daß der Kommandant den Schwindel natürlich merkt und sich rächen könnte. Aber wie?«

Seine Rache sollten sie nach über vierzehntägiger Haft erfahren. Die Zimmerbelegungen hatten inzwischen mehrfach gewechselt.

* »gut«, gesprochen: »charaschó«

Auch die hilfreichen beiden Damen schob man eines Tages unvermutet westwärts ab. Der Kommandant fand unter Neuankömmlingen ein anderes Opfer zur Versorgung seines Kachelofens, seiner Stiefel, seines Lagers ...

»Eine Frage!« Diesmal ist es Christina, die die berichtenden Schwestern unterbricht: »Die müssen sich in solchen Zeiten doch auch mal waschen! Und überhaupt, da gibt es ja noch intimere Probleme, besonders bei Frauen.«

»Und ob«, erinnert sich Tuta, »das wollten wir damals auch genauer wissen. Ruth erwähnte eine Waschküche am Ende des Hofes.«

Zu dem alten Gebäude der Kommandantur gehörten, wie früher üblich, zumal in ländlichen Bereichen, angebaute Stallungen, eben auch die angebaute Waschküche. Alles aus Stein, der Boden aus Zement oder Beton, die Wände aus Klinker, der Waschkessel eingebaut in einen steinernen Feuerherd, an den jedoch nicht auch noch Brennmaterial verschwendet wurde. Außerdem standen in so einer Waschküche hölzerne Baljen und Bottiche und meist eine lange Zinkwanne zum Einweichen wie Spülen, auch Eimer. Das Wichtigste darin war die Pumpe.

Die Russen selber zogen eine simplere Methode zur Reinigung vor. Ruth mußte das den Kindern so oft vormachen, bis sie es alle fünf perfekt nachahmen konnten: Man nehme eine Tasse voll Wasser, daraus Schluck um Schluck. Den jeweiligen Schluck Wasser prustet man sich zurück in die Hände und wäscht sich mit dieser Portion Feuchtigkeit Gesicht und Ohren, mit der nächsten den Hals und so weiter. Allzu weit kam man damit natürlich nicht, dafür ließen sich die Zähne mit jedem Schluck durchspülen. Kein Wunder, daß die Gefangenen sich unter solcher Aufsicht nicht regelmäßig waschen durften, das hing jeweils von undurchschaubaren »russischen« Zufällen ab. Dann führten die Wachtposten einmal sämtliche Männer geschlossen in die Waschküche, ein andermal sämtliche weibliche Wesen mit kleineren Kindern. Sollten die sich doch selber einigen, wer an die Pumpe durfte. Inzwischen hatte es sechs bis acht mildere Tage gegeben, mit nur wenigen Graden unter Null, dafür um so heftigeren Schneefällen. Davor und danach gab es Frost um zwanzig bis dreißig Grad Celsius. Sich bei solcher Lausekälte mit eisigem Pumpenwasser in einem Steinloch vor Wildfremden waschen zu müssen - das gestaltete sich bei den meisten kläglich, manche verzichteten gänzlich, andere versuchten es mit dem »sowjetischen Bad« ihrer Bewacher. Und an Wäschewechsel war sowieso nicht zu denken, selbst wenn jemand eine Ersatzgarnitur bei sich führte.

Wie hätte man die getragene Wäsche reinigen und trocknen sollen? Es ist erstaunlich, daß und wie sich die meisten Betroffenen trotz solcher Miseren einigermaßen sauberhielten, daß sie nicht pausenlos zum Himmel stanken und daß keine Seuchen ausbrachen. Dagegen gab es von der Roten Armee ungefähr einmal wöchentlich die verhaßte Desinfektionsspritze vorne und hinten in den Kragen, mit voller Wucht.

Krankheiten kamen natürlich vor. Ruth war damit kein Einzelfall. Hilfe für Kranke, gar Behandlungen oder auch nur gutgemeinte heiße Getränke zum Beispiel - an derartigen Luxus war nicht zu denken.

Wie rächte sich der verschmähte Kommandant? Einmal damit, daß er Friederike und Ruth länger in der Herrnburger Kommandantur zurückhielt als alle übrigen bei illegalem Grenzübertritt Erwischten. Das waren in jenem Winter auffallend viele, wohl kein Wunder angesichts der Schneemassen, die Wege und Straßen immer mehr zudeckten. Diesseits und jenseits der ohnehin noch nicht erkennbaren Grenzen versanken Dörfer, Höfe, Heide und Wald tiefer und tiefer im Schnee. Und in den Nächten herrschte mörderischer Frost, der die Menschen noch schneller entkräftete als sonst.

Eines Nachmittags wurden die Arresträume wieder einmal von sämtlichen Inhaftierten geräumt. Einzig die beiden Schwestern waren zum Bleiben verdonnert worden. Die anderen wurden geschlossen hinüber nach Lübeck-Eichholz geführt, zu den britischen Wachtposten. Draußen setzte wildes Schneetreiben ein, in das Friederike und Ruth, plötzlich sehr einsam, mit wachsender Verzweiflung hinausstarrten.

Da rief sie ein junger Wachtposten zum Kommandanten. Wie üblich nahmen sie ihre fast leeren Rucksäcke mit. Die Mäntel mußten sie sowieso ständig tragen. Beklommen blickten sie sich an. Was kam jetzt?

Die glücklich Abziehenden hatten sie vorhin eigenartig verstohlen und mitleidig gemustert, hatten ihnen verdächtig oft und herzlich »Alles Gute!« und »Toi-toi-toi!« zugemurmelt. Jeder wußte damals, wie schnell, wie unbegründet jemand in ein Arbeits-, also Straflager geraten konnte, womöglich bis nach Sibirien. Jeder hatte mit gutem Grund die größte Angst davor. Ruth, hochfiebernd, von jeder kleineren Anstrengung gleich erledigt, wußte, daß sie so etwas nicht überleben würde. Sie wunderte sich zuweilen sowieso, daß sie immer weiterlebte.

Der Kommandant fertigte die beiden Mädchen kurz und barsch

auf dem finsteren Flur des alten Gebäudes ab. Es mußte einmal ansehnlich ausgesehen haben. Er schickte die Mädchen einfach fort: Geht! Geht! Dawai dawai! Aber wehe, wenn wir euch noch einmal erwischen! Und wir vergessen nicht, daß ihr jetzt draußen unterwegs sein werdet! Und noch einmal werden wir euch nicht aufnehmen und versorgen, das nächste Mal werdet ihr sofort abtransportiert, ostwärts, versteht sich. Arbeitslager, Straflager! Also geht! Schnell - dawai!

Im nächsten Moment standen sie draußen im Flockenwirbel. Frei?

Eine fürchterliche Freiheit, wie umstellt von riesigen, aufgespannten Mausefallen. Sie merkten, wie man sie aus der Kommandantur beobachtete. Instinktiv entfernten sie sich von dem Gebäude, und zwar ostwärts. Es mußte aussehen, als wollten sie resignierend umkehren von jeglichem Fluchtgedanken, als wollten sie heimwärts trotten in Richtung Schwerin. Einfach in den dichten Schneefall, in den rasch heraufdämmernden Abend.

Erst nach einem halben Kilometer etwa wagten sie, ihre nächsten Schritte zu besprechen. Friederike war mit den Nerven am Ende, sie wollte nur nach Hause, erst einmal bei den Eltern unterschlüpfen, neue Kräfte sammeln, den nächsten Grenzgang neu und besser planen. Ruth, nicht weniger entnervt, protestierte trotz ihrer Erschöpfung, vielleicht auch mehr wie in letzter Verzweiflung: Jetzt, hier und sofort mußte die Flucht gewagt werden, in dieser Nacht, die unbarmherzig näherzog. Die Eltern würden doch vor Entsetzen umfallen, wenn sie ihre Kinder in diesem Zustand unvermutet wiedersehen müßten. Und womit sollten sie ihnen zu neuen Kräften verhelfen?

Eine Weile ging es zwischen den Schwestern hin und her, es drohte in Streit auszuarten. Friederike spürte sicher, daß Ruth nicht nachgeben würde, daß sie auch nicht mehr viel Kraft hatte, ihr der eine Weg so viel abfordern mußte wie der andere, daß sie sie nicht allein gehen lassen durfte. Der Heimweg würde ja in der Tat nicht weniger riskant sein. Die Posten an den nächsten Bahnstationen hatten vermutlich vom Herrnburger Kommandanten genaue Anweisungen, wenn dort zwei auffallend große Schwestern auftauchen sollten, gleichgültig, von wo und wohin.

Nach einigem Palaver einigten sich die Mädchen, auf der einzigen und offiziellen schmalen Landstraße zunächst südwärts zu marschieren. Hält uns jemand an, sagten sie sich, können wir behaupten, auf dem Heimweg zu sein. Erst wenn es stockdunkel war, wollten sie sich nach Westen wenden. Ein Fluß bildete dort ein Stück weit die Grenze. Soviel hatte Ruth von ihren Kartenstudien immerhin noch im Kopf.

So stapften sie auf schlecht geräumter enger Straße in Richtung Schattin. Diese Nacht blieb ganz ohne himmlische Lichter. Die sechs Kilometer voller Angst, mit leerem, krampfendem Magen, ging Ruth zeitweise wie schlafend, wie alptraumwandelnd. Mal glühte sie vom Fieber, mal riß Schüttelfrost sie hin und her. Und als sie in ein Dorf kamen - war es schon Schattin? -, erkannte Friederike, wie gefährdet das Unternehmen war: »Du hältst doch keine Stunde mehr durch!« Im nächsten Moment hielt sie die Nase höher, schnupperte, auch Ruth begann zu schnüffeln, und jetzt wagten sie nur zu flüstern: »Mensch, da schlachten welche schwarz. Sie kochen bereits das Wellfleisch! Riechst du die Blutwurst? Mensch, die trauen sich ja was. Das Schwein muß doch geschrien haben . . .«

Ruth erzählte später, daß sie schon lange nichts so Belebendes mehr erlebt hatte wie den Duft von einem brodelnden Fleischkessel in dieser gottverlassen scheinenden Nacht. Es gehörte wahrhaftig kaltblütige Courage dazu, in derartig bewachter Grenznähe ein illegales Schlachtfest zu veranstalten.

Zwei, drei Minuten erwogen die Schwestern, halb besinnungslos von dem Duft nach Fleisch und Wurst, geradezu ihren Nasen zu folgen und die Schwarzschlächter mit ihrem unerwarteten Auftauchen zu überrumpeln: »Dann müssen sie uns einfach was abgeben. Sie müssen! Mensch, Blut- und Graupwurst . . . Mensch!«

Nach drei, vier Schritten jedoch erhob sich der betäubte Verstand, wußten sie ebenso: Die wissen genau, was heutzutage einer wagt, der ein Schwein schwarzschlachtet. Die müssen das arme Schwein ja seit Wochen versteckt und stillgehalten haben! Und sie hantieren mit scharfen Schlachtermessern - mit Hausschlachtungen kannten sich beide Mädchen von besseren Zeiten her aus -, die werden nicht nur ihre Beute, sondern auch sich selbst verteidigen, wenn da zwei Wildfremde aufkreuzen, die sie erpressen und verraten könnten . . .

Erst dann dachten sie: Wieso fühlen die sich so sicher? Gibt es in diesem Kaff vielleicht keine russische Kommandantur, keine sowjetischen Soldaten?

Die Mädchen blickten sich sichernd um, wagten sich tiefer in das Dorf - immer mitten auf der seit Herrnburg menschenleeren Straße - und da sahen sie dicht bei der Kirche ein größeres Haus mit zwei, drei hell erleuchteten Parterrefenstern. Das Pfarrhaus! war ihr erster

Gedanke. Wenigstens dort kann man uns doch nicht gleich wieder in diese Nacht hinausjagen, wenigstens dort muß man uns doch irgendwie helfen! Muß man? Sie hatten beide früher in ähnlichen Situationen enttäuschende Erfahrungen machen müssen, gerade mit Pfarrhäusern. Vielleicht steckte auch dieses bis unters Dach voller Flüchtlinge? Vielleicht auch dieser Pastor voller mieser Erfahrungen, die ihn überfordert und entnervt hatten? Erst einmal ausspähen ...

Nein, das war kein Pfarrhaus. An der Tür hing, nur mit größter Mühe zu lesen, ein auffallendes, amtlich wirkendes Schild. Die hellerleuchteten Fenster kamen ihnen wie Schaufenster vor. Man konnte ungehindert in eine große Amtsstube blicken, die mehr an Polizei gemahnte. An einer Wand hing riesig eine Karte des Grenzabschnittes Priwall bis Schalsee, das konnten die Mädchen von draußen erkennen. An einem Schreibtisch saß ein uniformierter älterer Mann und schrieb. War das eine sowjetische Uniform? Niemals. Auf dem Türschild war ja auch nicht die gewohnte kyrillische Schrift, zumindest das ließ sich erkennen. An dem Schreibtisch da drinnen saß zweifellos ein Deutscher, offenbar von der noch brandneuen Volkspolizei und eine höhere Charge, ein Offizier. Und er war bereits grauhaarig, bebrillt, krumm gedient.

»Mensch«, flüsterte Friederike, »er könnte unser Vater sein! Und er ist Deutscher wie wir. Wenn wir ihm alles erzählen, besonders das mit dem Iwan-Kommandanten in Herrnburg ... Mensch, er hat diese fabelhafte Karte da an der Wand, nagelneu! Weiß doch bestimmt, wo heute nacht die Posten wachen ...«

Da gab es nichts weiter zu überlegen. Die Mädchen blickten sich witternd um. Kein Mensch war zu sehen. Trotzdem stürmten sie den deutschen Polizeioffizier so behutsam wie entschlossen. Sie setzten einfach, ohne weiter zu überlegen, alles auf diese Karte.

Schon zehn, erst recht zwanzig und dreißig Jahre später wäre so etwas der schiere Irrsinn und völlig aussichtslos gewesen. Drei Jahre nach Kriegsende ging es gerade noch, war vermutlich trotzdem die einsame Ausnahme.

Der ältere Polizist muß sich fürchterlich erschreckt haben. Ein wahrer Schock fuhr ihm in die Knochen. Mit einem Blick erfaßte er, daß er zwei Grenzgänger vor sich hatte, die flink, fast lautlos und finster entschlossen, wie Banditen, bei ihm eindrangen. Und sie brauchten ja nur anzufangen mit ihrem Drama: »Der Kommandant von Herrnburg hielt uns sechzehn Tage gefangen, nur uns zwei, bis vor drei, vier Stunden etwa ...«

Der geschockte Mann sprang auf und als erstes an die Fenster. Hastig zerrte er die Vorhänge zu. »Seid ihr wahnsinnig? Total wahnsinnig?« ächzte er. »Was kommt ihr zu mir! Ausgerechnet zu mir?«

»Gucken Sie sich meine Schwester an. Mindestens vierzig Fieber. Wollen Sie verantworten, daß man uns schnappt und nach Sibirien schickt? Bloß wegen dieses geilen Schlitzauges in Herrnburg und seiner Gockelrache? Wollen Sie mit so einem unter einer Decke stecken? Und sie werden uns schnappen, wenn wir von diesem Amtszimmer hinaus in die falsche Richtung gehen.«

Sie ließen nichts aus, auch nicht, daß er ihr Vater sein könnte - und würde er als ein Vater seine Kinder in so ein unausdenkbares Unglück rennen lassen? War er nicht auch ein Mensch?

Der Mann begriff rasch. Und von da an wollte er ganz bestimmt nur eins: Diese zwei Parasiten auf der Stelle loswerden! Ja, gewiß doch, mit allem Anstand, es stand ja auch für ihn einiges auf dem Spiel. Friederike beschwor ihn mit ihrem schönsten Augenaufschlag - und den beherrschte sie perfekt -, nur ja kein falsches Spiel mit seinen Bittstellerinnen zu treiben. Als Deutscher war er ja unbewaffnet, da konnte sie sich zarte Ermahnungen erlauben wie: »Zwingen Sie uns nicht, daß wir Sie notfalls auch mit in die Pfanne hauen müßten. Ich möchte das ja nur für alle Fälle gesagt haben . . .«

»Ich hab's kapiert, ihr Kreuzottern!«

Er soll zuletzt mindestens so gedampft haben wie die fiebernde Ruth. Dann führte er seine ungebetenen Gäste vor die große Landkarte und zeigte ihnen, in welcher Richtung sie das Dorf verlassen und wo sie westwärts neben welchem Wäldchen abbiegen sollten. »Ihr kommt dann an drei kleinere Gehöfte mit Ställen und Scheunen. Bei dem mittleren klopft ihr und bietet sofort Geld oder Tauschwerte. Ihr habt doch? Der einzige Mann dort führt euch dann über die Wakenitz. Das Flüßchen ist jetzt größtenteils zugefroren. Er kennt die sicheren Übergänge. Damit seid ihr drüben. Das andere Ufer ist bereits britische Zone. Lübeck ist ja nicht zu übersehen, auch wenn ihr noch einige Kilometer nordwärts marschieren müßt. Und wehe, ihr laßt euch erwischen!«

Bescheiden fragte Friederike: »Das sollten Sie nicht verhindern können? Wo also stehen die Posten?«

Da schlüpfte er bereits in seinen Mantel und legte das Koppel um: »Ich werde vor euch da sein. Ihr müßt euch aber genau an meine Route halten! Verstanden?«

»Choroscho. Und wieviel sollen wir dem einzigen Mann in dem Weiler für die Flußüberquerung bieten?«

»Mindestens hundert pro Nase, in so einer Nacht! Besser mehr. Zigaretten, Kaffee, Uhren und so was wären ihm lieber ... Nun kommt schon! Wir haben keine Zeit mehr zu verlieren!«

Daß sie weder genug Geld noch irgendwelche Tauschwaren besaßen, verschwiegen sie ihm taktvollerweise, sie wollten ihn ja nicht um alles bringen. Er ließ sie vorangehen. Als sie im Flockengewirbel verschwanden, hörten sie einen erbärmlich krachenden Motor anspringen. Gleich darauf stob ein Veteran von Kübelwagen an ihnen vorbei in der Richtung, die der kommandierende Pechvogel ihnen gewiesen hatte. Er informierte oder verlegte seine Posten.

Das beschriebene Waldstück fanden sie nach etwa drei Kilometern. Kurz darauf tauchten die drei Gehöfte vor ihnen auf. Noch immer schneite es. Wenigstens auf gründliche Tilgung ihrer Spuren konnten sie sich verlassen. Die niedrigen norddeutschen Bauernkaten glichen eingeschneiten Zelten. Nirgends ein Licht. Leise näherten sich Friederike und Ruth dem mittleren.

Drinnen schlug ein Hund an. Sie stockten: »Mensch, von dem Hund hat er uns nichts gesagt!«

Ein Weilchen warteten sie ab und hörten ihr Herz rasen. Die ganze Zeit verfolgte sie das Gefühl, beobachtet zu werden. Ob der deutsche Polizeioffizier wohl seine Leute informiert hatte, daß sie die beiden finsteren Gestalten ungehindert durchlassen sollten? Ein wenig fühlten sie sich wie in einem düsteren Agententhriller.

Noch ein paar leise Schritte auf das mittlere Haus zu. Der wunderbar frische Schnee knirschte ekelhaft. Wieder schlug der Hund an. Eine Männerstimme gab einen halblauten Befehl, und das Bellen verlor sich in unterdrücktem Blaffen. Hinter dem kleinsten Fenster ging Licht an. Die Mädchen huschten dorthin.

Den Mann drinnen, der das Fenster öffnete, sahen sie nicht, hörten nur seine Frage: »Wer ist da?«

Kurz und bündig schilderten sie ihr Anliegen. Er blieb mißtrauisch: »Wer hat euch zu mir geschickt?«

»Wenn Sie das wüßten! Wir kennen seinen Namen nicht. Muß aus dieser Gegend sein. Es war nur so ein Tip.«

Er wollte wissen, ob sie Geld oder Tauschobjekte bieten könnten. Sie hatten vorher ihre klägliche Barschaft gemustert, die ja auch noch für Fahrkarten ab Lübeck bis möglichst Celle oder wenigstens Uelzen reichen sollte. Für einen Grenzführer blieben höchstens fünfzig Mark, und sie verhehlten ihm ihre finanzielle Misere nicht. Da wurde er deutlich, obendrein auf plattdeutsch, und sie verstanden jedes Wort: Das könnte ja nur der Teufel gewesen sein, der ihm solche Brut vor die Tür schickte - und zum Teufel sollten sie sich gefälligst scheren! Juch karrt woll de Düwel?

Friederike hielt rasch ihr kärgliches Bündel Geld durch das hochgelegene Fensterchen - der Kerl empfing Gäste offenbar vom Klo aus - und bettelte: »Sagen Sie uns wenigstens, wo es langgeht, wie weit es noch ist! Wir bleiben sonst vor Ihrer Haustür hocken, bis wir tot umfallen.«

Ohne Erpressung lief in dieser Nacht wohl nichts. Doch ihre Verzweiflung war echt und groß und wohl nicht zu überhören. Der Mann drinnen riß das Geld an sich und raunzte höhnisch seinen Rat hinaus. »Weiber! In solcher Nacht! Also meinetwegen - vom Hauptweg am Wäldchen entlang ...«

Und links abschwenken und nach soundsoviel Schritten eine Böschung runter und über das Eis des Flüßchens. Ja, da ist jetzt alles gefroren. Und falls ein russischer Grenzwächter auftaucht, sagt ihm: »Von Joscha, alles choroscho!«

Das Fenster ging leise zu, das Licht dahinter erlosch. Mehr war hier nicht herauszuholen. Friederike sagte leise: »Der weiß also nicht, daß heute nacht hier deutsche Posten wachen. Und die Iwans stecken mit dem unter einer Decke. Die beteiligt er garantiert am Gewinn! Hat man da noch Töne? Der gesamte Kontinent eine einzige Räuberbande!«

Sie nahm ihre torkelnde Schwester an die Hand und zog sie hinter sich her. Beide konnten sich in freier Natur, selbst bei Nacht, besser orientieren, als vergleichsweise in einer Großstadt. Die letzte Wegstrecke war die schwierigste, weil sie größtenteils bis zum Bauch durch Schnee waten mußten. Es kostete doppelte und dreifache Kraft. Friederike bahnte der erschöpften Jüngeren den Weg. Sie fanden die Böschung, rutschten hinunter, erkannten am dumpferen Ton Eis unter ihren Füßen. Nur noch wenige Meter, und sie erreichten das westliche Ufer. Das ließ sich seinerzeit bestenfalls erraten. Die Gegend war kaum bewohnt, menschenleer. Ein östlicher Wachtposten hätte sie leicht noch hunderte Meter weit verfolgen und schnappen können, da hätte ihnen niemand geholfen, schon gar kein Tommy.

Aber sie hatten es ja geschafft. Sie sahen weit vor sich Lichter wie von einer Allee und hielten darauf zu. Der nächste Tag war längst angebrochen, als sie den südlichen Stadtrand von Lübeck erreichten. Am Morgen zogen sie, vorbei an Ruinen und Bombenschutt, in den Bahnhofswartesaal ein.

Friederike fand in ihren Taschen noch ein paar Lebensmittelmarken für vier genau abgemessene Scheiben Brot mit labbriger Rübenmarmelade. Den undefinierbaren, wenigstens heißen, chemisch gesüßten Tee dazu gab es ohne weiteren bürokratischen Aufwand.

Hier im Wartesaal wurden sie von einem Grüppchen Grenzgänger entdeckt, die vor kurzem noch mit ihnen in der Herrnburger Kommandantur gefangengesessen hatten. Die staunten nicht schlecht, als sie die Schwestern so unverhofft im Westen wiedersahen, und ließen sich alles erzählen. Das heißt: Alles erzählten die Mädchen nicht. Man kannte sich nicht näher, und sie wollten die letzten beiden Helfer am östlichen Ufer nicht leichtfertig gefährden. Dafür erfuhren sie halbwegs einen Trost: Alle Trupps, die »die Iwans den Tommies« sozusagen legal übergaben, mußten hier in Lübeck erstmal für zwei bis vier Wochen in scharf bewachte Quarantäne. Darin war wiederum die britische Besatzungsmacht stur, gleichgültig, welcher Schaden den meisten persönlich daraus entstehen mochte. Das Grüppchen, das davon berichtete, hatte es vorher gewußt und bei der Übergabe ein Durcheinander angezettelt, bei dem sie entkommen konnten. Reine Glückssache. Buchstäblich Grenzgänge.

Friederikes und Ruths erste Sorge galt ihren Eltern, die jedesmal um ihre Kinder Sterbensängste ausstanden und diesmal fast zu lange auf die Folter gespannt wurden. Die Mädchen schickten ihr erstes Lebenszeichen gleich von Lübeck aus in das Dorf bei Schwerin. Vielleicht erreichte es die Eltern ja noch vor dem Februar.

»Und in diesem Zustand«, schließt Hertha, »kam Ruth also bei uns an und löste Gromi im Kinderhüten und -versorgen ab. Gromi ließ sie schon bald wieder mit uns allein. Und der Doktor begann immer energischer, sich für Ruth zu bemühen. Sicher hatte sie ihm von ihrem vergeblichen Versuch erzählt, zu ihren schwedischen Verwandten ausreisen zu dürfen. Er begann, sich um diese Sache zu kümmern. Das größte Hindernis war und blieb, von der britischen Besatzungsmacht ein Ausreisevisum zu erhalten.

Wie auch immer - Tuta und ich waren froh, daß Ruth noch bei uns bleiben mußte ... Du Schreck, schaut denn keiner auf die Uhr? Es ist ja längst Zeit zum Abendessen! Diether, kümmer dich bitte um den Kachelofen. Und ihr, Teja und Totila, schließt bitte draußen die Fensterläden. Wo steckt denn Baldur?«

Kameradschaft

Sie flattern aufgeschreckt auseinander. So spät bereits? Zum Spazierengehen ist es für Christina zu finster und kalt geworden. Auch der an den Bergen wabernde Nebel lockt nicht gerade nach draußen. Das Gehörte verfolgt sie ins obere Stockwerk, wohin sie sich ein wenig verkriechen möchte. Nie im Leben kann sie das alles an Edda schreiben! Und es ist ja auch nicht wichtig, es handelt ja nicht von der eigenen Familie.

Was hatten sie noch mal davor besprochen, beim Nachmittagstee? Warum hatte sich Captain Baldur so ausdrucksvoll zürnend an Gromis Schreibtisch zurückgezogen?

Ach ja, um Glaubensfragen war es gegangen, um tiefe Gräben, die zwischen den einst kleinen Geschwistern aufrissen. Seit über vierzig Jahren begegneten die einander wie auf dünnem Eis - dieser Vergleich liegt nach dem eben Gehörten für Christina irgendwie nahe. Und im Zusammenhang damit fällt ihr eine eigentlich ebenso naheliegende Frage ein. Auf der Treppe noch macht sie kehrt, um sie ihrer Oma zu stellen.

In der Küche stutzt sie kurz, weil jetzt Captain Baldur am Tisch sitzt, mit den Fingern der linken Hand einen Rhythmus auf die Tischplatte trommelt und mit leicht angestrengter Duldsamkeit seinen Schwestern bei den Vorbereitungen zum Abendessen zusieht. Es stimmt die Damen sichtlich nervös, es muß auf sie subtil tyrannisch wirken, und das weiß er natürlich genau. Er lächelt Christina an und flachst: »Nanu? Kennen wir uns?«

»Also wirklich!« lacht sie schwach. »Wenn Teja mir so käme . . . ja? Jetzt bring mich nicht aus dem Konzept. Ich habe da nämlich eine bestimmte Frage.«

»Nur heraus mit der Sprache!«

»Du hast es so gewollt, Captain«, warnt sie noch, wendet sich dann unübersehbar an die Frauen: »In dem Heidedorf muß doch auch ein Pastor gewesen sein. Ich meine, wenn Ruth eine Kollegentochter war - haben sich gewisse Kreise denn nicht füreinander verantwortlich gefühlt? Den eigenen Leuten besonders geholfen? Vor allem ältere den jüngeren?«

Captain Baldur bricht sein Getrommel ab, verschränkt die Arme vor der Brust, lehnt sich entspannt auf der Eckbank zurück und sagt grinsend: »Die Frage gönne ich euch, Mädels. Wirklich!«

Hertha seufzt: »Jaja, das war leider ein dunkles Kapitel, auch für

Tuta und mich. Trotzdem braucht man nach einem einzelnen schwarzen Schaf nicht gleich die ganze Herde zu beurteilen, mein lieber Baldur!«

»Es ging eben nicht um irgendwelche schwarzen Schafe, meine liebe Hertha, sondern immerhin um den Hirten höchstpersönlich. Und der spielte seine Nummer ungeniert auch vor euch Kindern. Obwohl sein Haus von den Flüchtlingsströmen wenig berührt wurde. Du und Tuta, ihr wart doch dabei!«

Ja, Hertha will gar nicht drum herumreden. Sogar der kleine Eckehart war dabei, mit dem Ruth die ärztliche Praxis aufsuchte, nicht lange nach ihrem winterlichen Grenzabenteuer.

Uta und Hertha warteten wie üblich draußen im »Wartegang« vor dem Behandlungszimmer. Während der Arzt Ruth und Ecky aus dem Sprechzimmer entließ, fiel ihm die Sache ein: »Ach, Ruth, ehe ich es wieder vergesse - mir kam da ein Gedanke. Zumindest probieren müssen Sie es, Ruth. Ich weiß aus zuverlässiger Quelle, daß im Pfarrhaus eine Ladung kanadischer Kirchenspenden angekommen ist, Kleidung, vor allem Lebensmittel. Melden Sie sich unbedingt beim Pastor. Sagen Sie ihm, daß ich Sie schicke. Informieren Sie ihn über das Nötigste, vor allem über Ihren Gesundheitszustand - schwere Hungerödeme, Wassersucht, Herz, Kreislauf, Lunge, Nieren krank. Er kennt das Krankheitsbild, wir haben ja noch mehr solche Pappenheimer . . .«

So und ähnlich legte er Ruth die Sache dringlichst ans Herz. Die Kinder hörten dadurch überhaupt zum erstenmal richtig, was mit ihr los war. Um so weniger konnten sie Ruths abwehrende Reaktion verstehen: »Ich kenne den hiesigen Pastor nicht, und er kennt mich nicht.«

Dann sei es ja höchste Zeit, meinte der Arzt lachend, diesen Zustand zu beenden. Und zwar sollte Ruth sofort, auf der Stelle ins Pfarrhaus gehen: »Jawohl, jetzt gleich, bevor er die kanadischen Spenden verteilt hat, womöglich nach seiner eigenen irdischen Gerechtigkeit an die falschen Leute. Und wenn es Ihnen auf die Sprünge hilft, rufe ich inzwischen bei ihm an. Bin schon dabei. Also blamieren Sie mich nicht!«

Die Kinder begeisterte das Gehörte. Was für märchenhafte Worte: Kanadische Lebensmittelspenden! Uta hängte sich an Ruths freie Hand - an der anderen schleppte die den schnüffelnden Ecky, ewig floß bei dem der dicke Schnupfen! -, und Hertha packte Utas Händchen. Fehlten nur noch Gundel und Baldur zum gewohnten Anblick. Doch der Älteste hütete, wie häufig, die

Jüngste und die Baracke. O ja, er war der zuverlässigste Bruder der Welt.

Die Kinder zerrten Ruth über die Dorfstraße und in Richtung Kirche. Sie wußten, welches der prächtigen alten Fachwerkgebäude das Pfarrhaus war. Und als Ruth davorstand und gleich darauf durch den großen, verschneiten Vorgarten mit den vielen alten Obstbäumen zur schönen, wuchtigen Haustür ging, erschien es ihr vertraut wie das Elternhaus: ebenso warme rote Ziegel zwischen braunen Balken, ebenso weiße, doppelte Sprossenfenster unter dem tief heruntergezogenen, hohen, moosigen Dach.

Das sagte sie den Kindern noch: »Wie bei uns zu Hause . . .« Das flüsterte sie auch noch in der weißlich-blau gefliesten Diele, in die eine ältere Frau sie eingelassen hatte. Weiter durften sie nicht. Der Pastor kam aus seinem Amtszimmer, recht betagt mit Brille und mißmutiger Miene. Er roch nach Tabak wie der legendäre Oberförster.

Ja, der Arzt hätte ihn soeben angerufen, solche Eile sei ihm ganz unerklärlich, denn: »Sie können sich lange Erklärungen sparen, mein Fräulein. Seit wann sind Sie im Dorf? Sechs Monate mindestens? Das ist ein halbes Jahr! Aber ich habe Sie noch kein einziges Mal beim Gottesdienst in der Kirche gesehen.«

»Ich weiß«, stammelte Ruth verlegen. »Wann hätte ich denn . . . Sie sehen ja . . . ich kann die Kinder doch nicht . . .«

Er war nicht neugierig auf ihre Ausflüchte. Er antwortete mit Sprüchen wie »Wo ein Wille ist, ist auch ein Weg« und ähnlichem aus dem deutschen Zitatenschatz.

Als Ruth noch einmal ansetzte, schnitt er ihr endgültig das Wort ab: »Und dann sind Sie bei dieser Familie! Das kann doch wohl kein Zufall sein? Entschuldigen Sie mich jetzt, ich arbeite an der Sonntagspredigt. Wenn Sie wirklich aus einem Pfarrhaus stammten, müßten Sie ja Bescheid wissen. Guten Tag!«

Nicht »Auf Wiedersehen«, erst recht nicht »Tut mir leid.« Es tat ihm ja nicht leid, keine Spur. Sein einziges Entgegenkommen zeigte er, indem er dem Trüppchen die Tür nach draußen aufhielt. Ruth und die Kinder zogen ab wie belämmert.

Nein, nicht noch einmal beim Arzt vorbei, die Ohrfeige galt ja auch ihm. In ihrer Enttäuschung, natürlich auch völlig naiv, erzählten sie es wütend Baldur, spielten ihm die Szene vor, Hertha als rabenartiger Pastor, Tuta als dessen stilles Weib oder Hausgesinde. Damals ging er genauso naiv darauf ein: »Dem müßt ihr es zeigen! Jetzt dürft ihr erst recht nicht zu so einem in die Kirche rennen! Pfeift doch auf den und seine kanadischen Kirchenspenden!«

Es blieb ihnen ja gar nichts anderes übrig.

Natürlich ließ sich dieser Reinfall vor dem Arzt nicht verbergen. Die kleinen Mädchen, die Ruth wieder einmal begleiteten, hörten seine wütende Reaktion bis hinaus auf den Wartegang. Ein imponierender Ausbruch, Sätze wie: »Und von dem Kerl ließ ich alle meine Kinder taufen, fünf Stück! Aber beim nächsten werde ich es dem zeigen ... Und in seine Gottesdienste kriegt dieser Pharisäer mich auch nicht mehr ...«

Der Heide-Doktor verfiel für den noch schärferen Rest in seine plattdeutsche Muttersprache: »Dor künnst een inne Schnut haugen. Nee, watt för'n Schietkierl ook!«

Die Kinder aus Oberbayern verstanden das inzwischen längst.

Aber der Arzt gab nicht auf: »Ruth, können Ihnen Ihre schwedischen Verwandten nicht wenigstens schon mal Pakete schicken? Möglichst mit was zum Tauschen!«

»Sie sind sehr arm. Mein Onkel ist mit seiner Druckerei in eine Bankpleite geraten. Die schlagen sich selber mühsam durch.«

»Wenigstens dann und wann ein kleines Paket müßte doch möglich sein? Aber lassen Sie es bloß nicht an die Baracke adressieren. Dann können wir es gleich bleibenlassen. Sie wohnen doch zeitweilig auch am anderen Dorfende bei der Kriegerwitwe Niebuhr?«

»Wohnen ist gut! Ja, schon gut, ich kann's ja wenigstens versuchen mit einem Paket.«

Die kleinen Schwestern draußen hatten es gehört, Hertha mit dem Ohr an der Tür zum Sprechzimmer, das unnötig groß und hoch war, so daß jeder Laut darin schön hallte. Auch den Ratschlag mit der Adresse hatte sie gehört. Es fiel ihr nicht schwer, sich ihren Reim darauf zu machen. Und da Ruth während des Heimwegs nichts davon sagte, schwieg auch Hertha.

Nachmittags schrieb Ruth einen Brief und verstaute ihn in ihrer Manteltasche, um ihn beim nächsten Dorfgang mit zum Postschalter zu nehmen. Eigentlich war das nichts Besonderes. Ruth schrieb häufig Briefe, vor allem an ihre Eltern und Geschwister. Es war Hertha klar, daß dieser eine Brief mit besonderem Anliegen nach Schweden gehen sollte, und von da an hielt sie insgeheim ihre Augen offen. Sie begleiteten Ruth ja manchmal in das Zimmer bei der griesgrämigen Witwe, die nicht viel älter sein konnte als ihre Mutter und selber zwei kleine Töchter hatte. Und mochten sie auch politisch noch halbwegs übereinstimmen können, so lagen doch Welten zwischen diesen beiden Frauen, wie zwischen Ananas und Steckrübe.

Ruth durfte höchstens eine Begleitung in das kleine Zimmer mitnehmen. Unter mehreren Füßen hätten ja die Fußböden des Neubaus leiden können. Es war ein rotes Ziegelhäuschen, Hochparterre mit Mansarde, wie sie bis zum Kriegsanfang für »kleine Leute«, für Arbeiter, Tagelöhner etwa, geradezu genormt zu Tausenden im Reichsgebiet hingeklotzt worden waren. Vorne drei Zimmer mit Küche für eine Durchschnittsfamilie, hinten ein angebauter Stall für Schwein, Huhn, Schaf, Kaninchen, Tauben und zuletzt das Plumpsklo dran. Der Weg dorthin führte durch Küche und Stall. Die ungebetenen Untermieter wie Ruth und ältere Mansardenbewohner waren als Flüchtlinge zwangseingewiesen. Wenn aus Schweden tatsächlich ein Paket kommen sollte, würde es an diese Adresse gehen, und das wollte Hertha im Auge behalten. Sie war sich sicher, daß sie es irgendwie bemerken würde. Aber das konnte natürlich noch Wochen dauern. Die Postwege im kriegsgeschlagenen Europa kosteten unmäßig viel Zeit. In manchen Fällen hätte man seine Nachricht ebenso schnell zu Fuß an sein Ziel bringen können.

Den wachsamen Kindern fiel auf, daß der Arzt sich wirklich um Ruth sorgte, daß er ihr helfen wollte und was er sich dafür einfallen ließ. Besonders Hertha ließ sich von dieser Sorge anstecken. Sie hing an Ruth, die war ihre Vertraute, ihre Freundin, und es ängstigte die bald Elfjährige, was sie beim Arzt aufschnappte. Wenn Ruth die Kinder abends glücklich mit ihrer Milch-Kartoffel-Pampe abgefüttert, die kleineren gewaschen und alle fünf in die Betten gescheucht hatte, hielt sich Hertha oft noch wach. Das fiel ihr schwer, ständige Müdigkeit war ein weit verbreitetes Symptom dieser Zeit.

Hertha wartete, bis Ruth in der Küche aufgeräumt hatte, bis die Geschwister schliefen, bis Ruth sich mit ihrem einzigen Buch für ein letztes halbes Stündchen an den Küchentisch setzte. Das ging ja ohnehin nur, wenn Gromi sich auf ihren rätselhaften Reisen befand. Hertha hüllte sich in eine ihrer Decken und schlüpfte zu Ruth in die Küche. Die wunderte sich nicht mehr über den leisen Besuch. Sie flüsterten oder murmelten miteinander. Mehr und mehr quälte Hertha eine Frage: »Kann man sterben von dem, was du hast? Von Hungerödemen?«

Ruth wich meistens aus: »Jeder kann sterben, an allem möglichen.«

»Das weiß ich ja. Aber ob du manchmal daran denkst? Und ob du Angst davor hast? Hat man auch als Christ Angst?«

»Hertha, du nimmst ja am Religionsunterricht teil. Du kennst Jesu Leidensgeschichte. Selbst er hatte Angst. Warte, hier - lies das.

Wie er im Garten Gethsemane betete: ›. . . und er fing an zu trauern und zu zagen. Da sprach Jesus zu ihnen: Meine Seele ist betrübt bis an den Tod; bleibet hier und wachet mit mir . . .‹ Und wie er dann betet. Und da: ›. . . er betete heftiger. Es ward aber sein Schweiß wie Blutstropfen, die fielen auf die Erde.‹ Er schwitzte Blut vor Angst, Hertha. Sogar er hatte Angst. Aber er hat nicht nur die Angst überwunden, sondern auch den Tod.«

Hertha fragte: »Hast du es leichter mit dem Glauben, weil dein Vater ein Pastor ist? Du hast es also schon als Baby mitgekriegt?«

»Nein, Hertha, nicht leichter. Kein bißchen. Ebenso leicht könnte man dadurch dagegen abstumpfen. Ich habe nicht mehr damit anfangen können als andere Kinder. Ich wußte auch nicht besser Bescheid deshalb. Man kriegt es nicht in die Wiege gelegt. Es ist eben kein Märchen, in denen es gute Feen gibt und Glückskinder und so was. Bei mir fing es erst vor anderthalb Jahren an, mit eben siebzehn, damals auf der Militärkolchose, mitten bei der Zwangsarbeit auf dem Kartoffelacker. Wir Frauen und Mädchen - die noch übriggeblieben waren - knieten auf der Erde vor den Ackerfurchen und hackten. Hinter uns gingen Rotarmisten, die uns grob mit ihren Gewehrkolben in den Rücken stießen, wenn es ihnen nicht schnell genug ging. Dawai, Dawai! lautete ihr ständiges Gebrüll. Es tat höllisch weh, wenn es einen Wirbel traf. Es hatte geregnet und war kühl. Wir waren alle so voll Dreck, froren, hatten seit Stunden nichts zu essen bekommen, nächtelang kaum geschlafen. Mich hatten sie einige Zeit zuvor ausgepeitscht und bewußtlos in ein Silo geworfen. Aber es war auch ein blutjunger russischer Soldat, der mich acht Stunden später herausgeholt und wieder auf die Beine gebracht hatte, heimlich. Er riskierte damit viel. Die Ostpreußin an der Kartoffelfurche neben mir nahm sich am nächsten Tag das Leben, eine stramme, strohblonde Neunzehnjährige, einziges Kind ihrer kriegsverwitweten Mutter. Wir waren alle verzweifelt, eine wie die andere - sie wußte keinen anderen Weg mehr als den ins Wasser. Und ich, in der gleichen Lage, am gleichen Tag, unter dem gleichen Himmel, genauso zerschunden wie sie, ich wußte plötzlich diesen Weg. Diesen. Dabei hatte ich die Bibel noch nie wirklich gelesen. Man tut es ja auch erst, wenn man den Weg überhaupt wahrnimmt. Man weiß plötzlich: hier entlang! Aber du mußt suchen. Du mußt es wollen. Ich weiß nicht, woher ich plötzlich den Schubs in diese Richtung bekam. Nicht aus dem Pfarrhaus. Nein, Hertha, so leicht wird es einem nicht gemacht.«

Die kleine Hertha begriff, daß sie ihre vielen Ängste aushalten mußte. Angst um die unstete Mutter, Angst um den vermißten Vater, Angst um Ruth und vor dem Hunger, der Kälte, der nicht nachlassenden alltäglichen Überforderung - vor all dem gefährlichen Schutt, den der Krieg um sie zurückgelassen hatte, durch den sie weitergehen mußten in eine Zukunft, die ja nur neue Ängste bereithalten konnte.

Und die große Hertha fragt heute: »Und du, Baldur, hattest doch genauso Angst, durch und durch? Du wolltest es bloß nie zeigen. Heute kannst du es doch ruhig zugeben!«

Der Captain, die Ellenbogen auf den Tisch gestemmt, das Gesicht größtenteils in den spitz zusammengelegten Händen, schüttelt kaum merklich den Kopf und fragt: »Hat Angst nicht nur, wer nicht kämpfen kann? Was ist unser Leben aber anderes als Kampf? Über-le-bens-kampf! Was war es anderes gerade in der damaligen Zeit gleich nach dem Krieg? Nur wer sich hart macht, kommt durch. Ihr durftet euch doch um Himmels willen nicht ausgerechnet in solchem Lebenskampf weichmachen lassen! Ja ja, ich kenne euer Buch und seine Sprüche. Daß Glauben Berge versetzen könne und ähnliches. Ich habe auch etwas geglaubt. Mein Glaube gab mir Mut. Und auch mit Mut lassen sich Berge versetzen. Denn aus Mut kämpft man . . .«

»Oh, ja«, sagt Tuta bitter, »immer nur Kampf! Immer nur andern an die Gurgel springen! Wie es eure randalierenden Skinheads tun, um ihre Freiheit totzuschlagen. Alles in Trümmer hauen! Überfallen, plündern, prügeln, zertreten . . .«

»Moment!« fällt Diether seiner Tante ins Wort und wendet sich seinem Vater zu: »Skinheads zum Beispiel. Sind solche Typen etwa eure sogenannten Kameraden? Gromis und deine? Da könnte ich jetzt aber weich werden, und zwar vor Grauen!«

Der Captain winkt lässig ab: »Macht euch nicht gleich in die Hosen vor jedem spießigen Angeber, der den starken Mann spielen möchte. Abschaum bildet sich seit je in allen Geistesrichtungen. Sogar in der Kirche mit ihrer Inquisition samt Folterern und Henkern.«

»Nee, bleib mal bei überschaubaren Tatsachen, bei heute«, sagt Diether ungewohnt stur, »oder wenigstens bei der jüngsten Vergangenheit. Solche wie Skinheads und ähnliche Randale-Chaoten: waren es allein solche Typen, die in den Nazi-KZs folterten und mordeten? Die Schreibtischtäter selbst machten sich doch wohl die Finger damit nicht schmutzig?«

»Solche Typen«, antwortet der Captain, »lassen sich zu allen Zeiten, in unterschiedlichsten Systemen für so was mißbrauchen.«

Diether gibt nicht auf: »Warum heißt es dann in den Nachrichten jedesmal ›rechtsradikale Skinheads‹? Etwas muß sie von dieser Seite her doch motivieren! Nicht doch ein gestörter Begriff von Kampf und Härte?«

Jetzt schüttelt der Captain den Kopf so mißbilligend wie mitleidig. Auch er gibt nicht auf: »Ihr habt ja Ruths Bericht von den nahtlos fortgeführten KZs der Sowjets gehört, diese elenden Transporte dorthin: Oranienburg, Bautzen, Fünfeichen, Sachsenhausen, Ravensbrück und so weiter. Dort gab es solche Gewaltbereitschaft genauso, lange vor Hitler, wesentlich schlimmer und umfangreicher, ebenso lange nach ihm. Ich sage nur: Stalin! Dazu schwieg die Welt. Jedenfalls bis jetzt. Und was heutzutage plündernde Randalierhorden betrifft - warum fragt ihr sie nicht selber, was sie eigentlich totschlagen wollen! Ihre überflüssige Zeit? Ihren Frust? Und warum haben sie so viel Zeit und so viel Frust?«

»Nein, nein, Vater, so hängst du mich nicht ab. Warum sie als rechtsradikal gelten, wollte ich wissen. Oder richtiger: was das mit deinem und Gromis Glauben zu tun hat? Mit deinem Gerede von Kampf und Mut . . .«

Der Captain bleibt unerwartet ruhig: »Wovon du keinen blassen Schimmer hast, das solltest du nicht Gerede nennen. Kampf und Mut haben eben auch etwas mit Kraft zu tun. Wie man sieht, setzt es zuweilen überschüssige Kraft frei, mit der gewisse ungebildete Schwachköpfe nicht richtig umgehen können.«

»Kraft«, sagt Hertha, »fließt mir aus dem Glauben zu. Aber nie in überschüssiger, also überflüssiger Weise. Zuviel Kraft zerstört. Glaube jedoch nie. Mir hat darum schon damals die Geschichte von Jakob und Esau so gefallen, weil es da im Grunde auch mal darum ging: Glaube oder Gewalt? Die Geschichte ist ja keinesfalls sehr schön . . .«

»Erzähl!« bittet Christina.

Sie hört den Captain spöttisch auflachen: »Ausgerechnet von diesem Erzgauner Jakob? Jaja, ich weiß, daß er später Israel hieß und zum Stammvater wurde. Und weiß auch, mit welch schäbigen Tricks er sich nach vorn spielte!«

»Das möchte ich jetzt erst recht näher wissen«, ermuntert Diether seine Tante Hertha. Sie überlegt nicht lange: »Keine Sorge, Baldur, ich mache es kurz. Immerhin sind die Kinder keine Analphabeten und können es selber im ersten Buch Mose nachlesen. Ab Kapitel siebenundzwanzig, wenn ich nicht irre. Kurz und gut: Jakob und Esau waren Zwillinge. Wie Teja und Totila, unsere zwei. Sie stammten von Urvater Abrahams Sohn Isaak. Zugegeben, Jakob hat sich Vater und Bruder gegenüber alles andere als anständig benommen, nach menschlichen Spielregeln. Seinem Zwillingsbruder Esau schwatzte er dessen Erstgeburtsrecht ebenso listig ab wie seinem Vater den notwendigen Erstgeburtssegen. Als Esau den ganzen Schwindel erkannte, mußte Jakob aus triftigen Gründen vor ihm fliehen, denn Esau trachtete ihm nach dem Leben. Jakob floh in die Fremde. Seinen listigen Betrug mußte er ein halbes Leben lang im fremden Dienst büßen, buchstäblich als Gastarbeiter. Steht ja alles genau in der Bibel. Worauf es mir schon damals als Elf-, Zwölfjährige ankam, war seine Rückkehr ins Land der Väter, abermals eine Flucht. Inzwischen war er allerdings reich geworden, hatte Frauen, Kinder - die künftigen zwölf Stämme Israels -, hatte Knechte, Mägde, riesige Viehherden, Pferde, Kamele, Kühe, Ziegen, Schafe. Doch sein stärkster Begleiter war Gott, bereits seit seiner Flucht. Oder sein Glaube an Gott . . .«

»Der zu solch einem Gauner hielt!« fährt Captain Baldur ihr ins Wort. »Zu einem Lügner, Betrüger, Geschäftemacher, Ausbeuter . . . aber es ist doch wahr! Guckt euch Israels Leben doch mal ganz genau an!«

»Das ist dein Urteil, Baldur«, sagt Hertha, »Gott blickt tiefer. Wo war ich noch mal?«

Diether hilft: »Jakobs Rückkehr. Was hat dich daran so beeindruckt? Er konnte wohl kaum erwarten, daß sein einst betrogener Bruder Esau ihn mit offenen Armen aufnehmen würde?«

»Stimmt. Jakob hatte sogar Angst vor Esau. Besonders als er von seinen Vorboten hörte, daß Esau ihm mit einem Heer von vierhundert Mann entgegenzog.«

»Und? Krachte es?« fragt Diether gespannt. Seine Tante schüttelt den Kopf: »Es kam zu einem Kampf, aber nicht zwischen den Brüdern. Lest selbst, mit wem Jakob um den Segen ringen mußte, damit seine Kraft gebrochen wurde. Ja, ihr hört richtig, Jakob mußte erst zerbrochen werden; damit kann Segen beginnen. Und wer allein kann einen Menschen so belehren? Jakob brachte seinem Bruder zu allererst eins mit: Frieden. Diesen Frieden trug erst der zerbrochene Jakob in sich selbst, das war sein Segen. Und er entwaffnete den, der gegen ihn zog, allein durch den Frieden, den er mitbrachte. Seit ich das begriffen hatte - daß Frieden mächtiger ist als Kampf -, wie oft, Baldur, habe ich seitdem versucht, das ganze Gekämpfe und Siegenwollen in dir zu überwinden. Und versuche es noch. Warum willst du nicht begreifen, daß es nicht der falsche oder faule Frieden ist, mit dem das Kaninchen hilflos vor der Schlange erstarrt? Auch in meinem Frieden ist Mut, ist Kraft, ist Verantwortung, wie in Jakobs Frieden. Und einzig von und durch Gott. Nicht aus eigener Macht, nicht von eigenen Gnaden . . .«

»Ja, Hertha, ja, ich weiß«, erwidert der Captain ungeduldig, »die einen also ertragen manches besser, weil sie an einen bestimmten Gott, eine bestimmte Religion glauben. Ich bezweifle ja nicht, daß es ihnen Halt geben muß! Aber die andern können doch auch an etwas glauben, das ihnen eben glaubhafter erscheint: Herkunft, Rasse, Disziplin, Vernunft, Kameradschaft . . .«

Beim letzten Wort heulen seine beiden Schwestern geradezu auf, als überfiele sie eine jähe Kolik, so daß es auch die Zwillinge in die Wohnküche lockt.

Tuta stößt als erste aus: »Hör mir auf mit eurer Kameradschaft, Baldur, hör mir damit auf!«

»Aber es ist etwas, worauf ich mich absolut verlassen konnte und kann«, fährt nun auch er auf, »damals wie heute. Es sind Menschen, die kameradschaftlich sind, greifbare Wesen, die füreinander einstehen, alles wagen, bis zum Letzten! Und natürlich setzt unbedingte Kameradschaft gewisse Charaktere voraus, eine besondere Art von Mensch, von Typ, von Rasse. Du findest es eben nicht bei jedem! Ja, auch Klasse gehört dazu. Und unsere Eltern hatten das, wie viele andere unserer Nation. Ebenso hatten es ihre Freunde. Und es hielt. Es hielt durch alle Katastrophen. Wenn ich mich in meinem Beruf nicht auf eine Tugend wie Kameradschaft hätte verlassen können, immer blind, immer selbstverständlich, bei der ganzen Crew - und die Crew sich ebenso bei mir! Wir brauchten dafür keine dicken Gesetzes- und Prophetenbücher, wie ihr für eure Nächstenliebe. Keine Apostel und keine Erlöser! War es nicht das einzige, was uns damals überhaupt zusammenhielt? Und hätte eure Ruth auch nur halbwegs brauchbar funktioniert, wenn Gromi sie nicht unermüdlich an den Geist der Kameradschaft gemahnt hätte?«

Hertha kann sich nicht mehr bremsen: »Jawohl, du sagst es, bis zur Perversion hat Mutter es mißbraucht, ihr immer wieder um die Ohren geklatscht: Sei gefälligst kameradschaftlich! Vergiß nicht das einzige, was uns gemeinsam geblieben ist: Kameradschaft! Oh, nein. Baldur, dir kann doch nicht entgangen sein, daß Gromi damit mehr kaputtmachte, als wir vertragen konnten! Unentwegt diese moralischen Daumenschrauben! Natürlich funktionierte es noch. Sie waren ja jahrelang in ihrer Hitlerjugend darauf gedrillt und dressiert worden. Und Gromi scheute sich nicht, eigens die Pastorentochter darauf zu verweisen, wieviel doch ihre Kameradschaft mit deren Nächstenliebe gemeinsam habe!«

»Hört mir auf mit dieser Moral der Erniedrigungen, der Demütigungen, mit dieser intoleranten Anmaßung! Hört mir bitte damit auf. Euer sogenanntes heiliges Buch entehrt und entrechtet die Stolzen und Willensstarken, und seine sogenannte Moral privilegiert alles Schwache, Kranke, Kaputte. Laßt wenigstens meine Jungs damit in Ruhe. Und bleibt einmal nur bei der Sache, wenn ihr schon in dem ganz alten Plunder wühlen müßt! Dauernd gerät es bei euch in diese Richtung. War das denn alles, was ihr damals erlebt habt? Als wäre alles und jedes nur tragisch und scheußlich gewesen! Haben wir denn nicht auch oft und gern gelacht als Kinder? Selbst mit leeren, knurrenden Mägen?«

»Die knurrten leider nicht nur, die krampften zu oft. Und gelacht? Meinst du vielleicht, über unsere komischen Nachbarn?«

»Ja, warum nicht über die? Gab es nicht auch genug Komisches? Muß man immer nur in Tragik wühlen, um eine bestimmte Gesinnung zu demonstrieren? Und wenn wir über Nachbarn lachten, dann ja nicht aus mieser Schadenfreude. Da war so viel Menschliches im Spiel. Die heimlichen Schnapsbrenner zum Beispiel . . .«

»Nein, nein, Vater«, sagt Diether entschlossen, so daß Christina erstaunt aufblickt, weil Diether doch sonst eher Bögen um seinen Vater zu schlagen versucht, ihn außerdem Captain nennt, wie alle anderen. Dieser Diether setzt sich seinem Vater gegenüber an den Abendbrottisch und sagt irgendwie stur: »Das interessiert mich jetzt, das will ich jetzt mal ganz klar sehen. Ihr seid also alle fünf auf ein und demselben Mist gewachsen. Sozusagen Mist, nur als Vergleich, bitte! Sagen wir, fünf Samenkörner von gleicher Art auf ein und demselben Boden. Sagen wir: Apfelkerne. Und was ist bis heute daraus gewachsen? Hier eine Birne, dort eine Olive, Ecky ein Affenbrotbaum, Gundel eine Dattelpalme und du eine deutsche Eiche. Sozusagen. Alles aus dem gleichen Schutt gesprossen, den der Krieg übrigließ. Und mit euch fing sozusagen unsere Bundesrepublik an, mit euresgleichen. Ja, so ungefähr. Warum hast du etwas völlig anderes in unsere Zeit mitgeschleppt als beispielsweise Tante Hertha? Warum sie Birnen und du Eicheln? Oder Eichenlaub? Warum, Vater?«

Die Antwort kommt prompt und kühl: »Weil deine Vergleiche zu oft zu verflixt hinken, Diether. Wie so einiges in deinem Leben.«

»Beeinhaltet Kameradschaftsgeist nicht auch Fairneß?« fragt Diether.

»Captain, Diether fragt euch doch bloß, warum die einen von euch nach der Katastrophe Christen wurden und die anderen ... na ja, das blieben, das!«

»Was sie waren«, ergänzt Diether.

Der Captain blickt beide ruhig an und fragt zurück: »Erst erklärt ihr mir doch bitte, warum sogenannte rechtskonservative bis rechtsextreme Ideen und Parteien gerade bei euresgleichen enorme Erfolge verzeichnen? Mit entsprechendem Zulauf? Bei jungen Leuten, meine ich. Die bis um dreißig stellen das stärkste Kontingent. Für meine Generation muß ich da nichts mehr erklären. Aber ihr für eure! Nicht gewußt? Keine Ahnung? Wie kann man über ein Thema reden wollen, über das man nicht mal richtig informiert ist? Also laßt uns statt über braune oder weiße Schafe lieber über schwarze plaudern. Wie die illegalen Schwarzbrenner. Und vielleicht können wir dabei auch endlich zu Abend essen?«

Jetzt ist es Christina, die stur wird: »Nö, so kannst du uns nicht abschmettern. Woher willst du das so genau wissen, Captain? Daß unsere Jahrgänge dafür anfällig sein sollen?«

»Es gibt Statistiken, Mädchen. Es gibt Informationen, Wahlergebnisse. Es gibt eine politische Öffentlichkeit. Bloß immer etwas Beruhigendes glauben wollen, genügt nicht. Wissen muß man. Bescheid wissen! Und sich entscheiden.«

Falls er es genießen sollte, daß die übrigen sechs um den Eßtisch sich unbehaglich ratlos anblicken, läßt er es sich nicht anmerken. Christina mustert ihn verstohlen und denkt bei sich: Auch Fairneß gehört zu seiner gepriesenen Kameradschaft. Steckt da nicht vielleicht ähnliches drin wie in Solidarität? Ob man sich nun Kameraden nennt oder Genossen oder Brüder ... Ich muß es an Edda schreiben und ihre Meinung dazu hören. Man sollte sich wirklich aufmerksamer informieren und nicht bloß immer wie die Motte um das eigene Licht flattern. Woher nur bezieht dieser Baldur seine geistesgegenwärtige Überlegenheit?

Sie kann ihren Gedanken nicht weiter nachhängen, weil das Abendessen mit so konzentrierten Dialogen anbricht wie: »Reichst du mir mal bitte die Butter? Nein, nicht die Margarine!« Oder: »Soll das Leberwurst sein?« Und: »Die Eier sind ja hart, Mensch!«

Nachbarn

Die Atmosphäre entspannt sich, und Totila schlägt gönnerhaft vor: »Also schießt schon los mit euren Schnapsbrennern. Meinetwegen auch mit vollem Mund. Wohnten die in den Baracken neben euch?«

»Das war eine einzige Barackenstraße«, beginnt Captain Baldur, »eine einseitige Straße ...«

Man hatte die »Bruchbuden« völlig phantasielos aus den vorgefundenen Teilen und Resten nebeneinandergesetzt, mit unterschiedlichen Abständen, mehr instinktiv von Süd nach Nord, damit die häufigeren Ost- und Westwinde auf die Giebel- oder Schmalseiten trafen. Von den Notbehausungen glich keine der anderen. Am äußersten Ende zum Beispiel errichtete sich ein ehemaliger »ostelbischer Junker«, also ein vertriebener Gutsbesitzer aus Pommern, mit ziemlich dem gleichen Material wie die übrigen Barackenbauer, tatsächlich einen Mini-Herrensitz. Heutzutage würde man es großzügig Datscha nennen. Er empfing seine Besucher in einer spendabel vorgebauten, überdachten Terrasse, nach Nordwest mit lamellenartigem Windschutz aus Brettern. Bei der herrschenden Wohnungsnot ein fürstlicher Luxus, an heißen Sommertagen von neiderregender Raffinesse. Um drei Seiten liefen innen schlichte Bänke, vor ihnen ein ausladender Tisch aus Brettern und Gebälk, genug Raum für eine üppige Gästeschar. Und gastfreundlich war der alte Herr samt Gemahlin und Tochter. Die drei warteten mit unbeugsamer Zuversicht auf den im Krieg vermißten einzigen Sohn und Bruder. Sie hielten ihm ein Zimmer bereit, er konnte jederzeit einziehen. Wegen der pompösen Terrasse konnten oder mußten sie ihre Baracke nicht noch mit einer zweiten Partei teilen, wie andere.

Der alte Junker beschäftigte sich höchst rührig mit allerlei nützlichen Erfindungen aus jeglichem Material, das der Krieg übriggelassen hatte. Aus alten Kanistern, Stahlhelmen, Granathülsen, Gasmaskenbehältern und dergleichen hämmerte, bog und punzte er Gebrauchsgefäße aller Art, von der Schüssel bis zur Kanne. Auch ein neuartiges Heizmaterial »erfand« er, das sich hervorragend zum Anheizen eignete. Er stellte es als gefragtes Tauschobjekt fast fabrikmäßig her: ölige Überreste aus alten Kriegskanistern, nach heutiger Kenntnis sicher manch brisantes Material, außerdem teerige Substanzen vom einstigen Autobahnbau hinter dem Dorf, mischte er mit Sägemehl und Holzspänen. Daraus preßte er Würfel, begehrte kleine Spezialbriketts. Das nötige Rohmaterial karrten er und die stille, eben erwachsene Tochter auf einem selbstgebauten Wägelchen zusammen. Er mußte seinen Blick für die erforderlichen Rohstoffe geschärft und poliert haben. Da er stets einen Spaten mit sich führte, war anzunehmen, daß er seine Schatzfunde jeweils erst im Heidesand vergrub, sich also Depots anlegte. Es ging ihm und den Seinen nicht schlecht. Zuweilen beschäftigte er bereits Arbeitnehmer, freilich nur in seiner Brikettmanscherei und -presse.

Captain Baldur erinnert sich, daß der vermißte einzige Sohn in den fünfziger Jahren tatsächlich aus sowjetischer Kriegsgefangenschaft heimkehrte. Er fand einen florierenden kleinen Familienbetrieb vor. »Aus solchen Nestern gingen die Begründer unseres Wirtschaftswunders hervor. Man denke beispielsweise an einen Unternehmer wie Max Grundig. Dieses Wunder begann nur zwei, drei Jahre nach jenem grauenhaften Winter. Und es kam dermaßen rasant in Gang, wie vergleichsweise Ende der achtziger Jahre der eiserne Vorhang zerfiel.«

»Und was«, möchte Teja wissen, »hatte das mit schwarzem Schnaps zu tun? Oder hattet ihr diesen Brennstoff gemeint?«

Der Captain stellt klar: Nein, nein - die illegale, also »schwarze« Alkoholproduktion war so verboten und doch unausrottbar wie die bereits erwähnten Schwarzschlachtungen. Der allgemeine Hunger war weitgehend - und speziell in den drei westlichen Besatzungszonen - ein von den Siegermächten verwalteter und streng überwachter Hunger. Gewiß hungerten auch manche Siegervölker, Franzosen und Briten etwa, die Völker im Osten sowieso. Es lag ja fast ganz Europa zerschlagen am Boden. Nur wurden die Deutschen extra mit Hunger gestraft; die Sache hatte System, indem die heimischen Erzeuger und Erzeugnisse von den Siegern entsprechend überwacht und natürlich auch zum Vorteil der Sieger verteilt wurden. Zeitweise drohte der allgemeinen Ernährung der völlige Zusammenbruch, besonders in größeren Städten. Auf dem Lande ging es nur den Erzeugern erträglich bis gut, den Landwirten, die gerade eben noch als »Reichsnährstand« in alle Himmel gehoben worden waren und keineswegs hart herunterfielen. Manche halten sich dort offenbar bis heute auf. Für die allgemeine Bevölkerung gab es Lebensmittel nur streng kontingentiert auf Bezugsmarken und Bezugscheine, wie auch schon den ganzen Krieg über. Kinder und Jugendliche erhielten etwas mehr als die Erwachsenen, nämlich etwa halb so viele Kalorien wie Schwerst- und Bergarbeiter. Manchmal gab es unvermutet für Kinder bis zehn Jahren Delikatessen wie 250 Gramm Lebertranemulsion mit meist ranziger Duftnote. Es reichte allerdings leider selten bis in die Dörfer.

Nun kann man sich sicher vorstellen, was für ein Verbrechen es war, wenn da Kostbarkeiten wie Kartoffeln und Rüben - auch sie Tauschobjekte - unterschlagen und verantwortungslos in scharfe Alkoholika umgewandelt wurden. Aber in Notzeiten erweisen sich viele Menschen ja einfallsreich bis zu nie geahnter Genialität, um an etwas zu kommen, was sie besonders vermissen. In der allgemeinen Trostlosigkeit lag der Wunsch nach Sorgentröstern, nach Stimulanzien, die einen entrückten und hochstimmten, gefährlich nahe. Was für eine apokalyptische Vorstellung, wenn die Sieger damals zum Beispiel die Rauschgifte der siebziger und achtziger Jahre verteilt hätten - eine ganze Nation wäre den Süchten verfallen!

Schwarzbrenner von Kartoffel-, Getreide- oder Rübenschnaps, sicherlich auch Obstschnäpsen, gab es in allen vier Besatzungszonen immer wieder, trotz drohender Strafen. Nicht nur deswegen war die Sache so gefährlich. Da wurden immerhin chemische Umwandlungsprozesse in Gang gebracht, die nicht jeder Schnapsbrenner einwandfrei beherrschte. Die meisten waren blindwütige Laien. Es kam häufig vor, daß in manchen Gegenden plötzlich Hunderte von mißratenem Schnaps erblindeten, mancher starb gar daran. Man hört ja auch heute in den Medien, weiß Tuta, meist aus Entwicklungsländern, häufig aus Indien, daß riesige Hochzeitsgesellschaften durch selbstgebrannten Fusel erblinden oder an dem Gift zugrundegehen.

Trotzdem war das Zeug damals in Deutschland für Tauschgeschäfte noch begehrter als zum eigenen Genuß, auch begehrter als der kostbare Rohstoff zu seiner Herstellung. Nicht selten ließen sich auch Besatzungssoldaten damit bestechen, so daß mancher Schwarzbrenner ungeschoren davonkam. Und von denen gab es eben auch öfter mal einen in der Barackensiedlung zwischen Dorf und Heide. Man roch es meistens, wenn nicht gerade Stürme tobten. Die nachbarlichen Nasen wurden mit ein, zwei Flaschen des verbotenen Rauschmittels beschwichtigt. Gromi versteckte solche Beute in dem bewußten schiefen Keller unter der Küche, in dem Baldur nachträglich eine Art Wandsafe eingebaut hatte. Dann warteten sie eine gewisse Frist ab, ob Nachbarn erblindeten oder qualvoll starben. In ihrer Nähe kam das Gott sei Dank nie vor. Also nahm Gromi den Schnaps mit auf ihre riskanten Reisen, sozusagen als Notgroschen, und wer weiß, in welchen Engpässen ihr das Rauschgift weitergeholfen haben mag. Sie wird damit schon einschlägige Erfahrungen gehabt haben.

Es gab unter den Nachbarn auch durchaus unheimliches Gelichter, dessen finsterem Treiben keiner genauer zuzusehen wagte. Baldur erinnert sich an eine auffallend umfangreiche Sippe in der größten Baracke, die sie allein bewohnten, eben weil sie viele Häupter zählten und ihre Anzahl mehrfach wechselte. Ihre Kinder waren schmutziger, lauter, rücksichtsloser als andere und häufig zu Raubzügen unterwegs, sogar schon die Vierjährigen. Sie klauten alles, was sie nur erwischen konnten, und schreckten damit auch vor Nachbarn nicht zurück. Solchen Menschen kann man auf eine widerlich hilflose Weise ausgeliefert sein. In ihrer Baracke blieben einige Fenster ständig von Decken verhängt. Jeder konnte sich denken, daß sie in den Räumen dahinter horteten, was sie zusammengeraubt hatten, von Lebens- und Genußmitteln bis Brennstoffen und angeblich sagenhaften Schätzen. Ihre Ofenrohre - bei jeder Baracke stießen die einfach aus den nächstgelegenen Wänden nach draußen - waren die neuesten und stabilsten. Der Rauch, der daraus quoll, von hochwertiger Kohle. Es war etwas Böses um sie, sie drückten es auf jede mögliche Weise aus; es beherrschte sie ganz und gar. Sie schienen das noch zu genießen und kamen sich damit überlegen vor. Ihre Kinder konnten nicht mit den übrigen spielen, weil sie etwas so Überflüssiges wie Spielen gar nicht erst lernten. Sie bedrohten und erpreßten die anderen und schlugen lustvoll gemein zu.

Rasch kamen sie so zu ihrer Adresse: die asozialen Baracker, die Asozis. Baldur behauptet noch heute, daß es nach seiner Meinung geborene Henkersknechte gebe, und diese Leute seien es gewesen. Er müsse wohl ausgerechnet seine Schwestern nicht darüber belehren, daß es tatsächlich das Böse in der Welt gebe und manche Züge von angeblich christlicher Toleranz demgegenüber für ihn von abstoßender Dummheit seien.

Daß die übrigen Anwohner der Barackensiedlung sich im Laufe des ersten gemeinsamen Winters überhaupt näher kennenlernten, daß sie sich sogar näherkamen und gemeinsame Ordnungs-, Wach- und Hilfsaktionen zur Selbstverteidigung beschlossen und durchführten, war im Grunde diesen Störenfrieden zuzuschreiben.

Ein ganz typisches Beispiel war der tägliche Kampf um die einzige Pumpe der Siedlung. Sowie aus den übrigen Baracken jemand mit Eimer oder Wännchen zur Pumpe wollte, stürzten fast jedesmal einige aus der am nächsten gelegenen Asozi-Baracke zur Pumpe und vergeudeten mutwillig Wasser, pumpten es in den Sand und wollten sich von anderen das Pumprecht bezahlen lassen. Es kam um die Pumpe wiederholt zu kalten Wasserschlachten, keineswegs lustigen, bis zu gröberen Handgreiflichkeiten.

Man fand sich zusammen und beriet, was gegen die abstoßende Sippe unternommen werden könnte. Ihnen und ihrem Schwarzmarktlager die Militärpolizei auf den Hals hetzen? Dabei würde eine allgemeine Razzia herauskommen samt Beschlagnahmungen, vielleicht auch diese und jene Verhaftung, dafür genügten ja bloße gehässige Verdächtigungen. Und danach mußte man gefaßt darauf sein, daß das zurückbleibende Pack der Reihe nach den Roten Hahn auf die benachbarten Dächer setzte. Unausdenkbar die Feuergefahr für alle anderen, wenn auch nur eine Baracke in Brand geraten sollte! Nein, das war keine Lösung des Dauerproblems. Einzig defensive Maßnahmen erschienen einigermaßen sinnvoll: zusammenhalten gegen die da und das auch bei jeder Gelegenheit demonstrieren; sich gegenseitig helfen und die Nachbarbaracke im Auge behalten, wenn deren Bewohner abwesend waren. Im übrigen mußten alle lernen, mit den bösartigen Räubern zu leben, auch die Kinder, denen viel Böses zugemutet wurde. Einige wurden selber aggressiv. So entwikkelte sich ein Gemeinschaftsgeist unter den tatsächlich sehr verschiedenartigen Barackensiedlern.

Da sprach sich etwa Gromis Bücherschatz herum. Die Leute litten damals nicht nur an Hunger, sondern die meisten auch an erzwungener Tatenlosigkeit. Es gab ja noch kein geregeltes Arbeitsleben.

Zwar brauchten alle viel Zeit, um sich unermüdlich irgendwie mit dem Lebensnotwendigen zu versorgen, doch stellte sich ja Routine ein. Und viele Stunden eines Tages liefen bei einigen leer. Am wenigsten ertrug man das abends. Für die asoziale Baracke waren Bücher absolut entbehrlich, die konnten damit höchstens auf dem Klo etwas anfangen. Von der Seite war der Schatz also nicht gefährdet. Die übrigen Nachbarn kamen gern und immer wieder und liehen sich Bücher zum Lesen aus. Ja, der Lesehunger wuchs mit jeder Lektüre. Weder Gromi noch Ruth führten Buch über die Ausleihungen. Wann und wie hätten sie das denn auch noch schaffen können? Und wenn Gromi daheim war, gab es auch keinerlei Debatten um den Lesestoff. Ruth mußte sich etwas einfallen lassen, um die von ihr geschändeten Bücher dem allgemeinen Interesse zu entziehen. Da auch sie nicht ständig anwesend sein konnte, machte sie Hertha zu ihrer Verbündeten.

Die Kinder kapierten längst, daß ihre Mutter von dem Ausmaß der Schändungen keinen richtigen Begriff hatte, daß man es ihr auch besser »nicht gerade unter die Nase rieb«, wie selbst Baldur noch heute meint. Gromi hielt ihre vermeintliche Rettung der Adolf-Hitler-Schulbücherei - wenn auch nicht der kompletten - für eine ihrer bedeutendsten Kulturtaten. Und ganz bestimmt hatte sie für diese Coups in Raten jedesmal viel gewagt. Man mußte vor ihr Ruths schändliche Bücherverbrennungen möglichst verbergen, sie wenigstens bagatellisieren.

Welch ein Segen, daß Gromis ganzes Wesen von einer gewissermaßen chaotischen Großzügigkeit durchtränkt war, daß sie ihren Haushalt nicht gerade penibel führte, eher mit nachlässiger Flatterhaftigkeit, woran ihr Erstgeborener noch heute ihren starken Charakter erkennen will, ihre Rasse und Klasse. Immerhin hatten zwölf straffe Jahre voller Hitler-Jugend-Disziplin so viel lockere Wurstigkeit nicht niederschmieden können. Auf solche sogenannte Genialität, das Leben locker zu nehmen, lernten die Kinder sich in Notfällen zu verlassen: Sie brauchten die vorgeschändeten Bücher vor ihrer Mutter nur jeweils nach hinten und unten zu verräumen, um sie für Ruth, wenn sie die Öfen anheizte, ebenso wieder hervorzukramen.

Das ließ sich um so leichter bewerkstelligen, als die Bücher ja malerisch durcheinander auf dem Fußboden lagerten, kein bißchen ehrfürchtiger verstaut als Torf und Kartoffeln, als Kienäpfel und Rüben. Wenn die Geschwister heute bedenken, daß damit für offensichtlich die Mehrzahl ihrer einstigen Nachbarn deren erste Begegnung mit deutscher Literatur stattfand, verursacht das in ihnen noch nachträglich gemischte Gefühle.

Da wohnten nebenan diese Wolgadeutschen, deren Ahnen einst unter einer Zarin in Rußland zu Hunderttausenden gesiedelt hatten. Bis zum Kriegsausbruch zählten sie einige Millionen. Die meisten vertrieb Stalin nach Sibirien oder ließ sie umbringen. Eine gewisse Anzahl jedoch gelangte noch »heim ins Reich«, oft neu angesiedelt in eben eroberten polnischen Gebieten. Von dort mußten sie zuletzt abermals westwärts trecken. Ihre Sprache klang alt, ehrwürdig, längst nicht mehr gebräuchlich, teils mit biblisch anmutenden Redewendungen. Logisch, daß sie ebenso dachten. Ihre sittlichen Maßstäbe wirkten streng, nicht selten eng. Die ganze Familie - ergraute Eltern mit fünf Töchtern und einem übriggebliebenen Sohn von mehreren - wirkte wie aus einem früheren Jahrhundert kommend. Das stand in einem schwer begreiflichen Widerspruch zu ihrem enormen Selbstbewußtsein. Mit ihrer biederen Ehrlichkeit, ihrer wie erstarrten Frömmigkeit fühlten sie sich andauernd moralisch so überlegen, als hätten sie Gottes Gerichtsurteil bereits in der Tasche, als hätte der Schöpfer auch zu ihnen gesagt: »Und er sah, daß es gut war.« Sie hielten es für ihre Pflicht, immer sofort ihr jeweiliges ethisches Urteil zu fällen und es damit für die Ver- oder Beurteilten nur aufrichtig gut zu meinen.

Andererseits, sinniert Baldur heute, war auffallend an ihrem Wesen, was er »etwas Vegetatives« nennen möchte. Dazu zählten gewisse Gesundheitskulte, wie: zur Abhärtung abreiben mit frischem Schnee, Teezeremonien aus selbstgesammelten und getrockneten Wildkräutern und -blättern, überhaupt die Kenntnis des Schrotens und Zubereitens angeblich gesundheitsfördernder Wurzeln und Knollen, von deren Vorhandensein normale Sterbliche nichts ahnten. Die fünf Töchter spannen aus faserigen Gräsern und noch dem zotteligsten Heidschnuckenvlies, aus allem Haarigen, auch von Pferden, rüstige Fäden in irdenen Farben. Daraus strickten und webten sie mönchisch schlabbernde Röcke, Kutten und Hemden. Sie trugen ihre Haare schlicht baumelnd, von selbstgewebtem Band gehalten.

»Heute«, versucht Captain Baldur die drastischen Erinnerungen seinen jugendlichen Zuhörern verständlicher zu machen, »findet man solche Typen am ehesten bei den Grünen und dort bei den Frauen. Für mich hat das seit damals einen lächerlichen sektiererischen Touch, so sehr auch ich Umweltsünden verurteile. Doch mit wirklicher Naturliebe, vor allem Sachkenntnis hatte das schon damals merkwürdig wenig zu tun. Für mich ist darin zu viele romantische Schwammigkeit.«

Diese Leute damals köpften ja zum Beispiel reihenweise junge Fichten, nur weil der einzige anwesende Bruder aus der typischen sternförmigen Astgabelung von Fichten- und Tannenwipfeln dutzendweise Holzquirle »herstellte«. Er wollte halt auch tüchtig sein. Praktisch brauchte er nur die Gabelungen entsprechend kurz zu schneiden und dann Nadeln und Rinde abzuschaben. Das war doch - und zwar nicht erst von heute aus gesehen - ein idiotisches Verstümmeln junger Bäume für nichts und wieder nichts. Was gab es denn schon zum Verquirlen?

Wären Eier vorhanden gewesen, man hätte sie mit einfachen Stöckchen, mit normalen Ästen rühren und schlagen können. Und jener einzige Bruder war ja kein Kind mehr im reizenden Bastelalter, sondern ein mindestens vierzigjähriger Junggeselle, über dessen sittliche Unschuld unentwegt seine fünf ebenso tugendhaften Schwestern wachten. Es ist ja einfach schleierhaft, wie solche Leute sich überhaupt jemals vermehren sollten! Seine Quirle florierten nicht gerade als Tauschobjekte. Er konnte von Glück reden, wenn ihm jemand dafür aus Mitleid eine Kartoffel zahlte.

Die so viel jüngeren Kinder von Gromis Baracke verfolgten amüsiert, wie der »keusche Josef«, so sein Spitzname, Ruth aus seinem Überfluß mit einem Quirl für ihre Küche beglücken wollte. Wie er ihr auflauerte, bis sie mit Eckys nassem Bettzeug von der Pumpe zurückkehrte, keine Hand frei; wie er ihr den Quirl zu überreichen versuchte, als handelte es sich um eine Rose. Zugleich trachtete er, es vor den Augen seiner Schwestern zu verbergen. Das ging so schief, daß Ruth ihn von da an viel zu häufig bemitleidete. Er legte seinen Quirl schließlich mit verhuschten Gesten auf den nassen Wäscheberg, den sie trug, von wo das Geschenk in den Schnee rollte. Wie er es aufhob, es mit dem Stiel schließlich in ihre Manteltasche bugsierte - eine einzige tragikomische Nummer. Aber eben sehr typisch für alles, was Baldur an solcherart aufrechten »Christen« abstoßend, läppisch, verkorkst erschien. Für ihn hatte es etwas mit ihrer Religion zu tun, von der sie sich nach seiner Meinung knechten ließen.

»Dabei«, so meint er noch heute, »hatten diese Leute Rasse, das, was man sich unter vorzeigbaren guten deutschen Köpfen und Gestalten vorstellt. Edel geschnittene Profile, hochgewachsen. Und trotzdem deformiert von diesem orientalischen Aberglauben, der sie unfrei machte bis zur Lächerlichkeit. Warum beispielsweise nahm er Ruth die schwere Wäschewanne nicht ab? Und mußte sie sich an der Pumpe mit den Asozis schlagen, sprangen ihr lieber seine Schwestern bei. Ein Kavalier in der Familie wäre ihnen sittlich anrüchig erschienen! Nicht einmal Takt entwickeln solche Typen. Nehmt mir's nicht übel, Schwestern, ich habe zuviel Schwachheit bei solchen gesehen, auch geistige, statt Stärke. Diese blödsinnigen Quirle erhielten für mich geradezu Symbolcharakter für kindische Duckmäuserei. Und es lag bei dem Typ nicht an der Überzahl von Weibern um ihn. Den Begriff Weib entnehme ich jetzt mal ihrem eigenen Sprachgebrauch. Er war schließlich mit Brüdern aufgewachsen. Wäre nicht die asoziale Baracke gewesen - nie hätten sich die wakkeren Wolgadeutschen in unsere anrüchige Nähe verirrt! Was sie von Gromis Lebenswandel hielten, kriegten wir ja oft genug und unverblümt zu hören. Nur unsere Bücher imponierten ihnen, später auch das Klavier. Zumal Gromi, Ruth und wir drei Ältesten sogar darauf spielen konnten. Weil doch auch sie sich für kulturbewußt und musikalisch hielten, als der Bruder dann begann, Flöten zu schnitzen.«

»Auch aus Ton machte er später reizende Blasinstrumente«, erinnert sich Tuta, »er gestaltete lustige Vogelfiguren, gerade wegen ihrer schlichten Formen lustig wirkend. Sie hatten entlang den Flügeln kleine Fingerlöcher. Und wenn man in den Schnabel blies, kam hinten unterm Schwänzchen der Ton heraus. Ob er daraus wohl später einen Musikladen begründete? Oder wenigstens Spielzeug und Andenken fabrizierte, zusammen mit den handfesten Basteleien seiner Schwestern? O Hertha, weißt du noch, wie ausgerechnet diese prüden Tanten so scharf wurden auf Ruths selbstgestrickten zweiteiligen Badeanzug? Ein echter Vorläufer vom Bikini, aus Wollmangel. Aber das war wohl viel später.«

Das Paket

Christina interessiert im Augenblick viel mehr, ob Ruth eigentlich je Pakete aus Schweden erhielt und was sie damit machte.

Dazu kann Captain Baldur nichts sagen, davon hat er tatsächlich kaum etwas mitgekriegt, wie er - noch immer leicht schmollend - zugeben muß. Er überläßt es seiner Schwester Hertha, zu berichten, was sie darüber weiß:

»Ja, zwei Pakete bekam Ruth aus Schweden. Eigentlich nur Päckchen. Außerdem in großen Abständen. Ihre Verwandten dort wollten sie herzlich gerne aufnehmen, an mangelnder Großzügigkeit lag es nicht. Sie hatten ein Häuschen mit großem Garten, ein paar kleine Äcker, Wiesen, Ackergaul und allerlei Kleinvieh. Nur kein Geld. Deswegen übernahm wohl auch später größtenteils das schwedische Rote Kreuz den Fall Ruth. Kann auch sein, daß dahinter wieder unser Heidedoktor steckte, weil die Sache ja einfach nicht voranging . . .«

Das erste kleine Schwedenpaket fand Ruth in ihrem Zimmer bei der Witwe Niebuhr vor, als Hertha sie ins Dorf begleitete. Ruth sagte: »Ich packe es später aus, wenn ich wieder hier schlafen kann . . .«

Hertha dachte sich ihr Teil und widersprach: »Du packst es sofort aus. Und mir brauchst du kein einziges Fitzel davon abzugeben. Es ist dein Paket, es geht auch Mutter und die andern nichts an. Ich kann schweigen!«

»Das weiß ich, Hertha. Es . . . es ist einfach etwas klein für so viele Leute wie uns. Und was immer drin sein mag: Ich habe längst beschlossen, es dem Doktor zu geben, weil ich ihm doch nie einen Pfennig bezahlen kann. Und er ist meine einzige Hilfe. Verstehst du?«

»Mensch, das mußt du mir doch nicht erst erklären, Ruth!« Hertha bot sich als zweite Hilfe an oder wenigstens als Verbündete. Jedenfalls brachte sie Ruth dazu, das Paket auf der Stelle zu öffnen. Sie wären sonst ja alle beide an unterdrückter Neugierde erstickt.

Das Paket enthielt eine Tüte voller duftender Kaffeebohnen, zwei Stücke bunt verpackter, himmlisch wohlriechender Seife, drei Schachteln Zigaretten und eine Tafel Schokolade. Das war viel. Das war enorm. Das zwang die beiden Mädchen nebeneinander auf die Bettkante nieder, weil ihnen die Beine plötzlich schwach wurden. Sie zeigten sich gegenseitig die Zigarettenpäckchen: Eine in wildem

Rot wirbelnde Carmen tanzte mit hochgerecktem Händchen Flamenco.

»Und dabei rauche ich doch gar nicht«, stammelte Ruth, und gleich fiel ihr ein: »Aber der Doktor raucht! Die kriegt der Doktor, alle drei Schachteln!«

»Alles andere auch?« fragte Hertha zittrig.

Ruth zuckte die Achseln, beschloß, es erst einmal unter ihrem Kopfkissen zu verstecken, scharf über alles nachzudenken. Das Verpackungsmaterial verstauten sie in den stets mitgeführten Rucksäkken: »Damit heizen wir gleich beim nächsten Mal Herd und Öfchen an.« Gnadenfrist für einen weiteren Blut-und-Boden-Roman, der als Anheizer erwählt oder verurteilt war.

Bereits an der Zimmertür, drehte Ruth sich wieder um. Sie zog die Schokoladentafel unter dem Kopfkissen hervor: »Wenigstens die teile ich unter uns sechs. Weißt du noch, wie Schokolade schmeckt? Ecky und Gundel kennen so was überhaupt nicht. Die Kleinen werden auch nicht fragen, woher wir das haben.«

»Aber Baldur und Uta. Und die Kleinen erzählen garantiert Mutter davon, wenn sie von ihrer Reise zurückkommt. So was müssen sie einfach erzählen!«

»Hast recht, Hertha. Wir könnten schwindeln, einer von den Adolf-Hitler-Schülern hätte es uns zugesteckt. Als er mit Geld vorbeikam. Neulich der hat uns ja auch Suppenwürfel mitgebracht! Warum nicht mal Schokolade?«

Ruth schlug es zwar vor, doch überzeugte es nicht einmal sie selbst. In Lügengespinsten gab es so gut wie immer Löcher. Schon Baldur würde sich erinnern, daß es keinerlei Zusammenhänge gab zwischen dem Auftauchen der Schokolade und dem Besuch eines ehemaligen Adolf-Hitler-Schülers. Sie ließen sich ja immer spärlicher blicken. Ein Weilchen zerbrachen sich Ruth und Hertha noch die Köpfe darüber, wie sie den Besitz einer Tafel Schokolade rechtfertigen könnten, ohne deren wahre Herkunft preiszugeben. Dann faßte Ruth einen einsamen Beschluß: »Wenn sowieso gelogen werden muß, kann die Lüge gar nicht dick genug sein. Sag du einfach nichts, du hast keine Ahnung. Hältst du das durch, Hertha?«

Hertha nickte und schluckte: »Und du?«

»Es ist deine Mutter. Sie wird mir mit ihrer Kameradschaft kommen. Das kennt man ja. Ich werde sagen: Ein guter Kamerad gab mir die Schokolade. Aus Kameradschaftlichkeit natürlich, aus was denn sonst? Ja, irgend so einen Quatsch. Ich hätte es gar nicht gleich gemerkt. Vielleicht waren es sogar zwei gute Kameraden? Oder drei?«

»Dreh bloß nicht durch!« meinte Hertha besorgt.

Es wurde eine ziemlich chaotische Geschichte, als sie später tatsächlich durchgeforchten werden mußte. Gromi war nicht so töricht, auf Wahrheit zu bestehen. Sie begriff, daß Ruth sich ihr nicht total ausliefern wollte und es auch nicht mußte. Schließlich war Gromi selber unentwegt in ganze Knäuel von Geheimnissen und Schwindeleien verwickelt.

Die Schokolade wurde noch am gleichen Abend verteilt. Das Vorzeigen der Tafel, das Staunen der Kinder, ihre Begierde, das millimetergenaue Aufteilen mit dem schärfsten Messer - Baldurs Hackebeil erwies sich als denn doch zu grob -, das erste Kosten und langsame Gelutsche geriet zur abendfüllenden Zeremonie. Sie begingen sie geschlossen um den Küchentisch, ernst, ergriffen. Erst langsam breitete sich das Entzücken aus, schwoll an, klang nach in langem Schmatzen und seligen Seufzern. Köstlicher als Schokolade konnte nichts auf Erden sein, nicht einmal der schmerzlich ersehnte Frühling.

Zigaretten, Kaffee und Seife nahm Ruth zu ihrem nächsten Arztbesuch in die Praxis mit, als Ecky einmal nicht mit ins Sprechzimmer mußte. Hertha schaute ihr wehmütig nach, wie die sorgfältig verpackte Ladung mit den verräterischen Düften, verstaut in Ruths Rucksack, ins Sprechzimmer entschwand.

Der Arzt wollte nur die Zigaretten. Ja, er wollte sie ausdrücklich, als hätte er längst auf sie gewartet, mit unerwarteter, irritierender Selbstverständlichkeit.

Hinterher berichtete Ruth es einzig Hertha, daß er ihre schwedischen Schätze kurz gemustert und die Zigaretten gleich unumwunden an sich genommen und in seinem Medikamentenschrank weggeschlossen hätte. In dem Schrank war genug Platz für eine Badewanne voller Zigarettenpäckchen, so leer waren seine Fächer. Kaffee und Seife stopfte der Arzt wieder in den Rucksack zurück und riet seiner Patientin, sie bei Bauern gegen Lebensmittel einzutauschen: »Verlangen Sie dafür nur Eier und Milchprodukte. Ihre Hungerödeme beruhen ja primär auf Eiweißmangel. Möglichst auch Sahne und Käse. Und nicht zimperlich sein. Die haben es dicke! Ich stamme selbst von einem Bauernhof. Außerdem komme ich hier viel herum und habe Augen im Kopf.«

Und Grips hatte er, und von seinem Handwerk verstand er genug, um sich bei dem verhängnisvollen Medikamentenmangel auf wahre Schamanenkünste urzeitlicher Vorväter und Zaubermütter zu besinnen. Er besann sich nicht nur auf die ältesten Heilmittel aus der Natur, er lernte und lehrte sie auch selber zu suchen, zu finden und herzustellen. In der Barackensiedlung kurierte er einmal erfolgreich bösartige Furunkel mit heißen Packungen aus frisch gekochten, lose zerdrückten Pellkartoffeln - bitte mit Schale - vermengt mit etwas Quark. Daß sein Patient den hilfreichen Pamp hinterher noch verspeiste, ließ sich nicht verhindern, der Doktor konnte ja nicht auf alles aufpassen. Das war nur ein typisches Beispiel von unzähligen Notlösungen, auf die einer erst einmal kommen mußte. Sonntags sah man den Heidedoktor mit seiner Kinderschar zuweilen durch Wald und Moor streifen, auf der Suche nach frischen Medikamenten.

Hertha begleitete Ruth auch bei deren ungeübten Tauschaktionen. Sie musterten die Bauerngehöfte und erwählten das stattlichste. Ein herrlicher alter Fachwerkhof unter riesigen Linden, fast schon ein Gut. An den Giebeln die typischen gekreuzten Pferdeköpfe, in den Balken einen dieser typischen Sprüche, wie: »Lever dod as Slav.« Lieber tot, als Sklave.

Lühr hieß die Bauernfamilie. Hertha behauptet, daß von hundert Heidjern garantiert siebzig Lühr hießen. Lühr oder Cohrs oder Burmeister.

Bei diesen Lührs hatte Ruth schon einige Male um Kartoffeln und Rüben gebettelt. Einmal hatte sich die Bäuerin tatsächlich erweichen lassen und ihr einen Korb voll, gegen dreißig Mark, überlassen. Und jetzt hielt dasselbe junge Mädchen, das eine Großbäuerin nach mehreren erfolglosen Anläufen wirklich einmal zu Mitleid hingerissen hatte, dieser ein halbes Pfund bester Kaffeebohnen und zwei Seifenstücke unter die Nase, wie selbst eine Frau Lühr es nicht jeden Tag schnuppern konnte. Hatte man da noch Töne! Wie kam die Bettelperson zu dergleichen Schätzen, warum rückte sie erst jetzt damit heraus? Schwedische Verwandte? Aha, soso! Was konnte einer denn da noch für Sorgen haben? Und das dürfte dann wohl nicht alles sein, was die vorzuzeigen hatte. Da mußte man doch gleich einen Riegel vorschieben, zumal die Bettlerin unverschämterweise noch gezielt auf Eier, Butter und Sahne bestand. Ja, was denn sonst noch!

Her mit dem Kaffee! Und sei zufrieden mit dem, was unsereiner auch nur mit Not entbehren kann: Zwölf Eier, welch ein Opfer, wenn die Hühnerschar bei der Kälte nur zwanzig bis dreißig am Tag legt. Wir müssen ja auch noch leben! Und Butter exakt so viel, wie die Seifenstücke wiegen, zweimal je hundert Gramm höchstens, und auch nur, weil es immerhin Toilettenseife ist und nicht bloß ordinäre Kernseife. Obwohl man über die heutzutage ja auch schon heilfroh sein muß. Aber für alle Fälle noch gratis eine Ermunterung mit auf den Weg: »Kommen Sie mit Ihrem nächsten Auslandspaket ruhig wieder bei uns vorbei. Wir sind ja nicht kleinlich. Man kann ja miteinander über alles reden ...«

Ruth konnte es nicht. Sie glotzte die üppige Frau Lühr an, die sich von ihren rosaspeckigen Töchtern flankieren ließ, etwa in Ruths Alter, die töricht auf sie zurückglotzten, als hätte sich ein Krokodil zu ihnen verirrt.

Sacht verstauten Ruth und Hertha die zerbrechliche Eierfracht im unentbehrlichen Rucksack, den sie vorsichtig zwischen sich in der Luft hielten. Behutsam trugen sie die leichte Beute durch die nach Bratkartoffeln und Speck duftende Diele nach draußen. Erst hier kriegte Ruth den Mund wieder auf: »Am liebsten möchte ich umkehren und ihnen ein Ei nach dem andern in die feisten Visagen schmeißen. Oh, Hertha, man soll andere nicht hassen. Du wirst es merken: Man kriegt Haß noch schwerer klein als Angst und Hunger ...«

Erst als sie schon halb zwischen Dorf und Barackensiedlung gingen, fiel es Hertha auf: »Mensch, Ruth, das ist die falsche Richtung! Du mußt die Eier in deinem Niebuhr-Zimmer verstecken!«

»Ich will sie ja nicht ausbrüten«, sagte Ruth. Nein, sie hatte längst einen Plan: Schaum-Omelettes. Natürlich könnte man auch Rührei oder Eierkuchen backen. Doch die andächtige Schokoladenschmekkerei hatte Ruth wieder einmal größenwahnsinnig gestimmt, wie Hertha ihre Erläuterungen empfand: »Eigentlich heißen sie ja ›Omelette aux confitures‹, französisch ausgesprochen. Das kriegte ich früher höchstens mal zu einem runden Geburtstag. Oder bei Verwandten, die ein Hotel auf der Insel Rügen haben. Wenn mein dicker Onkel seine Spendierhosen anhatte, mußte der Koch es extra für mich machen. Wir haben zwar keine Confiture, aber noch etwas Zucker und etwas Kartoffelmehl ...«

Hertha hörte besorgt zu. Hatte Ruth so hohes Fieber, daß sie bereits phantasierte? Sie brachte Eier und Butter tatsächlich in die Baracke und breitete die Schätze vor den übrigen vier Geschwistern aus: »Das hat uns eine sehr kameradschaftliche Bäuerin geschenkt, von ihren kameradschaftlichen Hühnern und Kühen. Und daraus mache ich euch heute ein Mittagessen - das wird fast so herrlich schmecken wie Schokolade. Omelett oh Konfitür! Für jeden eins aus zwei Eiern. Die schlagen wir mit etwas Zucker getrennt schaumig. Hertha schlägt das Eigelb, Baldur das Eiweiß, ich ziehe das eine unter das andere, ein Teelöffelchen Kartoffelmehl dazu. Inzwischen kommt Butter in die Pfanne und die Pfanne auf den Herd. Und jeder wärmt schon seinen Teller vor ...«

Die Kinder waren nie eifriger als bei diesem Zaubermahl.

Damit es sichtbar gerecht zugehe und keiner zu kurz käme, natürlich auch, weil sie nur eine Bratpfanne besaßen, wurde jedes Omelette extra angerührt, in zerlassener Butter gebacken und kunstgerecht zusammengeklappt aus der Pfanne auf den Teller serviert. Als erste durften Gundel und Ecky die sensationellen Leckerbissen probieren. Die übrigen sahen ihnen begierig zu, schlugen zugleich das nächste Eiweiß steif, das Eigelb mit Zucker schaumig und fragten ungeduldig: »Na? Redet schon! Wie schmeckt es? Nein, nicht probieren lassen! Es kriegt ja jeder eins. Noch schöner als Schokolade? Das gibt's ja nicht! Da kriegst du ja den Mund nicht wieder zu! Unmöglich . . .«

Baldur wollte nicht gieriger sein als Ruth und ließ ihr den Vortritt. Das sechste Omelette konnte er sich inzwischen selber anrühren und backen.

»Und ich kann es bis heute«, behauptet er, »ihr könnt mich ruhig auf die Probe stellen.«

»Nicht nötig«, entgegnet Diether lächelnd, »ich kann es bezeugen. Du hast mir früher öfter dein berühmtes Omelette spendiert. Immer wenn ich als Junge besonders tapfer oder anständig oder traurig war. Ich werde es nie vergessen. Es hat mir echt geholfen.«

Der Captain scheint selber überrascht, zugleich verlegen: »Tatsächlich. Wußte ich gar nicht mehr. Ist ja auch egal. Jedenfalls hat Ruth sich damals von der Bäuerin hundsgemein bescheißen lassen. Einen ganzen Sack Kartoffeln und einen voll Steckrüben hätte sie verlangen können. Das füllte wenigstens die Mägen. Die Eier standen ihr sowieso zu. War sie bei ihrem zweiten Paket etwa genauso dämlich?«

Hertha schüttelt den Kopf. Nein, bis dahin mußte Ruth aus dieser ersten Erfahrung noch weitere schlechte mit Landwirten sammeln. Beim nächstenmal bekam sie nur noch Zigaretten und Kaffee, dafür mehr von beidem. Abermals versuchte Ruth, den Arzt damit zu honorieren. Er nahm es auch an. Doch diesmal erfuhr sie, wofür er schon das erste Zigaretten-Honorar gebraucht hatte und auch das nächste zu verwenden gedachte. Er besorgte dafür von größeren Schwarzmärkten - in Hannover und Hamburg - bestimmte Medikamente, die er Ruth größtenteils injizierte. Sie hatte sich schon gewundert, daß er ihr plötzlich dann und wann Spritzen geben konnte. Ob sie ihr halfen? Garantiert waren es zu wenige und zu selten. Vielleicht jedoch bremsten sie zumindest diesen oder jenen Krankheitsprozeß. Damit wäre ja schon viel gewonnen gewesen.

Er sagte es ihr, weil er es wichtig fand, daß sie mit eventuellen weiteren Schweden-Spenden immer erst einmal zu ihm käme, damit er mit den Kostbarkeiten sein Glück versuchen konnte. Die Medikamente, die er dringend brauchte, waren selbst auf den Schwarzmärkten nicht jederzeit zu haben. Außerdem wechselten die Tauschwährungen. Und nicht zuletzt war man auf einem Schwarzmarkt immer in der Gefahr, in eine Razzia der Militärpolizei zu geraten und seine Schätze samt und sonders zu verlieren, womöglich außerdem Verhören und anderen Scherereien ausgesetzt zu werden. Aber einer wie dieser Arzt ließ sich nicht entmutigen.

Die Forderung

Um diese Zeit - Frühjahr 1947, der elende Winter zog endlich ab - gelang es dem Dorfarzt, den zuständigen Behörden für Ruth »Sondermarken« für zusätzliche, allerdings sehr bescheidene Lebensmittelrationen abzutrotzen. Sie wurden nur nachweislich gesundheitlich übermäßig Belasteten oder Gefährdeten zugeteilt. Die Behörden gaben sie ungern und kleinlich aus, wahrscheinlich gab es einfach nur geringe Kontingente. Und vor allem bekam man keineswegs auch immer die benötigten Extra-Zuteilungen, weil die Läden nun einmal notorisch leer waren.

Um diese Zeit weilte Gromi gerade einmal zu Hause. Sie hatte aus Oberbayern das Klavier mitgebracht, einige Teppiche, Vorhänge und von einer abenteuerlichen Zwischenstation einen freundlichen jungen Mann, den bewußten »Krücken-Kaspar«. Sie erklärte knapp, sie hätte ihn direkt aus dem Lazarett heraus vor der anschließend drohenden Verhaftung gerettet. Retten war zweifellos ihre große Leidenschaft. Er war kriegsversehrt, humpelte schwer und war für die täglich anfallenden groben Arbeiten nicht verwendbar. Gromi munkelte etwas von Waffen-SS, daß sie ihn vor den Nazijägern in Sicherheit gebracht und auch mit neuen Papieren versorgt hätte. Manchmal konnte sie es nicht lassen, ein wenig zu schwadronieren, und die Kinder wußten ohnehin, daß sie über dergleichen Geschichten eisern den Mund zu halten hatten. Kaspar verhielt sich still, dankbar und verlegen ...

Hertha unterbricht ihre Schilderung. Sie wirft fragende Blicke auf Bruder und Schwester. Captain Baldur starrt auf die Tischplatte, nutzt das kurze Schweigen für eine Frage an Diether: »Ist eigentlich noch eine Flasche Wein in der Speisekammer? Immer her damit! Und die Gläser bitte, Totila!«

»Was soll's«, stößt Tuta hervor, »Gromi hatte was mit ihm. Wenn sogar ich das schon merkte! Und ihn genierte es, jedenfalls vor uns. Außerdem war er ja auch gut zehn Jahre jünger als sie. Meine Güte, ein Vollblutweib wie unsere Mutter, seit über zwei Jahren verwitwet! Ich erinnere mich, daß sie noch fröhlicher, noch tatkräftiger wirtschaftete als sonst, solange Krücken-Kaspar bei uns hauste. Endlich wieder ein Mann im Haus! Haben wir es nicht auch genossen? Zumal er sich uns Kindern gegenüber jederzeit ausgesprochen reizend verhielt. Wir mochten ihn wirklich. Und zumindest konnte er die Kleinen beaufsichtigen, wenn wir anderen zum Organisieren unterwegs waren. Daß gewisse Nachbarn sich über uns die Mäuler zerrissen, war nur typisch. Mir wurden sie damit alles andere als sympathischer, ob sie nun recht hatten oder nicht. Was fiel ihnen ein, über uns den Stab zu brechen? Kaspar allerdings bedrückte das. Seltsam. Wahrscheinlich riskierte Gromi deswegen diese Ablenkungsmanöver mit Ruth. Und die spielte ja auch mit! Sie mußte doch jetzt jeden Abend in ihr Niebuhr-Zimmer ans andere Dorfende marschieren. Wie oft schickte Gromi Kaspar mit, als Ruths Begleitung . . .«

Teja hat eine Frage: »Du sagst, Gromi ›riskierte das‹. Wieso riskierte sie damit etwas?«

»Och, stellt euch doch nicht naiv, Jungs. Es hätte wohl nahe gelegen, daß Kaspar sich eher für die Achtzehnjährige als für die Vierunddreißigjährige erwärmen konnte!«

»Und? Erwärmte er sich?«

»Keine Ahnung. Oder hast du was bemerkt, Hertha?«

Hertha weiß nur, daß Kaspar und Ruth sich gut verstanden, es aber nicht gerade an die große Glocke hängten. Sobald die beiden unter sich waren, diskutierten sie lebhaft, lachten auch, plauderten ungezwungen. Einmal nur fand Hertha sie im Heidekraut, doch lagen sie so weit auseinander, daß einer gerade die ausgestreckte Hand des anderen erreichte. Und auf diese Weise händchenhaltend, sangen sie zweistimmig eins der bekanntesten Hermann-Löns-Lieder in den Maihimmel: »Alle Birken grünen in Moor und Heid, jeder Brambusch leuchtet wie Gold. Alle Heidlerchen dudeln vor Fröhlichkeit, jeder Birkhahn kullert und tollt . . .«

Mehr war zwischen ihnen nicht. Vielleicht machte ihn das ja gerade vor Ruth besonders verlegen, auf deren Kameradschaftlichkeit sich Gromi auch in dieser Angelegenheit verließ.

Gromi wurde nicht einmal mißtrauisch, als Kaspar sich wegen Ruths Sonder-Lebensmittelmarken auf die Seite des Arztes stellte; da dachte sie eher an ein simples Männerkomplott. Es war doch für eine fünffache Mutter nur natürlich, daß sie die zusätzlichen Rationen allen zugutekommen lassen wollte. Eine »Mutter Courage« ihres Kalibers konnte einfach nicht anders denken und handeln. Und Ruth überließ ihr die Sondermarken samt Sonderrationen von Anfang an freiwillig, darüber verlor man keine überflüssigen Worte. Hätte sie sich davon etwa Sondermahlzeiten zubereiten sollen? Vor aller Augen? Hingen ihr nicht tagaus, tagein besonders die drei Jüngsten an den Rockzipfeln mit dem nie endenden, kläglichen Gebettel: »Ruth, Brot! Ruth, Brot!«

Ruth erhielt von den Sonderrationen ja genauso ihren Anteil wie alle übrigen, jeder etwas mehr als üblich, und wenn es pro Tag nur ein Löffel voll »mehr« war.

Und da fing dieser Kaspar an, sich zu weigern und Gromi Vorhaltungen zu machen. Einen regulären Streit gab es, mit Gebrüll und Türenschlagen, daß die ganze Baracke wackelte und der alte Pallapies von nebenan erschrocken nach draußen rannte und dummes Zeug von »heimlicher Munition« faselte. Kaspar ließ sich auch nicht von Ruths Bitten um Frieden beruhigen. Von da an versuchte er bei jeder Gelegenheit, von seinen Essensrationen etwas auf Ruths Teller zu schaufeln. Demonstrativ tat er das, und jetzt war es an Ruth, verlegen um sich zu blicken. Kaspar war es auch, der schließlich den Arzt als Schiedsrichter aufzustacheln versuchte. Allerhand von ihm, da er und Gromi zu diesem Zeitpunkt doch dringend die Hilfe des Arztes brauchten . . .

Der Satz ist Hertha so unbedacht von der Zunge gerutscht, daß sie sich selber erschrocken gegen den Mund schlägt: »Oh . . . tut mir leid. Ist ja auch nicht weiter wichtig.«

Doch so schnell findet sie ihren Gesprächsfaden nicht wieder. Captain Baldur schleudert einen düsteren Adlerblick gegen sie, und sie möchte sich am liebsten verkriechen, das sieht man ihr an.

»Muß denn alles auf den Tisch?« fragt er leise. »Auch die schmutzigste Wäsche? Ich wäre der letzte, der Gromi heiligsprechen wollte. Aber da gibt es nun einmal Grenzen . . .«

Sein Enkel Teja fällt ihm ins Wort: »Was für ein Getöse um so was Normales wie eine Schwangerschaft! Genau das dachte ich mir die ganze Zeit schon. Darum ging es doch, oder? Und da ihr fünf Geschwister seid und nicht sechs, ist die Sache ja klar.«

»So einfach geht das nicht - passiert und Schwamm drüber!« Hertha ist gleich wieder oben.

Tuta fragt sie: »Wie haben wir das überhaupt mitgekriegt?«

Eben weil Gromis fröhlicher Tatendrang plötzlich dahinschwand, weil halb geflüstertes Gezänk zwischen den Erwachsenen aufkam. Zum erstenmal schien Gromi vor eine entmutigende Hürde geraten zu sein, die sich nicht frisch drauflos bewältigen ließ. Und ihr größtes Problem müssen die beiden Männer gewesen sein. Typisch, die mußten es ja nicht tragen! Das ging mindestens einige Wochen, erinnern sich die Schwestern, daß der Arzt öfter als sonst vorbeikam und die vier Erwachsenen sich in das Wohnzimmer zurückzogen, das Gromi und Kaspar zugleich als Schlafzimmer diente. Natürlich lauschten die Kinder an Tür und Wänden.

Wieder einmal fiel Angst über sie her, ekelhaft fremdartige Angst, völlig anders als sonst. Das nahm einem den Atem. Sie hörten Gesprächsfetzen wie: »Wo fünf satt werden . . .!« Und: »Bloß weil es nicht mehr für den Führer ist?« Und: »So etwas hat man nicht vor Nachbarn zu verantworten, sondern vor dem Schöpfer, der es ja wohl wollte . . .«

Und zum allerersten Mal hörten sie ihre Mutter vor Ratlosigkeit weinen. Das war das Schlimmste. Das war unerträglich. Davon drohte der Himmel einzustürzen. Denn ihr leises Schluchzen verband sich mit stammelndem Gebettel. Und die Männer wurden stiller und verstummten zuletzt ganz.

Mit abwesendem Blick rannte der Arzt aus dem Zimmer und die horchenden Kinder beinahe über den Haufen, warf sich in sein klappriges Auto und den Motor an und nichts wie weg.

Dann war Gromi zwei oder drei Tage fort, Kaspar mit ihr.

Ruth übernachtete solange wieder bei den Kindern und gab sich ungewohnt verschlossen. In diese Geheimnisse weihte sie ihre kleine Vertraute Hertha nicht ein. Und die wollte instinktiv auch lieber nichts Genaueres wissen. Wenn nur Gromi heil und gesund mit ihrem alten Frohsinn zurückkehren wollte!

Hertha entging es auch nicht, daß aus der Tiefe etwas wirklich Entfremdendes zwischen der geliebten Mutter und deren junger Helferin aufriß oder wuchs.

Eine Distanz hatte es von Anfang an gegeben. Die beiden Frauen waren in jeder Hinsicht viel zu unterschiedlich, vom Aussehen bis in die kleinsten Verhaltensweisen. Aber das konnten beide Seiten glaubwürdig überspielen, eingeübt in Anpassung, Disziplin, Bereitwilligkeit, Großzügigkeit bis zur normalen Höflichkeit ihrer Erziehung.

Hertha erinnert sich an gewisse Belehrungen, die Ruth dennoch bei passenden Gelegenheiten abließ wie zuviel Dampf. Wenn Gromi etwa wieder einmal den Kameradschaftsgeist unmäßig strapaziert hatte und Ruth sich auf eine aufsässige Art fügte, in der zugleich eine leise Drohung lag. Sie sagte es Gromi vor den Kindern ins Gesicht: »Als BDM-Führerin, Gesa, wärst du damit nicht weit gekommen, hättest du dich längst disqualifiziert. Weder ich als Unterführerin, noch unsere Mädels hätten sich das bieten lassen von einer Vorgesetzten, was du hier dauernd unter Kameradschaft verkaufen willst. Deine Kinder sollten das fairerweise wissen. Wir hatten nämlich ein normales Selbstbewußtsein. Wir waren keine Dienstkrüppel. Die BDM-Führerin Gesa hätten wir wegen schikanösen Mißbrauchs des Kameradschaftsbegriffs abgesägt. Und wie! Du führst dich ja auf wie ein Bonze.«

Es stimmte Gromi fuchsteufelswütend. Trotzdem wehrte sich Ruth so und ähnlich öfter als einmal.

»Heute denke ich mir, daß das meistens mehr an Baldur und mich gerichtet war. Gromi nämlich wußte im Grunde ganz gut, welche Übertreibungen sie sich in ihrer Not leistete. Da bin ich ziemlich sicher. Von heute, von meiner eigenen Mutter- und Großmutterperspektive aus ist mir klar, daß hinter Gromis Rastlosigkeit ebenso Angst, Verzweiflung, Ratlosigkeit steckte. Sie mit ihrer politischen Vergangenheit saß da mit fünf unmündigen Kindern, ohne Aussicht auf eine erträgliche Zukunft. Sie hat sich garantiert auch vor politischen Strafen gefürchtet, die sich ja vor allem auf unsere wirtschaftliche Situation auswirken mußten. Baldur zum Beispiel hätte längst auf die Oberschule gehört! Auch ich wollte aufs Gymnasium. Und Gromi wollte das für uns schaffen. Sie hat es ja auch geschafft, mit Verspätungen und über tausend Barrieren. Ich kann ihre Panik vor einem sechsten Kind nachempfinden. Und wie erleichtert waren wir drei Älteren, als Gromi zurückkehrte, zwar blaß und einige Tage schonungsbedürftig, doch bald wieder ganz die alte. Daß Kaspar begann, sich mehr und mehr von ihr zu entfernen, konnte sie jetzt auch ertragen. Zunächst allerdings brauchte er noch den Unterschlupf bei uns in der Baracke.«

Captain Baldur, der mit gesenktem Blick zuhört, gesteht, daß er solcherlei Vorgänge damals nicht voll begriff, es auch gar nicht wollte. Zugegeben, bei Differenzen zwischen seiner Mutter und Ruth war er immer einseitig Partei, stand schon aus Prinzip stets kindlich verbissen auf der mütterlichen Seite. Er kann auch bis heute nicht glauben, daß seine Mutter einen so hochstehenden Begriff wie Kameradschaft absichtlich überstrapazierte, damit hätte sie ihn doch degradiert, wenn nicht besudelt.

»O nein!« ruft Hertha in jammervollem Ton. »Nicht so, Baldur, nicht so! Gromi? Ja, die war bereits vor 1933 in der Hitlerjugend, also völlig freiwillig, sogar aus Fanatismus. Bei ihrer Vorgeschichte als Gutsherrentochter, die vom hohen Roß herunter mußte, vielleicht psychologisch erklärbar. Für sie fing mit ihrer Führungsrolle in Hitlers Jugend noch einmal eine große Zeit an. Ganz abgesehen davon, daß sich gleichzeitig bemerkenswerterweise ereignete, daß Frauen in öffentlichen Positionen gleiche Rollen spielen konnten wie Männer, gänzlich ohne Emanzengekrampfe. Sie waren gleichwertig im Amt.

Da waren sie überhaupt wer, unsere Mutter und unser Vater!

Und wir haben ja einige weitere Typen aus der Zeit gründlich kennenlernen müssen. Denke an jenen jüngsten Generalmajor a.D., der am 20. Juli 1944 in Berlin die gegen Hitler putschenden Offiziere verhaften ließ. Nicht aus eigener Erkenntnis, sondern aus blindem Gehorsam gegenüber seinem Führer. Und vorher war er HJ-Bannführer gewesen. Oder denkt an Ruths letzten Gebietsführer, der im Dustern und in Räuberzivil bei uns auftauchte, ebenso alter Freund unserer Eltern. Ruth weigerte sich penetrant, wie er es nannte, ihn immer noch zu duzen. Sie nannte ihn Herrn Müllermeier. Er nannte das schändlich und unkameradschaftlich und klammerte sich doch dauernd an seine knallbusige Walküre von Gemahlin, als müßte sie ihn retten. Wenn die mit Gromi dann in Erinnerungen schwelgten, angefeuert vom Kartoffel-Fusel aus der asozialen Baracke - hei, da pfiff der wilde Wind von großen Zeiten! Da sangen sie. . .«

»Hör auf«, sagt Captain Baldur, beide Hände auf dem Tisch zu Fäusten geballt, daß die Knöchel weiß durchscheinen. Er sagt es keine Spur zu laut: »Hör auf! Du hast kein Recht, etwas zu verhöhnen, von dem du nichts verstehst.«

Hertha blickt ihn bekümmert an, legt behutsam ihre Hand über seine Faust und fragt: »Was ist denn damals nur mit dir passiert, Baldur? Ja, du bist in einer Adolf-Hitler-Schule groß geworden, hast zehn Jahre lang nichts anderes gekannt. Hier zogen Führer eine Führer-Elite heran. Und dein Vater der Leiter, der Chef, vor dem sie bei jedem Appell strammstanden. Und du von klein auf an Vaters Seite. Und die Schüler mochten ihn wirklich. Er konnte mit jungen Menschen richtig umgehen. Sie hingen an ihm. Er muß ein guter Pädagoge gewesen sein . . .«

»Er war ihr Vorbild, Hertha. Er trug den HJ-Führerdolch. Der wurde nicht jedem verliehen. Er war Offizier und Obergebietsführer. Er hat seine Jungen ebenso geliebt wie sie ihn.«

»Warum nahm er im April fünfundvierzig dann die Freiwilligen mit in den aussichtslosen Kampf um Berlin? Es waren Sechzehnjährige dabei!«

»Freiwillige«, wiederholt er nur, und noch mal: »Freiwillige!« Nimmt die Weinflasche an sich und sein Weinglas, steht auf und sagt kühl: »Ich war erst zehn. Und wäre auch mitgegangen. Ich bin an Gromis Schreibtisch. Falls ausnahmsweise jemand etwas von mir wissen wollen sollte.«

Es folgt ihm keiner.

Die in der Küche Zurückgebliebenen rücken etwas näher um den Tisch. Diether holt eine neue Flasche Wein, stellt eine mit Orangensaft daneben und fragt sachlich: »Was wurde eigentlich aus diesen Eliteschülern von der Adolf-Hitler-Schule? Ihr habt ja schon einige Male erwähnt, daß manche euch Geld brachten.«

Ja, die waren ein Kapitel für sich, meinen Hertha und Tuta unsicher, weil sie ja nicht verfolgen konnten, welche Wege die nun im einzelnen einschlugen. Vielleicht sei ja teilweise etwas dran an dem Gerede »Einmal Elite, immer Elite«?

Die älteren Jahrgänge, die bis 1926/27 Geborenen, mußten noch als Soldaten an die Kriegsfront. Von denen kehrten nur wenige heim. Aufgrund ihres Alters fielen sie ja - wie alle ab 1919 Geborenen - nach Kriegsende unter die Jugendamnestie, mußten nicht »entnazifiziert« werden. Von den wenigen, die mit Geldspenden in der Baracke auftauchten, hörte man Erstaunliches. Sie, in der britischen Besatzungszone beheimatet, genossen eine ausgesprochene Vorzugsbehandlung von »den Tommies«. Ohne große Zeitverluste erhielten diese A.H.-Schüler bei den Briten die Chance, ihre Schulausbildung, ihr Studium mit britischer Förderung fortzusetzen oder zu beenden, was sie dankbar wahrnahmen. Sie selber wunderten sich am meisten darüber, nannten es einen meisterlichen psychologischen Schachzug.

Für die meisten einstigen Adolf-Hitler-Schüler brach mit dem Desaster des Kriegsendes ja auch eine Welt zusammen, an die sie geglaubt hatten. Wenn sie mit Ruth darüber diskutierten, fiel wiederholt und vorwurfsvoll die Frage: »Was haben sich unsere Eltern eigentlich dabei gedacht, als sie uns auf eine Adolf-Hitler-Schule schickten? Wir waren doch erst zwölfjährige Kinder und mußten meinen, daß sie für uns das Beste wollten!«

Für solche gab es sicher größere Probleme mit ihrer Elterngeneration, zumal sie sich mit ihnen, den Eltern, zugleich gestraft fühlten. Wie es in den übrigen Besatzungszonen mit ihnen lief, ließ sich von der Heide aus nicht so leicht verfolgen. Die Aus- und Weiterbildungschancen, die die Briten schlauerweise boten, wurden von den einstigen Elite-Zöglingen gerne wahrgenommen.

Hertha erinnert sich bei diesem Thema an eine Magazin-Notiz der namhaftesten westdeutschen Tageszeitung vor zwei, drei Jahren, die ihr in die Augen sprang. Da wurde bei Visitierung bundesdeutscher Wirtschaftsbosse und Führungspersönlichkeiten festgestellt, daß eine auffallende Anzahl von ihnen einstmals Nazi-Eliteschulen besucht hatte, vor allem die sehr viel häufigeren und schülerreicheren, sogar kostspieligen »Napolas«, die es auch in bescheidenerer Anzahl für Mädchen gab.

»Stop!« bittet Christina. »Was bedeutet Napola?«

National-Politische-Erziehungsanstalt. Die entstanden aus einstigen Kadettenanstalten und ähnlichen Internaten. Kein Internat in Deutschland war so kostspielig für Eltern wie die Napola. Trotzdem waren über dreißig mit einigen tausend Schülern und drei auch mit Schülerinnen bestens besetzt. Hier zog man nicht gezielt Führernachwuchs heran. Napola-Zöglinge konnten ihre Berufe frei wählen. Trotzdem ging aus ihnen nach dem Krieg ein großer Anteil bundesdeutscher Führungskräfte hervor, in der Wirtschaft wie in den Wissenschaften und kulturellen Bereichen, und es wäre wohl eine Untersuchung wert, warum so erfolgreich gerade im Westen und überhaupt nicht im Osten des gemeinsamen Vaterlandes.

Adolf-Hitler-Schulen hingegen gab es nur rund zehn mit insgesamt wenigen hundert Schülern.

Tuta fällt ein, daß sie einen einstigen Schüler ihres Vaters Anfang der siebziger Jahre wiedertraf. Es war bei einem Wohltätigkeitsball in der nächsten Garnisonstadt der Bundeswehr. Diese Bälle wurden auf Initiative ihres Standortkommandanten zugunsten Alter und Behinderter alljährlich veranstaltet und von der Zivilbevölkerung sehr geschätzt. Sie gelten als hochkarätiges gesellschaftliches Ereignis, bei dem sich viele näher kennenlernten. Einmal tanzte auch Tuta mit dem sehr beliebten Standortkommandanten. Man kam ins Gespräch, und sie weiß noch, wie sie beide plötzlich mitten auf der Tanzfläche verdattert stehenblieben, weil beider Biografien sich soeben in der Adolf-Hitler-Schulburg zusammengefunden hatten. Er war einstiger A.H.-Schüler, er dachte gern an »Papa Hartmut« zurück. Ja, er nannte seinen einstigen Schulleiter »Papa Hartmut« und erinnerte sich an dessen letztes Lebenszeichen: »Er schrieb mir ganz persönlich eine Karte zum achtzehnten Geburtstag. Sie erreichte mich in Rußland, am Don. Wir standen Tag und Nacht in Feindberührung, also im tiefsten Dreck. Und ich hätte meinen achtzehnten Geburtstag glatt verschwitzt, wäre nicht der Feldpostgruß von Papa Hartmut gekommen.«

Gromi nannte die einstigen A.H.-Schüler allesamt Opportunisten und Verräter, die sich an den Feind verkauften und die Nation beschmutzten. Die Schüler, inzwischen junge Männer, mieden wegen solcher unerfreulichen und fruchtlosen Debatten Gromi nach Kräften und tauchten bevorzugt auf, wenn Ruth mit deren Kindern allein war. Gromis dubiose »Rettungs-Unternehmen« bezeichneten sie offen als dämlich und wahnwitzig. Sie brachten Geld, auch noch nach der Währungsreform, und halfen mit ihren inzwischen geknüpften Verbindungen bis zum Herbst 1948, Baldur auf ein Internat zu hieven. Wenig später gelang Hertha der Sprung auf ein Gymnasium, so daß beide verspätet ihr Abitur machen konnten. Tuta ist sich ziemlich sicher, daß sie Gromi auch später öfters halfen, wenn auch mehr und mehr aus dem Hintergrund und wohl mehr aus Mitleid.

Natürlich horchten sie Ruth bei jedem Besuch über Gromis Treiben aus, schüttelten die meist blonden Köpfe und rieten Ruth: »Sieh bloß zu, daß du hier sobald wie möglich mit heiler Haut wieder rauskommst!« Sie amüsierten sich über die knallroten Einheitsröcke mit weißen heraldischen Motiven, die Gromi und Ruth für sich und die kleinen Mädchen aus den einstigen Fenstervorhängen des Internats schneiderten. Alles erkannten sie wieder, auch die weißen Leinenhemden aus der Kleiderkammer, die zur Freizeitkluft der Eliteschüler gehört hatten - kurze Lederhosen und weiße Hemden. Ruth, Gromi, die Kinder trugen sie als Blusen zu den Vorhangröcken.

Der blonde große Jürgen aus Hamburg half Ruth fast ein wenig wollüstig, gewisse Bücher aus der Schulbücherei zu verheizen. Er kannte sie gründlich, brauchte nur kurz zu blättern und entschied: »Die schlechten in den Herd - der Rest ist vielleicht noch was wert.«

Vom Sommer 1947 an blieb Gromi häufiger und jeweils länger zu Hause bei den Kindern. Sie ahnten, daß das mit Kaspar zusammenhing, den Gromi sicher nicht mit Ruth alleinlassen mochte. Dafür belohnten sie Kaspar mit aller kindlichen Zuneigung. Er machte es ihnen ja auch leicht. Trotz seiner Jugend bevaterte er sie, spielte mit ihnen, las ihnen vor, wofür er naturkundliche Bücher bevorzugte, und bemühte sich redlich, ihre zahllosen Fragen erschöpfend zu beantworten.

»Kaspar, wie heißt du denn wirklich?«

»Das darf der Prinz im Märchen auch nicht verraten, solange ihn keine Prinzessin erlöst.«

»Aber der Prinz muß dann ein Frosch sein oder ein Bär . . .«

»Oder ein Krücken-Kaspar«, sagte Krücken-Kaspar, humpelte extra bucklig und schnitt Fratzen.

Abends setzte er sich an ihre Betten und erfand Gute-Nacht-Geschichten. Denen lauschte auch Gromi, weil es sie wohl rührte. Bis die kleine Uta eines Abends arglos fragte: »Kannst du auch mit mir beten, Kaspar?«

»Wie kommst du denn darauf?« fragte er entgeistert. Ihm entging nicht, daß Gromi ruckartig aufstand und nähertrat. Und Uta antwortete: »Weil Ruth mit uns auch betet.«

»Nicht mit mir!« kam es prompt und klar vom obersten Bett herunter.

»Aber mit Hertha und mir und Ecky. Nämlich, daß Mutter wieder heimkommt und der liebe Gott auf sie und uns aufpaßt und auf Vater und lauter solche Sachen.«

Gromi stand jetzt unmittelbar an den Betten, fuhr Baldur an: »Und du hörst schweigend zu, mein Sohn?«

»Ist doch bloß Weibergejaule, Mutter.«

Gromi drehte sich um zur gegenüberliegenden Etage, forderte Hertha auf: »Sag mir das Vaterunser!«

Hertha ließ sich überrumpeln und ging ihr in die Falle. Mit gefalteten Händen begann sie: »Vater unser im Himmel . . .«

Bei »Dein Wille geschehe« traf sie die Ohrfeige ihrer Mutter. Sie schlug fast nie, nur in höchster Erregung, wenn ihr tatsächlich einmal der letzte Nerv riß, und die Kinder wußten das. Außerdem waren ihre Schläge mehr Backenstreiche, nicht hart, nicht gemein, auch diesmal nicht so, daß es etwa weh getan hätte. Mehr als die Ohrfeige erschreckte Hertha der Gesichtsausdruck ihrer Mutter. Da war keine Spur von Liebe, die sich aus dieser temperamentvollen Frau doch selbst im Zorn verriet. Sie zürnte jetzt nicht. Hertha las etwas anderes im Gesicht ihrer Mutter. Ruth erzählte sie später, daß so Haß aussehen müsse. Ja, es war Haß.

Es entsetzte Hertha. Doch zugleich fühlte sie sich eigenartig ruhig und der Erwachsenen auf einer ihr noch fremden Ebene vollkommen ebenbürtig: Sie kann mich ja gar nicht erreichen, nicht einmal mit Backpfeifen, es kommt nicht durch zu mir, wie man nicht durch jenen endgültigen Himmel kommt, den unsere Sinne nicht wahrzunehmen vermögen und der doch immer um uns ist. Gromi muß ebenso im Gesicht ihrer ältesten Tochter gelesen haben. Es dauerte nur Sekunden. Und es entschied doch fürs Leben. Krücken-Kaspar war von Gundels Bettkante aufgestanden, stand wacklig, packte mit einer Hand hart das Gelenk von Gromis Hand, mit der sie zugeschlagen hatte.

Sie sagte: »Laß das!« und wandte sich ab von ihrer Tochter. Erst weiter weg von den Betten drohte sie: »Das soll die mir büßen. Mir die Kinder mit diesem scheinheiligen Gift zu versauen!« Und wie sie das sagte!

Hertha bekam Angst.

In der folgenden Nacht fand Hertha kaum Schlaf. Einerseits betete sie inständig mit wirren Gedanken und lautlosen Worten, daß Gott alles Böse von Gromi und Ruth abwenden möge, andererseits quälte sie die Frage, ob sie Ruth nicht warnen müsse. Aber wie?

Unbemerkt aus der Baracke entkommen, wenn schon das alte Türschloß vor Rost quietschte und die Fensterscharniere nicht weniger? Sie war überzeugt, daß Baldur längst auf der Lauer lag, daß er ebensowenig schlief. Und im Finstern den langen, einsamen Weg bis an das andere Dorfende rennen? Und vielleicht vermummten Gestalten aus der asozialen Baracke in die Hände laufen? Die würden sie womöglich brutal niedermachen, erstechen, erwürgen, abmurksen - einer von deren Lieblingsausdrücken. Und wieder betete Hertha, zerbrach sich den Kopf und fiel spät in kurzen, fahrigen Schlaf.

Als sie erwachte, hantierte Ruth bereits in der Küche.

Herthas Hals schmerzte und war wie zugeschwollen. Außerdem fieberte sie und fühlte sich schlapp und wie gerädert, daß es sogar den kleinen Geschwistern auffiel. Krücken-Kaspar entschied: »Du gehst heute nicht in die Schule. Du bleibst im Bett. Ruth, haben wir nicht auch Lindenblüten gesammelt? Bitte, mach ihr einen Tee daraus.«

Er half wie immer bei Eckys Bettzeugwechsel, legte die naßgemachten Laken und Bezüge ins Wännchen, hängte die Kissen zum Trocknen aus den Fenstern.

Aus seinem obersten Bett verkündete Baldur: »Ich will auch nicht in die Schule. Man kann ja sowieso nichts Neues mehr lernen in diesem Kaff.«

»Du gehst. Du darfst Uta nicht allein gehen lassen. Sollen die denn denken, bei euch wäre eine Seuche ausgebrochen?«

»Keine schlechte Idee«, meinte Baldur anerkennend, »so was muß ich mir merken.«

Inzwischen war Gromi zu Ruth in die Küche getreten. Alle ihre Lieben hielten die Luft an und horchten hinüber.

Gromi wartete nicht eine Minute. Über Nacht mußte sich auch in ihr viel gestaut haben. Es brach über die völlig ahnungslose Ruth herein wie ein Unwetter im April. Eine von beiden zog die Tür zum Lagerraum von Büchern, Brennstoffen und Kindern zu. Doch durch die dünne Bretterwand war jedes laute Wort zu hören.

In Herthas Erinnerung ist es ein einziges Getöse aus Vorwürfen, Beschimpfungen, Unterstellungen, Drohungen. Sie und Tuta wissen noch einige Satzfetzen: »Wolltest du dir damit einen Orden in eurem Himmel verdienen? . . . Es sind meine Kinder, meine! . . . Das könnte euresgleichen so passen: Unsereinen an Land zu ziehen! . . . Und ich habe dir vertraut. Ich habe dir mein Wertvollstes anvertraut! Ich habe mich auf dich verlassen. Blindlings! Und du schleichst dich hier ein . . . ja, das ist typisch, daß ihr es immer so hinterhältig anfangt ... meine Kinder verbiegst du nicht! Meine Kinder sollen aufrechte Menschen werden ... keine gekrümmten Buckel, nicht auf den Knien herumrutschen ... Ich verbiete dir endgültig und für immer ... ich untersage dir ... ich befehle dir ... ich werde nicht zulassen ... in mein Haus schleppst du mir diese zweitausendjährige Seuche nicht ein! Nicht in meine Kinder!«

Das ging eine ziemliche Weile, ein riesiger Wortschwall, der über Ruth hintoste.

Baldur stieg von seinem Lager herunter, nahm sein Hackebeil und riß die Tür zur Küche weit auf. Hier war er der Herr im Hause! Seine Mutter sollte ihren Ritter bei sich sehen. Die restlichen Vier hingen aus den Betten und starrten zur Küche.

Sie sahen Ruth am Tisch sitzen, vor sich die gefalteten Hände, den Kopf nach rechts und links wendend, je nach Gromis zürnendem Hin- und Hermarsch. Der Wortstrom wurde schon lückenhafter. Es gab größere schnaubende Atempausen. Schließlich verebbte er. Gromi blieb vor Ruth stehen und herrschte sie mit letzter Kraft an: »Also! Habe ich dein Wort?«

Zum erstenmal überließ sie dieses Ruth, die verwundert fragte: »Mein Wort?«

»Stell dich nicht an! Dein Wort, daß du meine Kinder, meine, in Ruhe läßt mit deinem Glaubensschmarrn!«

Ruth machte nachdenklich: »Hm«, blickte zu Boden, wollte zumindest drei, vier Gedanken fassen. Sie war ja kein Pastor, kein Theologe, der jetzt wortgewaltig hätte zurückschlagen können. Sie war selber noch nicht lange erprobt im Glauben und zum erstenmal in solcher Prüfung. Hertha erriet in dem Moment, welche Frage sie sich vermutlich stellte: Wem muß man mehr gehorchen - Gott oder den Menschen?

Hertha hatte doch mehrmals mit Ruth darüber gesprochen, Ruth mußte jetzt daran denken!

Die blickte sich von ihrem Küchenstuhl aus schwerfällig nach rückwärts um, sah Ritter Baldur entschlossen in der weit geöffneten Tür, sah dahinter Krücken-Kaspar auf einer der Bettkanten hocken und über und neben ihm die vier kleinen Kinder.

»Also? Dein Wort!« Gromis Stimme gellte noch immer. Sie hielt Ruth die rechte Hand entgegen: Schlag gefälligst ein!

Ruth starrte jetzt auf die Hand, schüttelte langsam den Kopf und sagte: »Das kann doch ich nicht entscheiden, Gesa!«

»Wie bitte?« Gromi traute ihren Ohren nicht.

Ruths Stimme klang schon fester: »Das liegt doch nicht an mir!

Willst du ihnen vorschreiben, wem sie am meisten gehorchen müssen? Wie sieht das denn bei dir aus?«

»Das wollen wir doch gleich mal sehen, wem meine Kinder zu gehorchen haben. Hertha! Her zu mir!«

»Sie hat Fieber, Gesa!« warnte Kaspar. Doch Hertha stieg schon aus ihrem Bett und tapste zaudernd neben Baldur.

Ihre Mutter beugte sich etwas vor gegen sie, beide Fäuste in der Taille: »Sag mir das vierte Gebot! Los! Du kennst es doch?«

Hertha nickte. Aus ihrem brennenden, zugeschwollenen Hals kam stockend: »Du sollst deinen Vater und deine Mutter ehren, auf daß . . .«

»Genügt. Erspar uns den Rest. Wenn du nur das von allem behältst, nur das, Hertha!«

Hertha drehte sich wortlos um und tapste zurück ins Bett. Nein, sie hätte nicht kämpfen können, noch nicht, und das machte sie ja so elend. Aber ausgerechnet gegen ihre so oft schmerzlich vermißte, so oft heiß herbeigesehnte Mutter? Die stand jetzt hinter dem Stuhl, auf dem Ruth saß, und sagte hart: »Du weigerst dich also.«

»Gesa, ich kann nicht über deine Kinder verfügen. Und dir gehören sie doch auch nicht - wie diese Tassen auf dem Tisch, wie die Pfanne auf dem Herd! Ist deine Weltanschauung denn eine Diktatur? Sind sie deine Leibeigenen?«

Gromi warnte Ruth, ihr nicht spitzfindig zu kommen und daß sie sich auf weltanschauliche Diskussionen mit ihr nicht einlassen würde. Sie wollte nur, daß Ruth die unschuldigen Seelen der unmündigen Kinder mit »aller Art christlichem Glauben« in Ruhe lassen solle, und zwar ab sofort und endgültig. Wenn sie es nämlich wirklich gut mit den Kindern meine - und sei es aus fanatischem Irrglauben -, dann müsse sie wenigstens so fair sein und warten, bis die Kinder urteilsfähig und mündig seien.

Ruth nickte: »Das klingt schon besser, Gesa. Überlassen wir es den Kindern selbst. Ja. Daß ich für sie bete, kannst du mir nicht verbieten.«

Gromi kniff die sehr großen, hellen Augen zusammen, ein sicheres Zeichen für wachsendes Mißtrauen. Sie hatte siegesgewiß eine Schlacht entfesselt und spürte, daß die Gegnerin nicht kapitulieren würde. Auf viele kleine Techtelmechtel ließ sie sich klugerweise nicht ein, womöglich hätte Ruth dabei an Boden gewonnen, obendrein vor den gebannt lauschenden Kindern.

»Warum eigentlich schicke ich dich nicht einfach fort?« fragte sie sich, und alle hörten den leise drohenden Unterton.

»Ja«, fragte auch Ruth, »warum nicht?« Und ehe Gromi antworten mußte: »Machst du nun den Tee für Hertha oder ich?«

»Ich. Geh du mit dem Bettzeug zur Pumpe. Und nimm Hertha nachher mit zum Arzt in die Praxis.«

Der Sturm zerstob - »und blieb uns in den Knochen stecken«, wie Hertha heute meint.

Christina füllt ihrer Oma das Weinglas nach und möchte wissen: »Ob Ruth wohl ohne euch zurechtgekommen wäre? Und ihr ohne sie?«

»Schwierig zu sagen«, finden die Frauen und spekulieren: »Sie hätte das Zimmer bei der Witwe Niebuhr vielleicht vor den Behörden für sich beanspruchen können. Vorübergehend wenigstens. Gewisse Anrechte erwarb sie sich ja durch die Nutzung. Aber ob sie das überhaupt wußte? Und wovon leben? Es grassierte nicht allein Hunger, sondern auch Arbeitslosigkeit. Und Ruth hatte ja nichts gelernt, sie lief noch unter der Berufsangabe ›Schülerin‹. Sie sah sich auch als Schülerin, sprach oft davon, daß sie die fehlenden zwei Jahre bis zum Abitur demnächst irgendwie nachholen müßte. Es war ihr klar, daß ihre Klasse in Schwerin ihr inzwischen damit ein Jahr voraus war. Mit dem Arzt sprach sie manchmal darüber. Jedesmal sagte er, sie müsse erst wieder richtig gesund werden, das sei zunächst wichtiger.«

»Was sagte er denn zu deiner plötzlichen Halsentzündung, Hetty?«

Hertha wundert sich noch heute: Das verlief eigenartig. So unvermutet der Hals brennend zugeschwollen war, so plötzlich wurde er wieder frei, bereits auf dem Weg zum Arzt.

Ruth sagte, daß er Hertha selbstverständlich trotzdem abklopfen solle, das Übel könne ja wiederkehren oder sich in andere Körperteile verkriechen.

Der Doktor untersuchte das Kind, schrieb eine Teemischung auf, die sie sich in dieser Jahreszeit selber in Heide und Wald sammeln konnten - unbedingt noch am gleichen Tag -, und gab vorerst eine Handvoll getrockneter Salbeiblätter für Gurgelsud mit. Er bat Hertha, draußen im Gang auf Ruth zu warten, die er auch noch untersuchen müsse. Da sonst niemand wartete, stellte Hertha sich an die Tür und horchte. Aus dem großen, hohen Sprechzimmer hörte sie Gemurmel. Das hatte etwas Heimlichtuerisches, und sie wußte nicht genau, ob sie hoffte oder befürchtete, daß Ruth dem Arzt das Vorgefallene erzählte. Heute ist sie ziemlich sicher, daß Ruth - selber erregt - mit jemand darüber reden mußte: Er gab ihr nämlich eins der wenigen verfügbaren Medikamente mit, ein Fläschchen Baldriantropfen, von denen Hertha abends etliche Tropfen in Wasser nehmen sollte. Das Kind brauchte Beruhigendes.

Die Quarkphase

Noch etwas anderes besprach der findige Arzt mit Ruth. Er schickte sie gleich anschließend in Richtung Südende des Dorfes, zur etwas außerhalb liegenden Molkerei. Mit dem zuständigen Personal dort hatte er bereits seine Abmachungen getroffen. Ruth sollte sich unverzüglich als diejenige vorstellen, »die der Doktor schickt wegen der Quarkkannen«. Man solle ihr die entsprechenden Termine geben.

»Unbedingt wahrnehmen«, hatte er Ruth eingeschärft, »und zwar ohne die gefräßige Meute, die bislang gottlob noch gesund genug ist. Sie werden ja auch gut betreut.« Daß Hertha Ruth begleitete, schien ihn weiter nicht zu stören. Hertha schloß daraus, daß Ruth ihm einiges erklärt haben mußte.

Die beiden Mädchen begaben sich umgehend auf den Weg zur Molkerei, ohne näher zu wissen, was der Arzt damit bezweckte. »Jedenfalls«, erkannte Hertha scharfsinnig, »will er es nur für dich. Nicht für uns!«

»Aha, mal wieder gehorcht? Du wirst noch Elefantenohren kriegen! Und im übrigen erst mal abwarten, was es überhaupt ist.«

Um diese Tageszeit - es ging auf Mittag zu - trafen sie in der Molkerei einen älteren mürrischen Mann mit einem gut gepolsterten sehr jungen, beide in Gummistiefeln, dunkel-weiß-gestreiften Hosen, weißen Kitteln und Käppis.

Ruth sagte ihr Sprüchlein auf. Die Männer musterten sie mit teilnahmsvollen Blicken, daß sie Hertha zuflüsterte: »Habe ich Pestbeulen? Pockennarben? Oder sehe ich sonstwie hinsterbend aus?«

Hertha lauschte wesentlich aufmerksamer als die Betroffene, was die Männer »im Auftrag von unserm Herrn Doktor« anordneten: »Merken Sie sich das, Fräulein! Jeden Dienstag und Freitag nach siebzehn Uhr bis spätestens neunzehn Uhr dürfen Sie zwei bis vier von den Quarkkannen auskratzen. Es bleiben ja immer kleine Reste. Nicht viel, aber besser als gar nichts. Der Doktor sagte, es muß sein. Wegen Eiweiß oder so was. Aber seien Sie pünktlich, damit wir die Kannen noch sauberwaschen können. Und bringen Sie sich Schaber oder Löffel selber mit. Also morgen ab siebzehn Uhr das erste Mal!«

»So was auch!« sagte Ruth überrascht, fragte: »Und was kostet das pro Kanne - oder wie?«

»Kostet nichts, Fräulein. Wird ja sonst gleich alles weggespült. Bedanken Sie sich man beim Doktor, daß es ihm überhaupt aufgefallen ist. Na, der hat uns ja auch Löcher in den Bauch gefragt.«

Die vier jungen Leute in Gromis letzter Küche, die das vierzig Jahre später hören, ächzen und jaulen ahnungsvoll, und Totila läßt seine Faust auf den Tisch fallen, daß die Gläser klirren. Wild schnaubt er: »Diesmal habt ihr aber den Mund gehalten!« Vom Wohnzimmer kommt durch die im ganzen Parterre ohnehin offenstehenden Türen Captain Baldur und fragt: »Was ist denn hier los? Spielt ihr Tischerücken?«

Tuta klärt ihn auf: »Wir schweben gerade ein auf die Quarkphase. Du erinnerst dich?«

Abwehrend hebt er beide Hände, grinst auf seine immer noch jungenhafte Art, die apart sommersprossige Nase krausgezogen, und gesteht: »Hört auf mit dem Quark! Ich konnte zwanzig Jahre lang danach keinen mehr sehen und riechen. Bis heute schwärme ich nicht gerade davon!«

Teja sieht mißbilligend auf zu seinem Großvater: »Soll das heißen, daß du dich damals dermaßen darüber hergemacht hast?«

»Rück mal ein Stück«, bittet der Captain Christina, schiebt sich neben sie auf die Eckbank und fragt: »Machten wir uns nicht allesamt darüber her? Gab es hier denn darüber Zweifel?«

»Nur wahnwitzige Hoffnungen«, antwortet Christina, »aber eure Ruth war ja schon nicht mehr edel, die war ja wohl leichtfertig und bescheuert, wenn sie euch wieder mitschleppte.«

»Tina, ich weiß, wie du das meinst«, sagt der Captain, »aber du mußt dir die Situation mal genau vor Augen halten. Ruth konnte praktisch gar nicht anders. Wie hätte sie das jeden Dienstag und Freitag ab siebzehn Uhr heimlich anstellen sollen? Der Doktor fuhr um diese Zeit seine Visiten, auf Sprechstundenbesuche konnte sie sich da nicht herausreden. Außerdem hatte sie zu diesem Zeitpunkt wohl das berechtigte Gefühl, an Gromi und uns etwas gutmachen zu müssen.«

»Du hast gelauscht, Captain? Du?«

»Muß man nicht bei eurer Lautstärke und offenen Türen. Doch weiß ich ja selber, wann etwa sich welche Ereignisse abspielten. Die Quarkphase folgte auf Gromis Bekehrungsverbot.«

»Sag bloß, auch Gromi hat sich mit am Quarkschaben beteiligt? Daß du die Missionarin Ruth unbedingt in den Quark tunken willst, ist dein Privatirrtum, Captain.«

»Ach, Tina, du hörst das alles von Hetty, die damals bereits eindeutig Partei nahm. Ein Mädchen wie du muß sich eine eigene Meinung bilden, möglichst unbeeinflußt. Nein, Gromi pilgerte nicht mit uns zu Niedersachsens Quarkkübeln.«

»Und Kaspar sicher erst recht nicht, nach allem, was ich von ihm bisher hörte. Versteh mich richtig, Captain: Ich möchte es mir ja bloß genau vorstellen können! Ruth zog also jeden Dienstag, jeden Freitag bis siebzehn Uhr mit euch fünf los . . .« Die drei Geschwister nikken.

Jeder bewaffnet mit einem Suppenlöffel. Teigschaber besaßen sie bedauerlicherweise nicht, zum Glück auch nicht einen, um den es sonst nur Streit und Neid gegeben hätte, weil dem oder der mit dem Teigschaber die ergiebigste Beute sicher gewesen wäre. Baldur schmuggelte öfters eine verschließbare Dose mit in die Molkerei, die er für seine Mutter füllte. Ruth kann das nicht übersehen haben, sie schwieg dazu genauso wie seine Geschwister.

Die Quarkreste in den meist zwei, seltener bis vier Kannen waren ungesalzen, im Urzustand, schmeckten weichlich fade. Ruth und die Kinder entwickelten halbwegs gerechte Systeme, damit jeder auf seine Kosten kam. Wer einen Löffel voll aus der Tiefe der großen Molkereikannen - es waren übliche Milchkannen - gekratzt hatte, ließ den nächsten dran. Anfangen durften jeweils die Jüngsten, so ging es dem Alter nach weiter, also Ruth zuletzt. So wechselten sie ständig reihum, bis man weniger und weniger erwischte. Natürlich halfen die Größeren den Kleinsten, die sich auf ihren kurzen Beinchen, mit ihren kurzen Ärmchen nicht tief genug über die Kannen beugen konnten.

Keiner empfand den labberigen weißen Brei als Leckerbissen, eher schmeckte er ihnen leicht widerlich. Sie begriffen lediglich, daß er nahrhaft, gesund und also nützlich sein müsse, zumal der Arzt diese Kost verordnet hatte. Der erfuhr diesmal nicht so bald, daß die eiweißreiche Extrakost nicht Ruth allein zugute kam.

Der Molkereimeister schalt vom ersten Mal an über die in seinen Augen riesige, gefräßige Horde: »So war das nicht abgemacht, Fräulein! Nur eine Person, hat der Doktor gesagt. Wem gehören die Kinder denn überhaupt? Und das bringt doch auch nichts! Die Gören beschmuddeln sich ja mehr die Klamotten, als sie in den Bauch rein kriegen! Was 'ne Sauerei . . .«

Wie wahr! Ecky und Gundel vor allem glichen nach jeder Quarkspeisung weißgeschminkten Clowns in den Gesichtern und vollgekleckerten Malerlehrlingen in der Kleidung. Verständlicherweise paßte es dem Molkereimeister nicht, daß sie in solchem verräterischen Aufzug durch das Dorf heimmarschierten. Es paßte ihm der ganze pulkförmige Aufmarsch nicht.

So war er es wohl, der schließlich mit dem Arzt ein offenes Wort geredet haben mußte, falls dieser die Massenquarkerei nicht selbst beobachtet hatte. Und dessen Geduld und Hilfsbereitschaft stieß diesmal an ihre Grenze. Er haderte laut mit Ruth: »Es gibt genug andere mit ähnlichen Gesundheitsstörungen, die die Quarkkur sinnvoller verwenden würden. Bei Ihnen nützt es nichts, wenn alles ständig durch sechs geteilt werden muß. Das ist die reine Verschwendung, so war das nicht gedacht. Teilen Sie sich die Dienstage und Freitage wieder wie früher ein. Ein vernünftigerer Patient wird Sie in der Molkerei ablösen.«

Captain Baldur blickt von der Seite skeptisch auf seine Banknachbarin und stellt fest: »Tina, ich sehe dir an, was du über Gromi denkst. Sie hätte es verhindern sollen, denkst du. Sie hätte darauf bestehen sollen, daß Ruth allein in die Molkerei geht ...«

»Na gut, daß du es auch so siehst, Captain.«

Er schüttelt entschieden den Kopf und fährt fort: »Auch auf die Gefahr hin, daß ihr mich für ein Muttersöhnchen haltet - solche Klischees ziehen manche ja gern unbedacht aus ihren Schubladen -, nein, Gromi konnte nicht anders handeln. Nicht, weil sie eine solche Mutterkuh gewesen wäre! Daß sie das nicht war, bewiesen hinlänglich ihre häufigen Abwesenheiten und wie vertrauensvoll sie ihre Kinder wieder und wieder sich selbst überließ. Nein, sie konnte sich so wenig wie wir alle in Ruths Gesundheitszustand hineindenken. Und warum? Ganz einfach, weil Ruth sich nun einmal normal verhielt, normal funktionierte, rosig, riesig und dick. Sie versagte nicht, klagte nicht, falls sie überhaupt Gründe dafür gehabt haben sollte, nahm sich zusammen, war selbst nicht um sich besorgt, spielte uns nicht einmal die Heldin vor. Gromi mußte wie wir alle denken, daß der Doktor Ruth einfach mochte oder sie in ihm väterliche Instinkte aktivierte, irgendwas auf dieser Ebene. Er meinte es mit ihr besonders gut, vielleicht ja einfach nur prophylaktisch! Vorsorglich! Mutter hat es doch auch manchmal laut gesagt: ›Was der wohl für einen Narren an ihr gefressen hat?‹ Oder: ›Er könnte wahrhaftig fast ihr Vater sein und hat nur Söhne!‹ Falls es um Ruths Gesundheit wirklich schlecht gestanden haben sollte, wußte Gromi das einfach nicht. Ruths eigene Mutter begriff es ja nicht einmal, obwohl sie ihre Tochter auch im Sommer und später noch mal wiedersah. Hast du das gecheckt, Tina?«

»Ich nehme zur Kenntnis, daß du es gesagt hast. Die Gedanken sind frei, Captain. Und was ich mir im stillen dazu denke ... also, komplizieren wir die Sache besser nicht weiter. Wie war das, ist Ruth wieder schwarz über die grüne Grenze gegangen? Oder muß es andersrum heißen?«

»Nein, nein, schwarz über grün. Und sie tat es nicht gleich anschließend. Da war erst noch die Sache mit der Schule.«

»Und vergeßt nicht den Baggersee!« mahnt Tuta.

Teja interessiert zunächst etwas anderes: »Hat Ruth sich an die Abmachung mit Gromi gehalten? Gab sie es auf, euch fünf kleine Atheisten bekehren zu wollen? Ja, Opa, mich interessiert das!«

Der Captain hebt kapitulierend beide Hände und verweist den Enkel an seine Schwester Hertha: »Sie müßte das am besten wissen. Bei mir hatte die Missionarin ja auch vorher schon keinerlei Chance. Nachtgebete, laut oder gar gemeinsam gesprochene, brauchte ich mir seitdem nicht mehr anzuhören, immerhin!«

Teja wendet sich seiner Großtante Hertha zu und mimt den drohenden Finsterling: »Hast du zur Nacht gebetet, Herthamuhme? Gestehe, du einstmals rebellischer Teeny!«

Hertha lacht, schaut von Teja zu dessen Großvater und erwidert: »Keine Sorge, Baldur. Ich fasse mich kurz.«

»Nein, nein«, sagt er fast gemütlich, »das interessiert mich jetzt selber. Gerade vor mir habt ihr euch ja wie verfolgte Christen gefühlt, die ich in den Cirkus vor die Löwen werfen wollte. War es wenigstens spannend?«

»Interessant, was du sagst, großer Nero. Demnach ist dir nicht entgangen, daß Gromi nur eine Menge Luft abgelassen hatte? Bekanntlich erstickt das nicht gerade ein Feuer, sondern schürt es. Ich hatte sehr gut aufgepaßt bei jenem morgendlichen Sturmgebraus. Und ich hatte Ruths abschließende Worte von Anfang an so verstanden, daß sie mehr mir als Gromi galten. Sie hatte gesagt: Überlassen wir es den Kindern selbst. So viel Vertrauen, Baldur - das fing ich auf wie eine Losung: Von jetzt an mußt du selber wissen, was du willst, mußt dich selber entscheiden, mußt selbst die Initiative ergreifen. Natürlich dachte ich das nicht so klar formuliert. Zunächst brachte es die zwiespältigsten Gefühle in Gang. Und damit beginnen Entwicklungen ja häufig. Man gerät an Scheidewege. Baldur, entschuldige, daß ich es sagen muß: Dich, gerade dich überschätzte ich dabei aus kindlicher Unerfahrenheit enorm. Ich fürchtete, du müßtest genauso empfinden und meine Gedanken nachvollziehen können. Und mir dadurch auf die Spur kommen. So groß warst du in meinen Kinderaugen. Ein gerüsteter Heros, ein wachsamer Riese.

Dabei hast du geschlafen. Du warst dir eurer Autorität - deiner und Mutters - absolut sicher. Eure Wucht mußte genügen, hast du dir eingebildet. Und bist erst vier Jahre später wieder aufgewacht, als Tuta und ich uns konfirmieren lassen wollten.«

Teja ist noch nicht zufrieden: »Hat also diese Ruth bei euch nicht lockergelassen? Und war das fair?«

»Teja, das wollte ich eben doch gerade sagen: Sie überließ jetzt uns die Initiative. Gromi hatte uns nicht verboten, beispielsweise Fragen zu stellen. Wir entwickelten eine Art doppeldeutiger Dialoge. Ein Außenstehender hätte nicht gleich erraten, was unser eigentliches Thema war. Und natürlich lag Tuta und mir daran, Ruth nicht noch einmal Gromis Kanonaden auszusetzen . . .«

Sie mußten ja auch befürchten, daß Gromi sich sonst die schicksalsschwere Frage selbst beantwortete: »Warum schicke ich dich eigentlich nicht fort?« Das wollten sie auf keinen Fall riskieren. Es war ihnen klar, daß sie vor Baldur am meisten auf der Hut sein mußten. In diesem Fall hatte Verpetzen für ihn nichts mit Kameradschaft zu tun, eher mit »heiliger Pflicht« und ähnlichen faulen Ausflüchten. Auch er war schließlich noch ein Kind.

»Okay«, sagt Teja und will wissen, ob Hertha sich noch an Reste der erwähnten doppeldeutigen Dialoge erinnere: »Wie macht man so was? Das ist ja Konspiration, oder? Interessiert mich echt!«

Auch Captain Baldur würde gern eine Kostprobe hören. Man müsse ja wissen, was alles man ›verschlafen‹ könne. Sollten seine Ohren tatsächlich so wundersam verschlossen gewesen sein?

Die Hertha von heute muß nicht lange in ihrem Gedächtnis kramen. Gleich eins der ersten Zwiegespräche steht am lebhaftesten für viele andere. Da hatte Hertha das Gespräch mit Ruth eröffnet, irgendwo unterwegs wie meistens. Auch Tuta war mit ihnen gegangen. Hertha, noch todunglücklich über die Vorfälle, hatte von Ruth wissen wollen, was es denn bloß sei, das Mutter und Kinder auseinandersprenge. Und ob man es hinnehmen müsse und wie und ob es überhaupt normal sei, daß in einundderselben Familie derartig unterschiedliche Meinungen tobten?

Ruth ließ die kleinen Mädchen eine ganze Weile einfach nur fragen und hörte konzentriert zu, brachte auch neue Fragen in Gang. Durch das Aufzählen aller Ängste und Sorgen bereits schien sich manches wie von selbst zu erledigen. Das merkten die Mädchen, Ruth eingeschlossen, freilich erst im Laufe der Zeit. Von Ruth aus war das keinerlei Taktik, dazu besaß sie wahrhaftig selber zu wenig Menschenkenntnis und Erfahrung.

Als die Klagen und Fragen der kleinen Schwestern verebbten, erwiderte sie: »Dazu möchte ich euch eine kleine Geschichte erzählen. Die ist wahr, ich habe das selber miterlebt. Und wenn ich ähnlichen Krawall mit meinen Eltern oder Geschwistern habe, denke ich daran. Kann vielleicht nicht schaden, wenn auch ihr so was zum Nachdenken wißt.

Also das passierte vor knapp vier Jahren in unserm Pfarrhaus, in dem meine Eltern und Geschwister noch leben. Das alte, schöne Haus ist mehr ein Gehöft, mit reetgedeckten Stallgebäuden links und rechts, und das steht alles auf einer Halbinsel zwischen zwei schönen Seen. Seen mit Schilfgürteln, und mindestens ein Ufer immer etwas ansteigend voller Buchen- und Kiefernwald. Das Pfarrhaus hat selbst ein Gartenufer und ein Wiesenufer mit Bootsstegen. Und wie das auf dem Land üblich ist, besonders in Kriegszeiten, hielten wir uns selber Geflügel, Kaninchen, Schafe, eine Milchziege. Beim Geflügel ist es wichtig, die besten Bruthennen herauszufinden, die treu brüten und später die Küken führen. Vor vier Jahren also war der beste Brutvogel eine Pute oder Truthenne, obwohl sie selber die wenigsten Eier legte. Sie und ihr Puter waren große, starke, schwarzgrün schillernde Vögel, fabelhafte Hofwächter. Als nun die Brutzeit kam, legten wir ihr, außer den zu wenigen eigenen Eiern, auch noch einige von Enten und Gänsen ins Nest. So etwas ist nicht unüblich. Unter den Schnattertieren nämlich fand sich überhaupt kein geduldiges Brütetier. Und die Hühner hatten genug mit dem eigenen Nachwuchs zu tun. Die Pute ließ sich sichtlich eifrig auf dem Nest nieder und begann mit dem Brüten. Sie schien entschlossen, eine mustergültige Federviehmutter zu werden. So fanatisch hielt sie das Nest besetzt, daß wir sie zum Füttern und Trinken oft regelrecht abschleppen mußten. Ihr Puter bedrohte uns dann mit aufgeblähtem Gefieder, groß und beinahe pfauenprächtig, und er stieß sein wütendes Gekoller aus. Eines Tages begannen die Jungen aus den Eiern zu schlüpfen. Binnen drei, vier Tagen piepste und wuselte es im Putennest von allerliebsten winzigen Entchen, Gänslein und Puterchen. Von ihrem eigenen Nachwuchs schlüpften leider nur zwei. Und davon ging eins in den folgenden Wochen verloren und zugrunde, ob durch Habicht, Fuchs oder Marder, war nicht zu klären.

Für die Pute war ein Küken so wichtig wie das andere. Sie machte keine Unterschiede zwischen Entchen, Gösseln und Puterchen. Alle stammten aus ihrem Nest, alle betrachtete sie als ihre Kinder. Stolz zog sie mit ihnen über den großen Hof unter die Jasmin- und Fliederbüsche an seinen Rändern. Klug lockte sie ihre Kinder in den

Garten und auf die Wäschewiese. Und wurde es kühl, plusterte sie sich über alle. Und die kleinen, gelben, weißlichen, grauen und dunkleren Piepselchen kuschelten sich an ihre Mutter und schnakkerten sich in ihrem Schutz in den Schlaf.

Eines Tages, wir saßen gerade bei Tisch, hörten wir von der Wäschewiese her das jämmerlichste Geschrei und Spektakel, das auf unserm Hof denkbar war. Der Fuchs! dachten wir. Die Marder! Der Fischadler? Nein, Sperber oder Habicht ...

Jedenfalls rannten wir allesamt hinaus, Vater, Mutter und Kinder, und dem Spektakel nach. Und da sahen wir die Truthenne auf dem kleinen Bootssteg vor der Wäschewiese stehen. Allerhand, daß sie sich dort hinausgewagt hatte, ein solcher Landvogel! Das ganze große Tier flatterte und hüpfte wie irrsinnig auf der Stelle und stieß nie gehörte Töne aus. Selbst der Puter, den die Kinderstube längst angeödet hatte, kam kollernd angerannt und plusterte sich drohend. Was war passiert?

Alle ihre Gänschen, alle ihre Entchen schwammen auf dem See. Einzig das junge Putenkind stand verängstigt, zugleich empört hinter der Mutter, noch auf dem sicheren Land. Und es zitterte und schüttelte sich vor Angst und Grauen. Todesängste stand die Pute aus um ihre gelben und weißgrauen Kinder. Und an diesem Tag fing das erst an! Noch schwammen sie ja piepsend unter ihren scharfen Augen, kamen auch rasch wieder an Land, und sie führte und scheuchte sie aufgebracht fort von dem ihr fremden, unheimlichen Element, dem unberechenbaren Wasser, das sie nicht trug. Entchen und Gänschen aber wollen schwimmen. Weil sie es nämlich können. Doch bis ihre Mutter ihnen das zugestand, mußten einige Wochen vergehen, mußten die Kinder herauswachsen aus Nest und Plusterfedern, mußten sie den Weg zum See allein finden lernen, mußte ihre Mutter jedesmal vor Angst schreien und toben und sich am Ende beruhigen und warten, daß die Kinder allein zurechtkamen. So lernte unsre gute Pute mühsam zu ertragen, daß ihre Kinder eigene Wege brauchten und gingen, ganz andere als sie. Einzig der junge Puter blieb länger bei ihr und lebte wie sie. Er konnte nicht schwimmen.«

Hertha ist mit ihrer Geschichte fertig.

»Und wenn sie nicht gestorben und gebraten sind ...«, sagt Totila gedankenvoll.

Christina wiederholt leise: »Er konnte nicht schwimmen.« Sie fügt noch leiser hinzu: »Dafür lernte er fliegen. Was ja bei Truthühnern auch nicht gerade üblich ist. Klettern die nicht lieber auf Bäume?«

Captain Baldur drückt ihr kurz und gemein hart die Hand: »Danke für die Schmeichelei. Gerechterweise zählt dann deine Frau Großmama zu den Gänschen? Obwohl, was das Schnattern betrifft ... Ja, Mädchen, Geschwister sind schon deshalb wichtig, weil man nur von denen ab und zu die nackte Wahrheit hört. Herthas Putenfabel, das gebe ich zu, höre auch ich heute zum erstenmal. Soll man es gutheißen, unmündigen Kindern auf solche Tour einiges über ihre Eltern beibringen zu wollen?«

»Ach Vater«, sagt Diether gutmütig, »in unseren Märchen kriegen noch kleinere Kinder das wirklich schauriger beigebracht. Denk nur an die Märchen der Brüder Grimm!«

Auch Hertha ist anderer Meinung: »Mir hat es mehr über mich und meine Möglichkeiten gesagt als über meine Mutter. Und übrigens fand ich euer fast zwanghaftes Pfeifen, Singen, Getrommel, wann und wo immer wir uns zu Fuß bewegten, viel schlimmer! Da mußte im Rhythmus marschiert werden. Da ging nichts ohne Marschrhythmus. Mutter schlug sogar den Eierschnee und das Kartoffelpürree danach!«

»Das ist sicher Geschmacksache«, versucht Diether zu vermitteln. »Auch Gewohnheitssache. Euch wurde Marschrhythmus eingetrommelt. Mir Beat, unsern zwei Goten hier Rock und Pop und Lambada und Weiß-der-Kuckuck was ...«

»Paß mal auf, Diether«, wirft Tuta ein, »genau damit muß ich mich ja als Sport- und Gymnastikpädagogin öfter auseinandersetzen. Da ist mir mal ein Wort untergekommen, das hat sich mir eingeprägt. Vor Schreck, wohlgemerkt! Ich las es in einem Artikel über geistige Gemeinschaftsleistungen der Nazis. Warte mal - hoffentlich kriege ich es richtig hin: ›Rhythmisierung ist Konditionierung auf blinde Reaktionsbereitschaft schlechthin.‹ Ich kann euch sagen, das hat mich ganz schön geschockt. Weil man sich Rhythmen ja meistens wirklich hingibt, ihnen gern folgt!«

»Es bezieht sich also nicht auf Marschrhythmen allein«, stellt Captain Baldur klar, »und guckt doch mal in Discos in die Gesichter. Oder bei den Massen-Pop- und -Rockveranstaltungen: ›Blinde Reaktionsbereitschaft schlechthin‹. Wie wahr! Da läßt sich doch ein Rhythmus genauso mißbrauchen wie jeder andere. Und machen davor wenigstens die Kirchen halt? Das wißt ihr ja besser! Übrigens: Dem Marschrhythmus konnte ich für meinen Teil nie viel abgewinnen. Ich war schließlich kein Soldat. Der gefällt mir nicht mal im Karneval.«

»Das ist ja auch wieder einseitig«, findet Diether. »Es geht um Rhythmus an sich. Und bei wem vor allem kommt Rhythmus an?

Teja? Totila? Meine Schöler? Jawoll, bei der Jugend. Scheint geradezu ihr Markenzeichen. Massenweise wütet hier der Rhythmus-Bazillus. Wie hieß noch mal das gestrenge Wort, Tuta?«

»Daß Rhythmus zu blinder Reaktionsbereitschaft schlechthin konditioniert. Was für Mißbrauch kann also damit getrieben werden! Logischerweise auch Macht-Mißbrauch. Und es stimmt, ausgerechnet massenhaft mit der jeweiligen Jugend. Was nicht heißt, daß er Älteren bis Alten nicht genauso in die Beine fahren kann.«

»Aber heute wahrhaftig in unwahrscheinlich größerem Umfang«, sagt der Captain, »als damals mit den paar dümmlichen Märschen.«

»Und bei den wenigen, die dagegen aufmucken wollten, typischerweise gleichfalls mit rhythmischer Musik. Da gab es ja diese Swing-Jugend, in Norddeutschland vor allem.«

»Ach Diether«, entgegnet sein Vater, »wenn unterschiedliche Anschauungen sich nur über Musik äußern wollten, ließe sich vieles leichter arrangieren. Das ist immer nur die Oberfläche. Außerdem ist Rhythmus nicht nur eine Sache von Musik und Sprache. Ich höre ihn auch in Motoren, im Wellenschlag, in Triebwerken, in Regenschauern und Zikadengeschrill, von Pferdehufen und und und! Es hat ja auch etwas mit Takt zu tun, im doppelten Sinne des Wortes. So wie eben Kunst Takt ist. Und Takt eine Kunst. Takt einerseits als regelndes Maßsystem, andererseits im Sinne von feinfühliger Lebensart. Man sollte doch nicht so tun, als wäre im NS-Staat jeder Instinkt total ausgebeutet worden. Obendrein am massivsten niedere Instinkte! Da verwandelte sich doch nicht ein ganzes Volk, unser Volk, in randalierende Chaoten. Im Gegenteil: Da gab es Befreiung, Erlösung von zu vielen Demütigungen, indem es eben aus dem faulen lahmen Takt riß in etwas . . .«

»Aufgepaßt!« wirft Tuta ein. »Gleich landet er wieder bei gewissen Schandverträgen und Dolchstoßlegenden, aus denen sein Takt die Nation rüttelte und schüttelte!«

»Nein, bitte nicht so«, mahnt Hertha, »und Baldur meint es ja auch viel schlimmer, nämlich hoffnungslos romantisch nach Biedermanns Art, als Idee. Die Idee, daß der Mensch sich selbst erlösen könnte. Kannst du auch sagen, wie, Baldur?«

»Das ist doch klar! Das schafft natürlich nur, wer über sich hinauszuwachsen lernt, wer kämpfen will.«

Christina fragt den Captain: »Also nach deiner Meinung nicht jeder? Da müßte man selektieren? Schwache, kaputte, behinderte, arme Typen und so weiter - hätten die da überhaupt eine Chance?

Ich meine, weil es doch gerade von Natur aus Unterschiede gibt, allein wo und wann und von wem man geboren wird!«

»Genau, Mädchen. Du sagst es«, antwortet der Captain und lächelt auffordernd, wie: Denk selber weiter!

»Aha«, sagt Christina unsicher, »klingt das nicht ziemlich gnadenlos? Ohne Pardon?«

»Die Natur kennt keine Gnade, Tina. Was ist das überhaupt für ein verschwommener Begriff! Ich wüßte da konkrete Beispiele aus der Tierwelt . . .«

»Nein, nein, danke, Captain, besten Dank! Ich rede von Menschen.«

»Herthas Ruth hat damals auch ein Beispiel aus der Tierwelt bemüht«, antwortet Captain Baldur, »und gar nicht so ungeschickt, wenn man Herthas damalige Probleme bedenkt. Hat es dir seinerzeit nicht geholfen, Schwesterherz?«

Die sieht ihren Bruder kopfschüttelnd an und stellt klar: »Es war bestenfalls eine Fabel, kein bißchen mehr. Es wies bestenfalls in eine Richtung, in die ich ohnehin schon unterwegs war. Menschen, das begriff ich, können sich eben nicht selbst erlösen. Eben weil die Natur keine Gnade kennt. Die Pute hätte keinem ihrer Gänslein helfen können. Die ließen sich einfach in ihr Element fallen, instinktiv. Ich mußte mich in etwas Größeres fallen lassen, mit sehr viel mehr Vertrauen. Mit Glauben. Du, Baldur, benutzt gewisse Begriffe zu häufig in negativer Bedeutung: Gnade, Erlösung. Und andere kennst du nicht einmal: Schuld, Vergebung. Weil du nichts davon willst, nicht für dich und nicht für andere. Merkwürdig, wie einig ihr politischen Gegner euch in diesen Dingen seid, ob braun oder rot. Das haben wir doch alle vor gar nicht langer Zeit in den Medien gehört, gelesen, wie der letzte sozialistische Ministerpräsident der DDR sagte: ›Die einen nennen es Gott, ich nenne es Verantwortung.‹ Was verantwortet ihr denn da so selbstherrlich, wie und für wen?«

»Stell mich gefälligst nicht auf eine Stufe mit Herrn Modrow!« fährt Captain Baldur auf. »Komm mir nicht so einfältig! Verantwortung beinhaltet für mich sehr viel von den Tugenden, die diese Genossen doch gerade niederregierten! In meiner Verantwortung sind Werte wie Stolz, Charakter, freier Wille, überhaupt die Fähigkeit zu entscheiden, mutig zu reagieren und mich trotzdem einem Ganzen einzuordnen, ohne mich von Medien bevormunden, vom Konsum steuern zu lassen! Hervorragen! Sich mit seiner Zeit messen, auch ertragen können, einstecken . . .«

»Vater?« unterbricht ihn Diether. »Du vergißt, daß für uns nicht mehr der Krieg die höchste Erziehungsautorität ist! Ihr müßt keine Helden mehr heranzüchten, verstehst du? Wir dürfen auch spielen. Für solche wie Ruth, Kaspar und Millionen andere war deswegen doch die Jugendzeit mit sechzehn bereits gelaufen. Da gab es einzig Dienst, Dienst, Dienst bis zur Selbstaufgabe. Selbstaufgabe! Nicht mal Selbstbehauptung, geschweige denn Selbstverwirklichung. Dafür hatten die ja nicht mal mehr die Kraft. Dafür fehlten ihnen buchstäblich die Kartoffeln.«

Der Captain hört seinem Sohn aufmerksam zu, nickt sogar: »Ich leugne nicht, daß es nicht schön war. Auch nicht lustig. Aber schau dich doch um: Jedenfalls lernten sie zu arbeiten. Eine hervorragende Tugend, mit der die meisten mehr anzufangen wissen als mit ihrer Freizeit. Auf dieser Tugend beruhte unser Wirtschaftswunder. Auf dessen Lorbeerblättern ihr es euch so bequem macht. In der Bibel kommt Arbeit an den wichtigen Stellen nur als Strafe vor! Hätten Gromi und ihresgleichen sich an diese Moral gehalten, wir säßen heute noch im Dreck. Voller Selbstmitleid. Sie wußte, welche Gefahren ihren Kindern von dieser Seite drohten, welche Schwachheiten es nährt, statt Stärken zu aktivieren ...«

Diether wendet sich etwas müde seinen Tanten zu: »Ach, erzählt lieber noch ein bißchen. Was war mit der Schule? Oder dem Baggersee? Ließ der Arzt seine Patientin nach dem Quarkdesaster fallen?«

Christina sieht den Captain von der Seite an, sieht, daß ihm etwas Scharfes auf der Zunge brennt und wie mißbilligend er zu Diether hinüberblickt. Doch gleich beißt er die Zähne zusammen, und sie sieht das Malmen, mit dem er sich etwas verbeißt. Am liebsten würde sie ihm zuraunen: »Haltung! Selbstbeherrschung! Charakter!« Aber das hat er ja gar nicht nötig. Auch kein Mitleid, findet sie. Er kann sich ganz gut allein behaupten.

Das Handtäschchen

»Erzählt doch erst mal meine Tragödie bei der nächstenliebenden Kaufmannsfrau!« fällt Tuta ein. »Von außen konntet ihr das vermutlich besser überblicken als ich im Auge des Hurrikans?«

Da muß selbst der eben noch düstere Captain Baldur schallend lachen. Diesmal berichten sie wie Staffettenläufer, einer schaufelt dem andern die Stichworte zu:

Also die Kaufmannsfrau im Dorf sah die Kinder fast täglich, wenn Gromi oder Ruth die Lebensmittelrationen und vor allem die kostbare Milchzuteilung abholte. Sie war kinderlos oder ihre Kinder aus dem Haus gewachsen. Jedenfalls richtete sich ihr mütterlicher Blick wohlwollend auf die Hübscheste aus dem Barackenquintett. Das schier unlösbare Problem, so viele junge Mäuler tagaus, tagein zu versorgen, war gerade ihr nur allzu vertraut, wurde doch an keinem Ort des Dorfes mehr geklagt als vor den leeren Regalen ihres »Kolonialwarenladens«.

So schlug sie Gromi eines Tages vor, ihr die süße kleine Uta gewissermaßen in Pension zu geben: »Wissen Sie, mein Mann und ich sitzen allein in der Wohnung, Platz wäre genug. Und es macht auch mehr Freude, für so ein hungriges Spätzchen mitzukochen. Auch ein Bett für die Uta wäre da, weil man ihr das tägliche Hin- und Hertraben ersparen sollte. Damit würde sie sich die kleine Zufuhr Extrakalorien ja auch bloß wieder abstrampeln. Ihre beiden älteren Geschwister sieht sie täglich in der Schule. Die zwei Kleinsten, wenn Sie oder Ihr Dienstmädchen einkaufen. Sie kann sich ja gern hier im Laden tummeln, wenn wir hier zu tun haben. Da ist sie immer bei uns ...«

Gromi zeigte sich wahrhaft gerührt. Wenn ihr Ungerechtigkeiten aus Prinzip auch verhaßt waren, sah sie doch ein, daß man dergleichen Ausnahmen für nur ein Kind in Notzeiten eben hinnehmen müsse. Sie nahm sogar die Beteuerung der Kaufmannsfrau hin: »Das kostet doch keinen was. Ist für unsereinen nichts als Nächstenliebe und selbstverständliche Christenpflicht!«

Nein, hier stieß sich Gromi nicht an dieser Begründung. Zu gut kannte sie die Sorte Allerweltchristen, die meistens »ich« sagen statt »Jesus«. Diese Sorte hatte sie nicht zu fürchten.

Für Uta bedeutete die Vereinbarung der beiden Frauen einen zunächst eher abstoßenden Einschnitt in ihr ganzes junges Leben von achteinhalb Jahren. Seit ihrer Geburt gehörte sie zu ihrem Rudel, fühlte sich in dessen Stallgeruch heimisch, konnte sich ein Dasein als Einzelkind nur als etwas Todtrauriges, Stinklangweiliges vorstellen.

Natürlich redeten ihr alle eifrig zu: »Mensch, das ist doch das große Los für dich! Da wirst du jeden Tag satt. Da bist du die Prinzessin! Unser Kind bleibst du trotzdem. Sonntags holen wir dich ab. Quatsch, schon am Samstagnachmittag kommst du mit uns nach Hause und erst Montag früh wieder hin. Quatsch, Montag nach der Schule erst! Damit sie sich auch mal von dir ausruhen können. Mensch, Uta, sei kein Frosch, das ist die Gelegenheit deines Lebens! So was erlebt man höchstens einmal!«

Und: »Wenn mir das geboten würde!« sagte jeder, aber auch jeder mit Zungenschnalzen, Lippenschlecken und himmelwärts geworfenen Schwärmerblicken. Sie heizten Utas Neugierde und Bereitwilligkeit binnen vierundzwanzig Stunden auf unwiderstehliche Temperaturen an. Das mußte sie jetzt einfach wahrnehmen, wenigstens probieren! Nach Hause, sagte sie sich insgeheim, konnte sie notfalls jederzeit ausrücken. Sie war ja nicht aus der Welt.

So badeten sie Uta im Vielzweckwännchen von den weißblonden Seidenlocken bis zu den Füßchen, bekleideten sie mit frischgewaschenem und gebügeltem knallroten Röckchen aus A.H.-Schul-Vorhängen, weißem Bubenhemd und halblanger Jacke aus Militärdekken. Uta schulterte ihren Schulrucksack und nahm verlegen Abschied. Ja, sie weiß noch heute: Auf einmal genierte es sie, daß es ihr besser gehen sollte als den Geschwistern, sie verstand vorübergehend die ohnehin chaotische Welt überhaupt nicht mehr.

Man machte es ihr leicht und lieferte sie im größeren Pulk im Kaufmannsladen ab. Das Haus glich den üblichen dörflichen Niedersachsenkaten, braunes Fachwerk und rote Ziegel unter einem steilen, tiefgezogenen Dach, weiße Sprossenfenster und feste, verzierte Haustür aus richtigen Bohlen. Uta ließ sich von ihrer Pflegemama Wohnzimmer, Küche, Schlafzimmer zeigen, alles ordentlich aufgeräumt, geputzt, die gestickten Kissen auf dem Sofa mit Knick, bürgerlich intakt, ohne Kriegsspuren. Nur die Flüchtlinge in den »zwangsbewirtschafteten« oberen Mansardenräumen erinnerten daran.

Das Haus erschien der Kleinen dunkel, engherzig, leicht muffig und vor allem ehrwürdig, fast kirchenmäßig. Zunächst bewegte sie sich darin vorwiegend auf Zehenspitzen und feierlich langsam. Erst als sie merkte, daß sie jederzeit »von hinten« mit in den Laden durfte, begann sie, sich wohler und heimischer zu fühlen. Sie stand gern neben »Frau Kaufmann« bei der Ladenkasse, hörte dem ewigen Lamento über Hunger und Mangel zu; das war ihr vertraut. Und sie begann es zu genießen, daß sie nun auf der günstigeren Seite mit dem - wenn auch knappen - Warenangebot stand.

Ihre Pflegemama versorgte sie rührend, fast, als wäre sie noch ein Baby, und zunächst genoß sie das. Die Frau schenkte ihr diese und jene Kostbarkeit, wie ein selbstgestricktes Pulloverchen aus aufgeribbelten bunten Wollresten von einstigen gehäkelten Sofakissen. Oder sie bekam richtige Mädchensöckchen, statt der bisherigen viel zu großen kratzigen Bubensocken aus der bayerischen Burg. Haarschleifen erhielt sie, eine kleine Kinderhandtasche aus rotem Lackmaterial und dergleichen Schätze, alles extra für ein Mädchen, was sie nun wirklich nicht gewohnt war.

Es gefiel ihr, es schmeichelte und faßte sich so schön an. Ach ja, es machte sich angenehm, einmal im Leben Einzelkind zu spielen und sich als verwöhnte Prinzessin zu fühlen. Und doch wartete die kleine Uta auf nichts sehnlicher als auf die täglichen Treffen mit Baldur und Hertha in der Schule. Noch nie war sie so gern und überpünktlich zur Schule geeilt!

Ein vergleichbarer Lichtblick war für sie der tägliche Anmarsch von Gromi oder Ruth mit Ecky und Gundel zum Einkaufen. Dann gab es über den Ladentisch ein Flüstern und Wispern und Vorzeigen. Und wenn es sich unauffällig machen ließ, teilte die verhätschelte Prinzessin auch diese und jene Kostbarkeit mit den Geschwistern. In ihrem roten Lacktäschchen brachte sie manchen Leckerbissen für die Geschwister beiseite.

Trotzdem sah die Sache gefährlich aus, als entfernte sich Uta irgendwie von ihrem Rudel, als tauschte sie nach und nach den vertrauten alten Stallmief ein gegen edlere Düfte. War nicht abzusehen, wann sie die Nase höher heben und den Ihren gegenüber verächtlich krausziehen würde?

Wenn man es von dieser Seite besah, kam die Katastrophe allen nur recht. Und wie Katastrophen es üblerweise an sich haben, kündigte sich auch diese kein bißchen an. Zügellos brach sie über die Familie herein.

An einem ganz gewöhnlichen Wochentag - sie saßen in der Küche beisammen um ihr frugales Mahl aus alten, süßlich-angefrorenen Kartoffeln mit erstem selbst gesammeltem Brennesselspinat - nahte sich von draußen ein Keifen und Wimmern, das unzweifelhaft auf ihre Baracke zuhielt. Krücken-Kaspar horchte auf mit fragenden Blicken zu Gromi und Ruth. Die wiederum sahen sich kurz an, dann sprang Gromi alarmiert auf: »Das ist Utas Weinen! Uta!«

Sie war mit zwei Sätzen bei der Tür. Hinter ihr schepperten sechs Gabeln auf sechs Teller. Gromi riß die Tür auf.

Die Kaufmannsfrau trat nicht bloß ein, o nein, sie drang galoppierend ein, die heulende Uta hinter sich herzerrend. Natürlich kein Wort der Begrüßung. Sofort und auf der Stelle mußte die wüste Anklage von ihrer offenbar bereits angesengten Zunge: »So was aber auch! So was! Das Kind ist hintertücksch! Verdorben und vermurkst und hinterhältig! Na, wohl kein Wunder bei solchem Milieu. Man braucht sich hier ja nur umzugucken. Wissen Sie was? Ihr Kind stiehlt! Ein Langfinger ist das! Jawohl, wie ich es sage: Das raffinierte Gör klaut! Ja, wenn es nur um eine Wurst- oder Käsescheibe ginge - man würde ja nichts sagen. Man ist ja kein Unmensch. Aber was die sich geleistet hat! Nee. Nee, da kann man nicht mehr einfach weggucken. Geht an die Kasse. An unsre Ladenkasse! Klaut sich da einfach Geld raus! Und nicht bloß zehn Pfennig. Darüber hätte man ja noch reden können. Nee, die langt gleich richtig hin, die klaut gleich volle zehn Reichsmark! Einen Schein! Sie können das ja selbst noch sehen. Uta? Nun mal fix, mach die Handtasche auf! Dafür hab ich ihr die ja nun wirklich nicht geschenkt, nee. Und überhaupt! Uta? Verdienst solche edlen Gaben ja gar nicht. Also her mit der Tasche!«

Uta, das Gesicht voll Tränen und Rotz, und darin klebten die einst seidigen Locken, Uta hielt aufheulend das verdammte rote Lacktäschchen hoch - sollte es doch nehmen, wer es wollte, sie gab sich ganz und gar preis, hätte auch das Hemd noch dazugegeben!

Frau Kaufmann riß Uta die Tasche aus dem Händchen, zerrte den Bügel auseinander, klappte die Tasche weit auf wie ein unanständig rotklaffendes Maul und hielt sie Gromi unter die Nase: »Was sehen wir da? Vielleicht harmlosen Kinderkram? Eine Murmel oder sonst was? Nee, einen Geldschein! Und den hab ich ihr da nicht reingesteckt, ich nicht! In die Kasse hat das Gör gelangt! Hat die ganze Zeit geluchst, wie unsereiner das tagtäglich hundertmal macht. Und dann hat sie es selber probiert. Und gleich tüchtig zugelangt. Das gibt sie ja auch noch selber zu! Leugnet nicht mal! Und an so was verschwendet man nun seine Nächstenliebe. Nee ...«

Die entrüstete Vierzig- oder Fünfzigjährige grapschte sich ihren Geldschein aus dem Täschchen, das sie sekundenlang abschätzend in der Hand wog: »Verdient die überhaupt so ein Geschenk? Na, ich mach mir die Finger damit nicht schmutzig, ich nicht. ›Geschenkt ist geschenkt, wiederholen ist gestohlen‹, sagt die Bibel oder sonstwer. Da, behalt die Tasche meinetwegen. Von mir kommt da sowieso nichts mehr rein. Mit dem Umsorgen nämlich und dem Behüten und Verwöhnen ist das zwischen uns nun endgültig aus. Muß ich mir so was bieten lassen, ich? Was sagen Sie denn dazu als die Mutter von so was?«

Es war ja auch höchste Zeit, daß Gromi endlich zu Wort kam. Sie wäre sonst glatt explodiert. Sie bemühte sich enorm um Fassung: »Ich kann Ihnen gar nicht sagen, Frau Kaufmann, wie peinlich mir das ist. Noch nie haben meine Kinder gestohlen, meine Kinder nicht! Ich weiß auch nicht, was in das Kind gefahren ist. Da fällt mir nur ein anderer Spruch ein: ›Wenn's dem Esel zu wohl ist . . .‹ und so weiter. Im Moment kann ich mich nur bei Ihnen für Utas Schändlichkeit entschuldigen. Obwohl es da nichts zu entschuldigen gibt. Ihre Großzügigkeit und Hilfsbereitschaft derart auszunützen . . .« Und bla-bla-bla.

Und wie salbungsvoll die hinterhältig Bestohlene dabei ihre Hände vorn zusammenlegte und den Kopf von links nach rechts und links kippte! Und wie die wahre Genugtuung sich erst in ihrem roten flächigen Gesicht breitmachte, als Gromi endlich auf die kleine Missetäterin losfuhr, die sich wie ein gehetzter Hase mit nassen hellen Augen nach Schutz umsah: »Und wir zwei, meine Tochter, wir reden noch extra miteinander. Dann aber deutlich! Daß du uns so was antust! Unsern guten Namen in den Dreck ziehst! Ein deutsches Kind stiehlt nicht! Ein deutsches Kind macht nicht solche Schweinereien! Ehrlichkeit ist das Höchste, du verkommenes Subjekt! Anständigkeit! Stolz! Lügen und Stehlen, das ist krankhaft, das werde ich dir austreiben, du . . .«

Vom Küchentisch donnerte ein Küchenstuhl gegen die Barackenwand, so heftig stand Krücken-Kaspar auf und brüllte: »Schluß! Aus! Hört auf mit eurem verdammten hysterischen Theater! Ruhe! Moment bitte - Uta. Uta? Du hast das Geld aus der Kasse genommen?«

Aufschluchzen, neue Tränenbäche, blindwütiges Kopfnicken.

»Komm mal her, Uta. Komm zu mir. Komm und sag mir: Warum hast du es aus der Kasse genommen? Was wolltest du denn dafür kaufen? Es gibt doch gar nichts dafür, nicht mal bei Frau Kaufmann!«

Uta zog den Schnupfen hoch. Stockend, mit immer neuem Schluchzen gestand sie: »Ich wollte doch . . . doch . . . auch nur Geld . . . in . . . in der Tasche haben. Wie die Frauen da immer, die . . .«

»Schon gut, Uta. Ist mir völlig klar. Du hast gesehen, wie Frau Kaufmann immer Geld aus ihrer Kasse nahm, wie die Frauen es in ihren Taschen verstauten . . .«

Heftiges Kopfnicken, einziger langer Schluchzer: »Jaaaa-aaaa!«

Und Frau Kaufmann triumphierend: »Da hören Sie es! Sie gibt es selber zu! Schämt sich nicht mal!«

Krücken-Kaspar zog Uta zu sich herüber, beide stützten sich aneinander, und er richtete sich etwas auf und fragte die Frau: »Was gibt sie denn zu, was denn? Denken Sie doch auch mal beim Zuhören! Können Sie sich nicht mehr in das kleine Mädchen versetzen, das auch Sie einmal gewesen sein müssen? Und wie Kinder Erwachsene nachahmen? Wenn es hier irgend etwas Schuldiges gibt, dann diese saudumme Lacktasche, die Sie ihr leer geschenkt haben und in der sie eben auch was drinhaben wollte, wie all die Frauen vorm Ladentisch! Warum schenken Sie einem Kind eine leere Handtasche? Warum so furchtbar hirnlos? Ja, und auch lieblos. Warum nicht ein Taschentuch mit drin, einen kleinen Kamm und Spiegel? Muß ich als Mann Ihnen das aufzählen?«

»Jetzt ist es genug, Kaspar!« fauchte Gromi ihn an. »Willst du uns auch noch ins Gerede bringen? Die Diebin rausreden, die Geschädigte reinreden? Meine Vorstellungen von Anstand sind anders! Und man wahrt doch auch seinen Stolz!«

»Dann bring deine Vorstellungen von Anstand dieser Frau schonend bei, aber nicht vor den Ohren der Kinder. Los! Alle Mann nach draußen. Uta auch! Ruth, bitte bring das Wännchen mit dem Geschirr zur Pumpe! Bitte ...«

Die Kaufmannsfrau hatte schon auffallend ruhig zugehört. Ihr vorher zorngerötetes Gesicht schien jetzt eher blaß. Sie sah auf Uta nieder mit unsicheren Blicken. Auch ihre Stimme klang plötzlich nicht mehr keifend schrill, eher verlegen: »Lassen Sie man. Es müssen nicht alle Mann vor mir ausrücken. Sie brauchen mir auch gar nichts weiter zu erklären, Frau Gesa. Ich war ja im ersten Augenblick bloß so erschrocken. Richtig verbiestert!« Bei jedem Wort zog sie sich zentimeterweise zur Barackentür zurück, stand schließlich draußen und verabschiedete sich rätselhaft mit: »Man kann ja vielleicht noch mal über alles in mehr Ruhe reden ...«

»O nein!« rief Gromi, deren Zorn sich erst so richtig aufbaute. »Das lasse ich nicht einfach so durchgehen. Eine Diebin in meiner Familie kommt nicht in Frage! Nicht ungeschoren! Die Uta kriegt jetzt erst mal eine gehörige Tracht Prügel, darauf dürfen Sie sich verlassen!«

Frau Kaufmann warf einen letzten entsetzten Rundblick in die Barackenküche, der an Krücken-Kaspar hängenblieb, als müßte sie ihm noch Dringliches ans Herz legen. Doch in ihrem hitzigen Busen überwog wohl das Grauen vor dieser Sippschaft. Ohne ein weiteres

Wort hastete sie zurück auf den staubigen Weg, der in ihr sicheres, gesittetes Dorf führte.

Zurück blieb eine Rachegöttin mit ihrem bibbernden Opfer. Ohne Zweifel hätte Gromi in der ersten Rage ihre Tochter verprügelt, die sich ahnungsvoll an Kaspar klammerte. Er verhinderte das Schlimmste. Es kam zu bösem Streit zwischen ihm und Gromi. Noch am gleichen Nachmittag machte sich Ruth mit Hertha, Ecky und Gundel in Richtung »Kolonialwarenladen« auf, um Utas Schulsack heimzuholen.

Sie trafen auf eine völlig veränderte Kaufmannsfrau. Ruth hob zwar noch an mit Utas Verteidigung: »Gucken Sie mal, Kinder spielen nun einmal gern die Erwachsenen, äffen uns nach. Das ist einfach nur Spiel für die. Uta ist sich ja nicht mal klar darüber, was die Geldscheine wert sind, was sie damit überhaupt hätte anfangen können . . .«

»Ach, lassen Sie man, Fräulein«, wehrte die Frau bekümmert ab, »ich hab das ja sofort kapiert, als dieser Kriegsversehrte die Kleine verteidigte. Ich bin ein jähzorniger Mensch und koche leicht mal über. Das kommt eben so über einen! Aber glauben Sie mir, mich plagt längst das schlechte Gewissen. Mein Gott, daß die eigene Mutter gleich so fuchtig und streng sein mußte! Man richtet da ja ahnungslos was an, das hatte ich ja überhaupt nicht kommen sehen. Nee . . .«

Aber noch einmal in die Baracke gehen und Uta womöglich für ihren Mißgriff trösten - das könne wirklich keiner von ihr verlangen, nach allem, was sie für das Kind Edles getan hätte: »Am besten reden wir nicht mehr über die Sache. Sagen Sie Uta man, daß ich ihr nicht mehr böse bin. Mir soll das eine Lehre sein. Wer gutmütig ist und sich Verantwortung für andere aufhalst, der riskiert nichts als Störungen und Ärger in seinem sonst so gemütlichen Leben. Hab ich das nötig? Ich? Nee, Fräulein, nicht mit mir!« Mehr war bei ihr nicht zu erreichen.

Mit Gromi hatte Uta es weitaus schwieriger. Wie oft kam die darauf zurück: »Eine Diebin wie du . . .« Und: »Ein unehrlicher Mensch wie du . . .«

Und daß Krücken-Kaspar sich von da an häufiger auf die wackligen Beine machte, um eigene Wege zu suchen, daß er sich immer seltener und kürzer blicken ließ, konnte sie nicht verhindern. Er sagte ihr deutlich, was ihn von ihr entfremdete, die ihm zuerst doch so imponiert hatte. Seine Vorwürfe machten sie kein bißchen unsicher. Wer ihre Auffassung von Anstand, Stolz, Selbstachtung nicht verstand, war selber schuld.

Hertha beteuert, daß sie ihre Mutter damit nicht herabsetzen wolle. Sie blickt der Reihe nach Diether, die Zwillinge, ihre Enkelin an und fragt: »Könnt ihr der Eibe vorwerfen, daß sie kein Wacholder ist?«

Diether schüttelt auf unmißverständliche Art den Kopf: Nein wirklich, Tante Hertha!

Diesmal kommt der Verteidigungsversuch seines Vaters bei ihm besser an: »Ihr müßt euch klarmachen, daß Gromis Generation noch so gut wie nichts von Psychologie verstand. Auch nichts von der Psyche eines Kindes. Heute steht darüber viel zuviel, leider entsprechend viel Unsinn, in jedem Boulevardblatt, von der Regenbogenpresse ganz zu schweigen. Heute gibt es da in der Bevölkerungsbreite ein Allgemeinwissen . . .«

»Und die wollten Führungseliten heranziehen?« fragt Teja.

Und Christina: »Moment mal, das verstehe ich nicht. Ist nicht die ganze Psychologie geradezu eine Erfindung der vorigen Jahrhundertwende? Siegmund Freud kam vor fast hundertfünzig Jahren auf die Welt! Gromi muß geradezu damit aufgewachsen sein!«

»Es war nicht so selbstverständlich Mode wie heute, Tina«, beharrt Captain Baldur, »heute ist es als Wissenschaft ja fast schon wieder auf den Hund gekommen! Da sehen es manche auf dem gleichen trivialen Niveau wie Horoskope und ähnlichen Mumpitz!«

Uta mischt sich ein: »Was den Kindern vielleicht nicht so klar ist, Baldur, ist die unzweifelhafte Tatsache, daß Psychologie in totalitären Staaten, in Diktaturen nicht gerade als allgemeines Wissensgut verbreitet wird. Weil die Unterdrücker selber damit arbeiten, höchst mißbräuchlich, versteht sich. Und da lassen sie sich nicht gerne in die Karten schauen. Unsere Elterngeneration war auf diesem Gebiet tatsächlich unerfahren bis zur Dämlichkeit. Auch Gromi. Da darf man doch nicht drum herumreden, sonst wird ja vieles noch unverständlicher. Sie hatten jede Menge Sprüche auf Lager, für so gut wie jede Lebenslage, aber von psychologischen Zusammenhängen meist keinen Schimmer. Außer es besaß einer von sich aus, intuitiv, besondere Menschenkenntnis. So etwas befähigte eben auch zur Menschenführung. – So, Kinder, jetzt ist es mal wieder spät genug geworden. Ach, du Schreck, es geht auf Mitternacht zu! Morgen ist auch noch ein Tag. Obendrein ein Sonntag.«

»Wir sollten mal die gute Luft nutzen und uns tüchtig auf die Beine machen«, schlägt Hertha vor, »erstens kann man auch dabei plaudern. Zweitens bleibt uns ja im Haus noch einiges zu erledigen. Also? Wer leert als letzter sein Glas? Der möge dann bitte die Lichter ausmachen.«

Die Krüppelkiefer

Den Brief an Edda kann Christina angesichts der späten Stunde nicht mehr fortsetzen. Vielleicht morgen, vielleicht übermorgen, vielleicht nächstes Jahr? Falls sie dann noch immer in Gromis Häuschen hocken sollten. Sie hatte es sich unerträglicher vorgestellt.

Ihre Oma wälzt sich schlaflos im Bett, aufgewühlt von den alten Erinnerungen. Durch die Wand hören sie noch lebhaftes Sprechen aus dem Nebenzimmer, in dem Diether mit Teja und Totila übernachtet.

Christina richtet sich in ihrem Bett auf, horcht und fragt ins Dunkel: »Wie sie mit euch Schwestern zurechtkam, kann ich mir ja vorstellen. Und wie mit den Kleinen, ist mir auch klar. Aber wie eure Ruth mit Baldur zurechtgekommen ist - also das kann doch für beide nicht leicht gewesen sein? Der war doch schon mit zehn und zwölf ein kleiner richtiger Mann. Mußte er nicht viel zu früh in die Vaterrolle?«

Ein Weilchen scheint Hetty zu grübeln, dann antwortet sie langsam: »Stimmt eigentlich. Wenn man es sich mal genauer überlegt. Übrigens merke ich das heute viel mehr als damals. Ich merke es aus seinen Reaktionen. Und was er im Kopf behielt. Was er in sich verschlossen hielt all die Jahre. Wenn zufälligerweise ein Junge der Erstgeborene ist, ergibt sich die Vaterrolle einerseits wie von selbst. Andererseits rechneten wir ja noch Jahre damit, daß unser Vater in Wirklichkeit lebte, daß er eines Tages heimkommen würde. Oder daß er ganz woanders für uns an einer neuen Heimat rackerte. Zum Beispiel in Argentinien. Nach dort entkamen viele. Vor allem Gromi hielt die Hoffnung hoch. Und nicht zuletzt war sie eine Frau von genug Kraft, um auch die Vaterrolle mit auszufüllen. Dafür hatte sie keine Kaspars nötig. Aber es stimmt, Baldur wurde in bevorzugter Weise ihr Vertrauter. Der war einfach so, dem konnte sie gar nicht entkommen. Und er fühlte sich ebenso für uns vier Jüngere verantwortlich, ob wir es wollten oder nicht. Trotzdem war auch er noch ein Kind, nicht nur biologisch.«

Christina wiegt für sich den Kopf: Das meinte sie nicht so sehr, das ist ja unübersehbar. Sie bleibt hartnäckig: »Wie Ruth mit ihm zurechtkam, für die das ganze NS-Thema einfach kaputt und gestorben war, die sich auch nichts mehr vormachen lassen konnte? Und für ihn bedeuteten diese pompösen Worte noch so viel: Treue, Kameradschaft, Ehre, Zucht, Stolz, Haltung. Und er muß ja nicht nur ein kleiner Atheist gewesen sein, sondern direkt im Zustand eines vorchristlichen Heiden? Eines heidnischen Germanen, versteht sich!«

»Auf dem Trip ist er heute mehr als damals, Kind. Sag bloß, du merkst das nicht? Indoeuropäischer Heide!«

Im Dunkeln schüttelt Christina den Kopf: Unmöglich! Laut sagt sie: »So was kann sich doch nicht wiederholen? Obendrein innerhalb eines Jahrhunderts?«

»Nicht ganz genauso«, entgegnet Hetty, »doch ob die neue Variante womöglich schlimmer ist, sollte man im Auge behalten. Ruth hat bei Baldur kaum ›Missionsarbeit‹ geleistet, eher das Gegenteil bewirkt. Von Anfang an begegnete ihr da nichts als eine waffenstarrende Festungsmauer. Es muß einer schon von sich aus ein Bedürfnis empfinden oder wenigstens Interesse entwickeln, wie Uta und ich es taten. Man muß es wollen. Baldur wollte es ausdrücklich nicht. O Gott, einmal hatte ich wirklich Angst, er bringt Ruth jetzt um . . .«

»Erzähl! Bitte, Hetty!«

»Psst, nicht so laut! Eigentlich seltsam, daß er nicht selber darauf kam. Er ist doch so gern schonungslos offen. Also das war in dem entsetzlichen Winter, etwa Januar-Februar siebenundvierzig. Uns ging das Heizmaterial aus. Wir hatten nicht rechtzeitig selber Torf gestochen. Dafür mußten im nächsten Sommer Gromi und Ruth ins Moor. Also diese Lausekälte, und das Unerträglichste war der ungewöhnlich anhaltende, eisige Ostwind. Der konnte einem glatt die Nase abschneiden. Der ging wie nichts durch die klapprigen Barakkenwände. Abends wickelten Gromi und Ruth uns in alle verfügbaren Decken, immer in der Angst, eins von uns könnte am nächsten Morgen erfroren daliegen. Ruth blieb auch nachts bei uns, legte sich - trotz eines freien Bettes - oft zu Gundel, um die Lütte ja warm zu halten. Und immer wieder raus und das Öfchen nachfeuern, das durfte um Himmels willen nicht ausgehen. In ihrem Niebuhr-Zimmer am andern Dorfende hätte sie überhaupt nicht mehr heizen können, wir verbrauchten alles Brennbare bei uns. Und draußen mächtige Schneeverwehungen in Heide und Wäldern, daß man bis an den Bauch einsank und keinen Weg mehr fand.

Aber da half nun nichts - jeden Tag rückten Ruth, Baldur und ich aus, um Brennmaterial zu beschaffen. Es war ja schulfrei wegen der fürchterlichen Zustände. Bei dem Wetter konnte man hungernde Kinder nicht in die Schule schicken, der Weg dorthin hätte sie bei den ländlichen Entfernungen sämtliche Reserven gekostet. Wir versuchten, den Schlitten mitzunehmen, den die wolgadeutschen

Nachbarn uns aus allerlei Kriegsresten gebaut hatten. Der war nicht für munteren Wintersport bestimmt, viel zu groß und schwer, man hätte ein Zugpferd davorspannen können. Darum sank er in Neuschnee auch zu tief ein. Wir nahmen Säcke für unsere Holzbeute mit, die wir auf dem Buckel trugen, wenn sie voll waren, jeder soviel er konnte. Baldur hackte gleich am Fundort alles möglichst klein. In dem riesigen Gelände des einstigen Truppenübungsplatzes gab es ansehnliche Nadelwälder, vor allem Kiefern kilometerweit, aber auch Fichten. Sie wuchsen auf den sandigen Böden nicht gerade üppig, vielleicht waren es auch noch jüngere Bestände. Und von Mal zu Mal mußten wir weiter und immer weiter ausrücken, bis wir noch lohnende Waldstücke fanden. Eigentlich waren es mehr Schonungen, also bepflanzte Forstbezirke jüngeren Datums. Im Laufe der Zeit legten wir regelrecht ganze Wäldchen um, heute ein unvorstellbarer Frevel.

An dem bewußten Tag ballten sich alle unzumutbaren Übel zusammen: Saukälte, Schneetreiben, daß man halb blind vorantorkelte, beißender Sturm von Osten, unausgeschlafen, noch leerere Mägen als sonst, Ruth noch fiebernd und rasch erschöpft dank ihres letzten Grenzganges und dessen Folgen, die lächerliche Fuchsschwanzsäge noch vom Vortag verbogen. Und der Schlitten war bei dem Wetter auch nicht einsetzbar, der Schnee zu locker und tief. Außerdem mußten wir extrem weit hinaus, bis wir noch eine kleine Kiefernschonung fanden. Als wir dort ankamen, fielen Ruth und ich vor Schwäche bereits um. Die Nasen troffen, die Finger in den groben Fäustlingen aus Deckenresten waren klamm, der Sturm peitschte uns harte Schneegraupeln in die Augen, man sah fast nichts.

An sich waren wir gut aufeinander eingespielt, ein richtig gutes Holzklau-Team. Zunächst störende Zweige weg, die dickeren Teile in den Sack, dann an die Astgabelungen. Ruth kletterte hinauf und sägte, Baldur hackte, ich verstaute. Diesmal klappte das Zusammenspiel von Anfang an nicht. Die Reizschwelle sank auf die unterste Belastungsstufe. Bei den ersten Bäumchen bereits begann das nerven- und kräftezehrende Anbrüllen: ›Faß mal mit an!‹ ›Paß doch auf!‹ ›Guck doch richtig hin!‹ ›Hack uns nicht auf die Pfoten!‹ ›Stell dich nicht so blöd an!‹ Das hörte nicht mehr auf . . .

Die sich spärlich füllenden Säcke mußten von Bäumchen zu Bäumchen mitgeschleppt werden. Wir zerrten sie durch den Schnee. Ich konnte nicht schnell genug nachkommen. Ruth merkte es, wollte mir helfen. Dadurch geriet das eingespielte Teamwork durcheinander, alles verschleppte sich. Ich war so kaputt, daß ich heulen mußte, eine Art hysterischer Reaktion. Wie sollten wir mit unsern ohnehin zu schwachen Kräften die Beute auch noch den langen Weg, ohne Spur und Steg, zur Barackensiedlung transportieren? Ruth brüllte mir tröstend zu: ›Ich kann auch nicht mehr, wir machen gleich Schluß und kehren um!‹ Einzig Baldur kämpfte verbissen und brüllte zurück: ›Kommt nicht in Frage! Da vorn die alte Krüppelkiefer nehmen wir noch mit!‹ Und sie: ›Auf keinen Fall. Hertha und ich sind am Ende, und wir müssen mit der Ladung noch zurück!‹

Ich bekam Angst. Wir wären nicht die ersten erschöpft Erfrorenen dieses Winters gewesen. Wie hätte Baldur uns helfen sollen, wenn wir nicht mehr konnten und einfach im Schnee liegenblieben? Die Verlokkung dazu in solchen Situationen ist fürchterlich groß. Du bist so fertig. Du möchtest nur noch Ruhe haben und schlafen, schlafen, schlafen. Und da ist dieser dicke, weiche Schnee, dessen Kälte du sowieso nicht mehr spürst, weil die Luft viel kälter ist. Und du brauchst nur nachzugeben, nicht mehr kämpfen, nicht mehr diese elende Selbstüberwindung. Sich einfach fallen lassen und wegsacken in Agonie, in tiefen Schlaf, auch auf die Gefahr hin, nie mehr aufzuwachen: Was konnte schöner sein? Ruth und ich waren solcher Versuchung zu nahe, um hier noch weiter heldenhaft zu kämpfen. Wir hatten beide gerade noch das bißchen Verstand, um das zu wissen und es zu fürchten. Da gab es nur eins - die Aktion sofort, auf der Stelle, abblasen und auf dem Absatz kehrtmachen! Auch mit nur halb gefüllten Säcken.

Durch den unentwegt heulenden Sturm brüllte Ruth es Baldur zu: ›Aufhören! Nach Hause! Sofort!‹

Er tippte sich gegen die Stirn, schüttelte wild den Kopf und brüllte zurück: ›Erst noch die alte, dicke Krüppelkiefer!‹

Und Ruth: ›Nein! Komm her! Faß bei den Säcken mit an, wir müssen zurück! Zurück, Baldur!‹

Baldur weigerte sich. Er drehte sich um und warf sich gegen die mächtige Schneewehe, die ihn von seiner Beute, der Krüppelkiefer, trennte. Ruth hechelte ihm nach, erwischte ihn am Kragen, riß ihn zurück: ›Heim müssen wir! Auf der Stelle umkehren!‹

Baldur schüttelt sie wütend ab, brüllt Aufsässiges zurück, will weiter zu seiner Krüppelkiefer. Mit letzter Kraft holt Ruth aus, sie weiß nichts anderes mehr und ist auch mit den Nerven am Ende. Sie fegt Baldur eine dermaßen saftige Backpfeife ins Gesicht, daß er zur Seite taumelt. Doch sein Hackebeil läßt er nicht los. Und schon im Aufrappeln reißt er seinen Arm hoch und schwingt das blanke Beil gegen Ruth. Hätte sie ausweichen können?

Jedenfalls konnte sie nichts mehr überlegen. Sie warf sich gegen Baldur. Allein ihre Masse genügte wohl, ihn hintenüber zu werfen, denn Kraft kann sie nicht mehr gehabt haben. Obwohl einem in solchen Schrecksekunden wahre Bärenkräfte zuwachsen.

Baldur sank tief in den Schnee. Ruth drückte ihm die Luft ab mit ihrem Gewicht. Und beide brauchten Minuten, bis sie sich aufrappeln und wieder auf den Füßen stehen konnten.

Ruth drehte sich wortlos von Baldur ab, stapfte zu mir. Wir banden die nur halb gefüllten Holzsäcke mit Stricken zusammen und schleppten sie hinter uns her durch den Schnee. Wir schleppten uns selber durch den Schnee. Ich schaute mich nach Baldur um. Er folgte uns mit seinem Sack. Haare, Augenbrauen, alles voll vereisendem Schnee. Er kam mir, so weit hinter uns, sehr allein vor und nicht viel größer als ich; so klein, so mühselig und beladen kam er mir vor. Und er tat mir leid.

Alle drei haben wir nie mehr ein Wort über den Vorfall verloren. Auf dem qualvoll schweren Rückweg nicht, zu Hause nicht, später nicht. Jeder von uns wußte zu genau, daß einer wie der andere so oder so in jenen Grenzbereich geraten war, den man meint, wenn man sagt: Ich bin am Ende.

Wir warfen uns gegenseitig nichts vor. Wie jedesmal, richteten wir die Holzbeute im Schutz der Baracke ofengerecht zu, sprachen miteinander, wie sonst auch. Und am nächsten Morgen mußten wir abermals hinaus. Und jeden weiteren Tag. An einem davon holten wir uns auch die dicke alte Krüppelkiefer, im eingespielten Teamwork wie immer.«

Der Hase

Es war eine kurze Nacht, obwohl einige die Sonntagfrühe verschlafen, Uta unten im warmen Wohnzimmer auf dem Sofa, Captain Baldur oben in Gromis Schlafzimmer. Bis sich alle endlich um den Frühstückstisch versammeln, ist es kurz vor zehn Uhr. Das Wichtigste ist dann erst einmal die Frage: Wer bleibt hier und kümmert sich um das Mittagessen - und wer vertritt sich mit wem wohin die Füße?

Captain Baldur macht einen fabelhaften Vorschlag: »Das Wetter ist zu schön, da sollte keiner hier hockenbleiben. Wir könnten gemeinsam zu einem der wenigen Gasthäuser wandern, die in dieser Jahreszeit noch geöffnet sind. Ich wüßte da eins, das auch Gromi gern besuchte. Die Latschenklause. Ihr seid samt und sonders meine Gäste, inclusive Extrawünsche! Einverstanden? Aber festes Schuhwerk bitte ich mir aus. Schaut euch im Keller um, in dem großen alten Klamottenschrank.«

Eine halbe Stunde später stehen sie wanderfertig vor der Haustür, die Captain Baldur abschließt. Dabei fällt ihm ein: »Hausschlüssel müssen wir noch einige nachmachen lassen. Jeder von uns fünf Geschwistern muß für sich und die Seinen einen verfügbar haben. Über die jeweilige Nutzung als Ferienhäuschen müssen wir uns dann von Mal zu Mal einigen. Jedenfalls hätten wir damit einen idealen Familientreffpunkt.«

Diether meldet sich als erster für den bevorstehenden Winter zum Skilaufen an.

»Na«, sagt Christina ahnungsvoll, »wenn das Edda und Freya hören. Und Eckys Söhne!«

»Und meine zwei!« warnt Tuta. »Ich sehe es schon kommen: Das hier wird eher eine Kusinen- und Vetternwirtschaft. Kann auch nicht schaden. Wo geht es lang?«

Der Captain übernimmt die Führung, sie folgen ihm in lockeren, plaudernden Grüppchen. Es ist einer der im Hochgebirge häufigen sanften, leuchtenden Herbsttage. Von den Bergen herab stehen im bunten Laub Ahorne, Buchen, Eichen, Eschen, und die Lärchennadeln vergilben in zartem Goldrost. Das Felsgestein oberhalb ist hellgrau mit lavendelblauen Schatten unter der höhersteigenden Sonne, und ganz oben glänzt blendend erster Neuschnee.

Um das Dorf schlagen sie einen Bogen, als viel zu bunt gekleidete Trauergesellschaft. Baldur zumindest, der am häufigsten hier war, kennt einige Dorfbewohner. Von ihnen waren einige mit seiner kontaktfreudigen, impulsiven Mutter so gut wie befreundet oder teilten wenigstens manche Interessen mit ihr, sicher nicht nur politische. Baldur führt seine Schwestern und Nachkommen auf schöneren Umwegen zum angepeilten Ziel. Sie haben knapp anderthalb Wegstunden vor sich, stetig bergauf. Vorsichtshalber hat er die umfangreiche Schar vorher von seinem Autotelefon aus in der Latschenklause angemeldet. Christina hat aufgeschnappt, wie er sich mit dem Wirt duzte und in waschechtem Bairisch seine Anmeldung durchgab. Er beherrscht noch immer perfekt die Sprache seiner ersten zehn Kindheitsjahre.

Jetzt fällt ihr auf, wie oft ihre Oma und deren Schwester Uta bei einem Strauch, neben einer Hecke, vor einem Gebüsch, Kraut und anderen Pflanzen anhalten und eine Art Quiz betreiben, in das sich auch der Captain einmischt: »Guckt euch diese dicken fleischigen Hagebutten an. Fast wie winzige Tomaten. Mensch, wenn wir solche gefunden hätten! Ob das eine neue Züchtung ist? Dagegen unsere Pulerei mit den kleinen der wilden Heideröslein?«

»Wieso Pulerei?« fragt Totila.

»Weil die haarigen Kernchen rausmußten. Ihre kaum sichtbaren Härchen haben Widerhaken. Wir mißbrauchten sie gegen ungeliebte Spielgefährten als Juckpulver. Wenn man die hinten in den Kragen gesteckt kriegt: Pfui Spinne!«

»Und dafür pultet ihr Hagebutten aus?«

»Quatsch. Wegen der roten Außenfrucht. Enthält mindestens so viel Vitamin C wie die Kartoffel, wenn nicht mehr. Außerdem noch erstaunlich viele andere und seltene Vitamine. Wir verarbeiteten sie mit anderen Wildfrüchten zu Marmelade. Unsere Elterngeneration wußte nicht viel von Psychologie, um so mehr von Vitaminen und Rohkost und was man alles als Nahrung suchen und finden konnte.«

Daß sie damals in Wald und Heide Blaubeeren und Preiselbeeren, wilde Erdbeeren, Himbeeren, Holunderbeeren, Sanddorn, Vogelbeeren, Brombeeren sammelten, versteht sich von selbst.

Ruth wiederum wußte viel von Wildkräutern, die man als Salate, Gemüse und Gewürze brauchte, und wann die wo zu suchen waren. Auch lernten sie, allerlei Wurzeln zuzubereiten, wie wilde Möhren, Meerrettich, Kalmus und vor allem zahllose Blüten und Blätter, aus denen sich Tees zubereiten ließen. Nie konnten sie in jenen Jahren »in dem wunderschönen Land«, wie ein Lied die Lüneburger Heide besingt, nur so dahinspazieren. Zu jeder Jahreszeit ließen sie ihre Blicke schweifen auf der Suche nach Verwertbarem, vor allem für die Küche.

Größere Vögel wie Krähen, Eichelhäher, Wildenten und -gänse, Raben und ähnliche mochten dankbar bejubeln, beschnattern und bekrächzen, daß Deutschen jeglicher Schußwaffenbesitz bei schweren Strafen von den Besatzungsmächten verboten worden war. Aus Hunger, aus schierem verzweifeltem Hunger wären sie zu Abertausenden abgeknallt worden, soviel ist sicher, selbst die Amseln noch. Denn an Fleisch litten die Menschen den allergrößten Mangel. Nach Fleischwaren gierten selbst notorische Süßmäuler bei Tag und Nacht.

Sie waren ja froh, wenn sie im Frühjahr wenigstens dann und wann ein paar Eier aus Vogelnestern plündern konnten, was selten genug gelang. Und wie sehr hofften sie bei jedem Kräuter-, Beeren- oder Pilzesammeln darauf, einmal beispielsweise ein Reh zu fangen. Oder gar ein Wildschwein! Traum mancher schlaflosen Nächte. Keine Sekunde wären sie davor zurückgeschreckt, es umzubringen und bei Nacht für Mutters Kochtöpfe abzuschleppen. Sicher gab es auch Fallensteller, ganz sicher in der asozialen Baracke, aus der es zuweilen verführerisch duftete. Wer damals als Förster amtierte, muß es ganz schön schwer gehabt haben.

Und einmal war es ihnen ja gelungen, Tuta fällt es als erster wieder ein: »Die Geschichte mit dem Hasen! Wißt ihr nicht mehr? Eine wahre Tragödie. Sagt bloß, ihr habt es verdrängt? Zugegeben, es war nicht gerade ein Heldenstück . . .«

Schon geht es wieder lebhaft hin und her, einer schubst die Erinnerungen des anderen an: Da war Ruth mit ihnen auf dem Weg zum Baggersee, ein beschönigendes Wort für das tief in den Sand geschaufelte, kraterähnliche Loch, das vor Jahren beim nahen Autobahnbau entstanden sein mußte. Es gab mehrere. Immerhin stand darin glasklares frisches Wasser. Im Sommer pilgerten sie selbst bei Regen und manchmal noch gegen Abend dorthin, weil sie es nach den beengten Waschmöglichkeiten in der Baracke nicht genug genießen konnten, sich in reichlich Wasser austoben zu dürfen. Erst rieben sie sich mit dem feinen Sand der Steilufer ab, dann rollten sie sich mehrmals hinab in die blaugrünen Minifluten. Auf dem Weg zu ihrem speziellen Baggersee, den sie »Adria« nannten, stießen sie auf verrottende Materialreste vom einstigen Autobahnbau, Schienen mit Loren, die leider nicht mehr lange als tolles Spielgerät funktionierten, Förderbänder und vor allem einige Haufen Betonröhren, wie man sie für Kanalisationen brauchte. Und da entdeckten sie eines späten Nachmittags, nicht weit ab von den Materialresten, zwischen Kiefernwald und beginnenden Äckern, einen Hasen. Ein einziger Hase - und sechs gierige Menschen. Sie gingen wie meist in ihrer Sechserkette, die beiden Kleinsten zwischen den Größeren. Baldurs scharfer Blick erspähte den reglos erstarrten Hasen als erster.

Ein fassungslos geflüsterter Hinweis, und die Kette erstarrte ebenfalls, vom Rechtsaußen Baldur bis zur Linksaußen Ruth. Sie standen auf der Stelle still und stumm, wie das berühmte »Männlein im Walde mit dem roten Mäntelein«. Sie wagten kaum zu atmen. Aber sie mußten sich schnell einigen über ihre Taktik.

Welch ein Glück, daß sie dergleichen Situationen mehrmals in ausschweifenden Phantasien ausgemalt und manöverartig durchgespielt hatten, für Reh und Wildschwein, für Hase, Birkhuhn, Fasan und was da sonst an Leckerbissen kreuchte und fleuchte. Es genügten gewisse Blickwechsel, Gesten und Flüsterlaute - »Trick sieben bis dreizehn«, wie Baldur es heute nennt.

Dann schwärmten sie nach Indianerweise auseinander, um das Häschen zu umzingeln und zu fangen. Ecky lüllte bereits in unverhohlener Freßlust. Selbst die dreijährige Gundel ging vor wie ein gelernter Wilddieb.

Angesichts der selten vorteilhaften Möglichkeit, nämlich der nahebei lagernden Betonröhren, versuchten sie, den Hasen dort hineinzuscheuchen. In dermaßen gemeine Enge getrieben, würde er sich leichter einfangen und im größten der stets mitgeführten Rucksäcke verstauen lassen. Vorsichtig erweiterten sie den Ring um Hase und Röhren, so daß die Röhren an ihrem hinteren Ende versperrt werden konnten, saß nur der Hase erst einmal drin. Am meisten fürchteten sie seine berühmten Haken, die flüchtende Hasen schlagen und mit denen die flinken Tiere ihnen schon öfters frustrierende Schlappen bereitet hatten. Doch diesmal waren die Umstände ungewöhnlich günstig.

Baldur schlich die schwierigste Position am Röhrenende an, löste bereits seinen Rucksack von den Schultern, zog ihn weit auf. Die restlichen fünf Treiber zogen den Kreis um ihr Opfer enger, Schritt vor Schritt. Noch saß der Hase mit steil gestellten Löffeln, begann jedoch zu zittern. Aus seinen vorquellenden blanken großen Augen blickte er furchtsam um sich. Er schien noch jung zu sein, um so besser, ein saftiger Braten!

Dann setzte er merkwürdig zaudernd mit seinen känguruhähnlichen Hinterläufen zur Flucht an, hoppelte nach links auf den schwächsten Punkt zu, nämlich auf Gundel. Die klatschte in ihre kleinen Hände und rief etwas wie: »ßu Baidur!«

Der Hase riß sich herum, sah auch hier die gierigen Fänger, und dann hoppelte er geradewegs dorthin, wo sie ihn haben wollten, in eine der Betonröhren.

Alle fünf Treiber riefen Baldur zu: »In der rechten unten!« Ein Häuptling Adlerauge seines Formats hatte das natürlich selbst erspäht. Die anderen brauchten dem Hasen jetzt nur noch die Flucht an ihrem Ende der Röhre zu vereiteln. Ihr Lärm trieb das verängstigte Tier weiter nach vorn - und geradewegs in Baldurs fest zupackende Hände. Im nächsten Augenblick steckte die Beute im Rucksack und zappelte nicht einmal sonderlich. Es mußte wohl stimmen, daß Hasen sich in Schreckmomenten totstellen können.

Natürlich dachte jetzt keiner mehr an ein erfrischendes Bad im adriatischen Baggertümpel. Auf dem schnellsten Wege nach Hause wollten sie, Gromi und Krücken-Kaspar stolz die Beute zeigen. Vor allem wollten sie endlich einmal einen ganzen richtigen Braten schmecken, Fleisch richtig essen, nicht bloß kosten von spärlichen Bröckchen. Ach, sie malten sich die Schlemmerei während des hastigen Rückmarsches in schwelgerischen Bildern aus. Fleisch auf jedem Teller, mit echter Bratensoße dazu, auf Kartoffeln kam es da gar nicht mehr an.

Lebte der Hase noch? Hatte ihn auch ja nicht der Schlag getroffen? Mal leicht von draußen zwicken - ja, er zuckte. Den Wilderer-Rucksack trugen Baldur und Ruth zwischen sich und ergingen sich darin, das Gewicht der Beute zu schätzen. Man mußte achtgeben, daß sie möglichst keinem Menschen begegneten, daß sie sich nicht verrieten. Wildern war schließlich genauso verboten wie schwarz schlachten. Aber was wirkte in dieser Zeit schon ›verboten‹, wenn man es gegen das abwog, was als ›erlaubt‹ hingenommen werden mußte? Gegeneinander abgewogen, schien es ja geradezu verboten, als Deutscher überhaupt noch zu leben und sogar weiterzuleben! So sahen doch die wahren Relationen aus! Sie beschwichtigten sich mit aufsässigen und dreisten Reden. Ihre Aufgeregtheit mußten sie mühsam zügeln, je näher sie der Barackensiedlung kamen.

Ruth wies die vier jüngeren Geschwister an, unruhig um sie und Baldur »herumzupulken«, um von dem verdächtig gefüllten Rucksack abzulenken. Was tun, wenn es darin plötzlich wild zu zappeln anfangen sollte? Zum Glück begegnete ihnen keiner, und unbehelligt erreichten sie die erste Baracke.

Gromi staunte nicht schlecht, als alle zugleich mit der sensationellen Neuigkeit hereinstürmten: Wir haben einen Hasen im Sack! Ja, einen richtigen, lebendigen Hasen! Psst! Psst! Psst!

Es müßte im Juni gewesen sein, Frühsommer, warm genug zum

Baden. Aufbewahren von Lebensmitteln, sofern man überhaupt welche besaß, war nicht ratsam. Sie schlossen Türen und Fenster, zogen die bereits verschlissenen Schulburg-Vorhänge zu und versammelten sich - nun zu acht - eng um den Rucksack. Baldur band ihn geschickt auf und griff flink hinein. Ein kurzes Toben und Zappeln, dann hob er den Hasen am Genick heraus und hielt ihn triumphierend hoch.

Acht Paar hungrig lüsterne Menschenaugen glotzten auf das übertölpelte Tier. Zwei riesige helle Hasenaugen glotzten, wie prall von Angst, zurück.

Uta entfuhr es: »Ist der süß!« Oh, hätte sie nie damit angefangen!

Schon bettelte Ecky: »Laß mich streicheln, Hasi!«

Gundel streckte bereits ihre Patschpfötchen nach den hilflos hängenden vorderen des Hasen aus und quakelte: »Tach, Hasi! Sach Tach ßu Gundl!«

Gromi befahl: »Wir dürfen keine weitere Minute verlieren. Kaspar? Baldur? Ihr müßt es tun. Ihr seid die Männer. Macht es über dem Wännchen. Ach, wir müssen das Blut ja auffangen. Das ist besonders eiweißhaltig, daraus kann man eine Art Eierkuchen backen ... Was guckt ihr mich denn alle so an?«

»Wie sollen wir es denn machen, Mutter?« stammelte Baldur. Dem eben noch kühnen Jäger bebten die Lippen.

»Nun stellt euch nicht an. Wozu hast du dein Beil? Nein, nehmt besser das große Küchenmesser. Man muß es an der Kehle ...«

Kaspar schüttelte energisch den Kopf, hob abwehrend beide Hände: »Noch nie habe ich ein Tier geschlachtet! Bist du nicht auf einem Gut großgeworden?«

»Das ist zwanzig Jahre her, Leute. Außerdem wurden Hasen bereits erschossen angeliefert, nach der üblichen Jagd. Was ist los mit euch? Ihr werdet doch wohl noch ...«

Ecky begann zu plärren: »Nicht totmachen! Nicht den Hasen totmachen! Hase ist lieb!«

Gleich fiel Gundel mit ein, die das Schauerliche ja höchstens ahnen konnte.

Gromi wurde ärgerlich: »Reißt euch gefälligst zusammen! Und krakeelt hier nicht so laut herum! Ruth, du kommst doch auch vom Lande. Hast du nie ein Huhn geschlachtet? Taube? Gans? Ente? Und überhaupt hast du doch auch geangelt, mußtest die gefangenen Fische ...«

Ruth streckte beide Hände von sich: »Wir haben zwischendurch auch neun Jahre in Neubrandenburg gelebt! Das war eine Stadt! Und die Wildenten haben wir nur geschossen. Das war Jagd, kein Meuchelmord!«

»Habt ihr etwa auch eure Kaninchen erschossen? Die Weihnachtsgans? Oder gar den Weihnachtskarpfen? Was sonst noch! Hä?«

Nein, Gromi mochte beschwören, bezichtigen und schelten: Keiner mochte den Hasen töten. Der war vor Schreck tatsächlich wie gelähmt. Baldur setzte ihn sich jetzt auf die Armbeuge und streichelte das bibbernde Geschöpf. Kaspar trat einfach die Flucht ins Wohnzimmer an. Von dort hörten sie ihn auf dem Klavier klimpern: »Häschen in der Grube saß und schlief. Armes Häschen, bist so krank . . .«

Das brachte Ruth auf eine Idee: »Vielleicht hat er ja überhaupt Tollwut? Und wir würden uns alle vergiften?«

Uta und Hertha fingen an zu heulen. Sie waren die ersten, die zu bitten wagten: »Laßt ihn laufen. Bitte, laßt ihn laufen!«

Die schlichten Kinderworte kamen über alle wie eine Erlösung. Aber natürlich sollte ihnen nicht die halbe Barackensiedlung bei solcher Schmach zuschauen. Und schon gar nicht sollten womöglich andere das schreckgelähmte Tier als leichte Beute einfangen!

So warteten sie, bis es dunkel genug war, bis Kaspar unverfänglich die in ihr Niebuhr-Zimmer zurückkehrende Ruth begleitete. Daß ihr Rucksack ausnahmsweise gefüllt aussah, fiel im Schummern nicht weiter auf.

Vor dem Dorf setzten sie den Hasen in ein grün sprießendes Kornfeld ab. Und sie berichteten übereinstimmend, daß er verblüffend schnell wieder zu sich und seiner Hasennatur fand und hakenschlagend, mit wahren Känguruhsprüngen das Weite suchte.

»Tatsächlich«, stellt Hetty lachend fest, »es war ein Erlebnis, auf das wir, wie verabredet, nicht mehr zurückkamen. Doch wie ich heute feststellen muß, hat es keiner von uns vergessen. Puh, Kinder, rastet doch auch mal und genießt den Blick zurück ins Tal. Steigen und erzählen, das geht in meinen Jahren nicht mehr so leicht.«

Captain Baldur kann sie trösten. Es ist nicht mehr weit bis zum Ziel, vor allem verläuft die restliche Wegstrecke eben.

Christina möchte wissen, aus welchen kriegerischen Resten denn damals ihre Badeanzüge für die Saison am Baggersee bestanden?

Tuta erinnert sich: »Wir waren ja meistens unter uns in unsrer Adria. Andere hatten ihre Ost- oder Nordsee en miniatur, wenn nicht gleich die Südsee. Wir drei Jüngeren badeten nackt. Baldur trug irgendein löchriges Unterhöschen aus grauem Flanellzeug. Und was hattest du noch mal, Hertha?«

»Ein im Schritt zusammengenähtes ehemaliges Turnhemd aus der Adolf-Hitler-Schule. Weiß und schlabbrig. War es naß, klebte es an der Haut. Man sah noch die HJ-Raute im Brustbereich, beziehungsweise den rautenförmigen Fleck, weil Gromi sie abgetrennt hatte. Nur Ruth hatte sich einen für damalige Verhältnisse avantgardistisch anmutenden Zweiteiler gestrickt, marineblau und rot, aus aufgeribbelter Wolle. Nicht nur ich beneidete sie darum, sondern wesentlich glühender die fünf wolgadeutschen Schwestern aus der Nachbarbaracke. So viele rüstige erdfarbene Fäden sie auch spannen und webten und strickten - ein sehenswerter Badeanzug gelang ihnen daraus nie. Vielleicht gingen sie deswegen nur im Dustern baden? Schlichen sich abends als geballter Haufen hinaus, der einzige Bruder als Wächter über ihre Tugend in einigem Abstand folgend, mit einer Art Herkules-Keule, spazierstocklang, um eventuelle Spanner niederzuschmettern. Am nächsten Tag hingen kartoffelsackartige Gebilde an ihrer Wäscheleine, in denen sie sich zu Recht nicht sehen lassen mochten. Sie waren ja selber nicht übel gebaut, rank und hoch. Wenn Ruths schicker prähistorischer Bikini auf unserer Leine hing, wachten die fünf mehr als wir, daß ja kein asozialer Finger sich an dieser Beute vergriff, auf die sie selber so scharf waren. Sag mal, Baldur, wieso hinkst du neuerdings? Fällt mir schon die ganze Zeit auf!«

»Und mir erst!« ächzt der Captain. »Hoffentlich hab ich mir keine Blase anmarschiert!«

»Wäre kein Wunder bei einem, der seine Lebensstrecken durch die Luft abdüst. Da drüben ist eine kleine Kapelle mit Bänkchen . . .« Captain Baldur hinkt bereits darauf zu, in seinem Gefolge der sechsköpfige Schwarm von Schwestern, Kindern, Enkeln. Die Kapelle steht in einer Weggabelung unterhalb feuchter Wiesenhänge. Schwachlila Herbstzeitlosen blühen im gilbenden Gras. Es ist ein richtiges kleines Gebäude, eine gemauerte und weißgekalkte Altarnische, davor als überdachter Freisitz zwei kurze Kirchenbänke zum Sitzen und Knien. Die Holzschindeln auf dem Dach werden von handlichen Felsbrocken gehalten. Sie überragt ein hölzernes, offenes Glockentürmchen mit einem Kreuz darauf.

»Wie hübsch«, sagt Tuta leise. Überhaupt sind alle sieben plötzlich auffallend leise. Die beiden Frauen und Christina lassen sich auf der ersten Bank vor dem geschmiedeten Gitter nieder, Diether mit den Zwillingen dahinter. Einzig der Captain bleibt stehen, an eine der runden Holzsäulen gelehnt, die das Schindeldach über den Bänken tragen. Er macht sich an seinem rechten Schuh zu schaffen, knotet das Schuhband auf. Seine mutmaßliche Fußblase ist von den anderen vorläufig vergessen. Die schauen durch das schöne Schmiedegitter auf den weißbetuchten kleinen Altar in der Nische. Frische Asternsträuße flankieren eine schmale rosige Keramikmadonna, die ihr nacktes üppiges Jesuskind auf dem Arm trägt. Ihr kunstlos geschneidertes Gewand ist aus hellblauem Brokatstoff mit Goldlitzen liebevoll um die hohe Figur drapiert. Vorn auf dem halbhohen Mäuerchen unter dem schwarzgoldenen Eisengitter stehen einige rote Friedhofskerzen. In zwei der roten Windschutzhüllen flackern Flämmchen.

Christina entdeckt drinnen vor und auf dem Altar verschiedene Münzen, die Wanderer hineinwarfen. Sie sieht Tuta bereits in den Taschen ihres Anoraks graben.

»Was steht da auf der Tischdecke?« fragt hinter ihr Diether.

Hetty dreht sich halb um und erklärt: »Handgestickt. Kreuzstich. Mindestens so alt wie ich, ist ja noch in Fraktur gestickt!« Und sie liest halblaut vor: »Alles, alles, oh Herr - nur keine Sünde mehr.«

»Ist es ein Spruch aus der Bibel?« fragt Teja.

Sein Großvater antwortet vorschnell: »Da drin steht nur Ungereimtes.«

»Bitte, Baldur!« zischt Tuta nach rückwärts.

»Habe ich vielleicht was Falsches gesagt?« fragt er. »Was ist das für ein gesticktes Fabelwesen in der Mitte, genau zwischen dem Spruch? Das das Kreuz mit der Fahne trägt! Oder die Fahne mit dem Kreuz?«

»Ein Lamm«, sagt Hertha, »das Lamm Gottes. Das Opferlamm.«

»Aber es hat einen Kükenkopf!« flüstert Totila. »Richtig gelb und rund mit rotem Piepsschnabel!«

Sie hören den Captain leicht schnauben und fragen: »Wie kam die alte Stickerin denn auf die Kreuzung von Lamm und Küken? Säugetier und Vogel! Wir sind hier doch auf dem Land, hier kennt man sich mit Viechern doch noch aus!«

Hertha sagt nach vorn in die Nische: »Stell dich nicht dümmer als erträglich. Die Stickerin muß an Ostern gedacht haben. Sie suchte einen einfachen Ausdruck dafür und nahm ihn aus der hiesigen Osterfolklore. Das kann doch jedes Kind verstehen: Die Wehrlosigkeit von Lamm wie von Küken! Ebenso ihre absolute Unschuld! Als Symbol für den, der alle Schuld und Sünde am Kreuz auf sich nahm.«

Captain Baldur allerdings denkt dabei mehr an das künftig eierlegende Huhn, das »der alberne Osterhase« für seine fruchtbarkeitssymbolischen Ostergaben benötige. Fruchtbarkeitskulte! Darum ginge es und basta.

Totila will wissen: »Und wer hat nun recht?«

»Genau darum geht es gerade nicht«, sagt Hetty leicht müde, »man kann natürlich alles aus seinen wahren Zusammenhängen reißen und für die eigenen Zwecke zerreden. Hast du dir nun eine Blase angelaufen oder nicht, Baldur? Bestimmt hat jemand eine Sicherheitsnadel in der Tasche. Wir könnten sie an der Kerzenflamme sterilisieren und die Blase aufstechen, damit sie schneller austrocknen kann.«

»Klingt ja scheußlich«, findet Diether, »wollt ihr meinen einzigen Papa infizieren? Er wird noch gebraucht!«

»Unsinn. In den hundertfünfzig Jahren, die wir drei Geschwister zusammen auf den Buckeln haben, wurde damit noch nie jemand infiziert«, stellt der Captain klar, »und wir mußten das seit unserer marschierfreudigen Jugend unzählige Male machen, lernten es auch in den Sanitätskursen. Wie neunmalklug seid ihr von heute eigentlich? Ja, es wird eine Blase. Noch nicht reif genug zum Aufstechen. Bis zur Latschenklause schaffe ich das sicher. Und Wirtsleute desinfizieren ihre Nadeln in der Regel mit Hochprozentigem. Falls sie nicht sterile aus der Apotheke im Kastl haben. Also? Auf geht's!«

Christina murmelt den Spruch von der Altardecke vor sich hin: »Alles, alles, oh Herr, nur keine Sünde mehr.« Und lauter seufzt sie: »Wenn es nur nicht so viele schwierige Sprüche gäbe! Mich jedenfalls macht so was jedesmal ganz mies unsicher. Sünde - ist das denn andauernd mein Problem? Da kann man ja noch so glauben . . .«

Es geht jetzt langsamer bergauf, weil der Captain nicht mehr so vorausstürmen kann. Hetty hakt sich bei ihrer Enkelin ein und erwidert: »Wie gut ich das kenne, Tina. Du hast etwa einen guten starken Tag, fühlst dich geborgen, getröstet, in Sicherheit und denkst: Fester kann ich im Glauben nicht stehen! Und wachst auf in einen neuen Tag, und alles ist anders und so, als müßtest du wieder und wieder neu anfangen, ganz von vorn. Glaube ist keine Lebensversicherung. Noch heute fühle ich mich damit oft wie die zappelnde Ameise im tückischen Trichter des Ameisenlöwen . . .«

Teja und Totila dicht vor ihnen bleiben wie angewurzelt stehen: »Halt! Was ist denn das? Ameisenlöwe?«

»Höre ich auch zum ersten Mal«, sagt Christina.

Der Captain bleibt stehen und wendet sich zurück. Das ist sein Spezialgebiet, und die Schwestern überlassen es ihm gern: »Den Ameisenlöwen lernten wir erst im norddeutschen Sand kennen. Er ist die räuberische Larve der Ameisenjungfer, die im lockersten Sand schlüpft und sich dort etwa zwei Jahre durchschlagen muß. Vielleicht wanzengroß - oder kleiner? Jedenfalls mit starken Krallen und äußerst saugstarken Borstenkiefern. Kommt oben ein Tierchen vorbei, meistens eben Ameisen, schleudert er mit seinem enorm beweglichen Kopf Sandkörnchen nach oben. So stolpern die Ameisen in seine Falle, rutschen den Trichter abwärts, zappeln und zappeln und kriegen den festen Waldboden meistens ja doch nicht mehr unter die Beine. Zuletzt rutschen sie erschöpft hinunter in die Trichtermitte, wo der gierige Räuber sie aussaugt. Wir entdeckten damals seine winzigen Krater an den Sandkörnchen, die er nach oben fetzte. Das sah einfach zu komisch aus . . .«

Tuta gesteht lachend: »In meiner kindlichen Phantasie hielt ich jeden Ameisenlöwen für einen unterirdisch wühlenden Gesellen des Teufels. Rein symbolisch betrachtet, paßte das ja zu Herthas Vergleich von vorhin. Ich kenne das nämlich ebenso: immer wieder diese Tage und Momente voller Zweifel oder Skrupel, voller Neinnein-ich-mag-nicht oder Ratlosigkeit, auch Müdigkeit. Immer neu muß man erst wieder den tragenden Grund des Glaubens unter die

Füße bekommen. Wie die Ameise im Sandtrichter zappelst du abwärts, alles unter dir rutscht einfach weg. Ja, es stimmt, Unsicherheit im Glauben gibt es. Genau das sagt mir auch der flehentliche kleine Reim auf der Altardecke, da steckt die ganze Verzweiflung drin, natürlich auch Erfahrung. Nie kannst du es dir bequem machen, nie stehenbleiben! Diese Unsicherheit, Baldur, ist dir ein besonders großes Ärgernis, gib es zu. Und nicht das einzige natürlich.«

»Wenn du es eh schon weißt?« sagt er, dreht sich wieder weg, zeigt mit ausgestrecktem Arm nach vorn: »Die Aussichtsterrasse dort gehört schon zur Latschenklause. Wir sind angemeldet und sollten uns nicht verspäten.«

Der Wirt persönlich kommt ihnen entgegen, ihm auf den Fersen seine Frau. Erschrocken entfährt es Teja: »Herrschaftszeiten, der Moser Ernstl mit seiner Kathi!«

Herthas Fuß stockt. Baldur kann gerade noch verwundert fragen: »Ihr kennt den Ernstl und die Kathl?«

»Äußerst flüchtig! Sie halten mich für herzleidend.«

Da strecken sich ihnen bereits vier Arme zum Willkommensgruß entgegen. Als erster wird Baldur umfangen: »Grüaß di, Duri! Laßt du dich a amoi da herobn blickn? Ja, und do san ja auch die Enkerln von der Gesa. Und die Frau Oma! Ja, habns den Weg herauf gepackt? Respekt, sog i, Respekt . . .«

Den Stammtisch hat er reserviert, im Extrazimmer neben der größeren Gaststube. Sie ist schwach besetzt von vorwiegend Einheimischen, die die Neuankömmlinge mustern.

Wie selbstverständlich hockt sich der Wirt zu ihnen an den runden Tisch und kommandiert: »Mei Oide bringt uns erscht amoi an Begrüßungs-Schnapserl. Geh, schick di, Kathl, sei so guad!« Er knufft den Captain freundschaftlich und kann es noch gar nicht fassen: »Mei, Duri, daß du noch amoi zu uns herauffindst!«

So geht es ein Weilchen hin und her mit bayerischem Männergeplänkel. Weiter ab flüstert Totila, als traue er seinen Ohren nicht: »Duri nennt er den Captain, Duri! Respekt, Respekt! Und der Duri kann auf einmal reden, daß man kein Wort mehr versteht!«

Die Wirtin bringt eine Lage mit Enzian gefüllter Stamperln, den die drei Urenkel Gromis zum erstenmal schaudernd kosten. Die Sage stimmt wohl, daß man sich daran schluckweise gewöhnen müsse, dann freilich kaum mehr aufhören könne.

Captain Baldur ist bemüht, die Wirtsleute mit seiner Fußblase abzulenken, aber darin sind sie geübt. Die Moserin hält Nadel und

Pflaster in einem Wandschränkchen bereit, zieht die Nadel durch ihren hochprozentigen Kräuterschnaps und sticht zwei-, dreimal zu. Baldurs Fuß ist binnen Minuten versorgt.

Er startet einen nächsten Ablenkungsversuch, nachdem der Wirt schon zum dritten Mal betonte, daß es ja nun allerlei Wichtiges zu beraten gebe.

»Ach, geh«, sagt der Captain, »erst möcht ich wissen, wie es euch so geht! Wie war die Saison? Läuft die Wirtschaft? Ist denn keins von den Kindern mehr hier?«

Auch das erledigt der Moser Ernstl mit wenigen Sätzen und wegwischenden Handbewegungen. Christina beobachtet einige Blickwechsel zwischen ihrer Oma und deren Bruder. Hetty scheint leicht belustigt selber darauf zu warten, was sich hier eigentlich entspinnen soll. Dem Captain muß es zweifellos peinlich sein, da hatte er etwas nicht einkalkuliert. Und weder der Ernstl noch seine Kathl kommen offenbar auf die Idee, daß es unter dem Regiment der energischen Gesa-Gromi geteilte Ansichten, sogar völlig konträre Weltanschauungen geben konnte. Arglos setzen sie voraus, ihre Gäste seien in allem total einer Meinung. Ihre Welt bräche wohl zusammen, wenn sie die Wahrheit wüßten. Auch der Captain weiß das, doch an ein Entkommen ist für ihn nicht mehr zu denken.

Erst als die vorbestellten Schweinshaxen mit Kraut und Knödeln auf dem Tisch dampfen, ziehen sich die wohlmeinenden Wirtsleute zurück: »Laßt's euch schmecken, gell? Guaden Appetit allerseits!«

Den haben die sieben Ausflügler mitgebracht, schon gar nach der von Hunger durchweichten Hasengeschichte beim Beginn ihres Aufstiegs.

»Mit einem armen Schwein«, schätzt Totila, »hättet ihr bestimmt kein bißchen Mitleid gehabt. Ist ja heute noch so. Ein Plüschohr muß man sein, das bringt's! Gell?«

Erst zum abschließenden Kaffee nähert sich das Ehepaar Moser abermals seinen Spezialgästen. Sie haben halt noch Wichtiges auf dem Herzen, und der Ernstl kommt entschlossen auch gleich zur Sache: »Aber dafür müßt ihr sorgen, Duri, daß die Gesa einen ehrenden Nachruf im Parteiblatt erhält! Weißt es eh, Duri. Mit der viel zu schlichten Sterbeanzeige allein ist's doch nicht getan bei so einer Persönlichkeit. Ich hab schon mit der Kathl drüber gesprochen, auch wer in Frage käm . . .«

»Ich versteh, wie du's meinst, Ernstl«, sagt der Captain, »aber wer sollte denn so was schreiben? Die eigenen Angehörigen doch am allerwenigsten. Und von den Älteren wüßte ich keinen mehr, die sterben ja selber. Von unserer Generation aber kannten nur wir hier in der Gegend sie näher.«

»Nix da, Duri! Hast du eine Ahnung! Die Gesa haben viele gekannt. Auch von außerhalb, und mehr junge als ältere. Die reinste Jugendherberge haben wir ihr Häusl manchmal genannt! Jeder hat jederzeit kommen dürfen, hat auch Kameraden mitbringen dürfen. Wie oft hab ich zu ihr gesagt: Laß dir halt endlich ein Telefon legen, nicht jeder mag andere Leut einfach so überfallen! Aber die Gesa? Nix da, Ernstl, hat sie gesagt, Telefon macht mich bloß nervös, besonders wenn's klingelt, und ich bin net da. Na, ich bin allzeit bereit für jeden, der mich braucht. Das war schon eine Ausnahme, eure Mutter. Fünf Kinder ganz allein großzuziehen! Und jedes hat einen anständigen Beruf erlernen dürfen. Sogar studiert haben einige, auch von den Mädels! Das waren noch Mütter, solche Frauen wie die Gesa. Die hatte sich seinerzeit das bronzene Mutterkreuz längst im voraus verdient. Da verdient sie doch erst recht ganz am Ende eine Ehrung, doch wenigstens von den eigenen Parteifreunden! Wenn ihr sie schon so sang- und klanglos unter die Erde bringen mußtet . . .«

»Das war ihr Wunsch, Ernstl, ihr energischer Wunsch. Du kanntest sie doch! Ich hab's ja auch noch in anderen größeren Zeitungen angezeigt, mit Todesanzeigen. Auch gewisse Ungetreue sollen es erfahren. Sorgt euch nicht, daß es etwa zu still vorbei sein sollte. Da wird sich mancher erinnern. Erinnern müssen!« Der Captain zieht sich unbehaglich Mittel- und Zeigefinger unter dem Rollkragen herum. Ihm entgeht nicht das aufmerksame Interesse seiner sechs Lieben, die stumm lauschen.

Unwillkürlich hebt sich seine Stimme: »So, Ernstl, jetzt haben wir euch lange genug aufgehalten. Ihr habt schließlich auch noch andere Gäste. An so einem Tag? Da wird sich noch mancher zum Kaffee und Kuchen auf die Beine machen! Kathl? Eure Küche kann sich noch immer sehen lassen, mir hat's narrisch gut geschmeckt. Und den Meinigen ebenso, wie ich an ihrer Schweigsamkeit merke. Denen hat's glatt die Sprache verschlagen. Also? Auf die Beine, ihr satten Säcke! Auf geht's!« Er versucht, munter zu wirken, als müßte er über allzu kantige Brocken fortplätschern. Ruckartig steht er auf, endlich. Die Mosers schauen verbiestert reihum. Auch Hertha und Tuta erheben sich.

Der Captain sagt mit gequälter Freundlichkeit: »Nix für ungut, Ernstl. Ich weiß schon, wie du's meinst. Aber das ist jetzt einfach nicht ganz der richtige Zeitpunkt, verstehst? Wir hören schon noch voneinander, ihr zwei! Bleibt's gesund. Und wie gesagt: nix für ungut. Und Servus dann!«

Der Rückweg ins Tal verläuft größtenteils stiller, direkter, schneller, Captain Baldur zügig voran. Zeitweise haben die übrigen Mühe, ihm auf den Fersen zu bleiben, selbst die jüngeren. Erst als es ebener wird, verzögert er sein Tempo, als habe er sich etwas vom Leibe gerannt. Seine Enkelsöhne flankieren ihn.

Teja fragt gerade heraus: »Das waren also Gromis alte Kameraden?«

»Mosers«, antwortet er laut genug, »sind nicht älter als Hertha und ich, hätten also Gromis Kinder sein können.«

»Um so schlimmer«, findet Totila, »nämlich wie die reden! Das ist doch noch derselbe Geist oder Ton wie eben von diesen alten Kameraden! Natürlich, davon gibt's sicher auch verschiedene Sorten . . .«

»Wieso«, fragt der Captain, »wieso gesteht ihr der Welt allgemein lauter Fortschritte zu - und was ihr nicht versteht, wollt ihr einfach als hoffnungslos überaltert zurücklassen? Schlimmer noch: Ihr wollt etwas penetrant als veraltet, überholt abqualifizieren, bloß weil die Idee einmal katastrophal scheiterte! Mißbraucht von den falschen Leuten! Muß sie darum für immer und ewig bespuckt werden? Jeder Mensch kann dazulernen. Erst recht aus Katastrophen. Ist etwas nur deshalb besser oder richtiger, weil es - samt seinen Katastrophen, wohlgemerkt! - zweitausend Jahre älter ist?«

Hinter seinem Rücken blicken sich seine Enkel achselzuckend an. Hertha schneidet ihrem Bruder ärgerlich das Wort ab: »Baldur, solche Argumentation ist deiner nicht würdig. Erst recht nicht deinen Enkeln gegenüber.«

Es sieht aus, als würfe er den Kopf etwas höher; klugerweise antwortet er nicht.

Torfstechen

Nach kurzer Ruhepause versammeln sie sich mit geringer Verspätung zur gewohnten Teestunde. In diesen drei Tagen entwickelt sich eine so ungeahnte wie ungeplante Einmütigkeit, als wollte jeder immer dabei sein, wenn die andern ins Gespräch kommen könnten, und als dürfte keiner womöglich etwas verpassen.

Christina denkt: Sie, die Alten, sind noch nicht fertig mit sich, mit ihrer Mutter, mit der Vergangenheit, soweit diese gemeinsam verlief, auch noch nicht fertig mit uns. Wir sind für sie die Brücke, über die sie weiter müssen. Und Christina selber, die Zwillinge und Diether haben ja noch Fragen, auf die ihnen - vielleicht wichtige - Antworten fehlen.

»Mit der komischen Hasennummer«, stellt sie fest, »könnt ihr uns nicht sitzenlassen. Mir fehlt der Übergang vom Dritten Reich in die Bundesrepublik. Wie also ging es weiter?« Vorläufig empfanden sie ihre Lage weiterhin als hoffnungslos, katastrophal, sinnt Hetty laut, und der Begriff Bundesrepublik Deutschland war unvorstellbar und weit weg.

Noch immer mußten sie am ersten warmen Tag des Jahres das einzige Paar feste Schuhe zur Schonung für den Winter beiseitestellen, mußten überall die Frauen ihr meist einziges Paar »Seidenstrümpfe« aus Viskose oder ähnlich schlabbrigem Material für den nächsten Winter ausziehen und stopfen. Die Fußteile bestanden längst ganz und gar aus Stopfbollen. Man kriegte Blasen und Hühneraugen in den knubbeligen Dingern.

Hier und da begann im Kleinstformat allerlei kuriose Manufaktur zu erblühen, auch in der Barackensiedlung. Die Initiative des einstigen alten Gutsherrn griff auf andere über. Einer spezialisierte sich auf Einkaufstaschen aus Resten, die typische Patchworkkunst von Pionieren, in diesem Fall Pionieren der künftigen freien Marktwirtschaft. Ein anderer schnitzte aus festen Brettchen und anderen Hölzern maßgerecht Schuhsohlen, fix und fertig mit dicker Sohle und Keil- oder Blockabsatz, je nach Geschmack. Am Fuß gehalten wurden sie aus unterschiedlich geliefertem Material wie alten Gürteln, Riemen, Skibindungen, aber auch aus Seilen, Kordeln und anderen Textilresten, die er zu Sandalen-Verschnürungen verarbeitete. Mit solchen »Klappersandalatschen«, oft im leicht antiken Stil, half man sich durch den Sommer, auch in ihrer Baracke. Die ewigen Blasen- und Nierenerkrankungen verringerten sich. Wie günstig, daß Gromi ausgerechnet eine einstige Adolf-Hitler-Schule plündern konnte, wenn das nun auch langsam sein natürliches Ende fand. Immerhin hatte sie von gerade solcher Stätte unter anderem reichlich Lederkoppel und Riemen mitgebracht. Es reichte zu rüstigen Sandalen für alle, obendrein für den Herstellungslohn. Verständlicherweise bevorzugte der Sandalenerfinder eine Riemen-Währung.

Am begehrtesten waren nach wie vor Kaffee und Zigaretten. Ein Kilo brauner Bohnen war nicht unter zwölfhundert Mark zu ergattern, man konnte Nützlicheres damit eintauschen. Eine Schachtel Streichhölzer, keineswegs korrekt gefüllt, kostete ja bereits fünf Reichsmark. Daran läßt sich ermessen, wie wichtig die Kunst des geschickten Feueranmachens genommen werden mußte.

Seit Gromi nicht mehr unentwegt in den verschiedenen Besatzungszonen umherreiste, hatte Ruth in dieser Hinsicht einige Probleme, mußte das nötige Papier äußerst diskret und bedauerlicherweise auch schon mal wahllos aus den Büchern reißen.

Hertha lehnt sich zurück, blickt grübelnd aus dem Fenster und weiß noch: Es folgte ein für Mitteleuropa selten heißer und trockener Sommer 1947. In dem grauenhaften Winter bereits hatte Gromi Pläne geschmiedet: »So eine Pleite passiert uns kein zweites Mal, daß wir fast erfrieren! Für den nächsten Winter müssen wir uns rechtzeitig mit ausreichend Torf versorgen.«

Den benötigten Torf mußte man sich in einer zugewiesenen Parzelle der umliegenden Moore selbst stechen. Das war körperliche Schwerstarbeit, bei der Kinder bestenfalls nur für Nebenarbeiten zu gebrauchen waren, etwa zum Aufbauen der luftigen kleinen Pyramiden aus den mindestens 45 mal 30 Zentimeter großen und bis 20 Zentimeter dicken Torfziegeln, die kiloschwer von Wasser troffen, wenn man sie am Grunde einer Stichgrube mit dem Spaten nach Augenmaß aus dem Moorgrund stach. Das Schwerste war, sie auf dem Spaten oder ähnlichen Stichgeräten von der Grubentiefe zum zwei bis drei Meter höheren Grubenrand dem Pyramidenbauer zuzuschaufeln.

Eine tierische Arbeit. Doch es gab keine Wahl; Gromi wollte sich mit Ruth darin abwechseln.

Zu diesem Zeitpunkt war Ruth diejenige, die unruhig wurde und eigene Pläne zu wälzen begann. Daß sie bei Gromi ein erstes Dach über dem Kopf gefunden hatte, war nach ihrer Ansicht abgegolten durch ein Jahr Haushaltsführung, Kinderbetreuung und allem, was in so verrückten Zeiten damit zusammenhing. Gromi konnte das nicht so sehen, sie brauchte Ruth verständlicherweise weiterhin. In all der Zeit lief, mit Unterstützung des Arztes, Ruths Ausreiseantrag bei den britischen Militärbehörden. Das Einreisevisum für Schweden hatte sie längst erhalten. Zum erstenmal tauchte ein Vertreter des Schwedischen Roten Kreuzes auf, möglicherweise auch von dessen Tochterorganisation »Rettet die Kinder«. Er besah sich Ruth, sprach mit ihr über alles, informierte sich über sie beim Arzt und versprach, ihren Ausreiseantrag bei den Engländern sehr unterstützen zu wollen. Die machten es einem Niemand wie Ruth wahnsinnig schwer. Deutsche ließen sie nicht ausreisen, da mußte man schon ein prominenter Verfolgter des Nazi-Regimes sein und das auch beweisen können.

Da die Sache mit der Ausreise nicht vorankam, erwog Ruth, wenigstens ihre Schulausbildung zu Ende zu bringen. Zwei Jahre fehlten ihr bis zum Abitur. Begreiflicherweise dachte Gromi in dieser Frage zunächst an die eigenen Kinder. Vor allem für Baldur wurde es höchste Zeit, und da er viel nachzuholen hatte, wollte Gromi ihn von den zeit- und kräfteverzehrenden häuslichen oder familiären Verpflichtungen weg und auf ein Internat haben. Das war ja auch völlig richtig bedacht. Längst hatte sie sämtliche Fühler ausgestreckt zu einstigen Lehrkräften an der Adolf-Hitler-Schule, vornehmlich zu den jüngeren, die dort nur vorübergehend während ihrer Ausbildung gewirkt hatten, sowie zu unpolitischen reinen Fachkräften. Tatsächlich stöberte sie einige auf, kein Wunder bei dem haarsträubenden Lehrermangel. Sie fand durch sie sogar zu Internaten, die beispielsweise bis vor zwei Jahren noch Napolas gewesen waren und davor etwa kaiserliche Kadettenanstalten. Auf einem solchen Internat wollte sie, mit Hilfe einstiger Lehrkräfte, Baldur so rasch wie möglich unterbringen, ohne sich deswegen schon den Kopf über die unausweichlichen finanziellen Belastungen zu zerbrechen. Einer von Gromis Lieblingssprüchen lautete: »Irgendwie wird es schon weitergehen.« Das hatte sich in ihrem Leben oft genug bewährt und schonte ihre Nerven.

In dieser Lage meldete Hertha ihre Ansprüche an: »Ich will auch auf die Oberschule und später studieren.«

Gromi hörte das nicht gern. Es gab endlose Debatten. Doch Hertha blieb hartnäckig und hängte sich an Ruth. Es mußte ja kein Internat sein! Lieber würde sie als Fahrschülerin die nächstgelegene Oberschule anpeilen. Und vielleicht wäre das ja auch eine Möglichkeit für Ruth? Es wurde ein Frühjahr voller hitziger Debatten, die so gut wie immer Gromis Beschluß abwürgte: »Erst muß für den nächsten Winter Torf gestochen werden, dann sehen wir weiter!« Natürlich, das sahen alle ein, es war wichtiger, lebenswichtiger als Träume von Bildung und geistiger Entwicklung.

Nur einer sah es nicht ein, als er davon hörte. Ja, er fuhr Gromi vor versammelter Mannschaft an, der Arzt: »Auf keinen Fall kommt das für Ruth in Frage! Einer solchen Schwerstarbeit ist ihr Organismus nicht mehr gewachsen . . .« und so weiter und so fort.

Gromi ließ sich nicht leicht einschüchtern: »Lächerlich. So groß und stark und dick wie genudelt ist keine in der ganzen Barackensiedlung! Und die soll nicht arbeiten können? Neben ihr bin ich doch wie ein Wiener Würstel neben einer Salami. Und wenn sogar ich es mir zutraue!«

Ruth selber konnte jeder Partei nur mit Achselzucken antworten. Was wußte sie denn über ihren Zustand und von Hungerödemen? Eins traf so zu wie das andere. Ja, sie sah riesig und rosig aus, »blühend«, wie viele sagten. Und sie war erstaunlich dick, hundert Kilo wog sie. Und ihre Rundlichkeit wirkte aufgequollen, mit wahren Elefantenbeinen und verschwollenem Gesicht, doch unleugbar »groß und stark und dick wie genudelt«. Daß sie sich meistens elend fühlte, rasch erschöpft, atemlos mit allerlei Schmerzen, erwähnte sie selten, da mußte es schon schlimm kommen. Sie schämte sich ihrer Schlappheit, die sie sich nicht erklären konnte, wie sie sich ebenso ihres Umfangs und Gewichtes genierte. Hinzu kam eine wachsende dumpfe Gleichgültigkeit. Meist funktionierte sie wie automatisch, auf eine träge oder apathische Art. Ihre geistige Regsamkeit schwand, und sie selber vermutete dahinter fehlende geistige Anforderungen - höchste Zeit also für die Schule -, während Gromi es mehr als Stammesmerkmal definierte: »Typische Mecklenburgerin! Von denen hat ja schon Bismarck gesagt, wenn heute die Welt unterginge, würde er nach Mecklenburg gehen, die merken das erst hundert Jahre später.«

So gab es mehr Vorurteile als klare Urteile, denn auch die des besorgten Arztes hielt Gromi wiederum für Vorurteile, wenn nicht für faule Tricks. Und darüber ließ eine Frau wie sie ihn nicht im Zweifel. Der sollte ihr doch erst einmal klare Beweise über Ruths angebliche Krankheiten bringen! Die Röntgenbilder, für die er Ruth nach Lüneburg oder Celle geschickt hatte, sagten ihr nun einmal nichts, nicht einmal, ob es sich überhaupt um Ruths Lunge handelte. Für Gromi war das Torfproblem damit abgehakt.

Ruth aber wollte auch wieder schwarz über die grüne Grenze gehen, um Eltern und jüngere Geschwister zu sehen, um die sie sich sorgte. Solche Pläne konnten Gromi ziemlich aus der Fassung bringen: »Bist du wahnsinnig? Ausgerechnet rüber zu den Bolschewiken?«

Da Ruth nicht nachgab, eher aufsässig wurde mit Hinweisen wie »Ich bin nicht deine Sklavin, Gesa!«, versuchte Gromi mit ihr zu feilschen: »Du könntest deine Reiselust sinnvoller stillen. Zum Beispiel zu dem fetten Bauerngut bei Schneverdingen fahren, auf dem es sich deine ältere Schwester Friederike und meine jüngste Schwester Ilse als Agrar-Eleven gutgehen lassen. Die sollen dir mal ordentlich zwei, drei Rucksäcke mit Eßbarem vollpacken. Ich stelle dir auch mein Fahrrad zur Verfügung!«

Eine scharfe Verlockung! Das von allen begehrte Fahrrad benutzte sonst ausschließlich Gromi, um diese Kostbarkeit zu schonen. Es gab für Notfälle keine Ersatzteile, nicht mal einen einzigen Ventilnippel, geschweige denn Gummi. Das Fahrrad war zu jener Zeit zehnmal wertvoller als das Markenklavier. Darum deponierte Gromi es auch stets in der guten Stube neben ihrem Nachtlager, versperrt mit Kette und Vorhängeschloß.

Ihr Vorschlag klang einleuchtend in Ruths Ohren: »Nicht schlecht. Vielleicht kann ich Friederike überreden, daß sie wieder mit mir über die Grenze geht? Bis zur Ernte ist ja noch viel Zeit. Na gut, Gesa, ich tu's. Länger als ein Wochenende kann es sowieso nicht dauern.«

So schickte man sie mit dem Familienschatz auf die Reise gen Schneverdingen, mit ihrem fast leeren Rucksack auf dem Buckel und zwei völlig leeren auf dem Gepäckträger. Sie startete früh morgens und radelte auf Jäger-, Bauern- und Trampelpfaden querfeldein durch schönste, einsame Heidelandschaften. Die Kinder aus der Baracke winkten ihr hoffnungsvoll und auch recht neidisch nach: Zwei, drei Tage würde sie sich nun satt essen können. Und welche Köstlichkeiten mochte sie dann wohl mitbringen?

Am folgenden Abend bereits kehrte Ruth zurück, staubig und wie ausgelaugt von der stundenlangen Strampelei durch den Sand. Auf den ersten Blick sah es aus, als brächte sie überhaupt nur einen Rucksack von den dreien zurück, und der hockte keineswegs stramm, sondern schlaff und faltig auf dem Gepäckträger.

Schwer schnaufend hob sie ihn herunter und übergab das teure Fahrrad an Gromi. Die starrte fassungslos auf den einzigen Rucksack: Ist das etwa alles?

Ruth band ihn auf, zerrte die leeren anderen Rucksäcke heraus und ging mit dem Rest in die Küche. Langsam, müde hob sie ihre armselige Beute auf den Tisch: einen Beutel voll Mehl, einen zwei

Finger dicken Streifen Bauchspeck, ein kleines Glas von selbstgeschlachteter Blutwurst, ein etwas größeres mit Schmalz und eins mit Honig. Dazu einen halben Laib Brot: »Ich hab unterwegs nur eine Scheibe bei der Rast abgeschnitten. Man fährt ja fast fünf, sechs Stunden, obwohl ich doch sozusagen Luftlinie fuhr. All das hier ist von Ilse für euch. Sie hatte es bei den Bienenhäusern versteckt. Sechshundert Völker Bienen haben die! Als Nebenerwerb. Tut mir leid, aber Friederike kann das nicht, sagt sie. Will sie gar nicht erst anfangen. Sie will auch nicht mit mir über die Grenze, es ist ihr ebenso zu riskant. Außerdem wird sie gebraucht. Ihr könnt euch nicht vorstellen, was für ein Riesenhof das ist. Außer Acker- und Viehwirtschaft noch angelegte Fischteiche voller Forellen, Karpfen und was weiß ich. Was da auf dem Abendbrottisch stand! Und heute morgen auf dem Frühstückstisch - ihr glaubt es nicht. Fünf bis sieben Sorten Würste, Schinken, Speck, Eier, Ballen von Butter, Töpfe voll Gänse- und Schweineschmalz, Spickgans, Geräuchertes, Honig und Gelee und Gürkchen und Sahne und . . .«

Ruth war längst auf einen Stuhl gesackt. Und plötzlich mußte sie heulen, wie vor Wut und zugleich kaputt und enttäuscht: »Die britischen Besatzungsoffiziere haben da ein Jagdgebiet. Ilse und Friederike zeigten mir, was ihre Bäuerin den englischen Jagdgesellschaften auftischt, wenn sie zum Picknick angeritten kommen. Dann brechen fast die Tische. Stellt euch das mal vor! Dann steht noch viel mehr drauf, als ich gestern abend und heute früh auf dem Familieneßtisch gesehen habe. So eine Liebedienerei vor Besatzern! Und die nehmen das auch noch an und stopfen sich voll damit! Aber zu mir hat die Dame des Hauses gesagt, daß man in solchen Zeiten auf ungebetene Gäste nicht eingerichtet sei. Und dabei saß sie mit vollem Mund vor einem halben Brathuhn . . .«

»Haben sie auch Brot?« fragte Ecky lüstern, der sich unter den aufgezählten Leckerbissen nicht viel vorstellen konnte.

»Jede Menge Brot, vier oder fünf verschiedene Sorten. Das trokken gewordene kommt ins Viehfutter. Auch ganz weiches weißes Brot haben sie«, erzählte Ruth. Und Ecky: »Hast du das probiert?«

Ruth schüttelte den Kopf: »Mir haben sie nur ein dunkles vorgesetzt, wenige Scheiben. Gestern abend Schmalz dazu. Heute früh Marmelade. Und Muckefuck mit etwas Milch. Den Bohnenkaffee reservierten der Bauer, seine Frau und ihr rosa Schweinchen von Tochter für sich. Wirklich, sie erinnerte mich an ein Schweinchen, ist in Friederikes Alter. Ob sie die den Tommies andrehen wollen?«

»Das geschähe denen recht!« vermochte Gromi nur herauszubringen und rang dazu die Hände: »Was für ein Pack! Was für ein Pack!« Es blieb unklar, wen genau sie damit meinte.

Ruth brachte erst einige Tage später erneut die Energie auf, mit Gromi um ihren nächsten Grenzgang zu ringen. Und Gromi fiel eine nächste Bedingung ein: Nur wenn du auf dem Rückweg meine Schwester Inge besuchst und abgrast. Inge hatte bei dem katastrophalen Kriegsende flugs und schlau in ein Bauerngehöft nördlich vom Harz eingeheiratet, bedauerlicherweise jenseits der falschen, nämlich der östlichen Grenze, nicht weit ab von Marienborn, jedoch in fruchtbarer Gegend. Dort müsse was zu holen sein!

Ruth entfaltete ihre abgegriffene alte Deutschlandkarte und stellte fest, daß sie dafür ja viel zu weit südlich über die Grenze müsse, mit elenden Bahnverbindungen über Magdeburg. Aber was half es! Gromi würde keine Ruhe geben. Und diesen Umweg vor Augen, verlor Ruth nun auch keine weitere Zeit. Wo und wie sie diesmal nach Osten über die Grenze ging, wissen die Berichterstatter heute nicht mehr, nur so viel, daß kein großes Wasser dazwischen und die nächste Bahnstation mit Anschluß nach Schwerin günstig sein mußte.

Während Ruth in der sogenannten Ostzone weilte, traf Gromi alle Vorkehrungen für den lebenswichtigen Torfstich. In der Bürgermeisterei ließ sie sich eine Parzelle im nächstgelegenen Moor zuteilen, in dem andere längst bei der quälenden Plackerei waren. Nahegelegen war überdies keins der Moore.

Uta mußte die beiden Jüngsten hüten, als Gromi mit Baldur und Hertha zum ersten Torfstich ins Moor zog. Sie hatten die Arbeiten zwar öfters gesehen, aber selber getan hatten sie sie noch nicht. Ihre Parzelle bestand aus einer bereits ausgestochenen Grube, einige Schichten tief abgegraben. Den Weg dorthin hatten sie ohnehin gleich barfuß angetreten, und Gromi schürzte nur ihren knallroten Rock und stapfte hinab in das sumpfige Loch.

Baldur und Hertha blieben oben, nahmen die abgestochenen schweren Torfsoden in Empfang und schauten den übrigen Torfarbeiterinnen ab - es waren meistens Frauen und Kinder -, wie man daraus luftige kleine Pyramiden baute, in denen der Torf die nächsten Wochen trocknen mußte. Baldur erkannte bereits am ersten Tag scharfsinnig: »Lieber hacke ich einen ganzen Wald zu Kleinholz!«

Am ersten Tag hielt Gromi die Schinderei mit größter Selbstüberwindung bis gegen elf Uhr aus. Dann konnte sie nicht weiter. Jeder Muskel schmerzte tobend in Armen, Schultern, Rücken, Bekken, und sie atmete keuchend. Am liebsten, gestand sie ihren nicht weniger schmerzbewegten Kindern, würde sie sich in den lauen, weichen Morast fallen lassen und bis morgen liegenbleiben. Ihren beiden kleinen Pyramidenbauern ging es nicht viel besser. Stundenlang hatten sie die bleischweren Torfsoden bückend aufgenommen, zur Seite geschleppt, zu Pyramiden aufgestapelt, jede Reihe Lücke auf Lücke, damit reichlich Luft, Wind und Sonne daran arbeiten sollten. Sie fühlten sich einstigen ägyptischen Pyramidenbauern verwandt, von denen sie in archäologischen Büchern gelesen hatten. Und sofern sie überhaupt während der Schinderei zum Reden kamen, kreiste ihr Gesprächsthema um antike Hilfsmittel, wie Hebel, Rolle, Welle, schiefe Ebene, Schraube, Keil. Leider ließen sich die vorzeitlichen ägyptischen Arbeitsmethoden nicht auf Niedersachsens Moorsklaven übertragen.

Baldur gab erst auf dem Heimweg zum besten, was er vorher bereits von anderen Torfstechern gehört und an diesem Tag mit eigenen Augen gesehen hatte: In diesem Moor wimmelte es von Kreuzottern. Entsetzt hörte Gromi von den Giftschlangen. Daß sie daran nicht gedacht hatte! Das sei ja zum Verrücktwerden, jammerte sie, hätte sie doch wenigstens noch einen Haufen Skistiefel aus der oberbayerischen Burg retten können, um sich gegen solche Bestien zu schützen! Das war ihr leider zu spät eingefallen, bis dahin waren andere heimische Plünderer schneller gewesen. Barfuß war man den Giftschlangen ja total wehrlos ausgeliefert. Von Gummistiefeln verstand man in solchen Jahren nicht einmal zu träumen.

Baldur gab die ganze Wahrheit preis: Es hätte im vorigen Jahr zwei Opfer gegeben, von denen der Arzt nur eins retten konnte. Baldur wußte: »Es kommt darauf an, wo sie einen beißen. Am Bein ist es günstiger als näher an Kopf und Herz und Hauptschlagadern. Und zweitens kommt es darauf an, den Gebissenen auf schnellstem Wege zum Arzt zu bringen. An sich sind die Tiere nicht bösartig. Sie beißen nur, wenn sie sich bedroht fühlen, wenn du ihnen zum Beispiel versehentlich auf den Schwanz trittst. Die Ärzte sollen aber nie genug von dem Gegengift haben. Da muß man also mindestens dreifach Glück haben.«

Die Kreuzotterngefahr - möglicherweise von den zu Aberglauben neigenden Heidjern leicht übertrieben - regte Gromi am meisten auf. Das war ein Gegner, auf den sie mit keiner ihrer Charakterstärken reagieren, gegen den sie sich nicht wappnen konnte, den sie als niederschmetternd hinterhältig empfand. Nur eine Vorsichtsmaßnahme fiel ihr dazu ein: Ihre jeweilige Torfstecher-Mannschaft durfte nicht nur, nein mußte ab sofort mit dem Fahrrad ins Moor. Nicht, weil es sich etwa auf den fußschmalen, schwammig wabbelnden Pfaden so herrlich hätte radeln lassen, obendrein zu dritt auf einem Fahrrad! Nein, einzig, damit gegebenenfalls ein Gebissener möglichst schnell abtransportiert werden konnte. Wenigstens die zweite Glückschance wollte Gromi mit ihren geringen Möglichkeiten untermauern. Natürlich hofften sie alle, daß es nie nötig sein würde, das Fahrrad als Ambulanzfahrzeug verwenden zu müssen.

»Und?« will Christina wissen, »wurde es je nötig?«

»Wartet mal«, unterbricht Diether, »ich war als Kind dabei, wie mein Vater bei einer Wanderung eine Giftschlange lebend einfing. Sie hatte ihr Lieblingsplätzchen an der Sonne genau auf dem Felsbrocken, auf dem Touristen gerne rasteten. Wo war das noch mal?«

Captain Baldur hilft seinem Sohn lächelnd auf die Sprünge: »Ach ja! Jedenfalls im Gebirge. Kärnten? Tirol? Dolomiten? Es war eine der seltenen Tiroler Vipern. Heutzutage vom Aussterben bedrohte und geschützte Tiere.«

»Und du konntest es noch immer?« staunt Hertha. »Sie lebend einfangen? Mit dem blitzschnellen, geübten Zugriff gleich hinter ihrem Kopf samt Giftdrüse?«

»Und wie er das konnte!« schwärmt Diether. »Er verstaute sie ebenso geschickt in seiner geleerten Fototasche und ließ sie an einer weniger begangenen Stelle frei. Hattest du das etwa damals bei den Kreuzottern im Torfmoor gelernt?«

Der Captain besinnt sich: »Wie kam das noch mal? Ach ja, Ruth brachte es uns bei! Zunächst bei Ringelnattern, an einem der zahlreichen Heideflüßchen. Mehr spielerisch, wie sie es als Kind ebenfalls gelernt hatte. Wir sollten uns nicht vor Schlangen ekeln. Es war mehr eine Geschicklichkeitsübung, eine Mutprobe, eben Spielerei.«

»Na, weißt du!« meint Hertha lachend. »Mit Kreuzottern hätten wir aber nicht gespielt. Und du hast es auf eigene Faust riskiert, weil es hieß, daß gewisse Apotheker oder Ärzte gut zahlten für lebende Kreuzottern. Sie brauchten angeblich deren frische volle Giftdrüsen zur Herstellung von Schutzserum oder Gegengift, hieß es. Baldur stopfte die gefangenen Viecher in das alte Wehrmachts-Kochgeschirr, das er meist bei sich am Gürtel trug. Gromi flippte völlig aus, als sie ihm beim zweiten oder dritten Mal auf die Schliche kam. Er mußte ihr Stein und Bein schwören: Nie wieder!«

»Ich hätte auch von allein den Schneid verloren«, gibt Captain Baldur zu, »als der dünne blasse Flüchtlingsjunge vom Nebenstich gebissen wurde . . .«

»Also doch?« fragt Christina schaudernd. »Und wie ging das aus?«

Das Schlimmste war, erinnern sich die Geschwister, daß das arme Kerlchen vor Angst die Nerven verlor und sich wie verrückt gebärdete. Man müßte ruhig bleiben, sich auch nicht zuviel bewegen, um den Blutfluß nicht noch zu beschleunigen, der das Gift ja transportierte.

Einige der Moorarbeiterinnen erinnerten sich an ihre Erste-Hilfe-Ausbildung in der Hitlerjugend. Eine sog die Bißwunde aus, spuckte es weg, und ein älterer Mann ritzte sie mit dem Taschenmesser etwas größer, damit die Wunde tüchtig ausblutete. Dann banden sie das gebissene Bein oben ab, mit Kopftuch oder Gürtel, einen flachen Stein auf der betreffenden Schlagader als Druck. Bei ihren Bemühungen mußten drei bis vier Leute den in Panik tobenden Jungen festhalten. Der sah totenblaß aus. Der kräftigste Jugendliche stand bereits in den Pedalen von Gromis Fahrrad. Doch der gebissene Junge drohte in Schock oder Kreislaufschwäche zu versakken, so daß zwei weitere neben dem Fahrrad mitlaufen und den Jungen auf dem Gepäckträger halten mußten. Sie hatten Riesenglück. Als sie die nächste Landstraße erreichten, kam ausgerechnet der Doktor mit seinem Auto vorbei, unterwegs zu Krankenbesuchen. Auf der Stelle übernahm er den Jungen, versorgte ihn, so gut er konnte, packte ihn hinten in sein Auto und brauste mit ihm ab ins nächstgelegene Krankenhaus der Kreisstadt.

Der Junge war binnen zehn Tagen oder weniger wieder in Ordnung. Allerdings weigerte er sich seitdem, nochmals ins Moor zu gehen.

Baldur und Hertha hätten sich auch gerne geweigert, dazu bedurfte es keiner Schlangenbisse. Die Arbeit im Torfmoor empfanden sie als unerträglich. Wegen der Schule wurde sie bis zu den Sommerferien auf einige Nachmittage in der Woche beschränkt. Dafür dehnte sich die Qual bis in den September. Gromi hatte errechnet, wie viele Wagenladungen ungefähr sie für einen mittelschweren Winter brauchen würden und wie viele Pyramiden demnach erforderlich waren. Es tröstete die Torfarbeiter kaum, daß Abbau und Abtransport ihrer Torfklumpen sehr viel leichter sein würden, denn bis dahin mußte die meiste Feuchtigkeit entwichen sein, und das waren etwa sechzig Prozent von neunzig ihres ursprünglichen Gewichtes. Der Heizwert von Torf lag nicht hoch, da mußte also entsprechend viel Vorrat angelegt werden.

Ruth ahnte zweifellos, was ihr im Moor bevorstand. Sie blieb diesmal drei Wochen, wenn nicht länger, fort. Kam die Rede auf sie, hörten sich Gromis Bemerkungen dazu immer gereizter an. Sie ertrug es nicht gut, allein zu sein, lebhaft und gesellig, wie sie nun einmal war. Krücken-Kaspar ließ sich nur noch selten blicken.

Es sprach für Gromi und war typisch für ihr spontanes, offenes Wesen, daß sich etwa die Nachbarn bevorzugt in ihrer großen Wohnstube versammelten, so spendabel auch der einstige Gutsherr seine geräumige und luftige Terrasse zur Verfügung stellte. Nein, sie hockten sich bei Gromi zusammen an den Tisch, und wer ein wenig klimpern konnte, mit dezenten Anschlägen ans Klavier.

Wie häufig in unsicheren Zeiten, beherrschte die Menschen weithin in vielen Ländern allerlei Aberglaube, der sich schnell ausbreitete. Wahrsager und Astrologen machten - wie schon in den letzten Kriegsjahren - gute Geschäfte. Gromi interessierte sich mit naivem Eifer dafür. Sie bevorzugte abendliche Gäste mit einschlägigen Fähigkeiten und Kenntnissen. Die Kinder mußten bis dahin in den Betten liegen, vor ihnen suchte Gromi ihren Hang zum Okkulten zu verbergen. Natürlich waren die Wände viel zu dünn, wußten die drei Älteren genug Spalten und Astlöcher.

Da sahen sie die Erwachsenen bei Kerzenschimmer dicht gedrängt um den Tisch hocken, unheimlich stumm versunken ein Pendel belauernd, das über einem Foto hin und her baumelte. Die alte spirrige Frau Pallapies hielt in ihren knochigen Fingern den Faden, an dem das Pendel schwang. Dumpf murmelte sie Unverständliches. Die Kinder wußten, daß das Pendel wieder einmal über dem Foto ihres Vaters ausschlug, daß es Auskünfte über sein Schicksal geben sollte: Lebt er noch? Nah oder fern? Wie fern? Unerreichbar?

Der alte Gutsherr außer Diensten verstand sich besser aufs Kartenlegen, aus denen er es mit der Wahrsagerei versuchte. Der hatte freilich den Schalk im Nacken, bei dem mußte man auf derbe Scherze gefaßt sein, was Gromi nicht immer durchschaute. Er beließ es gern im unklaren, ob er es ernst meinte oder seine Zuschauer verulkte. Das geriet ihm vermutlich leicht durcheinander.

Hertha erinnert sich, daß er, nachdem er die Karten geheimnisvoll gemischt und ausgelegt hatte, tiefernst minutenlang darüber schwere Gedanken brütete. Dabei pfiff er leise durch die Zähne, blies über die Lippen, schnaubte mit der Nase, ließ die Fingergelenke knacken. Plötzlich sagte er vernehmlich: »O nein! O nein, liebe Frau Gesa! Sie müßten ja eigentlich selber die reinste Hexenmeisterin sein! Was seh ich da? Was seh ich da? Tatsächlich. Es gibt keinen Zweifel: Sie sind übersinnlich veranlagt!«

Die liebe Frau Gesa sprang von ihrem knatschenden Korbsessel auf, mit hochrotem Kopf - vor Entrüstung oder Scham? Da Kaspar sie gerade verlassen hatte, ging zuviel in ihrem gefühlvollen Wesen vor sich. Sie ordnete das zweideutige Wort eindeutig falsch ein und fuhr den verdatterten Kartenleger an: »Was erlauben Sie sich! Etwa weil ich fünf Kinder habe? Das ist nun wirklich eine unverschämte Verleumdung - über-sinnlich! Ha!«

Dem alten Herrn gelang es keineswegs, sie zu überzeugen, daß hier nicht von einem Übermaß ordinärer Sinnlichkeit oder Sinnenlust die Rede war, sondern von magischen Kräften, die in ihr schlummerten, die vielleicht ja bewirkten, daß es sie so stark zu okkulten Praktiken hinzöge, und daß ein Mensch mit übersinnlichen Anlagen und Antennen selber in Verbindung treten könnte mit allerlei Geistwesen, womöglich auch mit den Geistern Verstorbener? Nein, Gromi fühlte sich aufs Übelste an einem Punkt getroffen, an dem sie sich schwach fühlte, erst recht, was jeglichen Geist betraf. Von dem kauzigen Kartenleger ließ sie sich vorsichtshalber nicht mehr in ihr tieferes Wesen samt verborgenen Wünschen blicken.

Um so gläubiger setzte sie auf die Astrologen im lockeren Freundeskreis. Denn Sterne, ja, die konnte man obendrein sehen, ihre Bilder erkennen, das war für sie etwas Greifbares, wenn auch nur mit den Augen. Viel mehr entsprach es Gromis Anschauung über weise Naturvölker und deren Naturbeobachtungen, daß sie dem Gang der Gestirne tiefe Geheimnisse zutraute, die sie mit Menschen verbanden, und daß sich solche Weisheiten durch Sinnbilder mitteilten. In den Sternen stand für sie der Ursprung aller Weltschöpfung, auf Symbole dieses Bereiches ließ sie sich gern und gläubig ein. In dergleichen Naturweisheiten konnte sie sogar die sonst für sie einzigartigen Germanen mit anderen Rassen, wie Indianern und Ägyptern, Polynesiern und Chinesen unter einen Hut, oder richtiger Himmel, fast gleichwertig zusammenbringen. Gab es nicht bei all diesen Völkern ähnliche Kulte mit überdimensionalen Steinen, mit Bergen, uralten Bäumen und ähnlichen Kultstätten?

Und Gromi nutzte auffallend Ruths Abwesenheit für ihre sogenannten kultischen Abende. Sie ertrug es nicht, daß jemand darüber spottete, denn hier bewegte sie sich in Bereichen, die nun einmal ihr heilig waren. Ruth hingegen konnte ihr lockeres Mundwerk nicht halten. Obendrein redete sie mit Gromi, in Gegenwart der Kinder, abschätzig und respektlos über »das Zauber-Theater« und flüchtete gewöhnlich aus den geheimen Sitzungen, wenn sie zufällig einmal mit von der Partie gewesen war und es aus Neugierde sogar eine Weile dabei ausgehalten hatte.

Maisbrot-Orgie

Ruth tauchte erst im Juli wieder in der Baracke auf. Nein, diesmal war sie nicht beim nächtlichen Wechsel über die grüne Grenze erwischt worden, nicht deshalb kehrte sie verspätet zurück. Ihr Vater hatte sie gebeten, noch auf der Insel Rügen nach älteren Verwandten zu sehen, um die er sich sorgte, und der Abstecher an den Greifswalder Bodden hatte die üblichen Umwege und Strapazen gekostet, von denen sie sich an der Ostsee wenigstens eine Woche hatte erholen können. Bei Nacht war sie zu Fuß mit ihrem Vetter über den Rügendamm gewandert. Der postenstehende Rotarmist auf der Mitte des Dammes erschrak über ihren Anblick nicht weniger als sie über seinen. Ein Wunder, daß der kleine Sibiriak auf die zwei Riesen nicht geschossen hatte! Solche Episoden mußte sie den Kindern in der Baracke natürlich immer wieder erzählen und vorspielen. Außerdem hatte sie neue Erfahrungen und Erkenntnisse über Grenzgänge allgemein gesammelt, die sie gern weitergeben wollte. Man könne ja nie wissen, was für Zeiten der geschundenen Menschheit noch bevorstünden . . .

Gromi interessierte nur eins: »Warst du bei meiner Schwester Inge? Hast du uns von ihr etwas mitgebracht?«

Eigentlich hätte ihr ein Blick auf Ruths wieder einmal schlaffen Rucksack genügen müssen. Gromis Hang zu fröhlichem Optimismus verblendete ihr zuweilen die Sinne und - wie mehr als vierzig Jahre später ihre Tochter Hertha meint - in puncto politischer Tatsachen auch den Verstand.

Ruth hob ihr den Rucksack für alle Fälle entgegen: »Ja, ich war bei Inge. Ich soll euch schön grüßen. Übrigens hat sie ein Baby, den Hoferben, sagt sie. Na? Kein Jubel über einen neuen Verwandten? Nein, mitgeben wollte sie nichts, weil ich doch erst noch über die Grenze mußte. Und wenn sie mich erwischten, meinte sie, fiele es nur den Iwans in die gierigen Hände.«

»Unglaublich. Solche Feigheit vor dem Feind!« fand Gromi, um die bittere Erfahrung mit der nächsten Vermutung zu mildern: »Na, wahrscheinlich hat das arme Huhn da drüben selber nichts zu beißen. Und dann noch einen Säugling auf dem Hals! Hat sie dir wenigstens auf den Weg was zu essen mitgegeben?«

»Ein paar belegte Stullen. Der Anmarsch von ihr bis zur Grenze zog sich gemein hin. Es ist dort ziemlich hügelig, man merkt die Nähe vom Harz. Zum erstenmal sah ich blühende Mohnfelder. Es ist kein roter Mohn. Ob sie so viel Opium brauchen?«

Gromi fragte lauernd: »Mit was belegt? Deine Stullen!«

»Zwei mit Schinken, zwei mit Wurst.«

»Sie hat es also! Sie hat es! Los, setz dich hin und pack aus. Raus mit der Sprache! Und nur die Wahrheit, Ruth. Du brauchst uns nicht zu schonen. Ich will wissen, wie ich mit meiner Verwandtschaft dran bin!«

Ach ja, Ruth mochte auch gar nicht herumschwindeln. Sie fand Inges Verhalten ja selber schäbig.

Die hatte in einen respektablen Bauernhof eingeheiratet, einen, wie sie in der fruchtbaren Gegend dort ummauert und abgeschottet stünden wie kleine Festungen, sogar innerhalb der Dörfer. Jedes Gehöft ein solides Viereck aus Wohnhaus, Ställen, Scheune, Mauer mit breitem Tor, alles in Fachwerk. Die meisten Ortsnamen endeten da auf -leben: Erxleben, Haldensleben, Wefensleben, Rodensleben, Wanzleben, Aschersleben, Siegersleben und so weiter.

Inge ginge es nicht schlechter als etwa den Heidebauern. Brot, Milch, Butter, Käse, Geschlachtetes und Geräuchertes jeder Art samt Eiern und Gemüse gab es genug. Ruth durfte bei den zwei gemeinsamen Mahlzeiten, die sie miterlebte, getrost zulangen. Bei Inge wurde sie nicht geizig abgefertigt wie auf dem bewußten Bauerngut bei Schneverdingen.

Bis zum Mittagessen war sie bei Inge eingetroffen und gleich mit zu Tisch - na, nun, nicht gerade gebeten oder geladen, immerhin – aufgefordert worden, in der Form: »Na, wenn du schon hier bist, dann setz dich man.« So ungefähr.

Inge habe ihr dann stolz Haus, Baby, Hof und Garten gezeigt. »Und dann«, berichtete Ruth, »mußte ich ihr beim Gänsenudeln helfen. Ja, sie halten sich reichlich Geflügel hinter ihren hohen Mauern, auch manches Schwein, und das meiste wohl schwarz. Da haben sie wohl noch ihre Erfahrungen vom Dreißigjährigen Krieg! Die Gänse hielt Inge versteckt. Ich wollte nicht beim Nudeln helfen. Das ist doch Tierquälerei. Aber sie sagte: Stell dich nicht an, mußt dir dein Essen auch ein bißchen verdienen! Das meinte sie sicher als Spaß. Sie lachte dabei . . .«

Aus Gromi brach es an dieser Stelle hervor: »Sie nudelt ihre Gänse? Da bleibt einem ja der Verstand stehen. Sie hat solchen Überfluß, daß sie Gänse nudeln kann? Ich kann's nicht fassen! Mir fallen glatt die Ohren ab! Das ist doch . . . also . . .« Ihr gingen die Worte aus. Ein für Gromi dramatischer Zustand.

Dafür fielen ihre fünf Kinder lautstark über Ruth her: »Was ist das denn? Wie nudelt man Gänse? Mit Nudeln? Wie geht das? Hast du ihr geholfen?«

Ruth nickte und gestand: »Ich war ihr Gast. Und man muß es ja nicht erst lernen. Ich sollte bloß jede Gans festhalten.«

Die Gänse waren groß, stark, ja fett vor Bewegungsmangel. Um so kräftiger wehrten sie sich gegen die Zumutungen des Nudelns oder Stopfens. Ruth mußte sich die jeweilige bedauernswerte Gans fest unter den Arm klemmen und sie auf der Stelle halten. Mit ihren zwar gestutzten, dennoch widerstandsfähigen Schwingen sträubten sich die Tiere und schrien vor Angst. Allein deshalb mußte ihnen schleunigst der Schnabel gestopft werden, ehe ihr Trompeten die in Grenznähe zahlreich stationierten Besatzer alarmierte. Inge hob den mit der Nudelmasse gefüllten Emailleeimer geübt von Gans zu Gans, packte mit ihren festen kurzen Händen jede am Hals und zwang ihr den nahrhaften Brei in den Schnabel. Augenblicklich erstickte das Trompeten. Die beiden Frauen lauschten kurz, ob sich bereits rasselnd Wallensteins oder Gustav Adolfs Landsknechte dem Mauertor näherten? Nichts zu hören vom Feind, Glück gehabt; Inge konnte weitermachen. Mit dem Finger schob sie der Gans den Brei vom Schnabel nach hinten in den Hals, an dem sie mit einer Hand drückend auf und ab fuhr, indem ihre Hand den langen Gänsehals umschloß. Ruth beschrieb es so: »Ein Niedermelken war das. Als ob sie den Brei in den Gänsebauch niedermelkte. Jede Gans erhielt auf diese Weise mehrere Portionen. Daß die dummen Tiere sich so wehrten? Also ich hätte den Nudelbrei sofort freiwillig verschlungen. Die Beschimpfung ›dumme Gans‹ trifft manchmal zu.«

Der Brei bestand aus zusammengemanschten Köstlichkeiten wie Getreidekleie, Milch und Molke, kleingehacktem Grünzeug, etwa Brennesseln, wohl auch Kartoffelbrei dabei, einige nicht mehr ganz so frische Eier - was sich auf einem Bauernhof halt an Nahrhaftem und Entbehrlichem zusammenläpperte.

Den andächtig lauschenden fünf Kindern lief das Wasser im Munde zusammen: »Warum hast du denn nicht wenigstens ein paar Gläser oder Dosen voll von der Gänsenudelpampe mitgebracht? Mensch, du denkst manchmal aber auch an gar nichts! Und wozu soll das überhaupt für dermaßen dumme Gänse gut sein?«

Das konnte ihnen ihre landwirtschaftlich erfahrene Mutter erläutern, nachdem sie um Fassung gerungen und ihre Sprache wiedergefunden hatte: Das Nudeln oder Stopfen mache nicht nur die Gans saftig fett, sondern vergrößere vor allem ihre begehrte Leber auf ein Vielfaches der normalen Größe, so daß sich daraus entsprechende Mengen kostbarer Gänseleberwurst, vor allem Gänseleberpastete herstellen lasse. Auch der Brustumfang der Gans nehme erfreulich zu, was nach der Schlachtung wiederum die köstliche, gerollt geräucherte »Spickgans« reifen lasse, lachszarte teure Delikatesse für den verwöhnten Gaumen.

»Aber in allgemeinen Hungerzeiten muß man doch froh sein, wenn man überhaupt ein Federvieh braten darf! Was für eine Vergeudung, sie noch extra zu mästen, während ringsum Millionen Landsleute Hunger leiden! Nicht wenige sogar am Hunger sterben! Wenn sie Ruth wenigstens eine ihrer Gänse mitgegeben hätte! Geschlachtet und gerupft. Sie ist meine Schwester!«

Ruth sagte Gromi auch noch das: »Genau darum hättest du dich jahrelang einen Deubel geschert, sagte Inge. Du hättest ihr den Quatsch eingeredet, sich als Wehrbäuerin ausbilden zu lassen, damit ihresgleichen den eroberten Osten und sich gegen slawische Untermenschen verteidigen sollten. Und was du da wohl gezetert hättest, wenn sie mal einen Polen oder Russen gemästet hätte statt einer Gans. Gesa, wie sie mir das erzählte . . . kann es nicht sein, daß sie dir irgend etwas heimzahlen möchte? Sich rächen? Abrechnen?«

Gromi rollte die großen hellen Augen nach oben, tippte sich mehrmals an den Kopf, den sie zugleich schüttelte: »Euch fehlt's wohl hier, was? Die tickt doch nicht mehr richtig! Ich hatte sie alle in guten Führungspositionen untergebracht, und gerade Inge! Und das hätte nicht funktioniert, wenn sie nicht überzeugend mitgespielt hätten. Sie haben an unsere Sache geglaubt!«

»Ich auch«, sagte Ruth, »das ist ja das Schlimme, besonders wenn man sich belogen und betrogen fühlt und noch dümmer als Inges Gänse.«

»Ach, bilde dir nichts ein, Kind«, konnte Gromi dann wohl burschikos sagen, »das Leben geht weiter, wie du siehst. Lassen wir das Thema Inge. Erzähl uns lieber, mit welchen Typen du diesmal über die Grenze spaziert bist?«

Und Ruth erinnerte sich dankbar gleich lebhaft an eigentlich nebensächliche Details. Die reifenden Mohnfelder etwa wären ihr um ein Haar zum Verhängnis geworden, allerdings erst am nächsten Tag.

Den Kindern konnte sie ihre Grenzerlebnisse gar nicht oft genug erzählen. Die erlebten im Geist alles mit und behielten manches über vierzig Jahre im Gedächtnis: Was Ruth im voll besetzten Bummelzug zwischen Madgeburg und Eisleben passiert war! Der ganze Zug mal wieder fast nur mit Grenzgängern überfüllt. Man erkannte sie schon immer an ihrem typischsten Gepäckstück, dem Rucksack, an ihrem Herumhorchen und verstohlenem Studieren selbstgezeichneter Geländeskizzen und Karten. Doch Ruth hatte es diesmal allein wagen wollen und mußte ja auch erst noch bei Inge vorbeischauen. Bereits in dem uralten Reichsbahnwaggon dritter oder vierter Klasse widerfuhr ihr Ermutigendes. Ein bäuerlich aussehender Mitreisender hatte genau über ihrem Sitzplatz einen auffallend gelöcherten Karton auf den Gepäckleisten deponiert, in dem es dann und wann leise schurrte und rappelte. Kein Zweifel, der Karton barg ein lebendes Tier, vermutlich ein Kaninchen. Während der schuckelnden Eisenbahnfahrt tropfte es plötzlich von oben feucht auf Ruths Kopf. In solchen Lebenslagen, erklärte sie den Kindern, neigt man geradezu hysterisch zu Aberglauben, klammert sich an die kuriosesten Glückszeichen, Glücksboten. Und dies galt unzweifelhaft als Glücksverheißung: Scheißt ein Tierlein dir aufs Haar - werden deine Wünsche wahr.

Das ganze Abteil habe den glücktriefenden Vorgang bemerkt, die Getroffene beglückwünscht und sich als Begleitung angeboten. Doch Ruth hatte ja noch den Umweg zu Inges Gehöft machen müssen, wo sie sich die glückverheißenden Tröpfchen schleunigst aus dem Haar wusch.

Nach Mittagessen, Ortsbesichtigung, Baby-Begutachtung, Gänsenudeln und dergleichen durfte sie dann am kräftigen Abendessen teilnehmen, dessen Details die fünf Kinder in der Heide wesentlich mehr interessierten als ihr jüngst geborener Vetter, von dem sie doch zum erstenmal hörten. Nicht mal seinen Namen wollten sie wissen. Was hatte ein Säugling ihnen schon zu bieten? Kinder waren sie selber. - Für das bißchen Nacht durfte Ruth sich auf dem Sofa in Inges guter Stube ausstrecken, was dank angestellter Stühle leidlich ging. Flüchtlinge gab es in Inges Haus nicht.

Ruths Schlaf währte kurz. Gegen zwei Uhr früh verabschiedete sie sich flüsternd von Inge, die ihr gerade noch ein Glas warmer Milch und etwas Speck zwischen zwei Brotschnitten als Frühstück anbot. Außerdem schob sie ihr besagten Reiseproviant von vier Schinken- und Wurststullen in den Rucksack.

Schon während der Anfahrt von Magdeburg hatte Ruth allerlei Tips für den Grenzgang eingeholt. Inge gab ihr letzte und wertvolle Ratschläge mit auf den Weg. Demnach würde Ruth nach stundenlangem Marsch sämtliche am Weg liegenden Dörfer zu umgehen haben, bis sie vormittags den Zielort nördlich von Marienborn erreichte. Hier seien die sowjetischen Grenzbewacher mit guten Ferngläsern, made in Germany, im Kirchturm postiert. Es müsse das Sicherste, weil Frechste sein, unter ihren Augen auf die nun unmittelbar nahe Grenze zuzuschlendern, in Richtung Wiesen, durch die ein Bächlein sich schlängle: Der Bach ist die Grenze!

Um diese Zeit waren die Grenzbewohner in ihren Wiesen bei der Heuernte. Sie hätten mittlerweile ausgiebige Erfahrungen mit illegalen Grenzgängern - gab es denn überhaupt noch legale? -, ob von hüben oder drüben. Deshalb pflegten sie stets überzählige Heurechen und ähnliche Geräte mit sich zu führen. Ruth solle wie selbstverständlich einen aufnehmen und sich bei den heuenden Bauern einreihen. Die würden sich mit ihr, bieder Heu rechend, mehr und mehr, Reihe um Reihe, dem Bächlein nähern ...

»Und dann springst du einfach«, hatte Inge gesagt.

»Und was muß ich wem dafür zahlen?« hatte Ruth gefragt.

Auch Inge hatte sich kopfschüttelnd an die Stirn getippt: »Spinnst du? Ist doch selbstverständlich, daß man sich hilft.«

Ja, das gab es auch. Dabei war das Spielchen ja auch für die hilfreichen Heu-Ernter nicht ungefährlich. Immerhin riskierten sie Bestrafungen für ihre Hilfsaktionen.

Auf dem Marsch zu ihnen überkam Ruth bis zum Morgengrauen schon wieder nagender Hunger. Es lagen bis dahin bereits mehr als zehn bis fünfzehn Kilometer Fußmarsch hinter ihr, wegauf, wegab, durch wildfremdes, hügeliges Gelände. Sie wagte es nicht, jetzt bereits ihren Reiseproviant anzubrechen. Vermutlich würde sie ihn später sehr viel nötiger brauchen. Wer konnte denn wissen, was ihr diesmal noch bevorstehen sollte? Nur nicht leichtsinnig werden!

So begann sie, im Vorübergehen einzelne Mohnkapseln von den Mohnfeldern zu reißen, pulte deren unreifen, nussigen Inhalt heraus und kaute ihn mit Behagen. Es beschwor in ihrem Kopf selige Kindheitserinnerungen an ihre schlesische Verwandtschaft mütterlicherseits, an heiße lange Sommerferien in Schlesien voller Mohnstreuselkuchen, Mohnklöße, Mohnsemmelbrei mit Honig.

Das Grenzdorf erreichte sie in wohlig gelassener Stimmung, barfuß und fast traumwandelnd. Sie fand, wie beschrieben, die Wiesen mit dem Bächlein, auf denen sich bereits fleißige Hände bei der Heuernte rührten. Die Leute musterten sie überrascht, vermutlich erschien sie als Nachzügler im heutigen Grenzgänger-Kontingent? Sie fand am Wiesenrand überzählige Heurechen, griff sich einen, reihte sich wie selbstverständlich bei den Dorffrauen ein, die das morgens geschnittene Gras auseinanderharkten und das gestrige wendeten. Ruth half ja nicht zum erstenmal bei einer Heuernte, soweit ging alles glatt. Sie merkte nur selber ihre merkwürdige Tapsigkeit. Natürlich, sie hatte in den letzten Nächten zu wenig Schlaf bekommen, aber mußte sich das ausgerechnet im Moment der höchsten Anspannung auswirken? Sie nahm blöde lächelnd die auffordernden Blicke wahr, als sich die Heukolonne dem Bächlein näherte. Sie merkte dösig, als ginge es sie nichts an, daß Unruhe aufkam, bis jemand sie leise anherrschte: »Spring endlich, du Kamel!«

Da fiel ihr wieder ein, daß sie ja über die Grenze wollte. Sie lallte: »Danke!« und sprang.

Die einstige jugendlich mehrfach dekorierte Hoch- und Weitsprungmeisterin sprang wie ein zentnerschwerer Kartoffelsack, platschte ins Wasser, krabbelte heraus, glücklicherweise am westlichen Ufer. Drüben zog sich ihre Heukolonne hastig vom Bach zurück, alle schüttelten wie aufgezogen die Köpfe. Wahrhaftig ein Kamel!

Ruth schaffte noch einige hundert Schritte und Meter, bis sie am Rande des Lappwaldes ins Moos sank und auf der Stelle einschlief, sozusagen opium-berauscht.

Frierend erwachte sie, als es bereits Abend wurde. Und jetzt war sie heilfroh, daß sie ihren Reiseproviant so lange geschont hatte.

Die lauschenden Kinder konnten diese gewissermaßen berauschende und benebelte Geschichte nicht oft genug hören, angenehm schaudernd über die narkotische Wirkung der weiß und violett blühenden Mohnfelder. Noch häufiger und begieriger freilich hörten sie den Bericht über das Nudeln von Inges Gänsen. Wie gerne hätten sie mit dem überfütterten Federvieh getauscht!

Natürlich fragte Gromi auch nach dem Befinden von Ruths Eltern, die sie ja kannte, nach den jüngeren Geschwistern. Wie schon bei ihrem vorletzten Grenzgang, klagte Ruth auch diesmal: »Da drüben ist alles irgendwie schlimmer und trostloser. Und es macht einen einfach krank, wenn sie jedesmal hoffen: Du kommst aus dem Westen? Da muß es dir ja prima gehen, da hast du uns sicher was Gutes mitgebracht ... Und du kommst doch mit leeren Händen und hast genausoviel Hunger wie sie. Immer diese Erwartungen an die aus dem Westen! Man möchte verrückt werden. Als hätten wir hier den Krieg nicht ebenso verloren. Aber was kann man tun? Soll ich ihnen zu ihrem eigenen Elend noch Sorgen um mich aufbürden? Meine Brüder sind so alt und jung wie Hertha und Uta. Mein Vater noch kaputt vom Ersten Weltkrieg, nach diesem Zweiten ein armseliges Strichmännchen, das marodierende Rotarmisten immer wieder ausplündern, wenn er in den weit auseinanderliegenden Dörfern zur Seelsorge unterwegs ist, alles zu Fuß abklappern muß. Er kann es gar nicht riskieren, die Abendmahlsgeräte mitzunehmen, nicht mal für Sterbende . . .«

Trotz der Not war es Ruths Mutter gelungen, der Tochter nagelneue Strümpfe für den nächsten Winter zuzustecken, damit die ständigen Blasen- und Niereninfektionen ein Ende nähmen.

Durch die amerikanischen Besatzungstruppen, mehr durch deren weiblichen Anhang, lernte man gerade die ebenso traumhaft feinmaschigen wie unerreichbaren Nylonstrümpfe kennen - wenigstens vom Sehen. Die deutsche Strumpfindustrie, bis Kriegsende überwiegend in sächsischen Gefilden ansässig, sollte in quasi letzter Stunde noch ähnliche Zauberfasern entwickelt haben, jedenfalls wurde ihr das »Perlon« zugesprochen. Und solche Perlonstrümpfe tauchten tatsächlich neuerdings zunächst in der östlichen Besatzungszone auf. Ruths Mutter mußte sie gegen letzte vergrabene Silberlöffel oder ähnliches eingetauscht haben. Ruth konnte es sich selber nicht anders erklären, da ihr Elternhaus in den allerletzten Kriegstagen vollständig ausgeplündert worden war. Nun brachte sie also ein Paar solcher Traumstrümpfe mit . . .

»In Wirklichkeit«, erinnert sich Hertha, »waren es zwei Paar. Mir hat sie beide gezeigt. Vor Gromi packte sie nur eins aus. Wie hätte sie ihr deren Besitz denn auch sonst erklären sollen? Und wer will es Gromi verdenken, daß sie reagierte, wie sie reagierte? Wir befingerten die uns hauchzart erscheinenden Gebilde - heute fänden wir sie vermutlich grob und schwer -, und tatsächlich lautete Gromis erster Befund: ›Willst du rumlaufen wie ein Ami-Liebchen? Außerdem beginnt gerade erst der Sommer so richtig. Und ins Moor zum Torfstechen brauchst du weder Strumpf noch Schuh.‹ Genauso hatte Ruth es sich wohl schon selbst gedacht . . .

Sagt mal, Kinder, warum macht denn keiner Licht an? Wir sitzen ja längst im Dustern . . .«

Sie blinzeln, als Diether das Deckenlicht einschaltet. Tuta stellt erschrocken fest: »Höchste Zeit, das Abendessen zu richten! Wenn wir so weiterquasseln, schaffen wir hier nichts mehr. Ich jedenfalls muß morgen früh abreisen. Und Diether will mit mir fahren.«

»Wieso nicht mit uns?« fragt Captain Baldur. »Ich muß ebenfalls mit den Zwillingen zurück. Habe es Frigga versprochen. Außerdem wird man ja auch noch woanders gebraucht. Wer von uns soll hier eigentlich als letzter dicht machen?«

Christina sagt versunken: »Bleibt doch noch, bitte. Da fehlt noch so vieles.«

»Kindchen, wir können hier beim besten Willen nicht unser ganzes Leben aufdröseln«, sagt der Captain sanft und fügt lächelnd hinzu: »Zum Glück sind wir damit ja auch noch längst nicht fertig, ganz und gar nicht fertig. Und auch gar nicht scharf auf das happy or unhappy end.«

»Aber wenigstens noch bis ... War da nicht bald die Berliner Blockade oder so was?«

»Erst im nächsten Jahr. Ost und West drifteten auseinander zum Kalten Krieg. Für uns viel entscheidender war erst die Währungsreform im Sommer 1948. Von da an ging es atemberaubend bergauf. Ihr könnt euch das nicht vorstellen, in welchem Tempo. Aber man kann wirklich nicht alles erzählen. Wenn auch die Erinnerungen nur so purzeln, nachdem man sie einmal anstippste.«

»Trotzdem müssen wir uns jetzt erst mal um das Abendessen kümmern«, verkündet Tuta, »und um letzte wichtige Fragen, wie: Bis wann sollen Ofen und Herd noch in Gang gehalten werden, wenn wir hier doch morgen die Läden dicht machen?«

Plötzlich blicken alle erwartungsvoll auf Hetty. Die hebt beide Hände: »Schon gut, Kinder! Ich reise mit Tina etwas später ab. Uns braucht keiner mitzunehmen, wären ja auch zu blöde Umwege. Wo deponieren wir die Hausschlüssel? Da sind nur zwei Garnituren übrig.«

Der Captain will sich darum kümmern, daß für alle fünf Hinterbliebenen Ersatzschlüssel angefertigt werden, danach müsse sich jeder selber um die jeweilige Weitergabe kümmern.

Diether und die Zwillinge tragen für eventuelle Weihnachtsbesucher vorsorgend einen Holzvorrat zum Kachelofen, ebenso neben den Herd. Und Christina folgt den Schwestern Hertha und Uta in die Küche, das Abendessen zu bereiten. Sie hört die Jüngere zur Älteren sagen: »Hast du Baldur je so entspannt erlebt? Der kann ja richtig plaudern! Als wäre ihm eine Last von den Schultern ... oh, ich meine das nicht mit Blick auf Mutter, um Himmels willen!«

»Natürlich meinst du es genau so«, erwidert Hertha auf ihre nüchterne Art, »und vermutlich ist was dran. Gerade Dienstverhältnisse bringen solche Verkorkstheiten zustande. Ritter Baldur könnte jetzt endlich seine falsch verstandene Treue ablegen, diesen idiotischen Ehrendolch. Aber machen wir uns nichts vor, Uta. Es ging ihm eben nicht nur um Mutter. Mit ihr hat er lediglich unerschrocken zurückgeblickt. Ab jetzt blickt er vorwärts. Aber wie? Wie? Kann einer mit Mitte Fünfzig überhaupt noch umkehren? Oder ist das mehr eine Charakterfrage? Oder ... Nanu, Tina Mädchen! Hast es mitgehört? Kann vielleicht nicht schaden. Setz dich zu uns, Mädel.«

»So kriege ich meinen Brief an Edda nie fertig. Es ist inzwischen auch viel zuviel. Und erzählen? Wann und wie? Nachplappern läßt sich so was nicht. Und außerdem: Was passierte im Sommer siebenundvierzig mit Ruths sagenhaften Perlonstrümpfen?«

»Ich wußte übrigens bis heute nicht, daß sie zwei Paar mitgebracht hatte«, gesteht Tuta, »so entstehen historische Mißverständnisse, nehme ich an. Dolchstoßlegenden und dergleichen. Weißt du, Tina, mir hat Ruth nämlich nicht so blindlings vertraut wie deiner Oma. Die brauchten sich wohl gegenseitig.«

»Du warst eben noch ein kleines süßes Plappermäulchen und hattest dein rotes Lacktäschchen als Ersatz.«

Und die Strümpfe, erinnert sich Hetty, galten selbstverständlich als begehrte Tauschwährung. Leider hatte man mit dieser Sorte noch zu wenig Erfahrung. Gromi spekulierte als erste damit und gleich verhängnisvoll zielsicher in ihrem unausrottbaren Optimismus: »Was wir dauernd, was wir Tag und Nacht und noch dazwischen am schwersten entbehren, das ist Brot. Einfach mal genug Brot. Ruth, du mußt es mit deinen Perlonstrümpfen beim Bäcker versuchen. Es gibt ja zwei im Dorf. Beide haben Weib und Töchter. Versuch es bei beiden und gib die Strümpfe dem Meistbietenden.«

Das war nicht gerade ein Geistesblitz, so verheißungsvoll es sich auch anhörte. Wurde das ein Reinfall!

Zum Schwarzmarkthändler war Ruth kein bißchen geboren. Gromi zwar auch nicht, trotzdem hätte besser sie die Sache in die Hand nehmen sollen. Mit ihrem ein- bis zudringlichen Wesen wäre sie garantiert einige Brotlängen weiter gekommen.

Im nachhinein muß man annehmen, daß die beiden Bäckersippen, von Versuchungen reichlicher bedroht als normale Sterbliche, sich für solche Fälle verabredet hatten, um gewissermaßen die jeweilige Tauschwährung zu regulieren. Dafür bedurfte es keiner Banken und Börsen! Wahrscheinlich hätte man es auch völlig anders angehen müssen: Die Strümpfe gegen Eier tauschen, die Eier gegen Zigaretten, diese gegen Kaffee, den gegen Butter und so weiter - oder andersherum. Es gab da gewisse Möglichkeiten, eine »Währung« aktuellen Bedürfnissen anzupassen und aufzubessern oder deren Flaute zu umschleichen.

Wahrscheinlicher war in diesem Fall, daß bei den biederen Dorfschönen Perlonstrümpfe einfach nicht bekannt, nicht von Legenden umrankt und darum nicht gefragt genug waren. Außerdem hätte man sie selbstverständlich und dreist als Nylonstrümpfe anbieten müssen, die sich in der ersten Phase ihres noch märchenhaften Ruhmes befanden. Nylon - das war von magischem Klang. Und die Heidedörfler hätten es ja nie von Perlon unterscheiden können, beides neuartige Kunstfasern. Aber eine deutsche Kunstfaser? Das konnte zu diesem geschichtlichen Zeitpunkt nicht viel mehr wert sein als Schrott.

Ruths Perlonstrümpfe brachten lediglich zwei klitschige Brote vorwiegend aus Maismehl ein. Sie glichen Kommißbroten, wogen schwer wie nasse Torfballen, hatten den Ruf, daß Sägemehl und anderer Dreck untergemischt sei, sie klebten zwischen den Zähnen, ließen sich nur zäh hinunterwürgen und blieben für Epochen im Magen liegen, schwer wie die Wackersteine im Wolfswanst bei den sieben Geißlein.

Kein Mensch konnte sich erklären, wieso es in Deutschland nur noch grobes Maismehl zu geben schien, damals eine völlig exotische Pflanze. Man vernahm die böse Mär, daß die Briten hier ihr koloniales Viehfutter gegen deutsche Roggen-, Weizen- und Gerstenernten verschoben, damit ihnen ihr kostbarer Whisky nicht ausginge. Doch in jenen Tagen kursierten viele böse Gerüchte, manche so wahr, wie andere erfunden.

Die zusätzliche Sonderration von zwei Maisbroten wurde gar nicht erst in die laufende Ernährungsmisere eingeplant, etwa nach dem Schema: Eine Woche jeden Tag ein Scheibchen mehr pro Nase. So hätte ja keiner davon richtig etwas bemerkt. Nein, von Anfang an stand fest: Das wird auf einmal verdrückt! Einmal wollen wir kosten, was eine Orgie ist. Einmal möchten wir uns sinnlos überfressen! Einmal möchten wir diese unvorstellbare Erfahrung kosten.

Gromi schnitt die beiden eckigen Brotlaibe mit ihrem größten Küchenmesser in sieben klotzige Klumpen, und jeder durfte damit tun, was er wollte. Da gab es keinerlei Entscheidungsängste. Jeder, auch die winzige Gundel mit dem dunkelblonden Lockenschopf und, anhänglich neben ihr, der ewig rotznasige Ecky, jeder zog sich in eine Barackenecke zurück. Die meisten hockten sich schlicht auf den ungehobelten Bretterboden, und das große Kauen hob an. Sie mahlten und mümmelten still vor sich hin wie eine wiederkäuende Rinderherde. Die Völlerei dauerte bestenfalls eine Stunde. Mit schweren Bäuchen, mühsam atmend, blieben die Fresser und Prasser liegen, gegen die Bretterwände gelehnt, stumpf beseligt vor sich hinglotzend. An die fragwürdigen Geräusche, die der Schwelgerei aus den verschiedenen Ecken folgten, erinnert man sich besser nicht. Einige der Schlemmer ereilte in der folgenden Nacht bereits die überflüssige Strafe: Bauchgrimmen,

Koliken, Durchfälle. Doch das war ihnen die Schlarafferei wert gewesen.

Ruth garnierte das Fest vor lauter Entzücken mit einem kulturellen Rahmen, indem sie als Schlaflied auf dem Klavier mindestens sieben Seiten einer Haydn-Sonate herunterdrosch, um sich etwas manierlicher Luft zu machen, und diesmal für den Komponisten persönlich. Ja, von ihr hatten es nicht allein Hertha und Uta übernommen, jeweils für einen imaginären Zuhörer zu spielen, als Ersatz für einen strengen, nicht vorhandenen Klavierlehrer: »Du mußt dir fest vorstellen, da sitzt jetzt Mozart hinten in der Ecke und hört dir zu. Bringst du es übers Herz, ihm weh zu tun?«

Sie kamen bald darauf, daß noch lebende Persönlichkeiten sehr viel eindrucksvoller wirkten. Da machte selbst Baldur mit. Als er einmal eine Fuge total verpatzte, behauptete er mit überzeugender Wut: »Das habe ich ja auch nur für Stalin gespielt!«

Es war eine Gaukelei, es machte einfach mehr Spaß, wenn man sich bereits vorher entschied: »Heute spiele ich für Charly Chaplin.« Oder für eine angeschwärmte Lehrerin. Oder für Winston Churchill. Es bereicherte die Ausdrucksmöglichkeiten.

»Stimmt«, sagt Christina, »das hat Edda vorgestern auch so gemacht. Sie spielte für Leonard Bernstein. Oder war das nicht schon vor einer Woche? Sitzen wir wirklich erst zum vierten Mal um diesen Abendbrottisch?«

Tuta hat ganz andere Sorgen: Der Kühlschrank muß leer geräumt werden, alles Leichtverderbliche aus der Speisekammer verschwinden: »Nehmt mit, was ihr könnt!«

Diether greift da gerne zu. Nachdem Rucksäcke in den letzten Tagen und Stunden bedeutende Rollen spielten, sucht er sich einen aus Gromis großem Schrank mit Wanderausrüstungen und beginnt auf der Stelle mit dem Verstauen. Teja und Totila leisten Zubringerdienste, legen dies und das für den eigenen Gebrauch zur Seite.

Captain Baldur beobachtet das Treiben von Sohn und Enkeln mit Stirnrunzeln: »Sagt mal, Jungs, machen euch unsere alten Hungergeschichten futtergeil? Wir reisen morgen nur wenige Stunden in bestens versorgte Haushalte! Was habt ihr ihnen denn zuletzt erzählt, Mädels?«

»Die klitschige Maisbrot-Orgie . . .«

Überhaupt war die Versorgungslage im Sommer kaum besser als im Winter, wenn man einmal von wildwachsenden Früchten, Kräutern, Wurzeln und Knollen absieht. Früchte allein machen leider nie richtig satt, ausgenommen gelegentlich Kartoffeln.

Schon gar nicht sättigten sie die drei bedauernswerten Schwerstarbeiter, die Tag für Tag ins Moor zum Torfstechen mußten, auch bei strömendem Regen. Zum Glück regnete es im Sommer 1947 selten, und die schütteren Getreidefelder im sandigen Umland wurden bald erntereif.

Während Ruth nachmittags mit Baldur und Hertha ins Moor zum Torfstechen zog, pilgerte Gromi mit ihren drei Jüngsten auf frisch abgeerntete Kornfelder zum Ährenlesen. Die Bauern sahen das nicht gern und erteilten widerwillig nur Ausnahmegenehmigungen. Es hätten ja sonst Schwärme von Flüchtlingen, Städtern und sonstigem Hungerpack ihre Äcker überrannt. Wenn Gromi mit den drei kleinen Lockenköpfchen aufkreuzte, gelang es ihr nach zähem Beteuern und Gebettel eher, auf das Stoppelfeld zu dürfen. Sie zogen Säcke mit sich, bückten sich nach jeder bei der Mahd verlorenen Ähre und lasen sie in ihren Sack, das Feld rauf und runter.

Es sah schon kurios aus, wenn die kleine Gundel sich dann und wann ächzend aufrichtete und in den Rücken griff wie eine gichtige Alte. Nicht weniger leidend nahm sich der fünfjährige, wie rheumatisch verkrümmte Ecky aus. Mit ihren kleinen Händen sammelten sie geschickt und fleißig die Ähren auf. Und jede Rast nutzten sie, um die Körner herauszupulen. Damit blieben sie auch noch nach Feierabend und sonntags beschäftigt. Ihre Stimmung schwankte heftig zwischen freudigen Erfolgserlebnissen und gelangweilter Erschöpfung. Gromi trocknete die Körnerbeute auf dem Herd und drehte sie durch die ohnehin nutzlos gewordene Kaffeemühle. Aus dem so entstandenen Getreideschrot kochte sie mit Wasser und etwas Salz einen speltreichen Brei, der keinem schmeckte und auf den doch niemand verzichten konnte. Eine lästige Menge davon blieb jedem zwischen den Zähnen stecken, so daß die gesamte Tischrunde zum Nachtisch im Gebiß herumpokelte. Nur ausnahmsweise gab es pro Portion ein paar Löffel Milch dazu oder in den Beerenzeiten darüber, ungesüßt, Blaubeer-, Brombeer-, Himbeermus, je nach Beute. Gemessen an Tante Inges Gänsefutter war das ein Dreck.

Während der Sommerferien mußten Baldur und Hertha mit Ruth an den Wochentagen von morgens bis abends ins Moor. Gromi hätte sie gern auch sonntags zur Arbeit geschickt, für sie galt kein Gebot »Du sollst den Feiertag heiligen«. Gegen solche Zumutungen jedoch probten das große und das kleine Mädchen den Aufstand.

Natürlich eilte es Gromi aus triftigen Gründen: Der von Ruth aus der Grube gestochene, von den Geschwistern pyramidenförmig aufgeschichtete Torf mußte rechtzeitig vor Wintereinbruch bis in den Kern austrocknen. Und irgendwie mußte er dann die fast zehn Kilometer vom Moor bis in die Baracke geschafft werden, eine harte Nuß für Gromis Lieblingsspruch: »Irgendwie wird es schon weitergehen.« Sie war zwei-, dreimal mit den Jüngsten auf Kräuter-, Knollen-, Beeren- oder Pilzsuche ins Moor gekommen und hatte bestürzt festgestellt, daß die Arbeit viel zu langsam voranging. Ruth machte immer häufiger schlapp, brauchte immer längere Erholungspausen während der Schinderei.

Nicht, daß Gromi gemeckert oder gar gescholten hätte, das wäre ja unkameradschaftlich gewesen. Sie stellte es lediglich besorgt fest, fragte sich und die Torfarbeiter: »Gebe ich euch denn zu wenig Proviant mit? Gewiß ist es nie genug. Aber Ruths Sonderration verteile ich ausschließlich auf euch drei, solange ihr diese Plackerei machen müßt ...«

Dabei sah Ruth noch dicker und rosiger aus als vor einem Jahr! Gromi gab jedem täglich mit ins Moor, was sie nur auftreiben konnte - jedem ein Kochgeschirr voll Kartoffel-Milch-Pampe oder labbrigem Getreideschrotbrei, jedem eine gut fünf Zentimeter dicke Scheibe von dem feuchten Maisbrot und, falls es zugeteilt wurde, sogar ein- bis zweimal wöchentlich gut fünfzig Gramm Wurst oder gar ein hartgekochtes Ei. In jenen Jahren benützte, wer sie hatte, seine Briefwaage vorwiegend in der Küche. Selbstverständlich gab es auch nach der abendlichen Heimkehr noch eine möglichst sämige Gemüsesuppe aus den gerade erbeuteten Garten-, Feld- oder Wildfrüchten. Der absolute Renner auf deutschen Eßtischen war die gute alte Steckrübe oder Wruke, die die Phantasie vieler Hausfrauen zu wuchernden Rezepten anregte. Ihr höchster Wert war ihre enorme Größe, vergleichbar mit dem Umfang einer Kokosnuß, jedoch nicht hohl wie dieser weltenferne Exot. Vielleicht liegt in jenen Rübenjahren der geheime Grund dafür, daß sich Gromis aufmerksam lauschende Enkel und Urenkel heutzutage nicht einmal vorstellen können, was überhaupt eine Steckrübe, Wruke oder Kohlrübe ist? Man konnte sie einfach nicht mehr sehen. Damals jedoch verlieh man dem unentbehrlichen Feldgemüse den Namen »deutsche Ananas«!

Ruth wußte zu erzählen, daß ihre einzige Typhusdiät im ersten Nachkriegswinter wochenlang ausschließlich aus Steckrüben, erfrorenen und davon süßlichen, schleimigen Kartoffeln, dann und wann auch einem Krüglein Molke bestanden hatte. Immerhin war sie wieder auf die Beine gekommen. Und jetzt sollte eine weitaus üppigere Kost nicht einmal für die Arbeit im Moor reichen? Es war Ruth ja auch peinlich, daß sie zunehmend versagte, während ihre zwei kindlichen und mageren Helfer beim Pyramidenbau eisern durchhielten.

Eines Tages - und das war kein Sonntag - warteten Baldur und Hertha vergeblich, daß Ruth von ihrem Niebuhr-Zimmer käme und mit ihnen ins Moor zöge. Das müßte Anfang September gewesen sein, noch immer schönstes Sonnenwetter.

Sie warteten von sechs bis gegen neun Uhr früh. Dann schickte Gromi ihre beiden Ältesten, die Säumige abzuholen, und gab ihnen den vorbereiteten Proviant für alle drei gleich mit. Vor dem Niebuhr-Haus weigerte sich Baldur, Hertha hineinzufolgen.

»Warst du so prüde?« fragt ihn die Schwester heute. »Ruth im Bett hattest du schließlich x-mal auf einem unserer Drei-Etagen-Lager gesehen. Oder dachtest du, sie wäre vielleicht nicht allein?«

Der Captain schüttelt den Kopf, streicht sich das voll in die Stirn schwingende nußbraune Haar zurück, sinnt selber: »Eine kranke Frau - das wollte ich vermutlich nicht sehen. Kann sein, daß ich dachte, sie könnte tot da liegen und irgendwie unwürdig, daß es sie verletzt hätte, so von mir gesehen zu werden.«

War ja nicht so schlimm, findet seine Schwester heute.

Dafür rannte Baldur um so eilfertiger zum Arzt, als Hertha ihm Minuten später aus Ruths Zimmerfenster zurief: »Sie schnauft noch! Irgendwas stimmt nicht. Hol den Doktor! Schnell!«

Nun ja, was immer Ruth fehlte oder quälte - der Arzt sauste noch am gleichen Tag zu Gromi und verbot ihr strikt, Ruth auch nur noch ein einziges Mal ins Moor zum Torfstechen zu schicken.

Gromi mag es geahnt haben. Sie begehrte nicht dagegen auf. Sie reagierte eher nachdenklich und fragte: »Kann sie mit den Kleinen Früchte sammeln gehen? Weil dann eben ich wieder mit meinen beiden Großen ins Moor muß.«

Er ließ sie nicht im unklaren darüber, daß ihm die Strapazen auch für die Kinder zu groß erschienen, vor allem, wenn es sich über Wochen hinzöge. Und von Haltungsschäden wollte er da ja noch gar nichts sagen!

»Bis die Schule wieder anfängt, müssen wir es eben schaffen«, handelte Gromi ihm ab.

Sie brauchte nur einen weiteren Tag auf Ruth zu warten, dann ging es für beide Seiten wieder los, diesmal mit ausgetauschten Führungsrollen. Ruth kramte ihr zum vorigen Herbst zusammengestelltes »Pilzbuch« im Wachstucheinband hervor und machte sich mit Uta, Ecky und Gundel auf Nahrungssuche. Morgens und abends versorgte sie den Haushalt.

Zukunftspläne

Mit dem fortschreitenden September rückte das Thema »Oberschule« mehr und mehr in den Vordergrund, angesichts der verlorenen Zeit verbissener als im Frühjahr. Gromi dachte immer nur an Baldurs Zukunft. Für ihn suchte sie sonntags in den umliegenden Dörfern, bei Eingesessenen wie bei Flüchtlingen, Lehrkräfte aller Art. Sie schreckte selbst vor Pastoren nicht zurück, die Baldur einbläuen sollten, was er an einem Gymnasium bis jetzt verpaßt hatte. Er sollte in dem erträumten Internat gleich Anschluß an seine Jahrgangsgefährten finden. Die meisten davon hatten ja selber durch den Krieg und sein Ende zeitliche Ausfälle.

Baldur folgte seiner Mutter zielstrebig. Eine idealistische Vorstellung von diszipliniertem Lernen hatte sich ihm früh genug vorbildhaft eingeprägt. Er wollte weiterkommen, er wollte sichtlich auch weg von der ständig nur auf das Nächstliegende gerichteten Kleinkariertheit der »Weiberwirtschaft« in der Baracke, die gar keine andere Wahl hatte. Er wollte höher hinaus, sehr viel höher. Und das hat er ja auch geschafft.

Als häusliche Arbeitskraft, Nahrungs- und Heizstoffbeschaffer war mit ihm seit diesem Herbst kaum noch zu rechnen. Mit Mutters Familienkleinod radelte er, nach dem regulären Dorfschulunterricht, von einem Nachhilfelehrer zum nächsten. Für ihn spielten sie eine Art prähistorischer Entwicklungshelfer, ganz nach dem erst sehr viel später geprägten Slogan »Hilfe zur Selbsthilfe«. »Und die meisten«, wie er sich heute erinnert, »waren Frauen. Außer in den Pfarrhäusern, wo man mir vor allem Latein und Griechisch einbläute. Für Englisch brauchte ich wieder eine Dame. Die Männer, soweit nicht gefallen oder vermißt, saßen ja haufenweise in der Kriegsgefangenschaft fest, am schlimmsten und längsten in der UdSSR.«

Es störte ihn wundersamerweise auch nicht, daß er abermals unter dieses und jenes »Weiberregiment« geriet. »Diese Frauen«, meint er, »hätten euer heutiges Feministinnen-Getümmel so überflüssig wie albern gefunden. Sie hatten so was nicht nötig. Wenn ich dagegen an meine Tochter Frigga denke, oder an ... na ja. Was ist mit unsern Töchtern passiert? Was fehlt in ihrem Überflußdasein? Wenn ich die verschiedenen Typen mal vergleiche - und das fällt mir heute zum erstenmal richtig ein und auf - ja, dann muß ich wohl noch tiefschürfender darüber nachdenken. Ob sie meine Enkel jemals so ermutigen, wie mich damals meine verschiedenen Privatlehrerinnen? Wie fern war der Begriff Frust. Wir brauchten uns gegenseitig, und wir nahmen uns gegenseitig völlig ernst. Der kleine Unterschied lag eigentlich nur beim Alter und spielte keine größere Rolle.«

Und ausnahmslos unterrichteten sie Baldur gratis, wie er sich jetzt staunend erinnert. Das war nicht selbstverständlich. Wenigstens Kartoffeln, Pilze, Preiselbeeren oder ähnliche Währungen hätten sie mit gutem Recht verlangen können!

Bei den Kartoffeln fallen Baldurs Schwestern wieder einmal ihre trübsinnigen Erfahrungen mit der seinerzeit herrschenden Bauernkaste ein.

Mit dem Herbst reiften die Hackfrüchte auf Kartoffeln- und Rübenfeldern. Was immer man davon ergattern konnte, ob reif oder unreif, war nach wie vor begehrt bei allen, die nicht über bestelltes Akkerland verfügten.

Wie in gewissen Großstädten die Jugend sich an Kohlentransporten der Eisenbahn heranmachte, die unter Kontrolle der Militärregierungen fuhren, meist für alliierte Zwecke bestimmt; wie sie in den Städten nach Kräften Kohlen klauten, so geriet auch die in ländlichen Gebieten untergebrachte Jugend angesichts reifender Felder in nicht abreißende Versuchungen. Und die Erwachsenen machten es ihnen ungeniert vor.

Die Bauern fingen an, ihre Felder mit sämtlichen landwirtschaftlichen Hieb- und Stichwaffen zu bewachen, vom alten Dreschflegel über Spaten, Hacken, Mistgabeln bis zur schaurig abschreckenden Sense. Regelrechte Feldwachen organisierten sie, rund um die Uhr, meistens zu zweit bis viert. Und daß sie mit ihren mißbrauchten Werkzeugen selbst vor hungrigen Kindern nicht haltmachten, mußten die aus der Barakkensiedlung mehr als einmal erfahren. Solche Erinnerungen prägten in Hunderttausenden von Kindern und Jugendlichen das Bild vom deutschen Bauern bis ans Ende des Jahrhunderts.

Was, fragen sich heute die einstigen Kinder, hätte es einem riesigen Kartoffelfeld schaden können, wenn wir uns einen Rucksack voller knolliger Früchte herausgebuddelt hätten? Ach, mit einer normalen Einkaufstasche, Patchwork made in Baracky, hätten wir uns schon zufriedengegeben! Wäre ein Bauer ärmer geworden, wenn er sich kurz weggedreht und uns glatt übersehen hätte? Hätten sie ihre Streifengänge nicht ebenso nutzen können, großzügiges Teilen oder Verteilen zu praktizieren, mit gutem Recht kontrolliert? Das hätte ihnen doch jeder zugestanden! Aber nein, nicht einen einzigen Erdapfel wollten sie kampflos preisgeben. Und unsere verzweifelten Tricks durchschauten sie rasch, weil ja viele Mundräuber in ihrer Not auf die gleichen verfielen: daß wir uns als scheinbar von langem Marsch erschöpftes Häuflein näherten, abwechselnd unübersehbar schlapp machten und uns zur kurzen Wiederbelebung am Feldrain in Gras, Disteln, Ginster und Immortellen fallen ließen, die Gesichter zum Feldweg hin. Dort stand Ruth und tat, als müßte sie uns mit Faxen, Liedlein, Fingerspielen und Pantomime muntermachen. Wir starrten auffällig auf sie, sangen mit ihr, sogar mehrstimmig. Nach rückwärts aber grabbelten gierig unsere Finger die Kartoffelstauden ab, fuhren in den leichten Boden, wühlten die Früchte blindlings nach vorn in den jeweiligen Behälter - das gelang nur erbärmliche zwei, drei Male. Dann hatten die Feldwachen unser Spiel durchschaut, obwohl wir die Spuren in der bestohlenen Furche doch kunstvoll verwischten. Die Bauern jagten uns fluchend davon.

Nachts konnte es sehr viel gefährlicher werden, bei so viel Mißtrauen unter den vom Kriegsende zusammengespülten Nachbarn. Gromi untersagte strengstens dergleichen nächtliche Aktivitäten. Und man brachte auch gar nicht mehr so viel kalorienmordende Energie auf.

»Und wir werden morgen früh ebenfalls nicht genug Energien für den Aufbruch zusammenbringen, wenn wir heute abend wieder so lange beisammenhocken«, bemerkt Tuta entschieden, »ich für meinen Teil möchte einmal im Leben zeitiger in die Falle. Nein, Diether, keinen Wein mehr, sonst lasse ich dich morgen nicht ans Steuer. Und ihr andern solltet auch nicht . . .«

Sie nicken einmütig. Sie haben sowieso keine Lust auf weitere Genüsse. Totila will von seinem Großvater wissen: »Also, Captain, wann bist du dann endlich auf dein Internat in Holstein gekommen?«

Der Captain überlegt kurz: »Das muß gleich nach der Währungsreform gewesen sein, im September achtundvierzig, schätze ich. Als Dreizehnjähriger. Es gab keinerlei Probleme mit dem Anschluß. Im Gegenteil, die siebte Klasse war durch Stromsperren, Seuchenzeiten, Heizstoffmangelperioden und so weiter eher zurück. Die ersten zwei Jahre fühlte ich mich oft unterfordert. Ich genoß es sehr, endlich unter Männern zu sein. In die Baracke kehrte ich nur noch während der Ferien zurück. Jedesmal wartete ein Haufen Arbeit auf mich: Reparaturen, jahrelang noch Torfstechen und Holz beschaffen, den jüngeren Geschwistern weiterhelfen. Besonders Ecky brauchte mich mehr und mehr. Und Hackebeil und Beißzange kamen noch lange nicht zum alten Eisen. Wie Mutter sich mit uns finanziell durchwurstelte, ist mir bis heute streckenweise schleierhaft.«

Hertha und Tuta wissen es besser: Es halfen alte Kameraden, meist wie mit Geisterhänden, denn man sah sie kaum noch. Ab irgendwann gab es eine Kriegerwitwenrente, doch davon allein hätte Gromi nicht allen fünf Kindern so gute Ausbildungen ermöglichen können. Im übrigen ließ sie sich nicht gern in die Karten blicken, die vermutlich ständig chaotisch gemischt waren.

Hertha und Tuta wurden Fahrschülerinnen zur nächstgelegenen Oberschule und blieben der Baracke wenigstens halbtags erhalten.

»Und Ruth?« fragt Christina. »Kam sie jemals nach Schweden?«

»Das wurde vielleicht ein Kampf mit den britischen Militärbehörden in Lüneburg oder Hannover!« erwidert ihre Oma kopfschüttelnd. »Als müßte das Empire untergehen, wenn sie eine abstumpfende, mühsam atmende neunzehnjährige Deutsche aus ihrer hungernden Besatzungszone entkommen ließen!«

Noch vor dem nächsten Winter untersagte der Heidedoktor Ruth jede weitere körperliche Arbeit. Wie aber sollte man »körperliche Arbeit« bei solchen Zuständen überhaupt definieren? Er setzte sich gezielter mit dem Schwedischen Roten Kreuz in Verbindung, denn Ruth in ihrer zunehmenden Lethargie verlor die Courage und drohte zu resignieren. Wer sonst hätte ihr helfen können, wenn sie aufzugeben drohte?

Im Oktober versuchte sie es, eigentlich längst zu apathisch, noch einmal mit der Schule. Hertha fuhr mit ihr im Bummelzug in die nächste Kreisstadt, um auch für sich selbst das Terrain zu sondieren. Sie war dabei, als der Direktor der in Frage kommenden Mädchen-Oberschule Ruth in seinem Dienstzimmer empfing, nachdem diese schnuppernd durch das Schulgebäude gegangen war und geflüstert hatte: »Es riecht ... also irgendwie erinnert es mich an meine Kindheit. Wie lange liegt die eigentlich schon zurück?«

An dem Direktor, einem freundlichen, rundlichen Endfünfziger, fiel Hertha auf, wie wach er Fragen stellte, wie einfühlsam, und wie aufmerksam er zuzuhören verstand. So etwas hatte sie an einem Lehrer bislang nie erlebt.

Ruth konnte ihm wahrhaftig keine ausgiebige Biografie bieten. Ihre neunzehnjährigen Lebensdaten legte sie binnen Minuten offen, verschwieg auch nicht, daß ihre letzten Zeugnisse alles andere als glänzend gewesen waren, man könne sie vielleicht von ihrer letzten Schule in Schwerin anfordern, ihr eigener Vorrat sei im Mai 1945 verlorengegangen. Der geringste Verlust von allen ...

Der Direktor fragte vorsichtig nach ihrer derzeitigen Situation, wovon sie denn leben wolle, wer denn für sie sorgen könne.

Na, sie selber natürlich, sagte sie, ihre Eltern hätten ja genug Sorgen mit den drei jüngeren Geschwistern und dem eigenen Durchkommen. Die kleine Hertha beobachtete, daß der erfahrene Schulmann, wohl auch Menschenkenner, Ruths Hungerödeme erkannte. Von einem gewissen Punkt an gab er dem Gespräch mit so viel Wärme wie Nachdruck eine entscheidende Wende. Er nahm schließlich Ruths aufgequollene, bläuliche Hände, die unangenehm teigig aussahen, drückte in ihren linken Handrücken wie unbeabsichtigt, wie in Gedanken die tiefe Delle, die sofort entstand, wo man an Ruth hintippte, und sagte: »Ich werde Sie gern als Schülerin aufnehmen. Aber erst, wenn Sie wieder gesund sind. Ganz gesund. Es wird nämlich sehr schwer nach so langer Unterbrechung. Kommen Sie bitte wieder, wenn Sie gesund sind, ja?«

Ruth nickte nur still, schluckte, ging unmittelbar zu Herthas Anliegen über: »Aber diese Elfjährige hier, die unbedingt mit herfahren wollte! Und nächstes Jahr ihre Schwester . . .«

So fielen damals die Würfel über Herthas und Utas weitere Schulbildung. Sie hatten mehr Glück als Ruth.

Die half von da an hauptsächlich im Haushalt, bei der Wäschepflege und in der Küche, und sie beaufsichtigte Ecky und Gundel. Hertha hatte ihrer Mutter erzählt, was sie bei dem Schuldirektor aufgeschnappt hatte. Gromi wurde nachdenklich, ging mit Ruth zeitweise rücksichtsvoller um und konnte doch nicht wirklich akzeptieren, was andere über deren Befinden sagten. War sie selber denn blind? Zu unwahrscheinlich kam ihr das alles bei Ruths bloßem Anblick vor - steckte nicht nur Faulheit oder Drückebergerei dahinter? Sollte sie sich davon übertölpeln lassen? Sie wußte sehr gut, daß sie naiv sein konnte, auch gutmütig, auch ausnützbar, und mißtraute deshalb vor allem sich selber.

Es kam zu Reibereien zwischen den beiden Frauen. Diesmal stimmte Gromi fast übertrieben zu, als Ruth zum Weihnachtsfest wieder über die Grenze zu Eltern und Geschwistern wollte: »Bleib nur, solange du willst! Vielleicht brauchen deine Eltern dich ja viel mehr als wir hier?«

Gromi konnte auch keine Begeisterung heucheln, als Ruth Ende Januar aus der »Ostzone« zurückkehrte. Sie richtete ihr zuverlässig aus, was der Doktor mehrmals gemeldet hatte: daß er in einer wichtigen Angelegenheit auf Ruth warte, sie solle möglichst umgehend zu ihm kommen!

Vom Arzt kehrte Ruth zurück mit sensationellen Neuigkeiten: »Er soll mich zu einem britischen Besatzungsarzt nach Hannover oder Hamburg schicken. Wegen meines Antrags für das Ausreisevisum. Nach bald zwei Jahren, seit ich es versuche, wollen die mich ärztlich untersuchen. Von einem Militärarzt! Als hätte das noch einen Zweck.«

Ihr Glaube an Menschen lag ziemlich darnieder. Das stimmte Gromi auf der Stelle wütend: »Ist das der Mut von euch komischen Heiligen? Versteht ihr nicht zu kämpfen? Geduldig durchzuhalten? Mensch Mädchen, wenn ich mich jemals so hätte gehenlassen!«

Ruth fiel ihr ins Wort, nicht laut, eher ungeduldig: »Gesa, du verstehst mich falsch. Gerade weil ich genug Zeit hatte, Geduld zu lernen. Auch wenn du so was nicht gern hörst: Wie immer es weitergeht oder ausgeht, das bestimmt für mich Gott.«

»Ja, bildest du dir ein, ich würde es einem anderen erlauben? Auch für meinen Teil gilt das, auch für mich!« entgegnete Gromi.

Ruth versuchte zu lachen: »Bloß daß deiner Odin heißt, wie?«

»Jedenfalls trägt er keinen jüdischen Namen«, stellte Gromi klar. Sie fanden keinen Weg zueinander.

Der Dorfdoktor sollte Ruth begleiten oder einen in Hannover beziehungsweise Hamburg ansässigen Kollegen damit betrauen. Da ihn das exotische Verfahren zwei Arbeitstage hätte kosten können, allein wegen der abenteuerlichen Hin- und Rückreise, da er im eigenen Betreuungsbereich wahrhaftig dringender gebraucht wurde, schickte er Ruth zu einem befreundeten Kollegen, soweit erinnerlich in Hannover. Der einstige Kommilitone des Heidedoktors wurde über ihren Fall informiert und begleitete sie zu dem britischen Kollegen.

Diesmal war selbst Hertha nicht mit von der Partie. Und wichtiger als Ruths Eindrücke von einem ausländischen Militärarzt mit Kolonialerfahrungen war etwas absolut Unerwartetes, das sie bei diesem etwa dreitägigen Ausflug nebenbei erlebte und mitbrachte.

Die Hinreise hatte sie größtenteils außen an einem Bremserhäuschen im chaotisch überfüllten Zug zurücklegen müssen. So eine Angstpartie suchte sie für den Rückweg zu vermeiden und probierte es - was damals gerade aufkam - per Anhalter an Autobahnen und Straßen. Privaten Autoverkehr gab es noch nicht. Es fuhren fast nur PKWs und LKWs der Besatzungsmächte, überwiegend militärische Fahrzeuge, doch manche mit zivilen deutschen Fahrern.

Bei ihren Grenzgängen hatte Ruth mit dieser Fortbewegungsart bereits spärliche Erfahrungen gemacht und sammelte gerne neue. Sie stand ja fast nie allein winkend am Rand einer Ausfallstraße, immer gab es Leidensgenossen. Alliiertes Militär stoppte eigentlich nie, am ehesten noch die Russen, die andern hielten sich an strenge Fraternisierungsverbote. Natürlich gab es immer Ausnahmen. Mittlerweile war es längst Februar, zum Glück ein milder Winter. Die Torfvorräte reichten.

Ruth kam so unordentlich terminiert zurück, wie die Leute seinerzeit reisten. Nie konnte einer angeben, auch nur vorausahnen: Dann und dann komme ich an. Sie kam am hellen Tag in die Baracke und wendete sich gleich mit verheißungsvollem Grinsen an die Kinder: »Ich habe euch was mitgebracht! Ihr kommt nicht darauf, wetten? Es ist was ganz, ganz Schönes!«

Selbst Gromi reihte sich erwartungsvoll bei ihren Kindern ein, die Ruth eifrig umringten. Sie machte es spannend, stellte ihren Rucksack vor sich auf den Boden, hob ein in Packpapier gewickeltes Häufchen heraus, zupfte das Papier auseinander, hielt den Kindern etwas Buntes unter die Augen, wie es zumindest die drei Jüngeren bewußt nie zuvor gesehen hatten. Noch heute behauptet Tuta: »Ich dachte, das also müssen Juwelen sein. Ein Schatz aus Tausendundeiner Nacht. Damals hielt man ja alles für möglich.« Es waren gut zwei Dutzend klebriger, süßer Früchtebonbons in leuchtenden Farben, rot, grün, gelb, violett. Bonbons! Die dreieinhalbjährige Gundel mußte das Wort erst lernen: Bongbongs.

Keins der Kinder langte spontan oder gierig zu. Jedes war darin trainiert, daß nun erst einmal eingeteilt und zugeteilt werden mußte. Verständlich, daß sie diesmal keine Lust zeigten, ihre Vorfreude hinauszuzögern und damit zu verlängern. Sie hätte sich in unzumutbare Qual verwandelt. Uta griff bereits nach der Briefwaage. Sie wußte nicht, daß sich Bonbons stückweise verteilen lassen. Sie verteilte Tellerchen eilfertig an klein und groß.

Da fragte Gromi: »Woher hast du das?«

Ein britischer LKW hatte Ruth samt anderen Anhaltern auf der verdeckten Ladefläche mitgenommen. Er war zwar ziemlich beladen, hatte am Ende aber noch einen Streifen Stehplätze für fünf bis sieben Mitfahrer.

»Aah ja«, sagte Gromi, »an besonders bunte und süße Bonbons aus England erinnere ich mich noch aus meinen Kindheitstagen. Komisch, daß dir ein Tommy Bonbons schenkt.«

»Ich bekam sie nicht vom Fahrer. Der war ein Deutscher. Und er mußte mit seiner Ladung einen kleinen Abstecher machen. Das hatte er uns bereits beim Zusteigen gesagt. Das störte auch keinen. Er hatte ja nicht gesagt, wohin.«

Etwas ließ Gromi aufhorchen. Sah oder hörte sie mehr heraus als ihre unwissenden Kinder? Sie fragte: »Wohin also ging sein kleiner Abstecher?«

»Nach Bergen-Belsen.«

Gromi schluckte, fragte: »In das angebliche KZ?«

»In das noch immer erkennbare Konzentrationslager. Die Baracken stehen nach wie vor. Es wimmelt in ihnen von Menschen. Männer und Frauen jeden Alters, Kinder. Auch umzäunt ist noch das meiste, Stacheldraht, Elektrodrähte, was weiß ich. Aber jeder kann durch die Tore aus- und eingehen. Vermutlich sammeln sich dort Überlebende, vielleicht auch solche aus anderen KZs?«

Gromi wollte es nicht hören: »Aber das ist doch alles Schwindel! Gemeine Propagandalügen! Und dann hast du es ja selbst gesehen, daß wir sie nicht umgebracht haben, daß sie leben! Oder waren etwa keine Juden dabei?«

Ruth nickte. Allerdings, sie hatte sogar fast nur Juden gesehen in der Lagergasse, in der ihr LKW hielt, um entladen zu werden. Sie und ihre fünf Mitfahrer hatten den Fahrer gerade noch fragen können, wo man hier eigentlich sei?

»Lager Bergen-Belsen«, sagte der achselzuckend und machte sich mit herbeigerufenen Helfern ans Ausladen.

Seine sechs Anhalter rückten unwillkürlich näher aneinander, starrten die armseligen Baracken an und auf das basarartige Treiben in der Lagergasse, auf den ganz offenen, regen Tauschhandel. Hier war es erlaubt. An der Sprache, am Aussehen erkannten sie hauptsächlich Juden. Natürlich wurden sie von den Besatzungsmächten mit Lebensnotwendigem versorgt, doch lebten sie kein bißchen komfortabler als die in der Barackensiedlung, eher in noch größerer Enge. Und was Ruth erschreckte, war, daß sie in solcher Umgebung verblieben, gegen die Außenwelt von Besatzungskräften geschützt: »Lieber an der Stätte ihrer schrecklichsten Erinnerungen als unter uns. Auch im dritten Nachkriegsjahr noch. Als hätten sie immer weiter Angst vor uns, trauten uns nicht. Und kein bißchen feindselig.«

»Warum auch?« fragte Gromi. »Wofür auch? Da kannst du die ganzen alliierten Hetzlügen doch mit eigenen Augen durchschauen! Die Juden leben und lassen es sich gutgehen! Und auf wessen Kosten?«

»Gutgehen in einem Lager, in dem Hunderttausende von ihnen umgebracht wurden? Ich habe doch nur wenige hundert Überlebende gesehen, Gesa! Wie kannst du das alles so leichtfertig als Lügen abtun? Soll das immer so weitergehen?«

»Von wem hast du die Bonbons?«

»Sie wollten mit uns sprechen. Als wären wir ganz normale Besucher. Wie geht es euch da draußen? Alles gut? Geht es voran? Sind die schönen, großen Städte wirklich solche Schutthaufen? Was für Landsleute seid ihr? ›Landsleute‹ sagten sie! Zu uns!«

»Die Bonbons, Ruth! Von wem?«

»Von den Juden. Sie fragten, ob wir Hunger hätten, wie es unsern Kindern ginge. Einer bot mir von seinen Bonbons an. Ich nahm eins, bedankte mich. Ja, es wären typisch englische, sagte er, ich sollte doch probieren! Als ich es in den Mund steckte, schenkte er mir die ganze Packung. Für die Reise, sagte er ...«

Noch während Ruth berichtete, schob Gromi ihre dargebotene Hand mit den Bonbons schroff von sich weg und weg von den Kindern: »Von Juden also. Von Juden! Meine Kinder rühren diesen Dreck nicht an. Friß den Mist allein, wenn du dich unbedingt vergiften mußt. Von einem Volk, dem es nicht genügt, daß wir geschlagen wurden. Das noch seine Lügen drauf schlagen muß ...«

»Bist du noch normal, Gesa? Spinnst du? Das ist kein giftiger Dreck. Das sind sagenhaft süße Bonbons! Laß die Kinder doch endlich probieren, Ecky lüllt ja schon!«

»Bonbons von Juden, die unser Volk als eine Mörderbande darstellen, und das werden die sich bezahlen lassen! Und wie! Die uns seit zweitausend Jahren einzuhämmern versuchen, daß wir von morgens bis abends und selbst im Schlaf noch Sünder und verloren wären, daß wir büßen, büßen, büßen müssen. Aber sie sind auserwählt! Von ihrem selbsterdachten Gott, dem wir gehorchen sollen ...«

»Das ist doch Schwachsinn, Gesa, was du da redest!«

Aber die war nicht mehr zu bremsen. Als ob etwas in ihr endlich explodieren dürfte, brach der Haß aus ihr hervor. Weil es vor allem die Kinder kapieren sollten, daß sie hier einer gewissenlosen Versuchung ausgesetzt würden, gegen die sie allen Charakter aufzubieten hätten, wendete Gromi sich mehr und mehr ihnen zu und blies ihrer Gesinnung den Marsch. In solchen Prüfungen hätten sie sich gefälligst zu bewähren!

In ihrer Rage fing sie an, vor ihrer schreckerstarrten Truppe auf- und abzumarschieren, wobei sie nach weitaus eindringlicheren Appellen rang ...

Heute brechen Hertha und Uta in Heiterkeit aus, wenn sie sich vor Augen rufen, wie Ruth dicht hinter Gromi herschlich und jedem Kind eins der Bonbons hinhielt, wie sie blitzschnell zugriffen und die köstliche Beute im Mund verschwinden ließen. Logisch, daß sie sich stumm verhielten. Einzig Baldur schlug Ruth das lockende Angebot aus der Hand. Es flog in eine Küchenecke, und in der nächsten Sekunde balgten sich dort seine vier Geschwister. Die tobende Gromi schien wie blind in ihrer Wut.

Heute räumt Baldur ein: »Klar, daß Gromi überzog. Es machte sie fassungslos, eben weil auch Scham im Spiel war. Oder richtiger: etwas

Schamloses. Sie konnte das nicht so wegstecken wie ihr die verdammten Süßigkeiten. Eure Gier war sowieso schamlos, wenn auch auf einem banaleren Niveau. Warum mußte Ruth das in unserer Lage doppelt und dreifach begehrenswerte Zeug überhaupt mitbringen? Ausgerechnet aus Bergen-Belsen! Von ehemaligen Häftlingen! Und warum mußte sie diese elende Geschichte vom großmütigen Juden ausgerechnet Gromi um die Ohren schlagen? Mit dieser kameradschaftlichen Spenderpose? Kinderleicht hätte sie sich eine harmlose Story einfallen lassen können! Aber nein, sie wollte uns ja wieder einmal etwas beweisen, wollte uns beschämen . . .«

»Stop, Captain, stop!« Diether ist es, der jetzt seinen Vater bremst, der sogar mit dem Zeigefinger gegen ihn pocht, während er zurückfragt: »Wieso nennst du das lächerliche Verhalten deiner Mutter von damals auch heute noch immer nicht verrückt? Einfach verrückt! Wieso warf sie Juden und christliche Kirche einfach in einen Topf? Wieso konntest du, gerade du, kein Bonbon von einem gutmütigen Juden schlucken, aber jede Menge bösartiger Agitprop? Und stehst noch heute dafür gerade? Was immer euch fünf Geschwister spalten mag - mit mir kannst du offen reden, Vater. Ich bin neutral oder liberal oder wie ihr es nennen wollt. Ihr habt ja auch für alles eure Schubladen.«

»Nein«, sagt sein Vater ruhig, »komm mir nicht als solches Würstchen. Neutral! Liberal! Das ist ja dein Elend. Da wäre es mir wahrhaftig lieber, du stündest im entgegengesetzten Lager, Diether, aber doch mit einer Haltung. Ja, für etwas geradestehen! Nicht diese verdammten Halbheiten.«

Diether hebt beschwichtigend beide Handflächen und zitiert Schillers ›Don Carlos‹: »›Sire, geben Sie Gedankenfreiheit!‹ Ich fange ja zum erstenmal richtig an, mich entscheiden zu wollen. Ich gebe zu: ein bißchen spät vielleicht; es gibt eben auch Nachzügler.«

»Ach ja? Und wohin zeigt die Kompaßnadel?«

»Laß mein Schiff noch etwas treiben, Vater. Da sind so viele Einflüsse. Wind, Strömung, Besatzung, Passagiere, Fracht, Gezeiten . . .«

Captain Baldur blickt Diether nachdenklich an, sieht prüfend auf seine wohlwollend lächelnden Schwestern und warnt seinen Sohn: »Nur für alle Fälle, Diether. Da gibt es ein Schiff, das sich Gemeinde nennt. Mit dem nimm dich in acht. Es kann keinen Kurs halten. Dabei haben die auf diesem Schiff die eindeutigsten Kommandos. Aber ständig reizt es durchschnittliche Leute, ihren unsichtbaren Oberkommandierenden korrigieren, übertreffen, umbiegen, mißverstehen und ihm das Wort im Munde umdrehen zu wollen. Und auf noch etwas paß auf: Verdächtig ist die Schlagseite immer nur für eine Allerweltsideologie, die sich gleichfalls als Heilslehre ausgibt. Ein Schiff mit gern berauschter Crew, das keinen klaren Kurs halten kann, ist weder einladend noch glaubwürdig. Ihr müßt es mir schon gestatten, daß ich mich lieber nach einer zuverlässigeren Mannschaft umsehe. Und es ist naheliegend, die unter seinesgleichen zu suchen.«

»Wer sind deinesgleichen, Captain?«

»Gleiches Blut, gleicher Geist, gleiches Wollen - und vor allem Handeln! Nicht das Schiff treiben lassen, weil ja alle erst mal die Oberkommandos beraten, kritisieren, diskutieren und abstimmen wollen, statt daß jeder für sich handelt. Vor eurem Gott müßt ihr am Ende doch auch einzeln antreten, muß jeder für sein Verhalten einstehen. Nicht für seine Rechthabereien! Ihr wollt dauernd erst Voraussetzungen haben; Märkte voller Möglichkeiten. Von wem? Wir, Diether, wir schaffen die Voraussetzungen nicht nur selber, wir bringen sie gleich mit. Das ist man seinen Nächsten einfach schuldig. Junge Menschen brauchen einen klaren Kurs. Wo finden sie den? Schau dich vor allem danach um, wenn du anfängst, dich zu entscheiden. Du hast in deiner Navigationsliste die Bojen und Baken und vor allem die Leuchtfeuer vergessen. Auf die mußt du achten.«

Gespannt blickt Christina zwischen Vater und Sohn hin und her. Ist es eine Art Duell? Nein. Der Ältere, denkt sie, will dem Jüngeren eigene Erfahrungen mitteilen, stellt sich als ein Wegweiser von mehreren möglichen auf. Das wäre so natürlich wie erlaubt, denkt sie und fährt etwas zusammen, weil ihre Oma unbeeindruckt ausspricht, was sie ihrerseits denkt: »Und paß auch auf, Diether, was für eine Katze einer aus dem Sack läßt. Auch reißende Tiger waren mal allerliebste Schmusekätzchen. Könnten wir mit diesen buchstäblichen Worten zum Sonntag denselben nicht beschließen? Es ist schon wieder spät geworden.«

Geschwister, denkt Christina, lernen wohl frühzeitig, gegenseitig eine Menge auszuteilen wie einzustecken.

Als sie sich gerade von der Küchenbank erheben will, fällt ihr ein: »Der englische Militärarzt! Ließ er Ruth nun endlich nach Schweden ziehen?«

Das wollten Teja und Totila auch eben fragen: »Ihr könnt es ja ausnahmsweise mal kurz machen!«

»Also wirklich kurz«, antwortet Hertha. »Ja. Die Engländer wollten sie endlich reisen lassen. Die Ärzte hatten Englisch miteinander gesprochen. Logisch; welcher Brite hätte sich herabgelassen, wie manch schlichter Rotarmist, es mit Deutsch zu versuchen? Ruth in ihrer Apathie schwieg. Der Brite mit seinen Kolonialerfahrungen hielt sie - wiederum logisch - für eine stupide deutsche Walküre, dachte nicht daran, daß sie ihn verstehen könnte. Aber sie hatte sechs pralle Schuljahre Englisch gelernt ...«

»Und?« drängt Christina.

Ruth hörte, wie der englische Arzt seinem deutschen Kollegen erklärte, solche Hungerkrankheiten aus Indien zu kennen, er gebe dem Mädchen noch vier bis sechs Monate - »she never will return« -, also wolle er das Ausreisegesuch befürworten.

Die pessimistische Diagnose ging Ruth wenig nahe, wie sie Hertha beteuerte. Sie sagte dazu nur: »Das haben die doch nicht zu bestimmen!«

Meinte sie Briten? Oder die Ärzte? Oder die britischen Ärzte? Für sie zählte einzig, daß sie endlich jenen magischen weißen Sonderpaß mit dem blauen Aufdruck erhielt, in den das exakt für sechs Monate gültige Ausreisevisum gestempelt war. Es beunruhigte sie nicht einmal, daß sie wegen Lappalien von dieser kostbaren Frist noch etwas sinnlos drangeben mußte!

Weil es noch keine Fährverbindungen direkt über die Ostsee gab - für wen denn auch? -, brauchte sie noch ein dänisches Durchreisevisum. Es kam für sie nur der für normale Deutsche unerreichbare Expreß Paris-Hamburg-Kopenhagen-Stockholm in Frage. Durch Dänemark mußte sie. Und die Dänen, kürzlich noch von Deutschen okkupiert, ließen sich Zeit. Es handelte sich nur um eine Durchreise binnen weniger Stunden, doch Ruth mußte deswegen mehrmals nach Hamburg zum dänischen Konsulat. Groß waren damals die Verletzungen und Verbitterungen, und man mußte sie akzeptieren. Nach mehr als drei weiteren Wochen erhielt Ruth auch das dänische Durchreisevisum.

Kurz vor dem ersten April durfte sie fahren. Nur eins störte sie: nicht auch noch nach Schweden mit dem Rucksack! Sie hatte in Hamburg den Paris-Stockholm-Expreß von außerhalb des abgesperrten Bahnsteigs begutachtet und schwärmte den Kindern vor: »Da rauscht eine rassige moderne Lok in den bombengeschädigten Hauptbahnhof mit höchstens drei, vier schicken Waggons, kaum besetzt, einer Speisewagen oder so was. Keiner hängt draußen an Türen und Fenstern, keiner hockt auf den Puffern oder Dächern. Auf den Bahnsteig dürfen die zwei Zusteigenden, die ich sah, nur durch eine von Militärpolizei bewachte Extrasperre. Nur mit den richtigen Papieren kommst du da durch. Alle im Bahnhof glotzen diese Auserwählten an. Und die steigen in den Zug, in dem es mehr leere Plätze als Reisende gibt. Und dieser Traum von Zug zieht leise los und ab, majestätisch ... Unmöglich, daß ich da mit meinem alten Luftwaffenrucksack einsteige!«

Für ihre paar Habseligkeiten fand sich ein viel zu großer Preßpappkoffer, packpapierfarben, in der Nachbarbaracke bei den wolgadeutschen Schwestern. Natürlich konnten die das ausgefallene Gepäckstück nicht herschenken, höchstens tauschen. Großmütig begehrten sie nur eins: Ruths selbstgestrickten zweiteiligen Badeanzug in marineblau-rot. Vermutlich wollten sie endlich auch mal bei Tageslicht in einem Baggersee baden, abwechselnd notfalls. Wahrscheinlicher war, daß die sonst prüden fünf Schwestern das begehrte Wäschestück als Vorlage für vier weitere neue aus ihren rüstigen Spinnfäden nutzen würden, und wer weiß, ob nicht auch daraus später eine weitere Manufaktur im Wirtschaftswunderland entstand, »made in baracky«? Nur drei, vier Monate weiter sollte mit der Währungsreform in den drei westlichen Besatzungszonen alles, aber auch alles anders werden. Die legendären Wirtschaftswunderzeiten brachen an. Ruth war noch aus dem alten Elend gegen Norden abgedampft.

Die Verhältnisse in Westdeutschland veränderten sich explosiv zum Besseren.

»Und?« fragt Christina. »Habt ihr von ihr gehört? Behielt der britische Militärarzt mit seiner Diagnose recht?«

Hertha und Tuta zucken ratlos die Achseln. Captain Baldur starrt auf die Tischplatte und harkt sich durch seinen dichten Haarschopf. Hertha bekam im April achtundvierzig eine Ansichtskarte aus Schweden. Im Mai folgte ein Briefchen, das Ruth aus dem Krankenhaus schrieb. Daß sie auf dem Hamburger Hauptbahnhof als einzige in den Zug gestiegen sei. Schon während der durch lauter Trümmer nordwärts rollte, hätte das Heimweh nach diesem elenden Deutschland begonnen - »als ließe man es im Stich!« Von ihrem Befinden schrieb Ruth nichts. Wichtiger war ihr die Mitteilung, daß sie in ihrer mittelgroßen schwedischen Stadt, in deren Bibliothek, auf einen »deutschen Lesesaal« gestoßen war; es gebe auch englische, französische, jedoch nicht so stattlich. Die deutschsprachige Bibliothek allein wäre umfangreicher »als Eure aus der Adolf-Hitler-Schule«, freilich ganz andere Bücher und Autoren: Stefan Zweig, Franz Werfel, Heinrich und Thomas Mann, Hermann Hesse, Kurt Tucholsky, Kafka, Wassermann, Brecht, Wedekind, Kästner und so weiter. Außerdem tolle Übersetzungen, besonders aus dem anglo-amerikanischen Sprachbereich. Und Hertha weiß noch genau: »Sie las gerade fasziniert Franz Werfels ›Die vierzig Tage des Musa Dagh‹, schwelgte in neuen Literaturerfahrungen . . .«

Gromi schrieb ihr einige Briefe und bat mehrmals um Hilfspakete.

Ja, das müsse man zugeben, sie wollte nichts für sich, immer einzig für die Kinder. Es gab keine Reaktionen darauf. Und durch die - von den Erzählern noch heute als sensationell empfundenden - Umwälzungen binnen des folgenden Jahres geriet Ruth rasch in Vergessenheit. Man wollte nach vorn schauen, wieder Zukunft haben - und man bekam sie. Für die drei ältesten Geschwister begann im September das Schuljahr in Internat und Oberschule. Ecky wurde Schulanfänger. Die Baracke leerte sich. Gromi blieb mit Gundel noch zwei Jahre allein, 1950 wurde auch die Jüngste schulreif. Da lag hinter Baldur die mittlere Reife und das Abitur vor ihm. Alles normalisierte sich.

Der Brief

So spät es schließlich doch wieder wurde - Christina kann nicht einschlafen. Sie horcht hinüber zum anderen Bett, fragt leise: »Hetty? Bist du auch noch wach?«

Von drüben folgt ein langes Seufzen: »Ach, solche Erinnerungen wühlen zu viel auf. Besonders, wenn man sie vier Jahrzehnte verdrängte. Gerade diese Zeit unserer Jugend. Ja, wir haben mal wieder richtig miteinander gesprochen . . .«

»Mal wieder?«

»Hast ja recht, Kind. Überhaupt zum ersten Mal! Sind wir uns deshalb nähergekommen? Morgen flattern wir auseinander, wer weiß, für wie lange. Baldur und seine Jungen werden spätestens auf der Autobahn wieder Tritt in ihrem Alltag fassen.«

»Trotzdem, Hetty, eigentlich wissen wir erst jetzt über euch Bescheid. Als hätten wir euch vorher nicht mal richtig gekannt.«

»Und was weißt du jetzt besser, Tina?«

Sie muß kurz überlegen, sucht nach Worten für ihre Eindrücke und Gefühle: »Na, eben etwas von euren Erfahrungen. Ja. Ihr mußtet sie so oder so machen. Man wird nicht gefragt: Was darf's denn sein? Wir können eigene machen, aber die fallen wohl ganz anders aus. Nach was werden unsere Kinder uns wohl einmal fragen? Falls sie überhaupt fragen! Diether hat das vorhin am Tisch ganz richtig gemeint, daß man anfangen müßte, sich zu entscheiden.«

»Jaahaa«, kommt es mit langem Gähnen vom anderen Bett, »entscheiden heißt: Wohin will ich gehen, und mit wem? Hoffentlich hält er sich nicht an die falschen Wegweiser. Aber ihr seid ja interessiert. Das ist eine gute Voraussetzung, überhaupt interessiert zu sein . . .«

Die letzten Worte kommen mit schwerer Zunge, und Christina läßt ihre Oma in Ruhe. Schade, daß sie nicht ihren Brief an Edda zu Ende brachte, sie würde ihn gern noch von hier abschicken. Vielleicht kann sie ja morgen vormittag noch drunter schreiben: »Fortsetzung folgt mündlich«?

Natürlich sind am nächsten Morgen alle unausgeschlafen, vertrödeln sich, kommen schon mißmutig in die Küche: »Macht denn keiner richtigen Kaffee? Muß man hier alles selber tun? Sind keine Eier mehr da?«

Und da glimmt ja doch noch Glut im Kachelofen, und ungespültes Geschirr bleibt stehen, das kann man doch keinem späteren Besucher zumuten! Und der Kühlschrank hätte bereits gestern abgestellt werden können ...

Tuta und Diether schlürfen ihren lauen Pulverkaffee im Stehen, würgen restliches Knäckebrot hinunter. Diether vergißt um ein Haar den Rucksack mit den Lebensmitteln, den er gestern so seltsam fürsorglich gepackt hat, als stünden schlimme Zeiten bevor. Er und Tuta verabschieden sich, während der Captain sich mit den Zwillingen gerade am unfertigen Frühstückstisch niederlassen will: »Tschüß! Bleibt gesund, Männer! Bis Weihnachten vielleicht? Wir können ja noch telefonieren. Schaltet mal Bayern drei ein, wegen der Straßenverkehrsdurchsagen! Hoffentlich gibt es keinen Stau. Macht es gut, meine gotischen Schöler. Krieg ich kein Küßchen, Tina? Immer nur die Kleinen. Tschau, Hertha, altes Haus!«

Teja und Totila winken dem Auto mit Tuta und Diether aus dem Küchenfenster nach.

»Um die Ofenglut macht euch keine Sorgen«, sagt Hertha, »Tina und ich sind ja noch ein paar Stunden hier.«

Captain Baldur schaut noch einmal auf Gromis Schreibtisch, bittet seine Schwester zu sich: »Ich konnte nur einen Teil der Kondolenzpost sichten. Einiges davon muß ich persönlich beantworten. Die alten Getreuen, du weißt schon. Sind nicht mehr viele übrig. Wenn du dich um den Rest kümmern könntest? Schau es wenigstens kurz durch! Einiges wird dich sicher interessieren. Das hier nehme ich mit.«

Er schiebt ein Bündel schwarzgeränderter Kuverts und Briefbogen in seinen Pilotenkoffer, pfeift nach seinen Enkelsöhnen. Teja und Totila tragen ihr bißchen Gepäck in seinen Wagen und steigen ein. Captain Baldur umarmt flüchtig seine Schwester, schlägt vor: »Soll ich euch vom Bahnhof ein Taxi für den Mittagszug bestellen?«

»O ja, bitte, Baldur. Und FF, Jungs! Fahrt vorsichtig!«

Er drückt Christina an sich, küßt sie auf die Stirn, sagt lächelnd: »Werde nicht noch viel hübscher, Mädchen! Bis bald?«

»Irgendwann bald ...«

Teja und Totila winken bis zur nächsten Kurve.

Beim Zurückgehen sagt Hetty: »So still gewordene Häuser kann ich nicht leiden. Komm, stürzen wir uns in Geschäftigkeit. Erstens sämtliche benützte Bettwäsche in die Waschmaschine. Wir hängen alles auf dem Dachboden auf. Da kann es bis zu den nächsten Besuchern hängenbleiben. Dann die Küche ...«

Und dann, solange die letzte Waschmaschinenfüllung läuft, ruft Hertha ihre Enkelin zu sich an den Schreibtisch, an den sie sich pflichtbewußt vor einer Stunde setzte und Trauerpost sichtete. Ihre Stimme klingt aufgeregt, als sie Christina drängt: »Komm, Tina! Komm, komm! Sieh dir das an! Und er muß es die ganze Zeit gewußt haben. Typisch Baldur! Das Kuvert ist ja bereits aufgeschnitten, der Briefbogen nur halb gefaltet wieder drin.«

»Was ist denn, Hetty? Wovon redest du?«

Die Großmutter hält ihr einen auffallend voll beschriebenen Trauerbriefbogen entgegen. Sonst stehen ja nur wenige, oft vorgedruckte Worte auf den Karten und Bögen, keine ausführlichen Mitteilungen, meint sie.

»Es ist an Baldur«, erklärt Hertha leicht zittrig, die Stimme höher als normal, »ausgerechnet an Baldur! Na? Errätst du, von wem? Aber gleich. Paß auf. Hör dir das an . . .«

Sie liest vor, und ihre Stimme wenigstens beruhigt sich, klingt wieder normal voll und tief.

Zuerst liest sie die üblichen Beileidsbezeugungen »zum Tode Eurer Mutter«, dann weiter: »Ich habe oft über unser zufälliges Treffen nachdenken müssen. Gerade ich Dein Passagier, gerade Du mein Flugkapitän. Und ich flog doch so gut wie nie. Und ich sehe noch Dein verlegenes Gesicht, als sie mich endlich zu Dir ins Cockpit ließen. Dich hätte ich sofort wiedererkannt, nicht allein jede Sommersprosse! Du hattest es mit mir wohl schwerer. Es paßte ja noch immer zu uns, daß keiner die Adresse des anderen wissen wollte und Du mir nur den Alterswohnsitz Deiner Mutter nanntest. Für mich war es von da an leichter, Euch im Auge zu behalten. Ihre Todesanzeige las ich in meiner Tageszeitung, in der ich sie nicht vermutet hätte. Aber ich kann es mir schon denken. Du wolltest damit sicher in ganz bestimmten Köpfen ganz bestimmte Erinnerungen wecken? Nun, bei mir ist Dir das gelungen.

Seit ich Dich da oben in der Luft so unvermutet wiedertraf, mußte ich wieder und wieder an Euch denken. Aus solcher zeitlichen Entfernung verklärt sich vieles. Mich hätte manches über Euren Werdegang sehr interessiert. Aber ich weiß, daß man abgelebtes Leben nicht wieder beleben kann, davon wird man meistens nur enttäuscht. Damals brauchten wir uns gegenseitig, ich Euch, Ihr mich. Was könnten wir heute schon noch miteinander anfangen?

Nie wieder könnt Ihr für mich sein, was Ihr fünf wart: meine allerersten Kinder. Und ich begreife komischerweise erst heute, daß ich Euch liebhatte. – Es grüßt Euch alle Eure Ruth.«

Hertha legt den Briefbogen auf den Schreibtisch, streicht ihn ratlos verlegen mehrmals glatt, starrt darauf nieder.

Christina kann ihre Gefühle einigermaßen erraten, sogar mitempfinden. Schließlich fragt sie: »Und das Kuvert?«

Hertha reicht es ihr: »Ohne Absender.«

»Auch keiner auf dem Briefbogen?«

»Auch nicht. Lediglich das Datum.«

Christina mustert das Briefkuvert: »Am Poststempel müßte man doch . . . obwohl der Brief natürlich auch ganz woanders eingeworfen sein könnte.«

»Habe ich alles auch schon gedacht, Kind. Sähe ihr übrigens sehr ähnlich. Wenn sie sowieso nichts wiederbeleben will? Schade. Könnte es nicht sein, daß wir uns auch heute noch brauchen? Oder wieder? Andererseits kann ich es ja verstehen. Wahrscheinlich ist sie einfach zu müde. Geht mir ja auch schon so! Was suchst du?«

»Hatte Gromi hier nicht irgendwo eine Lupe?«

»Ja. Noch aus der A-H-Schule von unserm Vater. Du wirst damit auch nicht mehr herausbringen. Der Stempel ist verwischt.«

»Sie wird doch nicht noch einen Postbeamten bestochen haben? Moment mal, Hetty . . . Die Postleitzahl beginnt mit acht. Das ist in Bayern!«

»Ja. Und?«

»Ja -. Und mehr ist tatsächlich nicht erkennbar. Kann ja auch irgendein Bahnpostamt gewesen sein. Schade. Auf mich wirkt das irgendwie mißtrauisch, verstehst du?«

»Erklär es mir, Tina.«

»Als wollte sie nicht noch mal was auf sich loslassen. Ich meine - ich fange jetzt überhaupt erst an, einiges genauer wissen zu wollen. Da gibt es also noch welche, die man fragen könnte. Vielleicht wird eine nächste und übernächste Generation eines Tages mich fragen und Diether und Teja, Totila und die anderen: Warum seid ihr so verdammt träge oder gleichgültig oder angepaßt gewesen, so ich-fixiert, so oberflächlich? Warum habt ihr es euch vor allem nur leichtmachen wollen? Warum habt ihr nicht genug gefragt, auf was man achten, an was man denken muß?«

Ihre Großmutter nickt gedankenvoll: »Noch einmal wird unser Volk nicht sagen dürfen: Wir haben nichts gewußt, wir hatten ja keine Ahnung, wir sind arme Verführte! Noch einmal kann man sich und der Welt nicht mit faulen Ausflüchten kommen. Nur einmal ging Gott für uns ans Kreuz, damit wir uns retten lassen. Aber wir müssen es auch wollen.«

Christina blickt nachdenklich aus dem großen Fenster, an dem sich der schwarzgraue kleine Vogel nicht mehr blicken läßt.

Der Trauerschnäpper ist fortgeflogen.

Die Zitate sind folgenden Büchern entnommen:

S. 91, 101: Alain de Benoist, Heide sein zu einem neuen Anfang. Die europäische Glaubensinitiative, Tübingen 1982, S. 55 u.ö., 31, 305-306

S. 207: N. Hopster/U. Nassen, Literatur und Erziehung im Nationalsozialismus, Paderborn 1983, S. 94